心一堂彭措佛緣叢書・索達吉堪布仁波切譯著文集

俱舍論講記（下）

世親論師　著
索達吉堪布仁波切　譯

書名：俱舍論講記（下）
系列：心一堂彭措佛緣叢書・索達吉堪布仁波切譯著文集
原著：世親論師
漢譯：索達吉堪布仁波切
責任編輯：陳劍聰

出版：心一堂有限公司
地址/門市：香港九龍尖沙咀東麼地道六十三號好時中心LG六十一室
電話號碼：+852-6715-0840　+852-3466-1112
網址：www.sunyata.cc　publish.sunyata.cc
電郵：sunyatabook@gmail.com
心一堂 彭措佛緣叢書論壇：　http://bbs.sunyata.cc
心一堂 彭措佛緣閣：　http://buddhism.sunyata.cc
網上書店：　http://book.sunyata.cc

香港及海外發行：香港聯合書刊物流有限公司
地址：香港新界大埔汀麗路三十六號中華商務印刷大廈三樓
電話號碼：+852-2150-2100
傳真號碼：+852-2407-3062
電郵：info@suplogistics.com.hk

台灣發行：秀威資訊科技股份有限公司
地址：台灣台北市內湖區瑞光路七十六巷六十五號一樓
電話號碼：+886-2-2796-3638
傳真號碼：+886-2-2796-1377
網絡書店：www.govbooks.com.tw　www.bodbooks.com.tw
經銷：易可數位行銷股份有限公司
地址：台灣新北市新店區寶橋路二三五巷六弄三號五樓
電話號碼：+886-2-8911-0825
傳真號碼：+886-2-8911-0801
網址：http://ecorebooks.pixnet.net/blog

中國大陸發行・零售：心一堂・彭措佛緣閣
深圳地址：中國深圳羅湖立新路六號東門博雅負一層零零八號
電話號碼：+86-755-8222-4934
北京流通處：中國北京東城區雍和宮大街四十號
心一店淘寶網：http://sunyatacc.taobao.com/

版次：二零一四年七月初版，平裝

定價：
港幣　二百九十八元正
新台幣　一千一百八十元正
（上下冊不分售）

國際書號 ISBN 978-988-18867-2-9

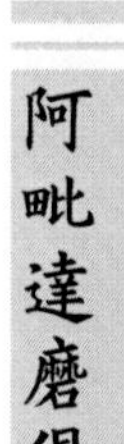

目　錄

第四分別業品

第五分別隨眠品

第六分別聖道品

第七分別智品

第八分別定品

第四品　分別業

第四分別業品分二：一、連接文；二、真實宣說業。

甲一、連接文：

形形色色世間界，皆由眾生業所生。

形形色色世間界的種種差別，均由眾生之業產生。

本品是共同乘判斷因果的一種方法。現在很多人對業的分類、差別及其成熟的方式不了知，於是在日常的行住坐臥當中，有意、無意地造作了很多流轉輪迴之因，但自己卻仍茫然不知。

對於世間的形成，有的說是無因產生，有的說是由大自在天、大梵天創造，還有說世間的萬事萬物由造物主所造等等，有各種各樣的說法。有情世間與器世間千差萬別，那這些究竟是誰造的呢？

佛教認為，情器世界均是由眾生業力所產生。《入行論》中說：地獄以上的器世間皆由眾生業力所感現。《入中論》中說：「有情世間器世界，種種差別由心立。」實際上，僅僅說情器世界是由眾生業力所感也是不究竟、不合理的，這些道理在《中觀四百論》、《如意寶藏論》、《入中論》中均有廣述。於此處，我們可依照本論觀點承許。

甲二（真實宣說業）分二：一、業之本體；二、經中所說名稱。

乙一（業之本體）分二：一、略說；二、廣說。

丙一、略說：

彼分思業思作業，思業即是意之業，

思作業為身語業，彼等有表無表業。

業可以分為思業與思作業兩種。思業是指意業，思作業即身業和語業。其中身、語二業又可分為有表業與無表業兩種。

業若從功能上分有很多種，《華嚴經》中說：「業如畫家造種種。」若從三性區分，則可分為善業、惡業、無記業三種。此處從業的本體上來說，可以分為思業與思作業兩種。本論中，所有的業歸根結底均是依心而造，此即思業，其與意識相應，如相續中生起信心，此信心與自己的意識相應後，驅動身語造作善業，所以是使身語現行的一種心所，也就是通常所說的意業。由思業所引發的思作業就是身、語二業，心中若思善、思惡，則由其所引發的身業、語業也分別為善為惡，所以身體與語言的表現並不是身業和語業，主要應由意識引發，比如身體殺蟲時，若無有殺心，則真正業的本體不具足，不屬於思作業。語業也是如此，比如口中敘說對三寶不恭敬的話，但心中並未如此思維，那就不是真正的業。

業若再詳細分則有五種，即上述所說的身業、語業分別具足有表業與無表業兩種。

丙二（廣說）分三：一、業之自性；二、三業總法之差別；三、無表業之分類。

丁一（業之自性）分二：一、有表業；二、無表業。

戊一（有表業）分二：一、身之有表業；二、語之有表業。

己一、身之有表業：

身有表業許形狀，並非是指行他境，
有為刹那壞滅故。若無滅因不應滅，
生因亦成壞滅者，成二所取塵無有。

有部：身有表業可承許為形狀，但並非遷往他境的行動，一切有為法均刹那壞滅之故，否則，萬法無有滅因時就不應滅，而且生因亦應成壞滅之因。經部：上述觀點不合理，如此則成二根所取之境，而且，因無分微塵無形狀故，也並非實有。

業分有表業與無表業兩種，有表業主要指思作業。那麼，身有表業與語有表業分別指什麼呢？此頌首先講身有表業。

有部宗認為：身有表業是由思業引發的形狀，屬於透明光亮的色法，比如磕大頭屬於有表業的善法，是身體的特殊形狀；殺犛牛則屬於有表業的不善法。那麼，磕大頭和拿刀殺犛牛的動作是有表業，還是於此動作之外另有一個有表業呢？有部認為這種動作不是有表業，而是有表色。那有表業於何處存在呢？有些論師以比喻說明，比如森林起火，火遍布森林的每一個角落，同樣，磕大頭或殺犛牛時，有一種透明的物質遍布於整個身體，通過眼睛不一定能夠見到，但通過其外表可以了知此人在行善或殺生。有部認為，這種透明而光亮的物質實有存在，可以包括在形色當中，其對身體無利無害。

犢子部對身有表業有特殊的觀點：身體的有表業應該是指從此處遷往彼處的一種行動，比如從所坐之處站起來，開始磕大頭，這時身體從一處前往另一處做善業，此為善有表業；若從所坐之處站起，拿刀開始殺犛牛，此即惡有表業。也就是說，在身體的不同形狀之間有一種常有存在的物質，這就是身有表業。犢子部為何如此承許呢？他們認為，身體並非剎那剎那毀滅，因身體形成後要住留很長一段時間，比如人活到二十歲或四十歲，則身體就要安住二十年或四十年，人死亡後，以火燒毀此身體時才是毀滅，於此之前，身體只是在剎那剎那的「變化」，而不是「毀滅」。

犢子部屬於聲聞十八部之一，雖然皈依佛陀，但不承認佛陀所宣說的「四法印」，他認為不可思議的補特伽羅存在，而且，雖然粗大法是無常的，但細微的法常有存在。由於他們不承認四法印，所以有人認為此派非屬佛教，應與外道無有差別，但全知麥彭仁波切在《中觀莊嚴論釋》和《現觀莊嚴論釋》中有過明確宣說，犢子部應該是佛教的一部。犢子部自宗承許是由上座部之一切有部分出。根據《舍利弗問經》以及多羅那他《印度佛教史》記載，此部是由上座部直接分出。

首先是有部宗對犢子部的觀點進行破斥。這種觀點不合理，因為一切有為法均是刹那性的，在成立之時，其本體即為毀滅性，麥彭仁波切在《中觀莊嚴論釋》中說：若不是刹那性，則一歲時人的身體與九十九歲時人的身體是不是一體？若為一體，則九十九歲的身體仍要再經過九十九年，有這個過失。既然是此處生此處滅，那就說明，由此處遷往他處的這種行動不會實有存在，所以不是有表業。

犢子部反駁說：刹那毀滅不合理，因為要觀待未來的滅因，比如瓷瓶要毀滅時，並非刹那刹那毀滅，當以鐵錘來砸它時，即出現瓷瓶的滅因，在這之前，瓷瓶一直存在。

破：若如汝宗所許，有為法的本體並非以刹那刹那來滅，則任何法均不應無有滅因而毀滅，但可以現見火焰刹那生滅，不必觀待未來的滅因，而且我們的分別念也是刹那生刹那滅，不需觀待他因，故汝宗觀點不合理。另外，火焰是第二刹那使瓷瓶變得更加鮮豔的生因，但若按你們的說法，它也應該成為毀滅第一刹那瓷瓶的滅因，這樣由一個因產生兩個果不合理。所以，一切有為法均為刹那性，汝宗所承許的行動為有表業之說法不合理。

下面是經部宗對有部承許身有表業為形狀的觀點進行破斥。經部宗說：身有表業不是形色，也並非實有。

為什麼這樣說呢？如果有表業為一種形狀，並且於身體上實有存在，則不僅能夠產生眼識，而且也應該成為身觸的一種對境，這樣顯色與形色兩個法於一法上存在，並且由此一法產生兩個根識。而且，有表業也並非實有，因為色法包括顯色與形色，此二者必然是由微塵積聚之法，若有表業是實有存在的形狀，則組成它的微塵也應有形狀，但是微塵如果有形狀，所謂的無分微塵不能成立。

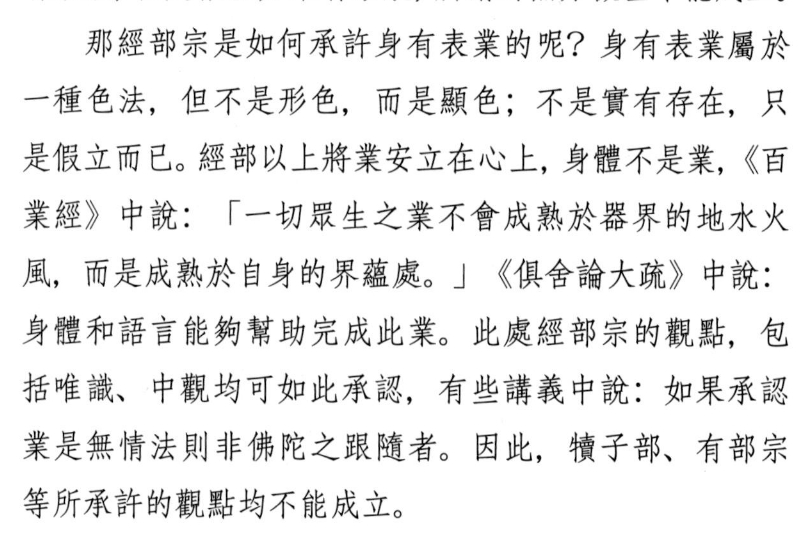

那經部宗是如何承許身有表業的呢？身有表業屬於一種色法，但不是形色，而是顯色；不是實有存在，只是假立而已。經部以上將業安立在心上，身體不是業，《百業經》中說：「一切眾生之業不會成熟於器界的地水火風，而是成熟於自身的界蘊處。」《俱舍論大疏》中說：身體和語言能夠幫助完成此業。此處經部宗的觀點，包括唯識、中觀均可如此承認，有些講義中說：如果承認業是無情法則非佛陀之跟隨者。因此，犢子部、有部宗等所承許的觀點均不能成立。

己二、語之有表業：

所謂語之有表業，即指語言之聲音。

語有表業是指文字自性之語言的聲音。

通過所說的語言能夠了知對方的心理狀態，言說這種語言的聲音即語有表業。有部宗認為，語有表業為形色，經部宗認為是顯色，總之是有一種色法存在。實際上，這種業也應該在心上安立，比如念經的聲音屬於善業，

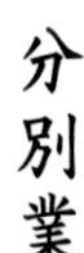

但此善業出自此人的內心。有些經典中說：心善時，身體的惡業可以開許。為什麼呢？因為業的根本來源於心，身體和語言雖然起到一定的作用，但不是真正的業。

格魯派的一些論典中說，若對境十分嚴厲，則不能僅在心上安立，身語上也有真正的業存在。比如以好心卻無意間損害了上師的身體，即會成為惡業；若心中存有惡念，但所作對上師有利益，也是一種功德。這應該屬於特殊的業，只有佛陀才能真正了知，一般凡夫很難抉擇，但總的來說，心善則一切皆善，心惡則一切皆不善。

戊二（無表業）分三：一、教證依據；二、因大種之差別；三、法之差別。

己一、教證依據：

經說三種無垢色，增上未作道等故。

經中常說三種色、無垢色、增上福德、未作業道，以及八正道、別解脫戒、戒如橋梁和法處所攝色，故無表業為實有存在。

有部認為，無表業實有存在，而且佛經中也有宣說。那經中是如何宣說的呢？有部舉出了八個教證作為依據，即「三種」、「無垢色」、「增上」、「未作道」，以及「等」字所包括的八正道、別解脫戒、戒如橋梁和法處所攝色。

有部宗以何種理由認為上述八者為無表業存在的依據呢？第一個依據即「三種」，指有見有對色、無見有對色、無見無對色，其中有見有對色是指眼睛可見，但有阻礙的色法，「有對」是有阻礙之義，如柱子、瓶子等；無見有對色是指雖有阻礙但見不到色法，如聲音；無見無對色是指既見不到也無有阻礙的色法，如戒律等；在以上三者之外，還有一種有見無對色，即可以見到但無有阻礙的色法，如鏡像。上述色法中的無見無對色，即所謂的無表色。第二個依據是「無垢色」，也即無漏戒，此為有漏色法之外的無漏色，除無表色外無有其他。第三個，經中說「實生福德恆時增上」，所謂的實生福，是指供養經堂、殿堂①、坐墊、生活資具，以上是供養的角度；布施護理病人者、病人、處於惡劣環境者，此三者是從布施方面說的，遇到這些對境的人會產生實生福德。還有七種非實生福，即若能聽到或見到佛陀（也包括聲聞、緣覺）所住之處、準備前往處、所去之道、所到達之目的地則功德相當大，還有聽法、受持教法以及對上述善法生起歡喜心與信心，此七種為非實生福。所以，佛經中講到了七種實有福德和七種非實有福德，此中所說的「實生福德」即無表業，若非如此，則處於睡眠、散亂等狀態時，福德不會相續增長。第四個即「自己未作之業道等」，自己未做不善業，而叫他人去做，此時自己仍有罪業，原因是存在無表色的緣故。第五個教證，經中說到「八正道」，此中的正語、正業、正命三者由身語發動，而在入定階段，身語等無有，若無表色不存

①殿堂：藏文意為戲樂園，指專門擺放佛像處。

在，則在入定時不應安立八正道，所以無表色應該存在。第六，「比丘心思他散時也具戒」，若無表色不存在，則別解脫戒也應不存在，但經中說比丘在心散亂時也具足圓滿戒體，這種相續不壞的戒體應該是無表色。第七，經中說「戒如過河之橋梁」，若無表色不存在，則將其比喻為橋梁不合理。第八即法處所攝色，經中均將十二處中的法處說為無見無對色，說明無表色存在，否則直接說法處為無色即可，不必說是無見無對色。以上是有部宗所列舉的八個教證，他們認為以此可證明無表業屬於色法，而且實有存在。

世親論師的觀點在頌詞中不明顯，但從《自釋》觀點來看，世親論師並不同意有部的觀點。經部是如何解釋這八個教證的呢？「無見無對」的色法是通過瑜伽士的禪定修持而顯現的一種清淨色法，其真正的形色並不存在。「無垢色」是指以瑜伽士的等持力在凡夫眾生前所顯現的無漏色法，依靠它不會生起有漏的煩惱。比如有些聲聞認為阿羅漢的身體既具足有漏法也具足無漏法，因為不能對治有漏法，所以稱為有漏法，依靠它不會生起後一剎那的煩惱，故也叫做無漏法。「七種實生福」與「七種非實生福」增上，是指緣殊勝對境會於來世成熟果報，有一種習氣會種在自己相續中或阿賴耶上，使自心有一種前所未有的改變，這就是增上，並不是真正有一種色法存在。「自己未作圓滿業」是指在自相續中積累了定得報應的習氣。在獲得「八正道」後，於後得時具有一種力量，以此不會說邪語，也不會以邪命養活，並不是存在一種色法。「心思他散時也具戒」，比丘受戒後，雖然心思外散，但這種守戒的正念以隱藏的方式存在，並非完全失去正知正念。「戒如過河之橋梁」，受戒之後，由於知慚的力量使自己不造罪業，也不做破戒之事。「法處所攝色」是指以等持力而顯現的色法。

己二、因大種之差別：

欲界所攝無表色，剎那大種中產生，
後由過去大種生。有漏身及語之業，
自地大種作為因，無漏隨生處大種。

欲界所攝的無表色，第一剎那由與自己同時的四大種產生，此後則由過去大種所生。有漏的身語有表業與無表業以自地大種作為因，無漏無表業由自己轉生之所依的大種產生。

無表色是通過什麼因產生的呢？欲界所攝的無表色，如戒、惡戒、中戒，均由大種所造，而且第一剎那由與己同時的四大種產生，第二剎那之後則由過去的大種產生。比如某補特伽羅相續中的別解脫戒，在得到別解脫戒的第一剎那，是由與其同時的身體群體中的大種作為因來產生，在獲得別解脫戒以後，由過去大種作為因來產生，就如同輪子要旋轉，首先第一剎那要用手來推，而第二剎那之後不再需要手的推動，自己便可以旋轉一

樣，與自己同時的大種只起到緣的作用，是已生之法存在的依處，如同輪子所依之大地。有部宗認為有表色與無表色不同，如在獲得別解脫戒後，合掌是別解脫戒的有表色，別解脫戒的本體是無表色，但此二者均由大種產生，其中前者依靠粗大的大種產生，後者依靠細微大種產生。這裡主要是以有部宗的觀點來解釋，若按大乘觀點，有表色沒有真正的實體，既然實體無有，則對其究竟是由細微大種產生，還是由粗大大種產生的分析也就沒有任何必要了。

無表色由何地所攝呢？有漏的身語有表業與無表業由自地大種產生，如欲界眾生相續中別解脫戒的有表業或無表業，只能以欲界自地作為大種之因，不能由異地所攝，為什麼呢？因為會被眾生的貪愛隔開。無漏的無表業則根據自己轉生的所依身分來判定，比如一個欲界眾生獲得第四禪的無漏禪定戒律，因其所依屬於欲界身體，則所獲得的無漏禪定戒之因即為欲界四大。那為什麼不從無漏法的本體來講呢？因為無漏法不包括於三界之中，若從其自本體的角度來講則不屬於任何界的範疇，而無漏無表業必定依於大種產生，所以只能從其所依身分來講。

表一：

	思業	思所作業			
	意業	身業		語業	
		有表業	無表業	有表業	無表業
有部宗	思心所	《自釋》：由思力故，別起如是如是身形，名身有表業。 特點：透明且光亮；屬於形色；實有存在；以色為體。	大種所造色為體，實有存在。	以發心引出的任何語言，能使他者了知自己的等起。 特點：屬於形色；實有存在；以言聲為體。	大種所造色為體，實有存在。
經部宗	決定思 審慮思	《自釋》：謂能種種運動身思，依身門行，故名身業。 特點：屬於顯色；假立而有；以思為體。	以思所熏習，於色心上有生果功能之種子，非實有存在。	依語門行，名為語業。 特點：屬於顯色；假立而有；以思為體。	以思所熏習，於色心上有生果功能之種子，非實有存在。

己三、法之差別：

無表色為無執受，等流所生有記別。

等流執受大種生，由三摩地所產生，

大種則是無執受，長養同體中產生。

無表色從本體來講，屬於無執受、等流生，而且是有記別之法。有漏無表色的因大種為有執受、等流生；由等持所生的禪定戒與無漏戒，因大種為無執受、長養生，且由其同體中產生。

無表色的本體為無執受，因其為無對法，故非苦樂之所依。滿增論師認為，無表色無有所觸。那無表色以何種方式存在呢？有部宗認為，無表色的戒律以隱蔽的

方式存在於人的身體中。但這也只是他們的一種說法，如果真正觀察，無表色的戒律存在於人的身體裡面還是外面？若在身體裡面，那是在心臟裡還是在腦髓裡，或是在身體其他某個部位？這樣一一作觀察時，即使在名言中也不能找到一個正確答案。所以，我們只要明白他們宗派的觀點就可以了，不必往下細緻地分析。無表色是無執受，這是它的第一個特點。第二個特點是無表色屬於等流生，因為無有無記法，故不是異熟生；也不是長養生，因其不是由微塵組成，若戒律是長養生，則在按摩、睡眠等狀態時，相續中應該有戒律出現，但這是不可能的；無表色的本體，除初聖者外均由同類因所生，因此說是等流生。第三個特點，雖然無表色的本體為無執受，但屬眾生相續所攝，故是有記別法，若非眾生相續所攝，則有石頭可以受戒的過失。

前面是從無表色的本體上來講，那無表色 的因大種是有執受還是無執受呢？是三生當中的哪一種呢？欲界所攝無表色由有執受大種所生，而且因是由同類大種所生，故為等流生。這也是他們的一種觀點，如果對此進行分析，比如一個欲界眾生受比丘戒或沙彌戒，按有部觀點，此無表色一方面由同類大種產生，一方面由有執受大種產生，那究竟是哪一種所生呢？或者，既然戒律屬於色法，那這種色法是於上半身存在還是下半身存在，它是身體哪一部分大種所聚合的呢？這種無表色的同類因於何時開始存在呢？真正這樣分析的話，他們自己可能也得不出一個結論。在《三戒論》中講過，有部認為別解脫戒住於無表色中，經部宗認為別解脫戒是相續變化的一種特法，唯識宗則認為別解脫戒是斷除犯戒之心相續及其種子，中觀宗認為別解脫戒是斷除之相應心。我們應該按照大乘觀點承許，戒的本體是斷除惡心的種子與習氣，否則如果真正在身體上找到一個實有戒的本體也很困難。

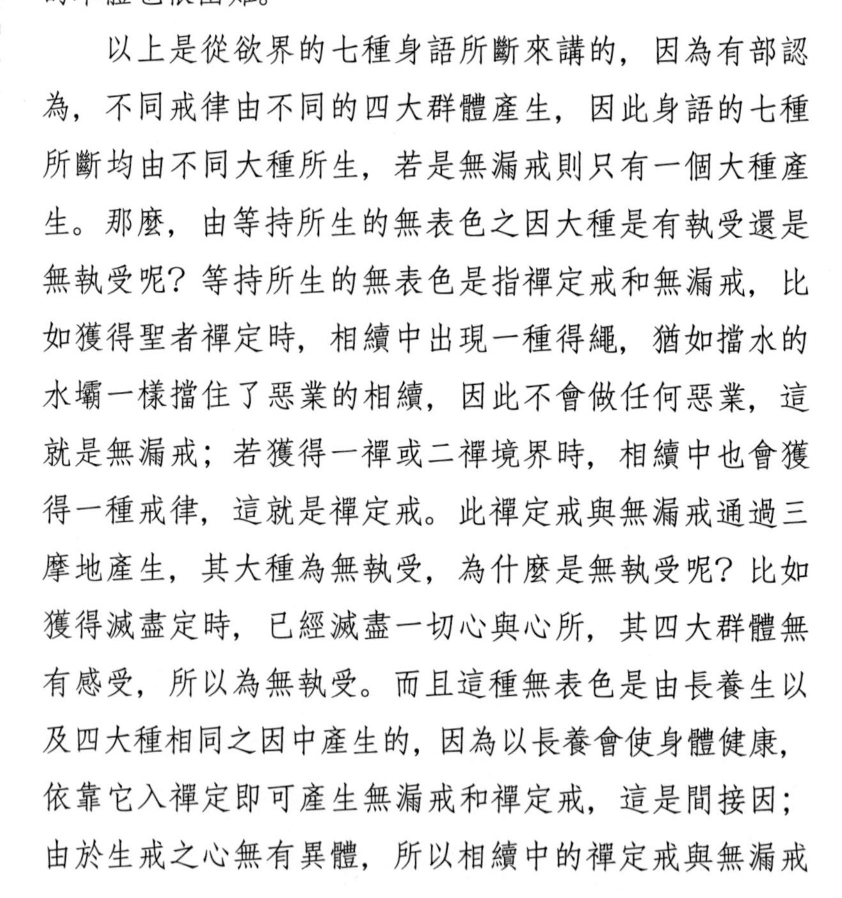

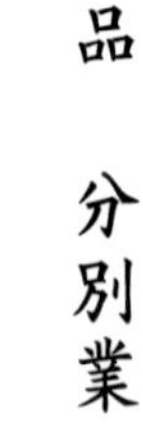

以上是從欲界的七種身語所斷來講的，因為有部認為，不同戒律由不同的四大群體產生，因此身語的七種所斷均由不同大種所生，若是無漏戒則只有一個大種產生。那麼，由等持所生的無表色之因大種是有執受還是無執受呢？等持所生的無表色是指禪定戒和無漏戒，比如獲得聖者禪定時，相續中出現一種得繩，猶如擋水的水壩一樣擋住了惡業的相續，因此不會做任何惡業，這就是無漏戒；若獲得一禪或二禪境界時，相續中也會獲得一種戒律，這就是禪定戒。此禪定戒與無漏戒通過三摩地產生，其大種為無執受，為什麼是無執受呢？比如獲得滅盡定時，已經滅盡一切心與心所，其四大群體無有感受，所以為無執受。而且這種無表色是由長養生以及四大種相同之因中產生的，因為以長養會使身體健康，依靠它入禪定即可產生無漏戒和禪定戒，這是間接因；由於生戒之心無有異體，所以相續中的禪定戒與無漏戒

僅由身體中的一個四大群體產生。

丁二（三業總法之差別）分二：一、真實宣說三業總法之差別；二、旁述。

戊一、真實宣說三業總法之差別：

無表業無無記法，其餘業則有三種。

不善欲界中存在，色界亦有無表色，

有表業於具尋處，欲無覆因無等起。

無表業沒有無記法，有表業與思業則有善、不善、無記三種。不善業在欲界中存在，無表色不僅欲界中有，在色界也有；有表業於有尋之處存在，欲界中沒有有覆有表業，因無有等起的緣故。

三業分別屬於三性之中的何者呢？無表業沒有無記法，相續中若受持別解脫戒屬於善，若受持惡戒屬於不善。那為什麼沒有無記無表業呢？因為無記法的心非常微弱，故而不能引發無表業。有表業與思業具足三種，有表業是從等起方面來講的，也即具足等起善、等起不善和等起無記；思業並非依靠身語所造之業，而是通過思維所造的業，它通過與身、語相應的方式存在。

三界之中各有何種業呢？欲界有不善業，上兩界因無有三種根本不善和無慚無愧，所以無有不善業。欲界中具足無表色，比如眾生相續中所受的戒律，而且色界中也有無表色，因為從所依身分來講，一禪到四禪均具有禪定戒和無漏戒的無表色。無色界沒有無表業，為什麼呢？《自釋》中說：「以無色中無大種故，隨於何處有身語轉唯是處有身語律儀。」無表色屬於色法，無色界中無有大種，必定不生色法，

而且，有身語所在之處才會有律儀，因無色界無有身語，所以也就無有律儀。又說：「背諸色入無色定，故彼定中不能生色，由彼定有伏色想故。」無色界眾生厭離背棄色法，所以在無色定中不能產生色法，因此也就不會有無表色。

有表業只有欲界和色界一禪有。頌詞中的「具尋處」是指一禪，一禪以上無有尋思。那為什麼說有表業在具尋處有呢？因為有表色的生起必須有一種等起（即思業），如果不具足等起，就不會有思作業。有覆無記的有表色唯一禪具有，因為大梵天以諂誑的語言欺騙馬勝尊者，這樣的心只有一禪有，故說欲界中沒有有覆有表業。那欲界當中的邊執見②與壞聚見③不是有覆無記法嗎？為什麼說欲界沒有有覆有表業呢？與二見相應的有覆無記法屬於見所斷，其心態為內觀，不能成為發起有表色之因，而有覆有表色屬於修所斷，是外觀之法，所以欲界無有有覆有表色。因此，由上述分析可知，欲界與初禪既具足有表色也具足無表色；二、三、四禪具足無表色，但不具足有表色；四無色界中，有表色與無表色均無有，

②邊執見：執自相續五蘊為常有或斷滅。
③壞聚見：對自相續五蘊有一種我和我所的傲慢。

可以分為三類。

戊二（旁述）分三：一、善等之分類；二、宣說等起；三、法之差別。

己一、善等之分類：

解脫即是勝義善，根本慚愧本性善，

相應彼等相應善，所作等為等起善。

相反不善有勝義，無記法即前所說。

解脫就是勝義善，三根本善與有慚有愧屬於本性善，與上述善等相應的心與心所即相應善，以善心所引發的身語之事即為等起善。與上述相反則為四種不善；有勝義無記法即是前面說到的虛空與非擇滅無為。

按大乘觀點，善惡唯以發心安立，心善則一切善，心惡則一切惡。本論則有不同觀點，即除等起善外，還有其他善法，因為發心不一定全部都是善，比如發心雖是善法，但因發心不究竟而殺害了眾生也會有果報，並且已經成為本性不善，不是本性善了。所以，善惡等雖與發心有關，但在事物本體上也應有善惡之分，如同火是熱性、水為濕性，事物本體上有它不共的特性。那麼應該分為哪幾類呢？善法分為勝義善、本性善、相應善、等起善；不善與無記也同樣可以分為四種，共有十二類。

勝義善是指涅槃，由於它解脫了苦與集所攝的一切痛苦，獲得最上安樂，從已經遠離的角度來說屬於勝義善法，如同無病之人。小乘將涅槃安立為勝義善，若按大乘說法，如《中論》中說「涅槃名無為，有無是有為」，本論所講到的無為法、虛空等均屬有為法，因有實與無實都是有為法，而所謂的涅槃則是大無為法，與本論觀點有所差別。本性善是指十大善地法中的無貪、無嗔、知慚、有愧，再加上無癡，共五個心所，因為它們不觀待其他任何心所，其本身就是善法，如同對症之藥，不需觀待他法，其本身就能治病一樣。那十大善地法中的其他心所為什麼不安立為本性善呢？這是本論的一種安立方法，因為下面將要講到的本性不善是指貪、嗔、癡、無慚、無愧，與之相反的善法即安立為這五個心所，是從主要而言的，沒有其他原因，實際上，其他的善心所也可以包括於本性善中，其他煩惱也可安立在不善當中。《自釋》以及其他講義中說，無貪應是對治貪心的一種心所，如果僅僅是無貪，則石頭、鋼鐵也具足無貪的本性，應將它們安立為本性善，但這顯然不合理，所以無貪無嗔等應是指對治貪心、對治嗔心等的一種心所。那什麼是相應善呢？凡是與無貪、無嗔、無癡以及知慚有愧相應的心與心所即稱為相應善。比如受蘊的本體並非善心，但它若與本性善中任一善心相應時，即可將之稱為相應善。或者在散亂位時，若以無貪之心攝持，則此時的散亂心也是一種相應善，就如同將藥放於飲料中，則此時的飲料已經變成了藥。由善心引發的身語有表色與無表色，即稱為等起善，那在行持善法時，其身體的四大是

不是等起善呢？四大不是等起善，因為四大不是有表色，四大當中所生的大種生，也即戒律是等起善，這就好像與藥配合之飲料中所出的乳汁般。

不善業應如何安立呢？與涅槃相反的輪迴就是勝義不善，此與十不善業當中的不善業有區別，因為從勝義不善的角度而言，三界輪迴皆為不善，而十不善業中的不善業，在色界與無色界是不存在的，這一點要進行區分。那為什麼說三界輪迴皆為勝義不善呢？因為輪迴是痛苦的本性，就如病痛時無有安樂可言一樣。本性不善、相應不善與等起不善的安立方法與善的安立方法相同。

勝義無記法是指非抉擇滅與無為法的虛空。本論頌詞中只提到了勝義無記法，在其他注疏中說：勝義無記法指非抉擇滅與虛空；本性無記法指器世界、根及根依，還有化心、工巧、行住坐臥之威儀等；相應無記法是與本性無記法相應的心和心所，比如與吃飯等非善非惡的行為相應的心與心所；等起無記是指以無記心作為等起，由此所引發的身語之業。

己二、宣說等起：

所謂等起分二種：即因彼時之等起，

其一初心二正心。見斷之識為加行，

意為修斷乃二者，五根識則為正行。

等起可以分為兩種，即因時等起與彼時等起。其中前者是指初心，如同加行；後者則指正心，也即正行。

與見斷相應之識唯屬加行；意識屬於修斷，它既是因時等起也是彼時等起；五根識僅為正行。

在《大圓滿前行引導文》的前面首先講到了兩種發心，一是廣大意樂菩提心之發心，二是廣大方便秘密真言之發心。此二者分別是顯宗與密宗的發心方法，按照佛教說法，「發心」應該是指等起，我們不論做什麼事，等起都非常重要，它可分為因時等起和彼時等起兩種，

這並非《俱舍論》當中的專有名詞，在中觀以及大圓滿當中也有這種說法，那因時等起和彼時等起是什麼意思呢？因時等起相當於最初的發心，比如一個人想要修五十萬加行，最初的發心即因時等起，如同加行一樣；開始真正修持之後，最初的發心一直沒有捨棄，這叫做彼時等起，也就是正行。殺生也是如此，首先想殺生的心是因時等起，然後拿刀殺牠時，這種想殺的發心未捨棄，即為彼時等起。上面講的是因時等起與彼時等起相同的情況，還有因時等起善，彼時等起不善的情況，比如一位道友剛到學院，你以善心讓他住在自己家裡，此因時等起是善的，住一段時間後，出現了矛盾，心裡不再想收留他，彼時等起即成為不善。還有一種情況是因時等起不善，彼時等起為善，比如屠夫殺犛牛，首先想殺牠，但正在行持時，生起悲心，放棄想殺的念頭，這就是因時等起不善，彼時等起為善。

那是不是所有的識均具有因時等起與彼時等起兩種

呢？不一定。與見斷意識相應的邪見只是因時等起，而無有彼時等起。這樣一來，

不是與經中說的「邪見中生邪分別、邪語、邪業」相違了嗎？不相違。邪見所引發的身、語等行為只是加行，也就是指因時等起，因此欲界當中不具足有覆有表業。若從彼時等起的角度講，則只有一禪具足有覆有表業，而經中僅是依因時等起來講的，並不是指彼時等起。意識既是因時等起又是彼時等起，因其不僅屬於見斷也是修斷，具有外觀的能力，所以二者都具足。五根識屬於無分別的外觀識，所以只具足彼時等起，比如在最初時，有「想看外面紅色柱子」的意念，但這只是意識在起作用，而不是根識，當根識正在起作用時，前面「想要看柱子」的分別念是沒有的，所以它只具足彼時等起，這一點，因明與《俱舍論》的觀點無有差別。

己三、法之差別：

初心善等正心三，能仁初心正心同，

或初無記正心善，異熟生心非二者。

初心為善等時，正心有善、不善、無記三種情況。能仁佛陀若初心善則正心必定為善，若初心為無記則正心可以為無記或善。異熟生心既非初心也非正心。

頌詞中的「初心」與「正心」分別指因時等起與彼時等起。初心與正心不一定完全相同，初心是善，則正心可以有善、不善、無記三種。比如最初發心出家的心是善，有些人能夠一直保持原有的善心；有些開始想孩子、親友等，於是想還俗，正心即為不善；有些人一直處於無記狀態，正心即為無記。同樣，若初心不善，則正心也有善、不善、無記，比如屠夫首先想殺生，此為初心不善，中間行持過程中，若惡心繼續增長，正心仍為不善法；若中間生起悲心，不想再殺，則正心轉為善心；若處於無記狀態，那正心也是無記的。初心為無記，正心也有善、不善、無記的三種情況。這是根據一般情況來講的。

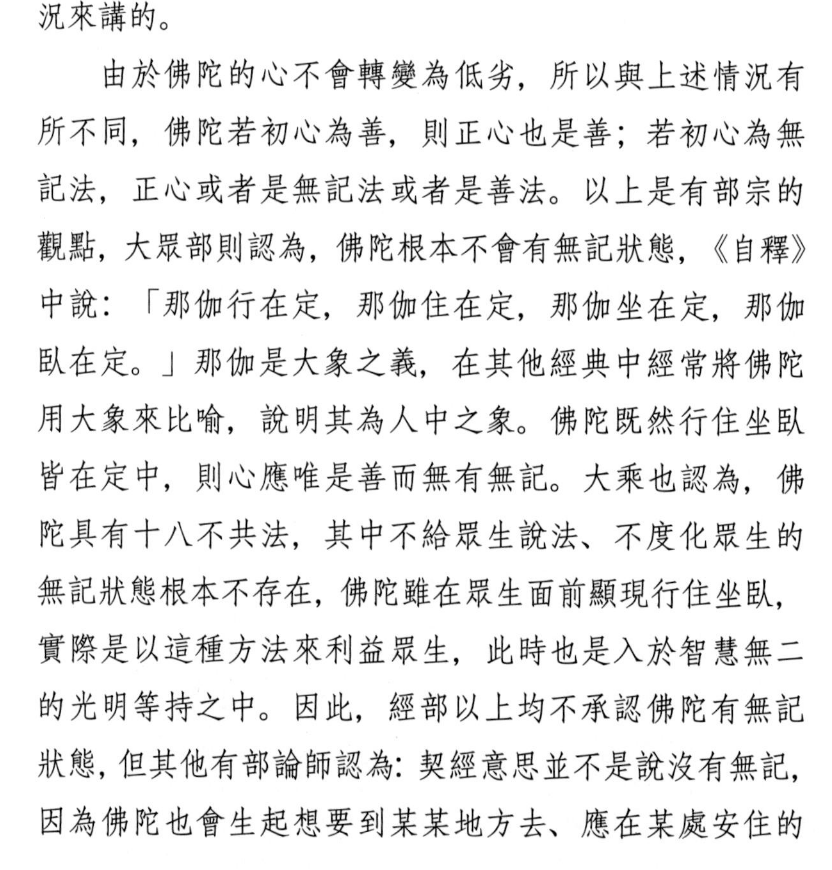

由於佛陀的心不會轉變為低劣，所以與上述情況有所不同，佛陀若初心為善，則正心也是善；若初心為無記法，正心或者是無記法或者是善法。以上是有部宗的觀點，大眾部則認為，佛陀根本不會有無記狀態，《自釋》中說：「那伽行在定，那伽住在定，那伽坐在定，那伽臥在定。」那伽是大象之義，在其他經典中經常將佛陀用大象來比喻，說明其為人中之象。佛陀既然行住坐臥皆在定中，則心應唯是善而無有無記。大乘也認為，佛陀具有十八不共法，其中不給眾生說法、不度化眾生的無記狀態根本不存在，佛陀雖在眾生面前顯現行住坐臥，實際是以這種方法來利益眾生，此時也是入於智慧無二的光明等持之中。因此，經部以上均不承認佛陀有無記狀態，但其他有部論師認為：契經意思並不是說沒有無記，因為佛陀也會生起想要到某某地方去、應在某處安住的

念頭，這應屬於無記的四種威儀，但這種無記狀態不會轉為低劣。

頌詞「異熟生心非二者」一句，在蔣揚洛德旺波尊者的注釋中解釋為「異熟生的心不是初心與正心二者，因為它不觀待現行而是自然出現的緣故」；在麥彭仁波切的講義中說，初心與正心二者屬於異熟生還是等流生呢？由於異熟生通過發心不能改變，所以「初心」、「正心」不是異熟生。

丁三（無表業之分類）分二：一、略說；二、廣說。

戊一、略說：

所謂三種無表色，即戒惡戒與中戒。

無表色有三種，即戒、惡戒、中戒。

唐譯中將戒、惡戒、中戒三者，分別譯為律儀、非律儀和非律儀非不律儀，因平時經常用「戒」，所以在這裡全部譯為戒。

三種戒應如何區分呢？戒是指斷除一切惡行的戒律，或者受持善法的戒律。惡戒是指發願長期或者終生受持不善法，比如屠夫若發願長年殺害旁生，其相續中即已獲得惡戒。中戒包括惡戒和戒律，比如發願一百天內受持八關齋戒，此即善法方面的中戒；若發願一百天內幫助屠夫殺眾生，這就是惡戒方面的中戒。

此處為何說是無表色之分類呢？戒律中包括有表色與無表色，只要相續中具足戒律，即具足無表色，比如相續中具足比丘戒，那在未破戒之前，無表色的戒律一直具足；有表色的戒律則不一定長期具足，當身體做出各種守持戒律的行為，口中也說一些守持戒律的話時，有表色的戒律具足，但無有此種舉動時就不具足，有表色與無表色的戒律有此差別。

這裡從主要角度，只講到了無表色的分類，但實際間接已經講到了有表色，就如同一位主尊出現時，其眷屬自然而然也會出現，這是解釋佛經的一種不共特點。

戊二（廣說）分四：一、宣說戒；二、具理；三、得捨；四、具戒之補特伽羅。

己一（宣說戒）分二：一、總說；二、詳說。

庚一、總說：

戒有所謂別解脫，無漏禪定所生戒。

戒律可分為別解脫戒、無漏戒和禪定戒三種。

別解脫戒是指欲界中的一種出離戒。《三戒論》中說，相續中若不具足出離心，則別解脫戒的戒體不會具足；若相續中不具足利他的心，則菩薩戒不會具足。因此，別解脫戒的本體就是心裡想要從三界中出離，小乘認為，別解脫戒就如同擋水的水壩一樣，有實體存在。大乘以上認為，別解脫戒是一種斷心。那既然是斷除惡行的一種心，僅在心裡發願可不可以獲得戒體呢？不可以。大乘經典中說：別解脫戒必須通過儀軌或阿闍黎獲得，甚至皈依戒也要在具緣上師面前受持，之後才會得戒。別

解脫戒主要以欲界身分來受，但並非只出離欲界，而是從三界輪迴中出離。

禪定戒，唐譯為「道生律儀」，指色界天人通過禪定獲得的一種戒律，其由修道產生。無漏戒是聖者相續中不造惡業的一種得繩，此戒體在獲得聖道時自然而然獲得。

庚二（詳說）分三：一、別解脫戒；二、禪定戒與無漏戒；三、旁述。

辛一（別解脫戒）分四：一、分類；二、本體；三、釋詞；四、具戒之補特伽羅。

壬一、分類：

所謂八種別解脫，實際戒體唯有四，

除名稱外無變故，彼等異體不相違。

別解脫可分為八種，但實際戒體只有四種，除名稱轉變外其他皆無變化。比丘、沙彌、居士三戒以異體的方式在同一相續中存在，互不相違。

別解脫戒共有八種，即比丘戒、比丘尼戒、正學女戒、沙彌戒、沙彌尼戒、男居士戒、女居士戒、齋戒。齋戒雖未分男女戒律，但從人的形體以及受戒時間長短來分析時，已經作了區分。以上八種別解脫戒當中，比丘、比丘尼戒為一類，如比丘尼變性則成為比丘、比丘變性即可成為比丘尼，只是名稱上有所改變，於戒的本質上可算為一類。正學女、沙彌、沙彌尼也是如此，可

歸為一類，但此中沒有沙彌變性成為正學女的情況，而正學女變性之後即成為沙彌。男、女居士戒可歸為一類。齋戒是獨立的一類。

那麼，三種戒律在本體上是一體還是異體呢？按小乘觀點，所有戒條在同一人的相續中以不混雜的方式存在，比如做居士時受了不殺生的戒，後來做沙彌又受一個不殺生戒，於做第四分別業品

比丘時也有不殺生戒，這三種不殺生的戒體在此人的相續中以異體方式存在；若受持梵淨行，則於此人相續中同時存在兩個戒，因為居士戒當中沒有這一條。

那在捨戒時，是三戒一起捨棄還是只捨棄其中的一個戒呢？比丘在知言解義者面前說捨戒時，雖然不再有比丘戒，但沙彌戒仍然存在；若比丘戒和沙彌戒均不能受持，則居士戒仍然存在，有部宗認為，捨上上戒時，下面的戒體可以存在。一般來說，捨比丘戒和沙彌戒後，大乘也承認居士戒不會捨棄，因為受戒儀軌必須依照小乘儀軌來做。

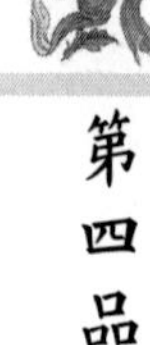

那麼三種戒體在同一相續中如何能夠不相違呢？《三戒論》中引用無垢光尊者《大圓滿禪定休息．淨車疏》的教證：「一位補特伽羅相續中具足三戒而守護，自體不混、需遮皆圓、本體轉依、功德上具、要訣不違，應時主行。」雖然《三戒論》中所講到的三個戒是指密乘戒、菩薩戒和別解脫戒，但實際比丘、沙彌和居士戒也可如此理解，

尤其在戒的本體上，經部認為，真正實有的有表色不存在，而假立的有表色應該承認。麥彭仁波切在《智者入門》中也說，大乘應該承認戒律的有表色，如果不承認的話，那就不必在上師面前通過儀軌和表示來受戒了。《俱舍論》確實是小乘觀點，但我們務必要精通，因為不管是行持戒律、受持善法，還是對業因果以及輪迴痛苦進行分析抉擇，有部宗的觀點不可缺少，其中的某些觀點可以說屬於一種宗派的分別執著，不過大乘可以不承認這些分別執著，而在分析業因果等問題時一定要承認有部的觀點。

壬二、本體：

受持斷除五八十，以及一切諸所斷，

依次立名為居士，齋戒沙彌與比丘。

受持斷除五條、八條、十條不善業的戒律，依次為居士戒、齋戒和沙彌戒；受持斷除一切身、語不善業的戒律即為比丘戒。

別解脫戒一般是有生之年受持，那它的本體是什麼呢？居士是指為比丘、比丘尼作承侍，需要守持斷除殺、盜、淫、妄四根本戒以及不飲酒共五條戒律。齋戒則在前五戒基礎上，加歌等蔓等、高廣大床、過午進食三種所斷，於一日之內需要受持，這是小乘齋戒。若是已經受過比丘戒或沙彌戒，就不應再受持小乘齋戒，因沙彌與比丘已經發願在有生之年斷除這些惡行，若捨棄有生之年的戒體，而去受持一日的戒體則屬破戒，但是，比丘與沙彌可以受持大乘齋戒，《三戒論》當中也專門講到了受持大乘齋戒的功德。

沙彌戒是在有生之年斷除十種所斷，即前面齋戒的八條中，將歌等蔓等分開，再加上取金銀。比丘戒，也稱為近圓戒，因與涅槃相趨近而得名，是指在有生之年斷除身語一切所斷。

壬三、釋詞：

俱得立名為律儀，妙行以及業戒律，

初者有表無表色，乃別解脫與業道。

律儀也可以稱為妙行、業和戒律，得戒第一刹那的有表色與無表色可稱為別解脫，由於是趨入業與心的因，故稱為業，又為趨入彼之途徑，也叫做道。

律儀等的名稱因何而得呢？因能遣除眾生煩惱的酷熱，獲得智慧解脫的清涼，故稱為律儀，梵語為「尸羅」，《入中論》中將其解釋為清除酷熱，如云：「猶如秋季月光明，能除眾生意熱惱。」《經莊嚴論》中以「令涼」對尸羅下了定義，意為獲得智慧解脫的清涼。又可以稱為妙行，因受戒者蒙受諸佛菩薩以及高僧大德之讚歎。依靠精勤守護可以獲得善妙功德，故也稱為業。因為要防止身、語之不善業，所以也叫做戒律，小乘一般並不著重破斥心裡所存在的貪嗔癡，但對身語之惡行卻嚴厲制止。

還可以稱為別解脫，因為從受持戒律的第一刹那開

始，即可以使自己從輪迴中獲得解脫，故也叫別別解脫；從此時起，自心受到約束，故而稱為業；依此可以獲得真實正道，所以也叫做道。從第二剎那起，乃至未捨之間稱為別解脫戒。在這裡，別解脫戒與別解脫不相同，別解脫戒是從戒律角度講的，而別解脫是從解脫的角度來講，一般聲聞乘的戒律不一定是別解脫戒，薩迦班智達曾在這方面有過相關辯論，他說：如果未以出離心攝持，則不能稱為別解脫戒，可以說是別解脫方面的戒律，但不是真正的別解脫戒。也就是說，以出離心攝持的戒律才是真正的別解脫戒，以菩提心攝持的戒律才是真正的菩薩戒，若出離心與菩提心不具足，則不能稱為真正的戒律，只是相似戒律而已。

本論認為，聲聞戒律應該具足有表色與無表色。《三戒論》當中也說：「有部宗認為別解脫戒是身語所生的，因此於有表色與無表色二者的本體中產生，住於無表色中。」比如在上師前頂禮、念誦受戒儀軌時，此為身體、語言的有表色，受戒之後乃至未捨戒之間，如磕頭、誦戒等為身語有表色，若未作此等行為則有表色不存在；無表色的戒律不同，在得戒後，若未出現捨戒之因，那在死亡之前無表色的戒律一直存在。既然如此，那薩迦班智達在《分析三戒論》中說「聲聞戒律無表色」是什麼意思呢？格魯派有些高僧大德也曾針對這個問題提出過疑問：「薩迦班智達在《分析三戒論》中說『聲聞戒律無表色』，這不是明顯與世親論師《俱舍論》的觀點相違了嗎？」薩迦派的果仁巴大師對此解釋說：這句話的意思並不是說聲聞戒律全部為無表色，而是說無表色占重要位置。因為無表色的戒律自始至終一直存在，但有表色不一定，從這個角度說聲聞戒律為無表色。

壬四、具戒之補特伽羅：

具有別解脫戒者，八種補特伽羅也。

具有別解脫戒的補特伽羅共有八種。

補特伽羅的含義比較廣，它可以包括所有眾生，在這裡可以理解為人。前面已經從別解脫戒本體的角度進行了分類，此處從受戒者的角度，也可將其分成八類，即比丘、比丘尼、正學女、沙彌、沙彌尼、男居士、女居士以及受齋戒的補特伽羅。

辛二、禪定戒與無漏戒：

生禪定者具禪戒，聖者具有無漏戒。

具有禪定等持者具足禪定戒；通過出世間道斷除自相續煩惱者，因獲得了聖者果位，故相續中具足無漏戒。

辛三、旁述：

最後二者隨心戒，無間道中生彼二，

未至定中稱斷除，正知念二意根戒，

禪定戒與無漏戒屬於隨心戒，若於未至定無間道中產生時則可稱為斷除之戒。正知正念若從屬於意識產生即為意戒，若從屬於根識產生則稱為根戒。

上面所講到的禪定戒與無漏戒屬於隨心戒，因為心入定時戒律存在，心未入定時戒律則不存在。別解脫戒在無心與散亂位都存在，所以不是隨心戒。一般來說，禪定戒、無漏戒均為無表色，而別解脫戒則既具足有表色又具足無表色，麥彭仁波切在《俱舍論》的注釋中說：雖然無表色與有表色是小乘的一種安立方法，但這種色法的戒律大乘應該承認，因為戒律是斷除惡心的一種相續，在這種情況下，無表色與有表色完全不承認不合理，但若按照小乘的觀點承認其為實有也不合理。大乘對戒律進行了圓滿的解釋，如《入行論》中說：「獲斷惡之心，說為戒度圓。」

禪定戒與無漏戒也可以稱為斷除之戒，因於一禪未至定的無間道生起此二戒，此時以其強大的力量能夠斷除欲界煩惱以及惡戒。無間道是指無有任何障礙，馬上可以獲得解脫；解脫道即完全將煩惱排除，如同關上門一樣。每一個道根據其層次不同可以安立無間道與解脫道，資糧道、加行道、見道、修道均有此二者。那什麼叫未至定呢？未到達正定的預備階段即稱為未至定。

前面已經介紹了身、語之戒，那意戒如何解釋呢？經中說「眼根以戒守護而住」，根戒又是指什麼呢？意戒是指意識群體中具足正知正念，根戒則是指正知正念隨從根識而產生。但是，正知正念屬於一種分別念，而根識無有分別，那應如何理解根戒呢？實際上，在意識起作用後，根識也會受到束縛，比如受戒後，以正知正念的攝持，耳根不聽流行歌曲，眼根不貪著悅意色法，由於意識的支配，根識具備了一種保護的能力，從這個角度可以說眼根等具有正知正念的部分。

己二（具理）分三：一、具無表色之理；二、具有表色之理；三、宣說四類具戒。

庚一、具無表色之理：

乃至守別解脫者，未捨間具現無表，

一剎那後具過去，守惡戒者亦復然。

守別解脫戒者乃至未出現捨戒之因前一直具足現在的無表色，第一剎那以後還具足過去無表色。守惡戒者也是如此。

無表色的戒律在人的相續中如何存在呢？

受別解脫戒之後，從開始到最後，只要未出現捨戒之因就一直存在現在無表色，在得戒的第一剎那之後，相續中仍具足過去無表色，比如受比丘戒，第一剎那乃至第二剎那、第三剎那之後均具足現在無表色，但在第二剎那之後，相續中還會存在過去的無表色。這也是小乘的一種說法，若從假立相續的角度來說可以，就如同河流一樣，但是真正過去的無表色存在的話，以中觀理是經不起觀察的，否則會有恆常存在的過失，不過，因小乘承許未來、過去、現在三時成實，所以出現上述這種特殊觀點也可以理解。

如果相續中受持的是惡戒，則只是將名稱改變一下，其他沒有不同。

具有禪定戒律者，恆具過去與未來，

聖者第一刹那時，不具過去無表色，

入定及住聖道二，具現在之無表色。

具禪定者從第一刹那開始恆時具有過去與未來的無表色；聖者無漏第一刹那時不具備過去無表色。於有漏禪定中入定以及安住於聖道之中時，二戒的現在無表色具足。

凡夫眾生於輪迴中不停地流轉，如同瓶中的蜜蜂，色界、無色界都會轉生，那麼，曾經具足的禪定雖然已經退失，但過去得繩於現在可以存在，因此，具有禪定者應該有過去與現在兩種無表色。無漏戒與禪定戒不同，因眾生在輪迴中從未得過聖者果位，所以相續當中沒有過去無漏戒的得繩，在獲得無漏第一刹那時不具足過去無表色。入定或者住於聖道的話，具足現在的無表色。聖者與禪定者在出定時也不具足無漏戒與禪定戒，此二者均為隨心戒的緣故。

守中戒者如若有，初具中戒無表色，

此後具二無表色。守惡戒具善無表，

守戒者具惡無表，乃至淨染強烈間。

守中戒者若存在無表色，則第一刹那時具有現在無表色，之後具足過去與現在兩種無表色。守惡戒者與守戒者在沒有出現強烈的清淨心與染污心之前，一直可以存在善或惡的無表色。

由於無表色屬於色法，必須有強烈的發心才能將其引發出來，所以受中戒者根據發心程度的不同，有些具足無表色，有些不具足無表色。如果具足無表色，則於最初第一剎那時具有無表色，第二剎那之後具足過去、現在兩種無表色。

守惡戒者相續中可以具足善無表色，守戒者也可以具足惡的無表色，那這樣的無表色如何具足呢？若相續中未出現強烈的清淨心或染污心，這種惡的無表色與善的無表色就會一直存在。比如屠夫想一輩子殺生，其相續中即具足惡無表色，若中間善根萌發，突然想受齋戒，那麼，在守持齋戒期間一直具有善妙無表色，當他再次拿起刀子去殺生之時，此善妙無表色中斷。再比如一位比丘，若突然出現惡心要殺犛牛，此時，他相續中既具足別解脫戒的無表色也具足惡中戒的無表色，後來如果覺得殺生不好，以強烈的清淨心斷除時，惡中戒的無表色不再存在。因此，按小乘觀點，一個人的相續中可以同時具足善的有表色無表色、惡的有表色無表色。

庚二（具有表色之理）分二：一、真實宣說；二、旁述。

辛一、真實宣說：

有表色則於一切，正作現具未捨間，

後具過去無未來，有無覆亦無過去。

有表色於一切正作而未捨棄之時，現在有表色一直具足，之後具足過去有表色，而沒有未來有表色。有覆與無覆無記法不僅不具足未來有表色，而且也不具足過去有表色。

無論守持戒、惡戒，還是中戒，只要身語正在造作，而且第一剎那之念沒有捨棄之間，現在有表色一直具有。第二念之後則具有過去有表色，因未來心還沒有產生，所以不具足未來有表色。

有覆與無覆無記法不具足未來有表色，而且由於力量非常薄弱，不能與過去得繩相連，所以過去有表色也不具足。有人也許會想：無記心既然可以通三世，為什麼無記有表業只具足現在有表呢？《自釋》中說：「表昧鈍故，依他起故。」無記有表業勢力的微劣程度要甚於無記心，而且它必須依靠無記心而生起，所以無記有表業只具足現在有表色。

辛二、旁述：

稱為惡戒及惡行，破戒與業及業道。

惡戒還可以稱為惡行、破戒、業以及業道。

並非斷除輪迴根本之戒律，故稱為惡戒。以此種惡劣行為，不僅會受到人們的指責，而且也會受到諸佛菩薩以及聖者的呵斥，所以叫做惡行。屬於戒律之違品，故可稱為破戒或壞戒。通過這種行為而造作惡業，如屠夫殺生，所以是業。此惡戒乃造惡業之途徑，故稱為業道。

庚三、宣說四類具戒：

守中戒者心弱故，若作則具有表色，

捨棄有表尚未生，聖者則無有表色。

守中戒者因為心力薄弱，若以身語行事則具有表色；已捨棄前世而後世尚未產生有表色之聖者，不具足有表色。

無表色具足或者不具足的情況，在頌詞中只說到不具足無表色和只具足無表色兩種。不具足無表色者是心力很弱的守中戒者，若發心很強則既能引發有表色也能引發無表色，但因其心力微弱，所以無表色不會具足，而當他正在行持身語之事時，可以具足有表色。僅僅具足無表色，是指一位聖者已經死歿但尚未產生後世有表色的這一階段，因為此時他相續中的禪定無表色或者無漏無表色具足，而以前的有表色已經捨棄，後來的尚未生起，所以僅僅具足無表色。比如一來聖者，在欲界中獲得一來果位，當他死後又轉生時，以前的有表色已經捨棄，在剛入胎時，今生的有表色並沒有生起，此時，他相續中的無漏無表色應該存在。這主要是指聖者而言的，有些凡夫也可以有，比如凡夫以前具足禪定戒律，那麼當他前面有表色捨棄而後面有表色尚未產生時，也只具足無表色，但並不是所有凡夫都有這種情況。

有些道友提出這樣的問題：禪定戒與無漏戒屬於隨心戒，那麼，上面這種只具足無表色的情況，是不是這

位聖者一直在入定呢？這個問題，如果是針對唯識宗而問的話，那就比較好解釋，也就是說，此時雖然沒有明顯的心，但隱藏的習氣存在。小乘有部宗有自己的獨特觀點，當他們想說明某些不明顯的法存在時，不管是過去、現在，還是未來，都可以用得繩代替。所以，應該承許無表色以得繩方式存在，而且隨心戒在很多時間均以得繩方式存在。

還有頌詞上未提到的兩種情況，二者皆具足和二者皆不具。有表色與無表色都具足，比如受戒者，其相續中具有別解脫戒的無表色，若出現守持戒律的行為時，則也具足有表色，因此有表色、無表色二者均可以在其行為中表現出來。有表色與無表色皆不具足是指前三種情況以外的無色界眾生。

己三（得捨）分二：一、得法；二、捨法。

庚一（得法）分三：一、戒之得法；二、惡戒之得法；三、中戒之得法。

辛一（戒之得法）分二：一、如何獲得；二、從何獲得。

壬一（如何獲得）分二：一、禪定無漏戒之得法；二、別解脫戒之得法。

癸一、禪定無漏戒之得法：

禪定戒依定地得，無漏戒依聖道獲。

禪定戒依靠入定而得，無漏戒依靠聖者之正道獲得。

禪定戒與無漏戒應如何獲得呢？在未至定時通過精

勤修禪定可以獲得禪定戒；在正禪時不用勤作，依靠未至定的能力於無間道時自然而然獲得禪定戒。獲得無漏戒有兩種方法，一是離貪者依靠世間道修行獲得，二是依靠出世間道獲得。

癸二（別解脫戒之得法）分二：一、真實宣說；二、旁述。

子一、真實宣說：

所謂別解脫戒者，依他有表色等得。

別解脫戒依靠他人的有表色等方式獲得。

七種別解脫戒可以通過親教師等人的身、語有表色得到，比如親教師要求受戒者頂禮、重複羯摩儀軌，並且彈手指，通過此有表色的表示方法，受戒者相續中即可獲得無表色的戒律。

頌詞中的「等」字是指十種近圓，《三戒論》中說：「自然證智傳信圓，承認本師許八難，善來四白問答等，受者心淨聖者師。」佛與緣覺是自然近圓，他們是通過證悟二種智慧而獲得；五比丘在獲得真諦的同時獲得比丘戒，以上三種均是通過無表色方式而獲得，就是為了包括此三者，所以頌詞當中用了一個「等」字。其餘七種則均是依靠有表色而得，比如妙譽尊者依靠佛說「善來」而獲得近圓；大迦葉由承認「您是我的導師，我是您的聲聞」而得近圓；善施由於答問令佛心喜而得近圓；《律詞品》中云：「親從比丘受近圓，半月比丘處受教，

於比丘處許夏住，僧尼二眾作解制，犯此於二眾遷悅，不言比丘犯戒戒，不得輕侮諸比丘，頂禮恭敬新比丘。」眾生主母由承許修學此八難斷法而得近圓；供施女依烏波拉比丘尼的傳話而得近圓；中土十人、邊地五人具行白四羯磨獲得近圓；六十善群比丘由許三皈依而得近圓。

子二（旁述）分三：一、戒惡戒時間固定；二、齋戒之特點；三、居士戒之特點。

丑一、戒惡戒時間固定：

即於有生之年中，及一日內真受戒，

無有一日之惡戒，傳說彼無此受法。

一日之中真實受持為齋戒，有生之年中受持別解脫戒。沒有一日中受持惡戒之說，傳說是沒有受戒的方法。

受戒的時間是固定的，如七種別解脫戒是在有生之年受持，齋戒則是在一日之內受。那惡戒的時間也固定嗎？有部認為，可以在有生之年受持惡戒，但因為一日之中受持惡戒的方法無有，所以沒有一日之惡戒，因為它是世人所痛斥的惡行。不過，世親論師對這種觀點表示不滿，他說：既然受一日惡戒受到世人的痛斥，那有生之年受惡戒同樣不應該有，但是有些人發下這種造惡業的願之後，其惡戒已經得到，既然如此，一日惡戒也應該無有理證的危害。世親論師從理論上作了這樣的分析，但因為佛經中只是說齋戒為一日戒，卻並沒有說惡戒也有一日戒，這樣一來，我們也只能依照有部觀點來承許，但若從理論上講，世親論師的觀點應該合理。

丑二（齋戒之特點）分三：一、受法；二、分支固定；三、所依固定。

寅一、受法：

身居低處重複說，不佩裝飾明晨前。

具足齋戒之分支，清晨於他前受戒。

受齋戒者應在清晨於比丘等他眾前得受，此時應坐於低處，跟隨重複上師所說齋戒的每一支分戒。在受戒時，不能佩帶裝飾，於第二天日出前一直守持。

齋戒應於何處受呢？有部宗認為，一定要在比丘面前受，其他經典中說：居士也可以傳授齋戒，但其必須通達儀軌。按照世親論師和無著菩薩的觀點，一年之中受一次齋戒即可，其他時間如每月三十或初八，自己可以在佛像前受。受戒時間應在早餐之前，也有說早餐後亦可以受戒。

受戒的方式如何呢？傳戒阿闍黎應坐於高位，受戒者則坐於較低處，跟隨阿闍黎重複齋戒所具足之支分三遍。若與傳戒者同時或先讀則有不恭敬之過。

受戒時的裝束如何呢？除平時經常佩帶的裝飾品外，其他裝飾均不允許佩帶。

受戒時間為多久呢？受戒時間為一日，也即從受戒開始直到第二天日出之前，或者到翌日清晨能夠清晰辨認手紋為止。

寅二、分支固定：

次第四為戒律支，一不放逸三禁行。

依彼則會失正念，以及成為驕傲者。

齋戒的八條支分戒中，前四條為戒律支，中間一條為不放逸支，最後三條為禁行支。若不守持不放逸支，則依此會喪失正念；若不行持後三禁行支，就會變得驕傲自滿。

齋戒所具足的八支分戒，是以何理由安立的呢？殺盜淫妄四根本罪屬於自性罪，若斷除此四條則可斷除非理作意，所以這四條根本戒屬於戒律支。戒酒為不放逸支，人在飲酒之後，即會神志不清，對許多合理不合理之事不能夠了知，嚴禁守護惡行的正念喪失無餘。若不能斷除歌舞、高廣大床、非時進餐，會使自己處於放逸之中，變得極為驕傲自滿，對輪迴也無法生起厭離之心；若能斷除此三支，一方面有助於自相續對世間瑣事產生厭離，另一方面也可以脫離其他人的惡行，所以此三條屬於禁行支分。

寅三、所依固定：

他者雖亦具齋戒，然未皈依者無有。

除居士外也有具齋戒者，但未皈依者不會具有。

此句頌詞一般在講皈依時都會作為教證引用，以此說明皈依的重要性，《皈依七十頌》中也有類似的詞句，如「眾雖皆有戒，未皈依不得」。

守持齋戒的最主要前提即是皈依。《三戒論》中也說：若一人僅作皈依而未受居士戒，則此人可否稱為居士呢？按照聲聞乘某些宗派的觀點來說，僅僅皈依三寶，其相續中即已受持三寶的戒律。但是，若未作皈依，也就談不上齋戒、居士戒或者沙彌戒了。

丑三（居士戒之特點）分三：一、真實宣說；二、別說皈依境；三、分支固定。

寅一、真實宣說：

承諾即為居士故，宣說戒律如比丘。

設若一切均為戒，何言行持一分等。

傳聞守彼而得名，下品戒等則隨心。

自己承諾時即獲得居士戒，但後來仍需如同比丘一樣對其宣講戒律學處。假設一切戒條均為居士戒之支分，那為何又說行持一分戒等呢？傳聞是根據各自能力守持一分等而得名的，根據各自發心的不同而成為下品戒等。

克什米爾論師說：先皈依三寶，再自己承諾：「請尊者攝受我，我願意守持居士戒。」此時即已成為居士，並可生起戒體，《自釋》中也引用了《大名經》的教證，說僅僅自己承諾皈依三寶便可生起居士戒。

經部宗認為這種觀點不合理。僅僅自己承諾不能生起居士戒，應首先皈依佛、皈依法、皈依僧，之後說「有生之年要守持居士戒」，然後跟隨阿闍黎重複念誦每一個戒條三遍，之後才可以獲得居士戒。如果僅僅念誦前

面皈依三寶的偈頌即獲得居士戒，那宣說學處不是沒有必要了嗎？

有部認為，宣說學處還是有必要，因為雖然生起戒體，但並不了知各種學處，所以需要對其宣說戒律學處，以便其謹慎守持，如同比丘戒通過白四羯磨獲得後，仍要對其宣說比丘戒學處一樣。

這種說法也不合理。因為不論是齋戒還是居士戒，每一種戒都有其各自的學處，上師一邊念誦此學處，受戒者心裡應邊發願邊觀想，若不是如此，則此戒不是真正的別解脫戒。薩迦派果仁巴在《三戒論》的注釋中說：齋戒的八條戒律，根據受戒者發心的不同而有所不同，若發心自己今生當中能脫離怖畏，則此戒屬於救畏戒；若發心獲得人天福報而受持戒律，則成為善願戒；如果以出離心攝持，此戒才可以稱作別解脫戒。沙彌戒與比丘戒也是如此，根據受戒者的發心而有種種差別。

另外，有部認為，在最初承諾時，所有學處均要守護，而在真正守持時則可根據具體情況去守持其中的一分戒、二分戒、多分戒或者圓分戒。世親論師對此觀點表示不滿，因此在頌詞中說「傳聞」，經部認為：在受戒時，若只能守持一分戒就受一分戒，能守二分就受二分，首先在上師面前承諾時就應如此，否則是在欺騙上師，這樣不合理。而且，在受持一分戒等時，《大名經》的觀點是：必須以不殺生為前提，在此基礎上受持一分或者多分。

《毗奈耶經》則說：四根本戒中，不論守持哪一條均可。這兩種說法並不矛盾，而且，在兩個經典當中均要求戒酒，否則會失壞學處。

這樣一來，如果有人說：「殺生戒我可以守，但不能戒酒。」對這樣的人可不可以傳戒呢？經部中不是很明顯，但是總的來說，也可以給他授戒，因為若未傳戒，那他可能永遠沒有受戒的機會，傳戒之後，雖然不守酒戒，但對不殺生、不偷盜等戒律也許會守護得很好，所以，從功德的角度可以為他傳戒。但是，佛在經中說「凡皈依我者草尖露珠許酒亦不飲不灌，設若飲用，則彼非我聲聞，我亦非彼本師」，那給不能守酒戒者傳戒怎麼合理呢？經中是從聲聞羅漢或受戒比丘來講的，若僅僅皈依佛，不會成為聲聞阿羅漢，從這個角度來講，不戒酒也可以。不過，這裡的分寸應該掌握，有些人不要一聽到這樣說，就非常贊同地說：「對，對，喝酒可以，吃肉可以，只要心中有佛就行了。」這樣的範圍就太廣了，肯定不合理。

戒律也可分為上品、中品、下品，比如發心很大者，所有比丘戒的違品全部可以斷除，這就是上品戒；中等發心者只能守持沙彌、沙彌尼的十條戒律，故為中等戒；居士等一些在家人不能圓滿受持學處，所以是下品發心。《自釋》中說：「八眾所受別解脫律儀皆隨受心有下中上品。」比如在受比丘戒時，不同的人根據自己發心的

不同也可分為上、中、下三品。正因為是以發心將戒分為上、中、下三品，而不是以人來區分，所以有些凡夫的戒可能比阿羅漢所受之戒更為上等，《自釋》中說：「由如是理，諸阿羅漢或有成就下品律儀，然諸異生或成上品。」

寅二、別說皈依境：

所謂皈依三寶尊，即是皈依能成佛，

無學法與有無學，僧眾以及涅槃法。

皈依之對境應為三寶，即能成佛之無學法為佛寶，有學無學僧眾相續中的道諦為僧寶，涅槃滅諦為法寶。

前面已經講到，不論守持何種戒律，最主要的前提即是皈依，那皈依的對境是誰呢？應皈依能成佛的佛、法、僧三寶。此處的佛寶是指能成佛的無學法，也即盡智與無生智④，並非皈依佛之色身，因為佛陀的色身與悉達多太子時的身體無有差別，均為苦諦與集諦所攝，屬於有為法，具欺惑性，因此身體不是皈依處，佛陀的智慧才是真正皈依處。在皈依時，應皈依所有佛而並非僅皈依一尊佛，因諸佛所獲得的斷證功德相同。所皈依的僧寶

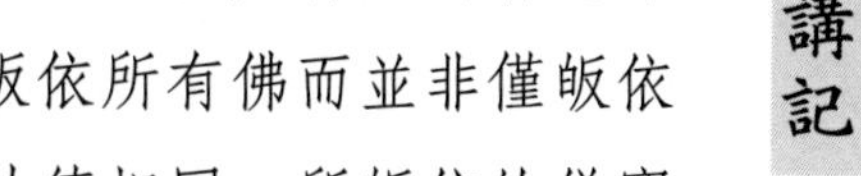

是指相續中的道諦。頌詞中的「有無學」包括四向四果，由此八果所攝之僧眾相續中的道或者功德即為皈依處。與佛寶相同，僧眾的身體不是所皈依之處。皈依之法寶是指通過抉擇而獲得的涅槃滅諦。

④盡智與無生智：佛陀相續中滅盡一切煩惱、獲得圓滿智慧之功德。

既然佛陀的身體不是皈依處，那為什麼以惡心出佛身血會犯五無間罪呢？這是世親論師對有部提出的妨難，那有部如何回答呢？「壞彼所依彼隨壞故。」有部認為，雖然佛陀的身體並非真正的佛，但對色身作損害，對佛的法身也有損害。經部認為，這樣的承許不合理，實際上，佛的色身與法身均為滅盡智，而色身是世出世法之能依，若對色身作損害，間接也會有損法身，《自釋》云：「應唯執成比丘戒即是比丘。」經部宗以此對有部發了一個太過：按照你們的觀點，那比丘應該唯一是指無表色的比丘戒，除此之外，再無比丘可言。因此，佛的身體應該是佛陀，否則上述過失無法避免。大乘則有完全不同的觀點，皈依佛是指皈依佛陀的身、語、意，並非僅僅皈依佛陀的智慧。

那皈依的本體是什麼呢？《自釋》中說：「語表為體。」也即通過語言來表達以後，即是皈依的佛教徒。但實際上，真正的皈依應在內心，口頭的皈依只是一種形象，如果內心真正發願：自此以後再不皈依任何天魔外道，唯一皈依殊勝的上師三寶。這才是真正的皈依。

皈依之後有何功德呢？《自釋》中引用《雜事律》的一個教證說明：「眾人怖所逼，多皈依諸山，園苑及叢林，孤樹制多等。此皈依非勝，此皈依非尊，不因此皈依，能解脫眾苦。諸有皈依佛，及皈依法僧，於四聖諦中，恆以慧觀察。知苦知苦集，知永超眾苦，知八支聖道，

趣安隱涅槃。此皈依最勝，此皈依最尊，必因此皈依，能解脫眾苦。是故皈依，普於一切受律儀處為方便門。」眾人在出現恐懼與違緣時，有些皈依山，有些皈依園林、樹木，但這並非真正的皈依處，因為皈依它們之後，不能使眾人解脫諸苦。真正的皈依處只有佛、法、僧三寶，皈依三寶之後即可獲得寂滅的涅槃果位。因此，只有皈依三寶，才能從輪迴中獲得解脫，平時所顯現的恐怖、違緣等均是三寶加持所顯現之依怙處。大家若能真正生起這種定解，三寶的加持一定會很快融入自相續。

寅三、支分固定：

邪淫極受譴責故，易守不作得戒故。
依照承諾而得戒，並非於諸相續離。
倘若已違諸學處，則會言說妄語故。
佛制罪中唯戒酒，是為守護他戒故。

邪淫會遭到智者的譴責，作為居士很容易受持，且只要不做即可得戒，居士因承諾不行邪淫而獲得戒體，但並非是承諾不與他相續作非梵行。如果違犯各種學處，就會言說妄語，所以將妄語立為戒條。居士的佛制罪中只將飲酒立為戒條，因為以此可守護其他戒律。

其他出家人的戒律中，所有的非梵行均要斷除，為什麼居士只需斷除邪淫就可以呢？對在家人來說，斷除非梵行很難做到，邪淫會受到世間與出世間智者的譴責，所以居士只需斷除邪淫。那男女居士若再次婚娶，是否犯戒呢？居士只是承諾不以貪欲行邪淫，而並非是承諾不與他相續作非梵行，因此再次娶妻不會犯戒。

四種語業中為何只將妄語安立在居士的戒條中呢？妄語一般是指「大妄語」，比如未獲得神通說已獲神通，未證悟說已經證悟等等。此處的妄語是要斷除一切妄語，因為如果未安立此戒，則別人問他是否犯戒時，他會說未犯，為了防止這一點，而安立了斷除妄語的戒條。

那居士的佛制罪中只有戒酒一條，又是什麼原因呢？《俱舍論》中將飲酒立為佛制罪，戒律中則將飲酒立為自性罪。由於飲酒可以使受戒者喪失正念，所以斷除飲酒，可以守護其他所有學處。

壬二、從何獲得：

欲界所攝一切戒，依二者與現眾得，

禪定戒與無漏戒，依靠正行諸時得。

欲界別解脫戒是由斷除不善業的所有加行、正行、後行而獲得，並且依靠斷除自性罪與佛制罪二者之基眾生與非眾生而得。禪定戒與無漏戒於三時中斷除不善業之正行而獲得。

無表色戒律總的可以分三個方面，即別解脫戒、禪定戒和無漏戒。那這種戒律是在什麼時間、依靠何種眾生、在怎樣的因緣下才能獲得呢？

欲界中的任何一條別解脫戒都有加行、正行、後行，當斷除不善業的加行、正行、後行時，即已獲得戒律之

加行、正行、後行。獲得方式可以從自性罪與佛制罪兩個角度來講，此二者又分別有基眾生、非眾生兩種情況。首先講自性罪，比如殺生，此為觀待眾生的自性罪，若將此斷除而獲得的戒體即是依靠基眾生而得之戒律；偷盜則是依靠非眾生而犯之自性罪，由斷除此等而得的戒體，就是依靠非眾生而得之戒律。其次是佛制罪，諸如接觸女人，因戒律中要求不能接觸女人，故此為觀待基眾生而得之戒；比丘一般不能割草，故是依非眾生而得的戒律。既然有依靠眾生而得的戒律，那是依靠過去、未來、現在何時的眾生而得呢？依靠現在眾生獲得。不管是殺生、邪淫還是妄語，均依現在眾生安立，因為過去與未來不能作為現在殺生等之基眾生。

也有一些特殊情況，比如說，在遭殺的眾生中有能殺和不能殺的兩種，能殺的比如面前的小蟲、犛牛等，不能殺的如雪山的獅子、地獄眾生，或者色界、無色界眾生。有些注疏中說，在發願時想：絕對不殺任何能殺的、不能殺的眾生，這種功德非常大。還有一種情況，比如從不殺生的角度可以獲得一種戒律，那是不是根據不殺生數量的多少，所獲得戒律的功德也有大小之別呢？經部認為，發願在未來彌勒佛時不殺眾生和現在釋迦牟尼佛時不殺眾生二者，其實從戒體的角度來講沒有差別。為什麼呢？因為在發願時是緣所有眾生，雖然眾生的多少可能會有差別，但在獲得的功德方面不會有差別。有部不承認上面這種觀點。有人還會有這種想法：能殺的可以發願不殺，但不能殺的沒必要發願吧！實際上，從大乘角度來說，發心一定要廣大，不論是能殺的、不能殺的，還有現在、過去、未來的所有眾生都不殺，這樣發願的功德相當大。其他戒條均可依此類推。

禪定戒與無漏戒的獲得方式與別解脫戒是否相同呢？不相同。禪定戒與無漏戒不觀待加行與後行，當真正獲得正行時自相續才會獲得戒律，而加行仍未正式入定，如未至定；後行則屬於出定之後，是下地的一種心態，因此得不到上地的境界。禪定戒與無漏戒不需觀待斷除佛制罪，僅是依靠斷除自性罪而獲得，其中有些通過修行禪定而得；有些是自然獲得，如在末劫時，很多眾生相續中的禪定境界會自然而然生起，當這種戒律生起時，相續當中自然會防護十種不善的自性罪。那為什麼不觀待斷除佛制罪呢？這兩種戒並非如同別解脫戒一樣有所承諾，因其無有正式的儀軌，也沒有佛制定的種種戒條，因此不依賴佛制罪。它們可以依靠三時獲得，因為隨心戒可在心中憶念，同時相續中會具足過去或者未來的得繩。

戒依一切有情得，支分與因有差別，

惡戒則依諸眾生，及諸支得非諸因。

戒律依賴一切有情獲得，但在支分和因上有差別。惡戒依一切眾生以及各種支分獲得，但並非依靠所有的

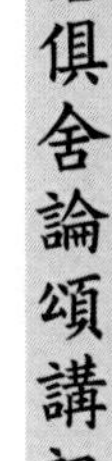

因而得。

戒律是依靠一切眾生獲得的，比如殺生，不分場地，不分未來過去，只要是眾生就不殺害。不邪淫指除自己的配偶以外，對其他任何人不做邪淫，而梵淨行是針對所有眾生來說的，因此必定是緣所有眾生而得戒，《自釋》中說：「以於一切諸有情所住善意樂方得律儀，異則不然，以惡意樂不全息故。若人不作五種定限方可受得別解律儀，謂有情、支、處、時、緣定。」有關五種定限，大家可以參看《自釋》或《三戒論》。雖然所緣均是所有眾生，但其戒條與因根據其所受戒律的不同而有所差別，比如比丘戒從身語的七所斷中獲得，而其他戒—

—沙彌戒、沙彌尼戒和居士戒等，它們並非身語七種所斷，比如妄語、綺語等並未要求斷除，

這是支分上的差別。若從因上來講，根據受戒者發心的不同，上品者，無貪、無嗔、無癡三種根本善可以同時存在；中品者只具足無貪、無嗔；下品者僅具足無貪或無嗔中的一者，但此上、中、下三品決定不會同時生起。

惡戒也是依靠一切眾生而得，其分支由殺生等所有業道中獲得，但它並非從所有因中獲得。為什麼不會從所有因中獲得呢？三根本不善不會同時產生，比如生嗔心時不會生貪心，生貪心時不會有嗔心，貪嗔癡三者一定不會同時生起，所以是從三者中的任一者獲得。

辛二、惡戒之得法：

惡戒則由行彼事，或由承諾而獲得。

正做此事或者承諾要做時會獲得惡戒。

惡戒在兩種情況下可以獲得，一是依種姓獲得，比如轉生於屠夫種姓中，他認為自己的種姓如此，當開始行殺時起即得惡戒；或者，雖然自己不是屠夫種姓，但為了生活，在主人面前發願要以殺生為業，並開始行持時就獲得惡戒。《自釋》中專門講了很多受惡戒的人，在其他講義中也說：在這種惡心未制止之前，有時雖然未做此種惡業，但相續中的惡戒一直在增長，如同生了菩提心以後，即使是睡眠狀態下，其功德也會一直增長一樣；受惡戒的眾生，在散亂或做其他事情時，其相續中的惡戒也是一直增長的。大家以後可能會遇到這類眾生，若自己有能力、有因緣，一定要讓他發願：從此以後再也不殺生。如果受惡戒者在臨死前有一顆斷惡心，則其相續中的惡戒已經斷除，若在此基礎上再行持一點善法，會有相當大的功德。

辛三、中戒之得法：

剩餘無表則依田，承諾恭敬而獲得。

中戒可以通過田、承諾以及恭敬心三種方式獲得。

中戒無表色可由田中獲得，如七種實生福。若中斷別人的傳承，殺害上師、道友等嚴厲的對境，也會獲得惡戒。依靠承諾獲得，比如發誓未頂禮佛就不用餐，或

者未殺生之前就不睡覺。由猛烈的發心也可獲得，比如認為上師的教言特別殊勝，在一個月中應該認真背誦，這是善法方面的恭敬心與信心；或者，對看電視生起強烈的貪心，一個月中發願看電視，這是惡法方面的中戒。

庚二（捨法）分三：一、戒之捨法；二、惡戒之捨法；三、中戒之捨法。

辛一（戒之捨法）分二：一、別解脫戒之捨法；二、禪定無漏戒之捨法。

壬一、別解脫戒之捨法：

還戒以及死亡時，出現兩性斷善根，

抑或已經過一夜，則已捨別解脫戒。

有說犯罪亦捨戒，餘說正法隱沒捨，

克什米爾論師許，犯罪具二如債財。

捨別解脫戒有幾種情況，即還戒、死亡、出現兩性、斷善根，齋戒若過了一夜也會捨棄。有些宗派認為，犯一條戒則所有戒律皆捨；還有說正法隱沒時會捨棄戒律；克什米爾論師認為，一人相續中，具戒與破戒可以同時存在，如同富裕者既具足財富也具足欠債一樣。

捨戒有以下幾種情況：第一種是還戒，一般來說，作為出家人一定要守持清淨的戒律，因為它是一切功德的根本，若確實不能守持時，應在知言解義者面前捨戒，這樣一來，一方面不會有犯戒的過患，另一方面對佛的戒條有尊重之心，以後重受也有恢復的機會。第二種是在死亡的情況下會捨別解脫戒，別解脫戒是有生之年受持的戒律，死亡時無有所依之故，戒會捨棄。第三種情況是頓時出現兩性，若男、女二根同時出現，即會捨棄戒律；若僅一根出現，也即變性時，改變三次之前，戒律的所依可以存在，但若頓時出現兩性即已經失去戒律的所依，此時便會捨戒，戒律中說：若後來又恢復正常，需要重新依靠儀軌受戒。第四種情況是斷善根，若相續中生起無有因果、無有前後世、無有善惡果報的強烈想法時，相續中的善根已經中斷，以前所受之戒同時捨棄，若後來再次依靠其他善知識的攝受，相續中又生起正見，則此善根可以恢復，但戒律必須依靠儀軌重新受持。不過有些人會產生懷疑：因果、前後世等到底存不存在？這種想法屬於猶豫，在強烈的「不存在」的念頭未生起前不會中斷善根。第五種是齋戒的時間已過，因為齋戒屬於一日之戒，若時間已經圓滿，就會捨戒。

紅衣部有些論師說，在正法隱沒時會捨別解脫戒。世親論師對此觀點駁斥說：新的羯磨儀軌和戒律確實沒有，此時不能重新受戒，既然未受戒自然也就不會有捨戒。還有一些西方論師認為，若犯任何一條根本戒，則所有戒律均會捨棄。克什米爾的論師則認為，犯一條根本戒，不會所有的戒律全部捨棄，因為戒律的儀軌不同，故所得戒體也不相同，因而一條戒破了，並不代表所有的戒皆不存在，比如頭斷時不說明腳也會斷。世親論師反駁說：

這種論述正好可以作為回答，猶如陀羅樹，樹根已斷則整棵樹均會乾枯，同樣，犯一根本戒，那其他根本戒律全部會失毀。既然如此，有些佛經中說，犯戒比丘亦犯墮罪，又如何解釋呢？此中所說墮罪並非比丘戒中所說的墮罪，這是從會墮入惡趣的一種名稱來講的，因此並不矛盾。不管其他論師如何承認，自宗按照世親論師所許應該比較合理。

壬二、禪定無漏戒之捨法：

禪定所攝之善法，由從轉生退失捨，

無色所攝亦復然，得果修退捨聖戒。

禪定所攝之善法戒，於轉生或退失時會捨棄，無色界所攝的善法戒也是如此；無漏戒在得果、修練根以及退失時會捨戒。

禪定戒與無漏戒是如何捨的呢？一禪至四禪所有的有表、無表色禪定戒，若轉生於他地時會捨戒，如一禪轉生到二禪，此時捨棄一禪的戒律獲得二禪戒律，或四禪轉生於無色界，則捨棄色界所攝禪定戒，獲得無色界所攝的禪定戒；於禪定中退失時也會捨戒，如色界天人生起欲界心，即從一禪退失，此時捨棄一禪的禪定戒，四禪天人生起下地之心時，也會從四禪退失並且捨棄四禪所攝之戒。無色界善法戒的捨戒情況與色界禪定戒相同。一般來說，無色界沒有有表色和無表色的戒律，但此處所說的無色界善法戒是從無表色戒律之得繩來講的，其他注疏中說：獲得禪定無表色者，或者相續中有無表色的戒律獲得時，此無表色的本體應以得繩的方式理解。

無漏戒在得果、練根以及退失的情況下會捨戒。得果捨是指聖者在得四果時會捨棄四向所攝之戒，四果即預流果、一來果、不來果、阿羅漢果，每一個有向與果之分，比如獲得預流果時，會捨棄預流向；獲得不來果時會捨棄不來向；獲得阿羅漢果時會捨棄阿羅漢向，所以得四果時會捨棄四向所攝之無漏戒。在修練根時會捨棄鈍根所攝之戒，所有眾生根基皆不相同，有利根者也有鈍根者，而鈍根通過修煉可以成為利根，這種練根的情況於阿羅漢以及有學、無學的一來果和不來果中都有，在修練根時，原來鈍根的無漏戒會捨棄，重新獲得利根所攝之無漏戒。另外，從果中退失也會捨戒，有學道的一來果和不來果，以及無學道的阿羅漢果均有退失的現象，比如獲得阿羅漢果後，若有退失者，在一生中會恢復，不會墮入惡趣，但是從阿羅漢果退失到不來果位時，原來阿羅漢果所攝的無漏戒已捨棄，獲得了不來果所攝之戒，也即捨殊勝戒而得低劣之戒。

辛二、惡戒之捨法：

惡戒乃由得戒死，出現兩性而捨棄。

惡戒在得戒時會捨棄，在死亡、出現兩性時也會捨棄。

捨惡戒有三種情況。第一種是，原先受惡戒者若受戒則會捨棄惡戒，比如屠夫具有殺生的惡戒，後來若受

居士戒，此時會捨棄原有的惡戒。《俱舍論大疏》中說，欲捨惡戒則必須受戒律，若沒有受戒，即使未做惡業，其相續中仍會有惡業增長。因此，發願與受戒相當重要，比如一個人從未殺害任何眾生但未受過不殺生戒，而另一個人雖已殺生但後來捨棄殺生並受不殺生戒，二者相比，後者的功德更大，若僅僅是不殺生，心處於無記狀態，這樣雖無過失卻也不會產生功德。戒律是一切功德之本，不僅不殺生，而且還要發願：生生世世不殺生。這樣發願後，相續中就有了戒律的所依，以此，功德會相續增長。因此，如果以後遇到具惡戒者，應該給他傳戒，讓他發善願，比如一些屠夫、妓女等，他們到了晚年時，若能誠心懺悔，發願以後再不做惡業，這樣有了善法的所依，功德特別大。《俱舍論大疏》中說：曾受惡戒者，若受持一天八關齋戒，之後其相續會變成如何呢？有兩種說法，一種是齋戒過後，仍然恢復到以前惡戒的相續上，如同鐵在火中燒時為紅色，從火中拿出變涼時則與原來的鋼鐵無有差別；另一種說法是，若齋戒過後仍繼續造以前的惡業，則惡戒會恢復，若停止造惡業，則惡戒相續已經中斷，從此之後再不會恢復。相對來說，後面的觀點比較合理，因為若從此之後再沒有做，相續中的惡戒一定可以斬斷，若繼續做則惡戒會恢復。

其次，在死亡時會捨戒，因死亡時無有身體之所依，所以會捨棄無表色的戒律。第三種情況是出現兩性，因為此時的心不穩定，無表色無有可依靠之處，所以也會捨棄惡戒。

辛三、中戒之捨法：

中戒則由力所受，事壽根本中斷捨，

欲界所攝非色善，由斷善根轉上捨，

失諸非色煩惱性，則依生起對治法。

中戒的力量、所受承諾、所做之事、壽命、根本如果中斷，即會捨棄。欲界所攝的非色善法，由斷善根和轉生上界時會捨；依靠生起對治法，則會捨棄非色煩惱性。

中戒在六種情況下會捨棄，第一種是力量中斷，比如磕大頭的清淨心中斷，則此善法中戒中斷；若暫時受了殺生的惡戒，之後因煩惱中斷而捨此中戒，如同射箭，若力量中斷則箭自然會落地，同樣，對中戒的強烈清淨心或煩惱心的力量中斷時，中戒會捨棄。第二種是時間已過而中斷，如承諾在一百天中受持某中戒，一百天過後，中戒便捨。如果有些人聞思修或行持善法的目的就是為了長壽、生活快樂，這也屬於一種短期中戒，《開啟修心門扉》中引用了至尊文殊菩薩送與宗喀巴大師的一段至理名言：「如果開初沒有對輪迴產生出離的厭惡心，縱然孜孜不倦地聞思修行，也完全不會超越輪迴及惡趣的因。」捨棄中戒的第三種情況是，雖時間未過，但未按承諾去做而中斷，比如欲一百天中對僧眾供齋，到五十天時即不再做此事，此時的中戒已經捨棄。第四種，

若所依賴的佛塔或漁網已毀則中戒捨棄，比如一百天中想供養經堂或上師，在此期間經堂毀壞或上師圓寂，則雖然承諾還在，但由於殊勝對境已經失毀，所受的中戒會捨棄；或者，原本打算一百天中打魚，心中一直未放棄這種想法，但因漁網已損壞，所以此中戒也會由此中斷。第五種是由於死亡而中斷，與上述捨戒與惡戒的理由相同。第六種情況是斷絕善根，此是針對善法中戒來講的，若所受是惡中戒，則即使斷善根也不會影響此戒，但若所受為善法中戒就會因善根的中斷而捨棄此戒。

頌詞中的「非色善」是指有表色與無表色以外心與心所的善法，比如天人相續中的信心、恭敬心屬於非色法方面的善法，此類善法在斷善根時也會捨棄。若欲界眾生轉生色界，則欲界所攝之非色善法也會捨棄。「非色煩惱性」指有覆有表色或心心所等非色的煩惱，它們依靠生起各自無間道的對治會捨棄，比如欲界所屬的非色煩惱，在欲界無間道生起時，依靠這種上品智慧的對治力會將自相續的煩惱心捨棄。欲界、無色界均是如此，但無色界的有頂位不同，只有出世間的無間道才能作為對治，其他世間的無間道不能對治有頂煩惱。

己四、具戒之補特伽羅：

北俱盧洲二黃門，兩性除外一切人，

可具惡戒戒亦爾，天亦具戒人三種，

轉生欲色諸天人，具有禪定所生戒，

無漏戒除殊勝禪，無想眾生無色具。

除北俱盧洲、二黃門以及兩性以外的一切眾生，均可具足戒與惡戒。天人也可以具足戒律。人可以具足三種戒律，轉生欲天與色界的諸天人，均可具足禪定所生戒，無漏戒除大梵天、無想天以外的眾生均具足，無色界眾生也具足。

是不是所有的人均可具足別解脫戒呢？不是。黃門、北俱盧洲以及兩性以外的所有人可以具戒。北俱盧洲眾生的善惡固定，而兩性人的所依不穩固，受別解脫戒後，不論是住在比丘僧團還是比丘尼僧團均不如法，若住在中間，則有時會對比丘生貪心，有時會對比丘尼生貪心，由於其心不穩定，所以行為也不定，因而黃門不能作為戒的所依。黃門由於無有所依，所以不具戒，但是，無著菩薩在《瑜伽師地論》中說：黃門雖不能受真正的別解脫戒，但若對其傳戒，從功德角度來說也可以得戒，只是不能成為居士，因為居士要給僧眾做事情，而黃門給比丘和比丘尼僧團做事情都不方便，所以不能稱為居士。這裡有一個疑問，佛經中說：佛告比丘，若龍王每月十五號來受八關齋戒，應為其傳戒。既然如此，是不是除人以外，旁生也可以受別解脫戒呢？《自釋》中說：此得妙行非得律儀，是故律儀唯人天有。《俱舍論大疏》中也說：龍王所受的是中戒，並不是真正的別解脫戒。欲天也可以具戒，如兜率天的彌勒菩薩，其相續中即具

有無表色之戒體。

惡戒與別解脫戒相同，除黃門、北俱盧洲、兩性以外的所有人均可具有。

那別解脫戒、禪定戒、無漏戒此三者是否能在一切有情相續中具足呢？若從身體角度來講，所有的人均可具足三戒，因為依於人身可以修禪定，也可以成就聖者果位；從心的角度來講，若未獲得上界功德，則禪定戒和無漏戒不能具足，因欲界心特別粗大，在此心之上不能現前禪定戒和無漏戒，所以欲界眾生只有先獲得禪定戒，之後才能獲得無漏戒。因此，欲界通過修行可以具足禪定所生戒，而轉生色界的天人一定會具足禪定戒。

除中定與無想天眾生以外，色界、無色界的天人均可具足無漏戒。《俱舍論大疏》中說：中定是指大梵天，因其相續中具足有覆無記之心，比如他認為「萬物均為我造」；無想天是指八無暇中的無想天，這兩處的眾生不能成為別解脫戒的所依。還有無色界天人，有些天人也可以在無色界獲得阿羅漢果，因此，無色界天人也具有無漏戒。

乙二（經中所說名稱）分十五：一、以法相方式略說分類；二、以果之方式分類；三、以因之方式分類；四、以因果二者之方式分類；五、以所依方式分類；六、以作用方式分類；七、宣說善行與惡行；八、以理非理生業之分類；九、引業與滿業之分類；十、宣說三障；

十一、宣說五無間罪；十二、宣說近無間罪；十三、宣說三福業之事；十四、宣說三隨分；十五、宣說如理而入之業。

丙一、以法相方式略說分類：

業樂不樂與其他，即善不善與他業。

賜予安樂的業為善業，帶來痛苦的業為不善業，其他令感受等捨之業是無記業。

業從總的角度來說有善業、不善業、無記業三種。

既然說「形形色色世間界，皆由眾生業所生」，那這個「業」因究竟是善業、不善業，還是無記業呢？從六趣來說是善業和不善業，因為由善業現前善趣，由惡業現前惡趣，而無記的世間是沒有的；若從有表、無表業的角度，可以將思業、思所作業作為種種世界之因，而思所作業中可以包括無記業。

那為什麼造惡業會感受痛苦，造善業會獲得快樂呢？這是自然的一種規律，不僅這種不明顯的業如此，而且眼前所見的火產生火、水產生水也都是必然規律。

丙二（以果之方式分類）分二：一、略說；二、廣說。

丁一、略說：

福德非福不動搖，將感受樂等三種。

業又可分成三種，即福德業、非福德業、不動搖業，或者分為將感受安樂、痛苦、等捨三種。

丁二（廣說）分二：一、宣說福德等業；二、宣說

安樂等業。

戊一、宣說福德等業：

福德欲界之善業，不動搖業上界生，

因於彼等地之中，諸業成熟不動故。

福德業指欲界眾生所造的各種善業。色界、無色界所造之善業即為不動搖業，因為將成熟於此處之業異熟不會動搖之故。

麥彭仁波切在注釋中說，為什麼頌詞中不說非福德業呢？非福德業實際就是指欲界所造的不善業，因其比較易懂，所以沒有宣說。福德業即欲界所造的善業，如平時的積累福德等。不動搖業指上兩界所生之業。

下面會講到一、二、三禪分別有尋伺、喜、樂的動搖，只有第四禪才是遠離八種過患的真正等持，那這裡為何說整個色界均為不動搖，難道不相違嗎？不相違。前者所說的動搖是從等持過患的角度來說的，而此處不動搖是從異熟角度來說的，也就是說，凡能成熟於一禪以上之處的業，不會隨他緣所轉，如同定業，故稱為不動搖。而欲界之業則為動搖性，比如原本可以轉生天界的婆羅門，因見到裝飾華麗的大象，而發願轉生為如此莊嚴之大象，後來果真轉生成了護地神象；朗達瑪國王本來造了善業，但後來卻破壞佛教，這也是發願力所致；還有些人所造的本為善業，但發願時以吝嗇心攝持反而轉生成為餓鬼，或者，因發願不究竟而墮入餓鬼道的也

有。所以，現在不論聞思修學佛法還是做善事，都一定要以菩提心攝持，如果以所種下的善根，僅僅希求自己達到某種超越的境界，這恐怕有點不合理。作為佛教徒，一定要經常利益眾生，以此發心踏踏實實地做每一件事，之後念《普賢行願品》迴向：願我能生生世世利益眾生，願我斷除自私自利之心，願所有眾生相續中生起真實無偽的菩提心以及無我正見。這些發願文是諸位高僧大德、大成就者以及諸佛菩薩的真實語，如果以清淨心發願並且念誦這些偈文，果報一定會成熟的。很多佛經中也有記載：以菩提心攝持而做的善業，則所做功德不僅不會失耗而且會相續增上。凡夫很容易隨外境轉，因而以迴向攝持非常重要，如此一來，這種無上功德就如同鎖在箱子裡面，而鑰匙卻由自己保管一樣，不會被任何外緣損壞。

戊二（宣說安樂等業）分三：一、三受業各自之事相；二、受業之分類；三、由何業受何果。

己一（三受業各自之事相）分二：一、自宗觀點；二、他宗觀點。

庚一、自宗觀點：

至三禪間之善業，順樂受業彼以上，

順不苦不樂受業，順苦唯此不善業。

欲界至三禪之間的善業為順樂受業，三禪以上至有頂間的善業為順不苦不樂等捨受業，順苦受業唯一是欲

界不善業。

此處講自宗觀點。頌詞中「彼」是指三禪，「彼以上」也即四禪至有頂，「此」則是指欲界。既然四禪到有頂之間的業是不苦不樂，那有沒有善業呢？有些講義當中說：色界至有頂之間有善業，但其本體極為寂靜，故稱為不苦不樂，而且，此處的不苦不樂是從主要而言的，實際也有樂的感受。

庚二、他宗觀點：

有說下亦有捨受，因需承許殊勝禪，

彼由異熟業所生，無有前後成熟三。

有人說下地也有捨受，因為需要承許殊勝禪中也有捨受，其由異熟業產生，並且同時可以產生苦、樂、捨三個果。

本頌講到了他宗觀點，但世親論師間接也是認可此觀點的，並且站在此觀點的角度，對其他的一些觀點進行了駁斥。

有些人認為，三禪以下應該有不苦不樂之業，因為一禪中殊勝禪為捨受之地，它是以前的善業成熟的一種異熟果，所以其本體一定為無記，而且，於此一相續中會同時由三業成熟三果，也即以樂業產生眼根等色法，以苦業產生五根識等心心所法，以不苦不樂業產生不相應行——命根。此中所說的不相應行應該是一種等捨的受。

對於上述觀點，有些論師不是很贊同，《自釋》和《俱

舍論大疏》中引用了兩種觀點，一種觀點認為，一禪殊勝正禪的等捨是等流生，

而非異熟生；另一種說法則認為這種等捨指的是眼根等五根群體內的感受。《俱舍論大疏》中說：這兩種觀點不合理，為什麼呢？因為與論典相違，《發智論》中說，殊勝正禪的受屬於異熟生，是通過色法、心心所法、不相應行三種法產生的果。因而上述說法不合理。

己二（受業之分類）分二：一、五種分類；二、別說異熟受業。

庚一、五種分類：

本性相應與所緣，異熟現前五受業。

受業可分五種，即本性受業、相應受業、所緣受業、異熟受業與現前受業。

前面講過本性善與本性惡，此善、惡之業以自相方式來感受其果報時，即稱之為本性受業。通過心與心所相應的方式會產生一種感受，此即相應受業。依靠所緣境而感受者即為所緣受業，如眼睛見到紅色柱子，耳朵聽到聲音等。善不善業等以異熟的方式感受安樂等，即為異熟受業。現前受業是指樂受等均是以本身現前的方式存在。

每一種感受實際都是具足五種受業的，比如感受一件事情時，從直接感受的角度來說為本性受業；由於是與心心所的方式產生故為相應受業；必定具足所緣，依

靠此所緣才會產生感受，所以是所緣受業；此種感受均為以前所造之善惡業產生，因此是異熟受業；在此感受現前時，其他感受一定不會同時存在，這就是現前受業。

若對業進行詳細分析，就會對釋迦牟尼佛所說的「因果不虛」的道理生起極大信心。信心可分為清淨信、欲樂信、不退轉信和勝解信心，清淨信是指緣一些具功德者或具利益的事，產生的一種信心；自己希求去做一些具利益的事情或成為具足功德的人，這時的心叫做欲樂信；這種希求心漸漸增上，就會產生不退轉信；不退轉信心若繼續加強，則不會被任何違緣所動搖，這就是勝解信心，或者也可以叫做證悟。現在的大多數人都是清淨信和欲樂信，根本不具足不退轉信和勝解信，世間人的信心非常膚淺，如同肺泡做的湯一樣，全部漂浮在水面上。所以，應該對業因果進行詳詳細細的分析，對這種道理生起不可摧毀的信心，這時不論遇到任何違緣也不會捨棄因果正見。

庚二（別說異熟受業）分二：一、總說；二、別說定受業。

辛一（總說）分二：一、業之分類；二、何界與眾生中有幾引業。

壬一、業之分類：

異熟受業定不定，順現法等三定業，

有謂五業餘說四，能引同類有三業。

異熟受業可分定、不定兩種，定業又分為順現法受業、順次生受業以及順後生受業三種，共有四種。其他論師說業有五種，還有的說有四種。能引他世同類之蘊相續的只有三種業。

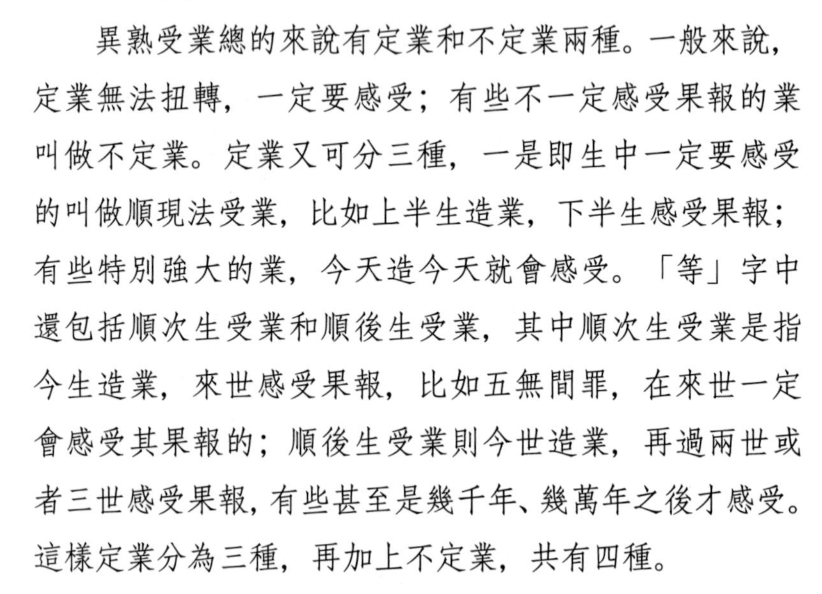

異熟受業總的來說有定業和不定業兩種。一般來說，定業無法扭轉，一定要感受；有些不一定感受果報的業叫做不定業。定業又可分三種，一是即生中一定要感受的叫做順現法受業，比如上半生造業，下半生感受果報；有些特別強大的業，今天造今天就會感受。「等」字中還包括順次生受業和順後生受業，其中順次生受業是指今生造業，來世感受果報，比如五無間罪，在來世一定會感受其果報的；順後生受業則今世造業，再過兩世或者三世感受果報，有些甚至是幾千年、幾萬年之後才感受。這樣定業分為三種，再加上不定業，共有四種。

有部分論師對不定業有不同觀點。以前的有些阿闍黎說，不定業可分為兩種，第一種是異熟決定、時間不定，也即異熟果決定會成熟，但時間不一定，或者今生成熟或者來世成熟，或者來世的來世成熟；第二種，異熟、時間均不定。這種分析方法只是更加詳細而已，基本上沒有太大差別。

還有喻顯部的論師認為，受業總的可以分成四類，即時間決定、異熟不定，異熟決定、時間不定，二者均決定，二者均不定。第一種時間決定異熟不定，如順現

法受業、順次生受業以及順後生受業，時間已經決定，但如果中間出現強有力的對治或其他外緣，則不論善業、惡業，其果報不一定會成熟。第二種是異熟決定時間不定，屬於不定業，但異熟果報一定要感受，比如向某人借款，因為沒有限制時間，但這筆款一定要還，同理，有些業已經造下，並且沒有出現毀壞它的因，所以必定要感受，但感受的時間不一定。第三種是二者均決定，比如順現法受業等三種，時間一定，果報也必定會成熟，比如殺父母，來世必定會感受惡果，或者以極強烈的信心供僧，來世定會感受善果。第四類是二者均不定：不僅感受果報的時間不一定，而且所需感受的異熟果也不一定會成熟。

此處所說的道理非常關鍵。現在有很多人認為：我今生做善事，那今生當中應該成熟果報，如果即生未成熟，就說明業因果是假的。有些外道徒說：一切都是造物者所造。還有些佛教徒也說：一切都是命中註定的……但是並非如此，這種說法只是表現了自己特別愚癡的本相，如果不了知上述所講的道理，那即使是一個佛教徒，也很容易在心中產生種種懷疑。作為佛教徒，應該知道自己的所作所為並不是全部以命運和業所轉，雖然前面說「形形色色世間界，皆由眾生業所生」，但是業有前世業、今世業，還有可以改變的業等，尤其以大乘觀點來說，很多業都可以轉變，比如犯了四根本罪，通過大乘方法可以懺悔清淨；造五無間罪的人，通過密乘的善巧方便也可以使罪業得以清淨。佛所宣說的業因果之理，凡夫人想要判斷相當困難，但理解它真正的教義極為重要。

那麼，上面所說的四種業是否全部能引他世同類之蘊相續呢？順現法受業不能引他世同類的蘊相續，因為它在即生中已經成熟，沒有牽引他世同類相續的能力。

壬二、何界與眾生中有幾引業：

一切趣有四引業，地獄善引業有三，

何中離貪穩凡夫，不造順次生受業，

聖者亦不造順後，欲頂不穩者亦非。

一切趣中均具足四種引業，地獄中善引業只有順次生受業三者。除有頂以外任何一地中的離貪穩固凡夫不會造順次生受業，中間七地的離貪穩固聖者不僅不會造順次生受業，而且也不造順後生受業；欲界和有頂的離貪不穩固聖者也不會造順次與順後生受業。

總的來說，三界眾生均可具足四種業。若分別而言，則並非所有眾生都具足此四業，比如地獄眾生就無有善的順現法受業，為何如此呢？善的順現法受業是指造善業後即生中感受善的果報。地獄眾生雖然可以造善業，但不會在即生中感受果報，因為地獄眾生不會感受悅意的異熟果，如同在監獄中的人若想過快樂生活就必須脫離監獄才可以。那為什麼會有善的順次生受業等三者呢？因為在下一世或者他世會成熟這種善業的果報，比如《大

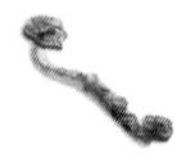

圓滿前行》中說：釋迦牟尼佛曾轉生於地獄中，當時因為對一起拉馬車的夥伴生起強烈悲心，使之馬上解脫地獄痛苦轉生於天界。這就屬於順次生受業。還有一種情況，《經莊嚴論》中說：過菩提心的人，即使轉生於地獄，他所受的苦也十分微薄，對地獄的眾生也會生起善心，這些善心有些是不定業，有些會在下一世或者其他世感受快樂果報。因此，地獄眾生除順現法受業以外，可以具足其他三種善業。若所造的是惡業，則今世造業可以在今世感受，也可以下一世感受，或者再過幾世感受；若中間遇到殊勝的對境，或者自己進行了強有力的對治，則可使自己在地獄中所造的惡業轉為不定業。

離貪穩固的凡夫會造何種業呢？除有頂以外，八地中的離貪穩固凡夫以世間道斷除相續中的煩惱，有頂則以出世間道斷除相續中的煩惱。何為穩固呢？是指利根不會退失者。除有頂以外，八地中的離貪穩固凡夫不會造順次生受業，為什麼不會造順次生受業呢？比如一個欲界眾生已經通過世間道斷除了欲界煩惱，下一世不會轉生於欲界，所以他不會造下世轉生欲界之業。那其他世會不會轉生於欲界呢？不一定，因其僅僅是通過世間道斷除的煩惱，並非徹底斷除，所以，再下一世很有可能還會轉生於欲界。

中間七地離貪穩固的聖者不會造順次生受業，因為對於此地離開了貪欲，而且也不會造順後生受業，因七品煩惱已經全部斷除，只能是越來越向上轉生，不會再趨入輪迴。此處所說的聖者與大乘聖者不同，大乘修行人在獲得聖者果位之後還會到輪迴中來，因為他要度化眾生，但此處所說離貪穩固的聖者不會再回來，所以不會造順後生受業。

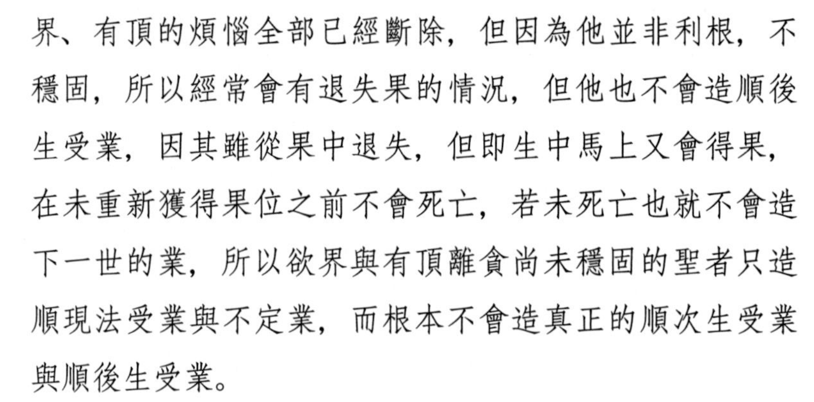

對於欲界與有頂離貪尚未穩固的聖者來說，雖然欲界、有頂的煩惱全部已經斷除，但因為他並非利根，不穩固，所以經常會有退失果的情況，但他也不會造順後生受業，因其雖從果中退失，但即生中馬上又會得果，在未重新獲得果位之前不會死亡，若未死亡也就不會造下一世的業，所以欲界與有頂離貪尚未穩固的聖者只造順現法受業與不定業，而根本不會造真正的順次生受業與順後生受業。

結生欲界中有身，具有二十二引業，
皆屬順現法受者，彼等必定是一類。

結生於欲界的中有身具有二十二種引業，它們均屬於順現法受業，因其積業階段與感受異熟時的蘊必為同一類，且由同一業牽引。

結生欲界的中有身會造二十二種業，也即中陰一位，凝酪、膜胞、血肉、堅肉、支節為住胎五位，嬰兒、青年、壯年、中年和老年屬於在生五位，於此十一位共有十一種引業，每一種均可分為定和不定兩種，因此共有二十二引業。十一種定業屬於順現法所攝，因順現法受

業是指蘊相續還未毀壞之前要感受其果報，由於中有的蘊相續並未改變，所以從這個側面說其為順現法受業。

辛二、別說定受業：

強惑淨心功德田，恆造殺父母業定。

所謂順現法受業，依田意樂之差別，

永離彼地貪欲故，必定感受異熟果。

所謂定業有幾種條件，一是以非常強烈的煩惱心或清淨心造作，二是對境為殊勝嚴厲的功德田，三是時間恆常，四是殺害父母。由於田與意樂特別殊勝會於即生感受順現法受業，或者將要遠離某地貪欲時，則於此地必定成熟之異熟果也會在即生中全部感受。

在何種情況下所造的業可稱為定業呢？有四種情況，第一種是煩惱心或者清淨心特別強烈，依靠這種強烈的心為助緣，所造之業的果報必定會成熟；第二種是功德福田極為殊勝，比如供養僧眾、佛陀，這種果報也一定會成熟；第三種情況，若對某事長期思維，比如殺生，雖然殺生的心念不是很強，但由於某種原因必須長期殺生或思維如何殺生，這樣就會形成定業，或者經常想進行供養、積累資糧也屬於定業；第四種是殺害父母，「薩色巴地方」是外道所居之處，此處的人們認為，殺害自己的父母是一種功德，《薩迦格言》中說薩色巴地方的人把殺死自己的父親作為最隆重的宴席，這屬於一種必定要感受的業。

那麼，順現法受業又是依靠何者成熟的呢？即生所造之業根據對境田或者意樂的差別會出現即生感受的現象。這類公案在《百業經》與《極樂願文大疏》中相當多，比如釋迦牟尼佛於因地時因惡口罵僧眾說「女人平息了女人的爭端」，致使即生中轉生為女人，並且後來五百世中均投生為女人；《極樂願文大疏》中說，漢地有一個人造了一部將僧眾喻為毒蛇的論典，有一次，他與眾多僧人同行至途中時，突然說道：「你們快跑吧！我好像要感受業果了。」剛剛說完，他的兩手粘連在頭上成了蛇頭，雙足粘在一起成了蛇尾，已經變成了一條黑黝黝的毒蛇，並且向林中竄去。因為他們造業的對境特別殊勝，所以一個在即生中變成了女人，一個在即生中變成了毒蛇。

所以，我們千萬不要惡口謾罵僧眾。現在有些人見到個別僧人不如法的行為，就開始對整個僧團起邪見或者進行謾罵，這樣不僅自己即生會感受惡果，而且對自己的生生世世都會有很大影響，因此務必要注意。僧眾、上師、佛陀等都是極為嚴厲的對境與福田，依靠他們積累資糧有相當大的功德，但若依靠他們造下惡業，則所需承受的果報也相當可怕，因此，時時刻刻小心對治自己的煩惱極為重要。

由於意樂的不同也會感受現世果報。比如一名叫做龍瓦的太監，因為自己感受過閹割的痛苦，所以對一群

將要被閹割的牛生起悲憫之心，並將牠們全部解救下來，以此感受即生當中恢復男根。《百業經》中也說，一位貧窮的農夫為了積累福報，以微少的供品供養佛陀，依靠這種清淨心，田地裡的莊稼當下全部變成了黃金。

還有一種情況，也會使必將感受的業在即生中成熟。比如一個人即將遠離欲界煩惱、馬上獲得無來果時，因其欲界的煩惱與業馬上就要斷除，所以，原本應在他世感受的業果於即生中會立刻感受。《金剛經》中也講到：原本應墮入惡道之業，因修持般若波羅蜜多，會於即生中遭受他人輕賤而使先世罪業得以消滅。所以，本來不是即生所造之業，但因要離開此貪欲之地，所以會在即生中馬上感受果報，比如學院中的一個人欠了學院裡好多人的錢，如果他今天準備離開學院，那這些人都會讓他把錢還完了再走，為什麼呢？因為害怕他離開以後再不會還了，同樣的道理，要離開貪欲的本地時，他世需感受的業果會於即生中變成順現法受業。

前面講到的三藏比丘惡口罵僧「女人平息了女人的爭論」，這種業既然是順現法受業，那為什麼還會五百世轉生為女人呢？有部認為，即生當中的這種惡口屬於引業，由此會感受順現法受業、順次生受業以及順後生受業，也就是今生、來世、來世的來世，一直到五百世都會感受這種果報，因為由一業必定成熟一果，而不會是其他果，它是決定性的。如同青稞是六個月成熟，而香巴花在兩個月之中就可以成熟，同理，惡口罵僧所造下的業，有即生成熟的，也有來世成熟的，成熟每一個果的因均不相同。經部觀點與有部不同，即生變成女人一直到五百世均轉生為女人，這一段時間內感受的業全部應該承認為順現法受業。經部觀點比較合理，因為即生中已經開始感受果報，直到五百世結束才將順現法受業感受完畢，所以應該屬於順現法受業，有關論典中也是如此承認的。

大家一定要分清每一種業的差別，否則像現在的很多人一樣，認為上師、三寶不一定有很大功德，為什麼呢？因為在他生病的時候交錢念經，沒有在很快時間內痊癒。還有些人認為，業因果肯定不存在，你看某某人整天殺生造惡業，但是他有吃有穿，生活無憂無慮，做任何事情都很順利，而我天天吃齋念佛，卻沒有吃沒有穿，做事情也是違緣重重。

這種說法完全錯誤。生病的原因有很多，如果是因為前世殺生而感召的異熟果報成熟，那即使現在念經也不一定起作用；若是即生中的一些違緣而導致的，那交點錢念經，通過三寶的加持一定會好轉。有些人種下惡因，也不一定會即生感受惡果，如同農民種莊稼不會馬上豐收一樣。業的成熟有一個過程，不僅善惡因果規律如此，世間的所有規律均是如此，所以，對業因果的詳細分類，在學習《俱舍論》業因果品時尤其重要。

於從滅定無煩惱，慈無量心與見道，

羅漢果中出定者，作利害果立即受。

若對剛剛從滅盡定、無煩惱、慈無量心三種等持，以及見道、阿羅漢果位出定者作利害，就會立即感受果報。

如果對五種補特伽羅作利害會立刻感受果報。是哪五種人呢？第一種是剛剛從滅盡定中出定者，因為入滅盡定者心十分寂靜，具有與涅槃中出定相同的功德，雖然佛入定出定無有差別，但此處是從名言現相來說的。第二種是剛剛從修持四無量心的等持中出定，四無量心指慈、悲、喜、捨，主要以大乘發菩提心為主，入於此種等持者具有十分殊勝的功德。第三種是入於無煩惱定，也即滅盡一切煩惱，此等持不會損害任何眾生。以前法王如意寶也曾引用這個教證說：每個月的十五日或三十日誦戒儀式之後，因為半個月的罪業已經懺悔清淨，大家此時對他們作供養，與供養剛從無煩惱定中出定者無有差別。第四種是從見道中剛剛出定者，此時見斷的所有煩惱均已斷除，獲得了由凡夫分別念新轉依的見斷智慧，因此功德相當大。第五種是從阿羅漢果位中剛出定者，已經斷除所有修斷該斷的煩惱，獲得了新轉依的無垢智慧。若對上述五種人作供養，則所獲得的功德相當大，但若對其作損害，其果報也十分嚴重。

上面講了見道和阿羅漢果位二者，那對中間二果作利害會不會立即感受果報呢？不會，因此時斷除見斷的無垢智慧已經陳舊，而且尚未獲得斷除一切修斷的新轉依無垢智慧。不過，這也只是有部宗的一種說法。

若對僧眾作利害也會立即成熟果報，因為僧眾是非常嚴厲的對境。我們對任何一個僧團或上師都應該觀清淨心，很多大聖者的顯現皆不相同，凡夫人根本無法了知，如果遇到非常嚴厲的對境，僅僅一句簡短的語言就造下了非常可怕的罪業，所以，日常行為中一定要身口意三門小心謹慎，盡量觀清淨心、斷除自相續的煩惱，這也是一個修行人極其重要的責任。

己三（由何業受何果）分二：一、真實宣說；二、別說狂心。

庚一、真實宣說：

無尋善業之異熟，許唯心受不善身。

無尋善業的異熟果承許唯有心來感受，不善業的異熟果由身體感受。

業之異熟以感受為主，那是以身體感受還是以心來感受呢？

一禪殊勝正禪直到四禪以及無色界四處所有善業的異熟果均為心受，因為身受屬於五根識，絕對是有尋的，而一禪以上屬於無尋之處，所以不會具足身受；一禪以下的未至定則是有尋的，因此既有身受也有心受。此處的「有尋」與因明說法有點不同，因明中的有尋是指有分別念的，但本論認為根識也有尋。那它是屬於哪一種

心受呢？唯一是意樂受與捨受。第四禪時並沒有真正的樂受，但仍屬等捨之中；無色界的受也屬於等捨。

不善異熟唯一是身受，這是有部宗的特殊觀點，他們認為意受之中不包括意苦受和無記的受，因此以不善業不會成熟意苦受。但經部不承認這種觀點，麥彭仁波切在《智者入門》中說，意受中既有苦受也有樂受，而且也有無記的受。

既然不善業所成熟的異熟果唯一是身受，那狂心是由什麼原因引起的呢？經部認為，心會發狂實際就是由不善業的異熟直接成熟的，並不是由間接因所起的作用。但有部宗說，並非如此，以前所造的業只是形成身體的因，即生中身體出現不調時，才會出現狂心，因此狂心的直接因不是異熟而是身體。所以，有部認為不善業的異熟全部應在身體上感受，根本不存在意苦受，如果有意苦受，那也不是異熟果。

下面根據有部觀點具體分析產生狂心的幾個因。

庚二、別說狂心：

所謂狂心唯意識，彼由業之異熟生，

依畏受害不調憂，除北俱洲具貪有。

所謂的狂心唯在意識中具有，它可以由業異熟之中產生，也可依靠驚畏、受害、四大不調以及憂愁等原因產生。除北俱盧洲以外的具貪者均會出現狂心。

狂心是指精神出現錯亂的一種心態，它唯一在意識中具有，因為狂心是由分別心所生，而根識無有分別。

導致狂心的因有五種。第一種是由業之異熟而出現狂心，比如曾經通過毒藥或咒語使他人的心發狂，《自釋》中說：「謂由彼用藥物咒術令他心狂，或復令他飲非所欲若毒若酒，或現威嚴怖禽獸等，或放猛火焚燒山澤，或做坑阱陷墜眾生，或餘事業令他失念，由此業因於當來世感別異熟能令心狂。」這種情況下所產生的狂心，只能感受異熟果報，即使念經加持等也不會起作用。第二種是見到非人的恐怖形象產生畏懼，比如在山上見到非人不莊嚴的形象或者黃昏時誤認某些物品時，首先受到驚嚇，之後心態一直不能恢復，於是開始發瘋。這時，如果知道自己看錯了，或者知道所見皆為虛幻不實，就會漸漸恢復正常。第三種是受到非人加害而導致的狂心，這種情況下，可以請具有高深等持的上師念降魔咒或撒芥子，若不具足等持，則有可能會傷害非人。第四種是由四大不調引起的狂心，喇榮山溝裡有一種草，如果吃下去會發瘋，在這種情況下只有通過排毒進行治療，念咒語不一定會起作用。最後一種是由憂愁而導致的狂心，如經中有一個公案：一個女人有七個孩子，其中六個孩子都死了，當時她因為傷心過度而發瘋，到處裸體奔跑，後來遇到釋迦牟尼佛，佛陀以等持力加持，使其恢復正常，她在佛前恭恭敬敬地聞法後獲證預流果。

有些注釋中說，如果有人見到小蟲，想把牠扔出去

放在安全的地方，但在這個過程中導致小蟲特別害怕，也會使自己出現狂心。作為佛教徒一定要注意，雖然自己是一片好心，想保護眾生，但把小蟲扔出去的過程中，會使牠的四肢損壞，特別是在放生的時候，應該溫和一點，否則，有可能會變成瘋狂的因。而且，這種由異熟中產生的狂心，念經加持也不會起作用，甚至阿羅漢也要感受。

既然有業之異熟所產生的狂心，那不善業的異熟不是也應該有心受了嗎？有部宗回答說：狂心不是異熟果，它只是從異熟果中產生，屬於一種增上果。為什麼這樣說呢？他們認為身體屬於異熟果，由於身體的四大不調而導致了狂心，狂心只是異熟生，而不是異熟果。

那是不是所有的人都會具有狂心呢？北俱盧洲的人均享受前世所造的善業，所以不會出現狂心。佛陀也不會有狂心，除佛以外的諸位聖者會出現身體四大不調所導致的狂心，但不會有異熟生的狂心，因為聖者的所有定業已經成熟，不定業不會成熟；聖者也不會對阿修羅、餓鬼、羅剎等非人形象產生恐懼。而且，由於聖者已經現見法性，對諸如家人的死等不會憂愁傷心，法王如意寶曾經說過：聖者雖然沒有對世俗感情的憂愁等，但對上師等的感情是有的，比如大圓滿祖師加納思扎、布瑪莫扎等，他們在上師圓寂時全部昏倒在地，一直苦苦哀求，後來上師在空中顯現，留下了一些經續教言。有些印度高僧大德的傳記中，也有因上師圓寂而導致接近發狂的情況。除上述幾種人以外，其他具貪的眾生都有可能出現狂心。

丙三、以因之方式分類：

經中所說曲穢濁，依諂嗔心貪心生。

佛經中講到曲業、穢業、濁業三種。其中由虛偽狡猾之諂所引發的身語意業為曲業；由嗔心所造的業均有垢染，故由其引發的三業叫做穢業；若對人或財產生貪心，就如同顏料之渣般難以去除，所以由貪心引發的三業稱為濁業。

丙四（以因果二者之方式分類）分二：一、略說；二、廣說。

丁一、略說：

憑藉黑白等差別，所說之業有四種。

根據業的本體不同，可以將其分為黑、白、雜、無漏業四種。

《自釋》中說，黑業異熟為黑，白業異熟為白，黑白相雜之業的異熟亦為雜業；非黑非白的業是指能夠對治前面黑、白、雜三業的無漏業。

學習《俱舍論》確實非常重要，以此為基礎，以後學因明、中觀或者《現觀莊嚴論》等都不會很困難，甚至在無上大圓滿中也講到了很多俱舍的道理。所以，現在遇到的這些名詞應該記住，這樣對以後閱讀、研究佛經也會大有用處。

丁二、廣說：

不善黑業色善白，欲界攝善為雜業，

能滅彼即無漏業。四法智忍離貪欲，

八無間道十二思，唯能滅盡黑之業，

第九思滅雜白業，離貪禪無間末滅。

不善業即稱之為黑業，色界善法均為白業，欲界所攝的善法均是雜業，能滅盡黑、白、雜三業以及異熟的為無漏業。其中黑業通過四種苦法智忍以及能遠離欲貪的八無間道的十二種思來滅盡；欲界第九個無間道中的思能滅盡雜業；白業則在四禪中生起離貪的各自第九無間道末尾滅盡。

下面對四種業進行廣說。黑業就是指不善業，其本體屬於染污性，故稱之為黑，而且不管是自性罪還是佛制罪，所造惡業的果報均不快樂，所以異熟也為黑。白業是指色界善法，因為色界天人相續中無有雜染，其本體即為白，由此善業所產生的異熟果也是善的。此處所說的白業只是色界善業，不包括雜業。欲界所做的善法均為雜業，比如磕頭、念咒、轉經輪等，平時我們經常提到的白業，其實都是雜業。《大乘阿毗達磨》中說：何為白業？三界善法均為白業。三界是指欲界、色界和無色界。既然所有的善法都是白業，那為什麼說欲界善法屬於雜業呢？雜業分為兩種，一種是發心黑，行為白；一種是發心白，行為黑。若從善業本體來講，應該屬於白業，但欲界眾生的相續均雜有煩惱，一般情況下都是心行不一，所以從這個角度可以稱之為雜業。

前面既然講到欲界、色界的善法，那為什麼不講無色界善法呢？《俱舍論大疏》中說：按照有部宗的觀點，此處主要講三門有表色的業，以及是否具足中陰的異熟果，從這個角度來說，因為無色界不具足三門有表色，也不具足中有，所以沒有講無色界的善業。但在佛經中將四無色界的善業也稱為白業，這是什麼原因呢？佛經是以經部觀點來講的，所以並不矛盾。

無漏業是指能夠滅盡斷除黑、白、雜三業與異熟的業，《大空經》中說：「佛告阿難，諸無學法純善純白，一向無罪。」從無漏法的本體來說，純粹為白，此處也是從超越黑白的角度來說是非黑非白的。

通過何種方式滅盡三業呢？在講見道十六行相時，緣欲界的有法智忍與法忍，緣上二界的有類智忍和類忍。欲界煩惱可分為九品，前八品煩惱通過無間道斷除。在獲得見道時，以苦、集、滅、道四法智忍加上斷除前八品煩惱的無間道，共十二種無漏智慧即可斷除黑業。那這裡為什麼只講到四個法智忍，其他智慧難道不能斷除黑業嗎？三界的不善業以無間道即可斷除，而其他智慧均是解脫道中安立的，不能與無間道配合，故於此處均未宣說。

雜業以何者來滅呢？以斷除欲界第九品煩惱的無間

道智慧斷除。為什麼以第九個無間道的無漏智慧能斷除雜業呢？由於欲界的善業均為雜業，於第九無間道時，執著最細微善業的對境已經斷除，所以此時雜業的相續自然而然全部斷除，如同眼根對境斷除，則眼識自然而然斷除一樣。所以，雜業以緣對境的方式來斷，並不是依緣有境的方式來斷除的，這是有部宗不共的說法。

色界白業於四禪中各自第九無間道的末尾斷除。色界每一禪中均有九個無間道，當第九無間道的最後一剎那升起時，其善法所緣境的貪執已經斷除，對境無有，則能緣的有境——白法善業即可完全斷除。

有說地獄受黑業，餘欲受業有二種，

餘說見斷即黑業，欲界所生黑白業。

對於黑、白二業，其他論師有不同認識。有論師說：只有地獄受業是黑業，除地獄以外，包括餓鬼、旁生在內的欲界所有眾生，感受快樂的業為白業，感受痛苦的業屬於黑業。還有些部的論師認為，獲得預流果時，見斷所需斷除的業為黑業，欲界所生的其他修斷之業為黑白二業。

丙五、以所依方式分類：

無學身語業意三，依次乃為三能仁。

無學道者之身業、語業以及意，依次為身能仁、語能仁和意能仁。

能仁有佛陀之義，因為自己有能力對付煩惱，故也有堪能之義。小乘認為無學道有三種，即緣覺、阿羅漢、佛陀，此三者均稱為能仁。

無學聖者所攝之身業與語業分別為身能仁與語能仁，意能仁則唯是指無學意，《自釋》中說：「非意業，所以者何？勝義牟尼唯心為體。」

丙六、以作用方式分類：

所謂三種諸妙行，實則即是三清淨。

所謂的身、語、意三妙行，即是經中所說的身清淨、語清淨、意清淨。

為什麼清淨呢？因為通過身語意的善行可以使三業得以清淨。三清淨包括有漏與無漏兩種，有漏妙行從暫時遠離煩惱的角度得名為清淨；無漏妙行則從永斷煩惱的角度說為清淨。

大家對《俱舍論》要有信心，學任何一個法沒有信心是不行的。紅原有一位根登洛若堪布，特別喜歡看書，現在已經快八十歲了，仍然想找一些以前沒有看過的《俱舍論》注疏作為參考。我們這裡有些人還沒到四十歲，就開始說：「現在遇到《俱舍論》有點太老了，若是早一點學還是有希望的。」其實並不是年齡的問題，只是沒有勇氣和動力罷了。薩迦班智達曾經說：「即使明早要死亡，亦應學習諸知識，今生雖不成智者，來世如自取儲存。」學問是依靠學習才能獲得的，只要能精進地學習，即使今生沒有成為智者，但來世也會如同取用自己儲存的東西一樣，輕而易舉地掌握。

丙七（宣說善行與惡行）分三：一、業道之安立；二、單說邪命之原因；三、何業具何果。

丁一（業道之安立）分二：一、略說；二、廣說。

戊一、略說：

身之業等不善業，承許名為三惡行，

貪心等雖非為業，亦是意之三惡行，

與之相反為妙行，彼等籠統而歸納，

如應善與不善業，佛說各有十業道。

一切不善的身語意三業即為三惡行，貪心、害心、邪見雖然不是業，但亦屬於意的三種惡行，與上述相反均為妙行。若將惡行與妙行籠統歸納，則對應善和不善，佛陀說各有十種業道。

經中說的「三惡行與三妙行」是指什麼呢？身、語、意的不善業即為三種惡行，而且，貪心、害心以及邪見雖然不是意不善業，但也是三種意惡行。此處所說的貪心、害心與邪見是從因的角度進行宣說的，比如取對境的貪，它屬於意惡行，但不屬於意不善業，而後來相續中生起的貪則屬於意不善業。

那為什麼貪心、害心與邪見三者不屬於業呢？因為此三者的自性為煩惱，而意業以思為體，它與煩惱互為異體。也就是說，有部宗認為業和煩惱分開，通過生起煩惱造惡業。經部宗不承認這種觀點，因為佛經中說「貪、

嗔、邪見即是意業」，所以貪心等既是業也是煩惱。有部說，如果這樣承許，那業與煩惱就成為一體了，這種觀點不合理。但是，經部宗認為，業與煩惱不相違，雖然也有是業而不是煩惱的情況，但此處的貪心、害心、邪見三者應該既是業也是煩惱。

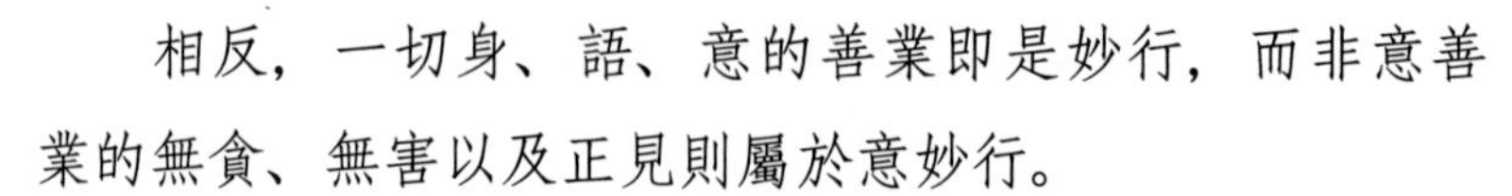

相反，一切身、語、意的善業即是妙行，而非意善業的無貪、無害以及正見則屬於意妙行。

若對上述所有惡行與妙行作歸納，即是十善業道與十不善業道，但這是佛陀根據眾生根基不同而作的大概歸納，所有惡行並未全部包括在十不善業中，所有的妙行也並未全部包括在十善業之中。有哪些沒有包括呢？十不善業中的殺生是指殺生的正行，其前行與後行並未包括；嗔心、無慚無愧以及一些隨眠煩惱等也未包括在十不善業之中。布施、印經書等善業也未包括在十善業中。

戊二（廣說）分七：一、是否具有表色無表色；二、業道各分三類；三、別說不善業道；四、斷善根與恢復方式；五、思與幾業道俱生；六、何界何趣中有幾業道；七、業道之果。

己一、是否具有表色無表色：

六種不善無表色，淫二彼自做亦然，

七種善業具二種，等持所生無表色，

所有加行具有表，無表不定後行反。

除邪淫以外的六種不善業具無表色，若自己做則也

具有表色，邪淫具有表、無表二者。七種善業具二種，等持所生之戒具足無表色。善不善業的所有加行一定具足有表色，不一定具足無表色，後行與加行正好相反。

身不善業的殺生、不與取，以及語不善業的粗語、妄語、離間語、綺語必定具有無表色，而有表色不一定具足。比如殺生，正殺之時具足有表色，但已經完成或者只是心裡想時，不具足有表色；讓別人去殺，也不具有表色，若自己親自做則有表色與無表色全部具足。邪淫既具有表色又具無表色，因為邪淫必須自己親自去做的緣故。若在上師面前受別解脫戒，承諾斷除身語七種不善業，則有表色與無表色全部具足。等持所生禪定戒與無漏戒屬於隨心戒，唯具無表色。

善不善業的加行與後行是否具足有表色與無表色呢？加行時，有表色必定具足，無表色則不一定；後行恰恰相反，無表色必定具足，有表色不一定具足。《自釋》中以殺生為例，自己說「我要殺這頭牛」，並且開始拿刀前往牛所在之處，直到用刀子刺在牛的身體上而牛還未斷氣之前一直屬於加行，這期間有表色一直具足，而無表色具足與否則以是否具足強烈殺心來判定；牛死以後，相續中已經染上惡業無表色，此無表色相續不斷，若繼續用刀子割牛皮、作清洗等後行則具足有表色，否則不具足有表色。再以受戒為例，首先在親教師前頂禮、重複偈頌等都屬於身體和語言的有表色，此時若具足強烈的受戒之心，則具足無表色，若無有則不具足無表色；作完白四羯摩之後，戒律的無表色一直存在，若於親教師前頂禮、迴向等則屬於後行有表色。

戒律中說：如果殺者比被殺者先死，則殺者不犯根本罪。這樣一來，《自釋》提出一個疑問：牛未死時屬於正行，還是死亡之後屬於正行？若牛未死時屬於正行，那殺者雖然已經死亡，但仍然犯殺戒，有這個過失；若牛死亡之後作為正行也不合理，為什麼？佛經中說「未攝之正行」，有部宗認為，佛經的意思是死後包括於後行中，死前則屬於加行。那何時屬於真正的正行呢？真正斷氣的一剎那即為正行，斷氣的前一剎那為加行，後一剎那即屬於後行當中了。得戒也是如此，親教師以手彈指並說「你已得戒」，自己產生得戒之心的一剎那，得戒之正行圓滿。所以，正行是一種剎那性的，前行與後行的時間則比較長。

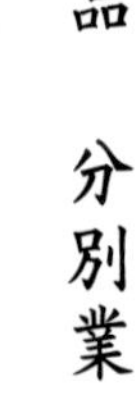

己二、業道各分三類：

加行三根本所生，貪等彼後即生故。

善業加行及後行，均由無貪嗔癡生。

不善業道的加行均由三根本產生，因為貪心等出現後會立即出現惡業的加行。善業的加行、正行與後行，均由無貪、無嗔、無癡中產生。

所有惡業的業道是否均由三根本來究竟呢？不是。不善業道之加行由三根本所生，但正行與後行並非全部

以三根本圓滿。

不善業的加行如何從三根本中產生呢？首先以殺生為例，由貪心所生之加行，比如為獲得錢財或以貪求嬉樂而殺生；嗔心所生，如為除去怨敵而殺人；癡心所生，如有些外道為報父母恩德而將父母殺死，就像喜鵲一樣，在藏地，說某某人不孝順時，就說他像外道和喜鵲一樣。再以不與取為例，貪心所生的加行，比如欲將自己喜歡之物占為己有，或者為了獲得財物而偷盜；以嗔心所生，對自己怨恨之人的財物進行偷盜；以癡心所生，婆羅門認為，天下所有財產均屬梵天，而婆羅門是梵天的兒子，所以婆羅門偷東西是在享用自己父親的財物，屬於正法。

意的三不善業也由三根本所生，但無有加行、正行以及後行，因為意業在生起時就已經成為根本業道。那意業中所講到的三根本與此處所說的三根本是否相同呢？不相同。此處所說的三根本是貪心、嗔心與愚癡，以此三者為因會產生意業的貪心、害心與邪見，它們之間屬於一種因果關係。

善業與不善業不同，十善業的加行、正行、後行，全部由無貪、無嗔、無癡中產生。

己三（別說不善業道）分三：一、不善業道之作用；二、各自之法相；三、業道之詞義。

庚一、不善業道之作用：

殺生害心與粗語，皆由嗔心而究竟，

邪淫貪心不與取，均由貪心而圓滿，

邪見由癡而究竟，餘者以三而圓滿，

基為眾生與受用，名色以及名稱也。

殺生、害心、粗語三者以嗔心究竟；邪淫、貪心、不與取三者以貪心圓滿；邪見以癡心圓滿；其餘的妄語、離間語、綺語以三毒而圓滿。此四類之基分別是眾生、受用、名色以及名稱。

《俱舍論》安立法相的方法與因明有點不同。因明中安立的屬於真實法相，也即某法的特點只在這一法上存在，若於他法上存在，則有過遍⑤的過失，而《俱舍論》當中所安立的法相僅以大概方式安立。按照本論所說，不善業以三根本中的某一者圓滿只是從主要角度來說，並非以其他兩種根本不善不能圓滿。

既然說不善業的加行均是通過三根本產生的，那這些不善業是以何者究竟圓滿的呢？殺生、害心、粗語均是以嗔心圓滿的，《自釋》中說：「要無所顧，極粗惡心現在前時此三成故。」邪淫、貪心、不與取以貪心圓滿，《自釋》說：「要有所顧，極染污心現在前時此三成故。」邪見以癡心圓滿，因為只有以大愚癡才會出現前世後世不存在的邪見。其餘的妄語、離間語、綺語三者，以貪嗔癡三毒中的任何一者皆可圓滿。

⑤過遍：雖然對於某一事物來說是周遍的，但對不想表示的他法來說也同樣周遍。

「基」也有對境之意，前面將十不善業分為四類，那此四類的對境是什麼呢？第一類，殺生等一般情況下依靠眾生引發，但也有特殊情況，比如害心較嚴重時，也會對無情物生嗔恨心，比如鋼爐⑥燒不著，會對鋼爐生嗔心，然後對鋼爐說粗語，也有這種情況。第二類，邪淫等是將受用執為我所，在這種心態下產生的。第三類，邪見的對境為名色，因為如果承認名色，則一定會承認前世後世的觀點，若認為後世的名色不存在所以善惡業不存在，這就屬於邪見。第四類，妄語等的對境是名稱，因為說妄語等必須運用名稱等才可以圓滿，《俱舍論頌疏》中說：「謂行誑等，巧作言詞，故誑等三必依名等。」

提前同時而死亡，因無正行生他身，

軍兵等為同一事，一切人均如作者。

殺者若於被殺者之前死亡，或者二者同時死亡，則殺者不犯殺生正行，因其已轉為他身之故。若軍兵等共同為一事籌劃並實行，則所有人均獲得如同作者一樣的罪業。

在某些特殊情況下，殺生者雖已行殺，具有殺生的罪業，但卻未圓滿殺生正行。比如殺者以刀刺在被殺者的身體上，被殺眾生在第二剎那死亡，而殺者卻在第一剎那已經死亡，此時殺生者不犯殺業正行，或者二者同時死亡，殺者也不犯殺生正行。這是為什麼呢？因為殺

⑥鋼爐：藏地用於取暖的一種爐子，以牛糞為主要燃料。

者已經死亡並轉為他身，此時所具足的身體並未造作殺生罪業，因此無有罪過。戒律中也如此承許，並無差別。

若在同一團體中，大家共同參與善惡之事，則此團體中所有的人都會獲得同等之功德罪業，大、小乘中均承認此觀點。因此欲加入某些團體時，一定要詳加觀察，千萬不要加入造罪業的團體，否則即使自己未做，也會染上同等罪過，或者，大家共同聚餐，則餐桌上所殺眾生的罪業由所有人承擔，但《自釋》中說：若其中一人發願即使遇到生命危險也不殺任何眾生，則此人無有罪過。若做善事也是同樣，比如五千人共同念誦《普賢行願品》，則其中每一人均獲得念誦五千遍《普賢行願品》的功德。

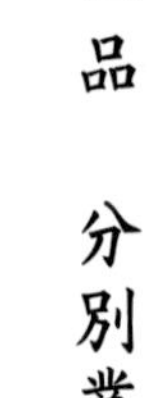

凡夫人無始以來所造罪業非常多，尤其今生當中，自己所造、唆使他人造，以及與他人共同造、隨喜他人所造罪業，這些都應誠心懺悔。造善業方面應積極參與，並對行持善法生起極大歡喜，如此行持極為重要。

庚二（各自之法相）分三：一、宣說四根本罪；二、宣說四名言；三、宣說六支分。

辛一、宣說四根本罪：

殺生即是故意中，無誤殺害他眾生；
不與取以力暗竊，他財據為己所有；
欲想前往非行處，所行邪淫有四種；
妄語即轉他想法，詞義明顯被了知。

殺生指故意無誤地殺害他等眾生；不與取是以暴力或趁人不備而暗中竊取他人財物並據為己有；邪淫即心中想要前往非應行處，可分四種；妄語即欲轉變他人想法，且所說之義已明顯被他人了知。

在佛制罪與自性罪中均將殺盜淫妄稱為四根本罪，那應如何對四根本罪下定義呢？

殺生是指故意無誤殺害他者。殺生的第一個條件是故意殺，外道認為，不論有意無意，只要殺害眾生即為有罪。《俱舍論》當中認為，無意中殺害眾生屬於作而未積之罪，如腳下踩死的小蟲，雖然依靠自己的身體使小蟲喪命，但因自己無有殺害之心，故於相續中未積累此種習氣，無有罪過。但是明知小蟲很多卻仍然去往彼處，則有罪過，因此佛制夏季應安居就是這個原因。第二個條件是無誤認定所殺的對境，如本欲殺害張三，反而錯殺了李四，這不會犯殺生正行；戒律中說，若對所殺對境產生懷疑，如「管他是誰，反正把他殺了吧」，此時即犯殺生正行。第三個條件是殺害他眾，這已間接說明自殺是不犯正行的，但有加行惡作罪。

不與取指故意無誤中以暴力或趁人不備暗中竊取，未被發覺而據為己有。戒律中還講到諸如不交押金、車船費等均屬於不與取。那偷盜佛塔中的物品是否屬於不與取呢？有些論師說，因佛塔等無有執著，故盜取三寶財物不會犯盜戒。另有論師說，若有看守，則以看守人作為對境而犯盜戒。戒律中也說若有看守會犯盜戒。

若故意無誤而想去往非應行處行淫則成為邪淫，其從基、時間、對境、處所的角度分為四種。

妄語指故意無誤改變他人的想法，並且所說話語的意義對方已真正明白。戒律中講到，言說妄語的對境應具足五種名相，即除己之外的他者、知言解義、精神正常、非石女、非兩性。

既然殺生屬於身業，妄語屬於語業，那殺生是否必須由身體來造，而妄語必須由語言來造呢？有些論師認為，殺生不一定要由身體來造，比如某些仙人通過心裡作意觀想，整個城市會起火，以此而殺害了很多眾生，這屬於以心造的殺業；在誦戒時，若明知自己罪業未清淨，而不向親教師呈白並默不作聲，這就屬於意妄語。

世親論師則認為，意妄語與意殺生不合理，因為如此一來，則有欲界中未依有表色而產生無表色的過失。欲賢論師對此問題這樣回答：仙人以觀想能力傷害眾生並非僅僅由意識操作，其身體也具足有表色，如跏趺坐等，這也屬於殺生之因；誦戒時默不作聲也屬於一種語言，屬於有表色的一種形態，所以，此二者均與有表色有關，並非單純的意識所造。

辛二、宣說四名言：

眼耳意識三覺知，次第說見聞知覺。

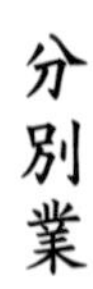

眼識、耳識、意識與鼻舌身三識，依次說為見、聞、

知、覺。

平時經常會說到「見、聞、知、覺」，它們分別是指什麼呢？這四者分別是以眼識、耳識、意識、鼻舌身三識所了知。為何將鼻舌身三識所證者說為覺呢？《自釋》中說：「香味觸三無記性故如死無覺。」鼻舌身三者不如眼、耳、意敏銳，均屬無記狀態，因此稱其為覺。經部宗則認為，以五根現量所證知之五境為見，從他人處聽聞之六境為聞，以自心比度推理之六境名為覺，以意現量證知即為知，其中，前五境均有見聞覺知四種名言，第六境——法只具足除見以外的三名言。

聖者與凡夫分別具足八種名言，如見聞知覺說為未見聞知覺，未見聞知覺而說為見聞知覺，此即凡夫八名言；聖者因已斷除妄語，故見聞知覺四者分別說為見聞知覺，而未見聞知覺即說為未見聞知覺，此即聖者八名言。

辛三、宣說六支分：

離間即為分他者，染污性心之詞語，

粗語則指刺耳語，所有染污皆綺語，

他許除此染污性，如妄歌戲與惡論。

離間語是為了分裂他人關係而言說的染污語，粗語指刺耳的語言，所有染污性的語言均為綺語。有其他論師認為，除妄語、粗語、離間語以外，所有染污性的語言均為綺語，如以諂誑心說的妄語、表演歌舞戲劇、言說惡論。

故意無誤地以染污心說分裂他人關係之語言，不論他們的關係是否破裂，所說之語的含義對方已經明白即屬於離間語。粗語是指故意無誤地宣說不悅耳之言詞，對方也已理解所說之義。綺語指所有與貪嗔癡相關的染污性話語。其他論師認為綺語的範圍非常廣，應該包括所有染污性的語言，如比丘以邪命說妄語、由貪心唱歌、為令他人歡喜而表演或者講故事、貪執外道的論典並進行念誦，這些都屬於綺語。

尤其值得注意是念誦惡論，有些經論中說：若見解穩固的智者，則可以在三分之一的時間裡看外道書籍，以便制伏他眾，若屬於初學者則一律不能讀閱外道典籍。在格魯派的一些寺院裡，即使佛教內部其他宗派的書籍也不允許翻閱。實際上，若見解已經穩固、具足智慧，閱讀其他宗派的書籍應該可以，但對愚者或初學者來說，這方面則應嚴格禁止。

貪心顛倒圖他財，害心即於眾生嗔，

視善不善不存在，即是所謂之邪見。

貪心是指對他人財物非理貪執，並窮盡心力、想方設法欲據為已有，此處貪心從財物角度而言，若對其他有情產生非理顛倒貪執也屬貪心。害心是指對有情產生嗔恚並想做傷害有情之事。邪見是指認為前後世不存在、善惡業不存在。

庚三、業道之詞義：

意三唯一乃是道，身語七種亦為業。

意之三種屬於道但不是業，身語七種則既是道也是業。

為什麼將十種善業、十種不善業稱為業道呢？有部宗認為，貪心、害心、邪見（或癡心）三種的本體並不是業，而是趨入業、思之道，屬於煩惱，由於是業之道故名為業道；身語七業則是業也是道。

經部宗對此有不同觀點，他說不僅身語七種屬於業道，而且意的三種也既是業也是道。他們為何如此承許呢？因為意是趨入善惡趣之業道，如做善事趨入善趣，造惡業則墮入惡趣；它們之間有互相引導的作用，如依靠嗔心帶來貪心，或者依靠癡心帶來貪心，因此說意之三業既是業也是道。

己四、斷善根與恢復方式：

唯以邪見斷善根，所斷欲界俱生善，

誹謗因果而斷絕，所有均是次第斷。

唯以邪見可以斷除欲界的俱生善根，邪見當中也主要是指誹謗因果，其斷除方式是以次第性來斷。

十不善業中，真正能斷善根的是無有業果的邪見，若善根斷除，則所有別解脫戒、菩薩戒和密乘戒全部失毀，正如牆已經倒塌則牆上的花紋必定不會存在一樣。那所斷的是什麼善根呢？只斷欲界眾生相續中的善根，因為色界與無色界無有邪見。但在有些論典中說：若有人生起前後世、業因果不存在的邪見，並且造殺父母等五無間罪，則此人已經斷絕三界善根。其中所說的「斷絕三界善根」是什麼意思呢？《俱舍論大疏》中說：此處所說的斷除色界、無色界善根，並非是真正斷除之義，因上兩界不會真正生起邪見，但欲界眾生相續中若生起邪見、造五無間罪則已經遠離上二界善根。

欲界善根包括俱生善根與加行善根兩種，加行善根指即生中通過聞思修所生的善根；俱生善根則並非通過聞思修行而來，它是與生俱來的善根。那所斷的善根是二者中的哪一種呢？是俱生善根。因邪見逐漸生起時，相續中的加行善根已經逐漸減弱直至消除，當邪見真正生起時，加行善根早已不復存在，此時所斷的對境只有俱生善根。斷除的方式如何呢？所有現行部分均會斷除，最細微的種子不會斷。

是不是所有的邪見均會斷除善根呢？不是，僅以誹謗因果的邪見而斷，所謂的誹謗因果，《自釋》中說：「撥無因者謂定撥無妙行惡行，撥無果者謂定撥無彼果異熟。」此邪見還可以分很多種，比如緣有漏、緣無漏，緣同類、緣不同類。有些論師說只有緣有漏與緣同類的邪見能斷善根，但實際上，緣有漏無漏以及緣同類不同類的所有邪見均可斷除善根。

善根是以何種方法斷的呢？有同時斷與次第斷兩種說法，自宗承許後一種觀點，也即以最細微的邪見斷除

最粗大的善根，以最大的邪見斷除最微小的善根。噶瑪巴認為這種觀點不合理，應該以最大的邪見斷除最大的善根，最小的邪見斷除最小的善根，否則所斷最小而能斷最大，這樣顯然不合理。根據其他論師的說法，此處的大小並非指物體體積的大小，當相續中真正生起具有斷定性的大邪見時，才能斷除最細微的善根，就好像修斷時下下品的修斷由上上品的智慧來斷除一樣，或者以比喻來說明，石頭上最細微的水漬只能以最猛厲的火來燒乾，同樣，最細微的善根只能以最猛厲、最強大的邪見才能斷除。

人中三洲男女斷，見行斷至不具善，

恢復則依疑有見，造無間罪非即生。

斷善根者，唯人趣當中的三洲男女，其中見行者相續中善根的現行部分會全部斷除。若其相續中生起前後世、業因果存在的懷疑時，其善根得以恢復，但造五無間罪的眾生，於即生中無有恢復善根的機會。

以何種身分斷絕善根呢？五趣之中唯以人趣會斷善根，惡趣眾生的染污性智慧不穩固；天趣眾生因現見善惡業果，不會出現撥無因果的邪見，因此也就不會斷絕善根。人類中，北俱盧洲眾生不具足能夠斷除善根的強有力邪見，故也不會斷絕善根，所以只有三洲人類可以斷善根。三洲人類中，男人與女人的善根會斷除，而不會斷二黃門的善根，因其惡意樂不穩固。

人又可以分為見行者與愛行者兩種，見行者是指依靠外道或歪門邪道的各種相似教理，於自相續中已經生起穩固見解；愛行者則無有穩固見解，僅以愛好而隨學。比如有些外道認為殺生具足種種功德，愛行者不一定認為這種做法有功德，但也隨著他們的行為，而見行者不同，他們以惡心認為殺生真正具有極大功德，並也勸他人行持此種惡行。以邪見斷善根者唯是此二者之中的見行者，因其相續中的染污性智慧十分堅固，以此邪見的力量，會使所有善根現行的部分全部斷除。因此，有些人心裡稍微有點懷疑或者動搖時，雖有過失，但還未達到真正斷善根的程度。

斷善根者能否恢復呢？可以恢復。當相續中生起「業果也許存在」的懷疑，或「業因果必定存在」的正見時即可恢復，但所失毀的戒律必須依靠各自儀軌來重新受持，否則不能恢復。

所斷善根能夠在即生中恢復嗎？造五無間罪者即生中不能恢復。那何時才能恢復呢？有兩種情況，第一種是通過自己的習氣、智慧生起邪見而斷絕了善根，之後又造五無間罪，這種惡業力量非常強大，此人不僅要墮地獄而且要在地獄中承受長時間的痛苦，地獄果報受盡即可恢復善根；第二種是依靠惡友的引誘產生邪見而斷善根，並造下五無間罪，此人於轉生地獄時即會恢復善根。以上是本論觀點，但實際上，上述第二種情況當中的斷

善根者，於中有的四十九天之內即可恢復善根。

以邪見而斷善根、造五無間罪可以分四種情況，以邪見斷善根未造五無間罪，如外道本師；未以邪見斷善根，但造了五無間罪，如未生怨王；既以邪見斷絕善根又造了五無間罪，

如提婆達多⑦；既未以邪見斷善根也未造五無間罪者。

己五、思與幾業道俱生：

思與不善一至八，頓時一同而產生，

與善一至十之間，非與一八五俱生。

思可與一至八個不善業一同產生。思與一至十個善業可以同時產生，個別而言，則不會與一、五、八善業俱生。

心所中的思可以與多少個善業和不善業一起產生呢？

若是不善業，思可與其中的一到八個同時產生。思與一不善業俱生，即處於貪心、害心、邪見的任一種。與二不善業俱生，如以嗔心殺害犛牛。與三不善業俱生，如以害心偷盜、殺犛牛。與四不善業俱生，如以害心說離間語、妄語、粗語。與五、六、七不善業俱生，自己處於意之三不善業中的任一者中，委託他人做四不善業則自己具足五不善業；若委託他人做五不善業則自己具足六不善業；若委託他人做六不善業，即同時具足七個

⑦此為小乘說法，大乘並不承認。

不善業。與八不善業俱生，諸如自己行邪淫，同時委託他人造其他六種不善業。思為什麼不與九個或十個不善業同時產生呢？因為貪心、嗔心、邪見三者屬於完全不同的分別念，不會在同一相續中同時生起兩個強烈的分別念，這一點，小乘、因明以及密宗當中均如此承許。所以，思不會與九個或十個不善業同時產生。

如果是善業，從總的角度來說，思可與其中的一至十個一起產生；若從個別而言，則不會與一、五、八善業俱生。與一個善業不會俱生，無貪無嗔不可分割故。與二善業同生，善的五根識或者無色所有的盡智無生智現前時，無有欲界散位的七支善，而且，五識為無分別，正見為推度分別故無有，無色所攝盡智無生智現前時已息滅分別故亦無正見，所以思與無貪無嗔二者俱生。意識處於正見中時，思與意三善業俱生。與四善俱生，以無記心受戒，則思與斷身之三業與妄語四善俱生。若處於根識善中受戒，或者與六善俱生，即思與無貪、無嗔以及斷除四根本罪的六個善業同時產生；或者與七個善業俱生，即在前六者基礎上斷除邪見；與五善俱生的情況不會有，因為無貪無嗔必定同時存在。若等起處於無記狀態受比丘戒，也會與身語七斷之善業俱生。不會與八善同時產生。與九善同生，如彼時等起處於根識善中受比丘戒，則有身語七所斷以及無貪無害共九善業。與十善同生，處於意識善中受比丘戒，因見解屬於正見，

故意的三善業以及身語的七種善業全部具足。

以上均是從戒的角度來說，若是中戒，則也有與一、五、八善同生的情況。

己六、何界何趣中有幾業道：

地獄綺語與粗語，及害心以二式具，

貪心邪見隱蔽具，北俱盧洲有三種，

第七明顯亦存在，其餘欲界十不善。

地獄中綺語、粗語、害心這三種罪業以明顯和隱蔽的兩種方式具足，貪心、邪見則以隱蔽方式具足；北俱盧洲當中，意三業也是以隱蔽方式具足，綺語則明顯存在；除上述二者外的欲界其他處均具足十不善業。

十種善業和十種不善業在哪些界、哪些趣中具足，分別以何種方式存在呢？地獄眾生相互之間會發出各種綺語，粗語也必定具足，而且彼此之間有非常大的嗔恨心，因此害心也具足，這三種罪業以明顯和隱蔽兩種方式存在。貪心、邪見二者以隱蔽方式具有，地獄眾生相續中雖有貪愛的煩惱，但因無有悅意對境，所以貪心是以不明顯的方式存在；地獄眾生已現量感受因果報應，因此邪見也是以隱蔽方式具足。地獄中雖然會有相互殘殺的情況，但在對方業力未盡之前，馬上即可復活，所以無有殺生；無有可歸屬於自己的財物與女人，故無有不與取和邪淫。沒有可以貪圖之利益，故無妄語；彼此之間本來已經相互嗔恨，所以不用說離間語。

北俱盧洲眾生均以異熟果現前轉生於此處，壽命固定為一千年，無有可貪之對境，因此貪心、害心、邪見三者均以隱蔽方式存在；不與取、邪淫以及妄語均無有，而且也無有離間語和粗語，因其相續極其調柔；而第七綺語則以明顯的方式存在，因為有以貪心所引發的唱歌等。

欲界的其他處中均有十不善業。那殺生如何在天界存在呢？天界內部雖然不會互相殘殺，但是會與阿修羅作戰，而且，有些經論中說天人的頭腰若斷即會死亡。

三善業則於一切，亦以隱蔽現行式，

無色無想天眾生，以隱蔽式具七業，

餘處則以現行式，地獄北俱盧洲除。

意的三種善業在一切趣中均以兩種方式存在；無色界聖者與無想天眾生相續中以隱蔽方式具足身語七業，除此二者以外的其他處以明顯方式存在身語七業，當然也不包括地獄和北俱盧洲。

一切趣中皆以明暗兩種方式存在意三善業。那三惡趣中如何具足無貪無嗔無癡呢？此三處眾生相續中會偶爾具足三善業，但不會長期具足。不過，以前曾修持過大乘法，今生即使轉為三惡趣眾生，也會出現對其他眾生產生悲心的情況。

無色界眾生無有身語有表色，因此聖者無漏戒所攝七所斷以隱蔽形式存在，它們未來會以未生法的方式存在，過去則以得繩方式存在。無想天眾生無有真正的心，而禪定戒屬於隨心戒，所以禪定戒所攝的七所斷也以得繩方式存在。除無色界聖者與無想天眾生二者以外，其他界與趣中的身語七所斷均以明顯方式存在。那如何具足呢？天、人具有禪定戒與別解脫戒所攝的七種善業；餓鬼、旁生雖然不具足別解脫戒，但可以具足中戒所攝的善業，釋迦牟尼佛也說過應該為龍王等傳授八關齋戒。地獄與北俱盧洲不包括於其中，因為這兩處無有別解脫戒所攝的七種善業，更不會存在禪定戒或無漏戒。

己七、業道之果：

承許一切均產生，增上等流異熟果，
痛苦之故殺害故，無威嚴故果三種。

所有不善業均會產生異熟果、等流果與增上果三種，如殺生時，於加行正行後行中分別使所殺眾生感受痛苦、斷絕生命、搶奪威嚴，以此原因會有上述三種果報出現。

承許所有不善業道均產生異熟果、等流果與增上果三種，因士用果可包括於此三果中，故未單獨宣說。不善業可分上中下三品，其他講義中說，上中下三品根據時間來判定，若某一不善業經常做、再再串習、現行無對治，具足此三條件即為上品不善業，具足其中兩個條件就是中品不善業，若僅具足一個條件為下品不善業。或者以發心意樂為標準，若意樂非常強烈即為上品，意樂中等為中品，意樂下等就是下品。那造不善業會感受何種異熟果呢？若所造不善業屬上品，則所感異熟果是墮入地獄，中品轉為旁生，下品投生餓鬼，此處說法與《大圓滿前行》的說法相同，但《入中論自釋》、《經莊嚴論》以及《瑜伽師地論》中都說造中品不善業轉生為餓鬼，下品則會轉為旁生。所感等流果是殺生者短壽，不與取者受用貧乏，邪淫者夫妻不合，以粗語所感而多傳惡名等。竅訣書中說，等流果分感受等流果和同行等流果兩種，同行等流果指前世喜造惡業，即生中仍然喜歡造惡業，前世喜歡善法今生也願意行持善法；感受等流果，如以前喜歡殺生則即生中壽命很短，以前經常毆打眾生，那即生會多病。

是什麼原因會產生三種果呢？以殺生為例，以刀子刺在犛牛身上或用繩子捆住犛牛的嘴巴使之閉氣，此時的犛牛特別痛苦，以此果報感受異熟果；正行時，犛牛失去自己可貴的生命，以此感受等流果；對犛牛進行剝皮、割肉等後行時，已經使之完全失去了威嚴，令人見而生畏，以此感受增上果。殺盜淫妄等十種不善業均可依此類推。反過來，十種善業也可如此類推。

丁二、單說邪命之原因：

貪心所生身語業，邪命難淨故另說，

設若貪圖資具引，與經違故非如是。

貪心所生身語之業即為邪命，因其難以清淨，故於此特別宣說。假設認為以貪圖資具所引發的屬於邪命而

其他不屬於邪命，則並非如此，因與佛經相違之故。

佛經中說，以嗔心、癡心所引發的身業屬於邪業，語業為邪語，而以貪心所引生的身語之業則為邪命。也就是說，邪命必定由身語造作，而身語所作之業不一定是邪命。那此處為何單獨宣說邪命呢？平時所說的五種邪命與此處所講邪命有點差別，這裡的邪命很難清淨，屬於歡喜的對境，難以斷除，《自釋》中說：「謂貪能奪諸有情心，彼所起業難可禁護。為於正命令殷重修故，佛離前別說為一。如有頌曰：俗邪見難除，由恆執異見，道邪命難護，由資具屬他。」

有些人認為：以貪圖資具所引發的身語之業屬於邪命當然無可厚非，但如果為了娛樂做的身語之業應該不屬於邪命。這種說法與《戒蘊經》相違，經中云：「比丘受用信士供養後若去觀看鬥象等，為邪命。」戒律中也是如此宣說的。一般的凡夫人都會有一些好奇心，但作為出家人和修行人來講，這樣做很不莊嚴，會令他人生起邪見，而且對自相續也無有利益並且已經成為墮入惡趣之因。

丁三、何業具何果：

斷道有漏業五果，無漏業則具四果，

餘有漏善不善四，無漏餘無記具三。

斷道分有漏、無漏兩種，其中斷道有漏具足五種果，斷道無漏具足除異熟果以外的四果；除斷道有漏以外，其餘的有漏善業、不善業皆具足除離繫果以外的四果；無漏斷道以外的其餘無漏和無記業，具有除異熟果、離繫果以外的三種果。

以何業會產生幾果呢？首先說明斷道之業所具之果。斷道也即無間道，是指每一地斷除其違品的道。斷道分有漏、無漏兩種，有漏斷道即通過世間道修行而斷除其違品，如獲得一禪未至定時，欲界煩惱全部斷除，此時無有任何障礙的無間道即稱為斷道；無漏斷道是通過出世間道修行斷除違品。有漏的世間斷道會產生五種果，也即因屬有漏善業而具異熟果，如一禪未至定時所產生的一禪之果；以此斷除所斷的力量，無間生起後後之果，即為士用果；其他任何有為法生果不起障礙，即為增上果；斷道後刹那刹那的同類因產生同類果屬於等流果。以世間道斷除下界煩惱而獲得了抉擇滅，因此稱為離繫果。無漏斷道具有四果，因為屬於無漏之故，不具足有漏異熟果；無漏法的前一刹那產生後一刹那，因而具足等流果；無間產生後面之果，故士用果具足；增上果必定具足；通過無漏智慧斷除下下的違品，以此獲得抉擇滅，所以離繫果也具足。

有漏斷道以外的有漏善、不善業均具四果。因無有斷除違品而獲得的抉擇滅，故不具足離繫果；不具有產生後果的障礙，因而具有增上果；以前前同類因產生後後同類之果，所以具足等流果；依前前之力產生後後之果，

因此具足士用果；造善業可以得善果，造惡業會成熟惡果，此即異熟果。

除無漏斷道以外的加行道、解脫道、勝進道，以及有覆無記業和無覆無記業具有三個果。無漏法中不具足離繫果，因加行道時無有斷除違品而獲得的抉擇滅，而解脫道、勝進道時違品已經斷除，所以不具足離繫果；異熟果也不具足，因為是無漏法的緣故，不會產生異熟果；具有產生後果的能力，故而具足士用果；可以產生後面同類的法故有等流果；增上果也具足。無記法也無有抉擇滅的離繫果；異熟果必定從善業或惡業中產生，因此無記業中不會產生異熟果；無記法可產生無記法的同類因具足，所以等流果存在；增上果、士用果全部具足。

此頌從果的角度作了說明，下面從因、果兩個角度來說明何業具何果。

善業之果為善等，次第有四二三果，
不善業生善法等，依次具二三四果，
無記業生善法等，彼等具二三三果。

善業產生善等分別有除異熟果以外的四果，士用果與增上果二果，異熟果、增上果、士用果三果；不善業產生善等時，依次有士用果與增上果二果，士用果、增上果、等流果三果，除離繫果以外的四果；無記業產生善時有增上果、士用果二果，產生不善、無記時均具有士用果、增上果、等流果三果。

善業之果為善時具有四果，因其可以成為異熟因但不會具足異熟果；離繫果可以具足，如通過無間道方式斷除下品煩惱，可以獲得抉擇滅；等流果、增上果、士用果全部具足。善業產生不善果，有士用果與增上果二果；無有等流果，因、果不是同類之故；果的本體為不善法，所以沒有異熟果；離繫果屬於勝義善法，因此無有離繫果。善業產生無記法有異熟果、增上果與士用果三果，因果非同類之故，無有等流果；離繫果也不具足，理由與上相同。

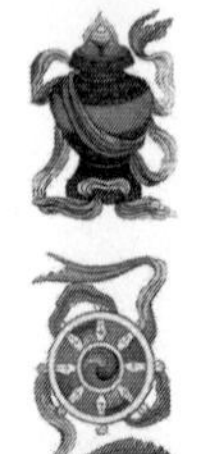

不善業產生善果具有士用果與增上果；等流果與異熟果無有，理由與前相同；離繫果也無有，因為是由不善業產生之故。不善業產生不善果，有士用果、增上果與等流果三者。不善業產生無記法具足四果，因離繫果屬於抉擇滅，故無有離繫果。為什麼具足等流果呢？通過不善的遍行因可以產生壞聚見、邊執見兩個無覆無記法，無覆無記法會遮障解脫，屬於見斷，不善遍行也是一種煩惱性，從煩惱的角度來講，可以稱為等流果。

無記法產生善法有增上果與士用果。無記法產生不善果，具足士用果、增上果、等流果三者。為什麼具足等流果呢？欲界眾生緣五蘊假合錯認為我，以此產生痛苦，以這種壞聚見緣苦的不善業，也即無覆無記法所產生的不善果，因此說具足等流果。無記法產生無記法，有士用果、增上果與等流果。

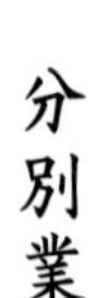

從時間的角度來說，從何時產生何時分別具足幾果呢？

過去一切具四果，現業未來亦復然。

現業二果未生業，果未來則為三果。

過去的有漏法產生過去、現在、未來各具除離繫果以外的四果；現在有漏法產生未來亦具四果，現在產生未來則具足士用果與增上果二果；未來產生未來具足不包括等流果與離繫果的三果。

過去如何產生過去、現在、未來三時呢？舉例來說，今天也即現在，昨天、前天就是過去，明天、後天就是未來，那麼前天造的業——過去法，昨天成熟叫做過去的過去果；今天成熟叫做過去的現在果；明天成熟叫做過去的未來果。過去產生過去、現在、未來分別具足四果，無有離繫果，因其屬於抉擇滅，不為三界、三時所攝，所以離繫果不具足。

現在的業產生未來法也同樣具有四個果。現在的業若產生現在法則有士用果與增上果兩個果，有部宗認為因果可以同時存在，如一切有為法的法相——生、住、滅三者可以同時存在，並且互相起作用。或者，同一心所群體中可以同時存在思維與感受，也即思、受二者同時存在，從不起障礙的角度來說屬於增上果，從互相起作用的角度來說是士用果。隨理經部不承認這種觀點，但有部認為，現在的法不能產生過去法。

若未來之業產生未來果，則只具足三果，也即不包括等流果、離繫果二者。為什麼沒有等流果呢？有部認為，未生法無有前後次第。實際從道理上來推，過去法產生現在、現在法產生未來都具足等流果，那未來法產生未來也應該具足等流果。但有部認為，未來法分有生法和未生法兩種，未來的法屬於未生法之中，由於未生法的相續還未成立，因此同類因不存在，所以無有等流果。那未來的因為什麼不產生現在果呢？未來的法屬於未生法，若未生法產生現在果，則因還未產生，果已經存在，這顯然不合理。

自地之業果為四，他地則為三與二。

有學有學等三果，無學業果有學等，

次第有一三二果，餘有學等二二五。

自地之業產生自地果具足除離繫果以外的四果，他地產生他地具足三果或二果。有學業產生有學等時，分別具足三種果；無學業產生有學等分別有一果、三果、二果；其他業產生有學等時，分別具有二果、二果、五果。

除色界、無色界以外，所有的有漏無漏業產生果時，均有幾果具足呢？

若是自地的業產生自地的法，因離繫果不為地所攝，故只有四果。若他地之業產生他地之果則分兩種情況，第一種是具足三果，如依靠無漏一禪生起無漏二禪，增上果是一定具足的；依前面的力量產生後面的果之故，

可以具足士用果；由於無漏法不分地界，從一地到有頂之間的無漏法從自本體的角度可以互相作為因，所以等流果具足。也有具足二果的情況，如以有漏二禪生起有漏三禪，有漏法有地界限制之故，無有等流果。

以有學法等無漏法產生有學法、無學法、非有學非無學的法時有多少果呢？有學業產生有學業時，具足士用果、增上果、等流果三個果，因為有學因屬於有為，故無有離繫果；有學法屬於無漏法，故不存在異熟果。有學業產生無學法也具足士用果、增上果、等流果三果。有學業產生非有學非無學的法具足士用果、增上果、離繫果三個果，因是無漏法所以無有異熟果；有學因屬於無漏法，其果則屬於無為有漏法，並非同類，因此無有等流果。

無學業之果若是有學法，只有增上果。那無學業怎麼會產生有學果呢？如阿羅漢本是無學果位，但當他從無學法中退失時，於其相續中即產生有學的法，有部宗認為這是一種因果關係，因無有任何障礙故具足增上果；無有等流果，因為前後不同類之故，而且，有學法比無學法低劣，所以不具足等流果；是無漏法的緣故，也無有異熟果；士用果為什麼沒有呢？因為無學法並非生起有學法的真因，因此士用果無有；離繫果也沒有，因為到有學階段時，並非是以抉擇滅的方式來出現的。無學的業產生無學果，有士用果、增上果、等流果三果。無學業產生非有學非無學果，增上果必定具足；士用果也具足，如無學者相續生起非有學非無學的法或心所時，即具足士用果；無有離繫果與異熟果。

其他業產生有學、無學、非有學非無學的果時，會有多少果出現呢？若是凡夫善業產生有學果，如依靠加行道凡夫的善心和智慧產生有學道智慧，則有士用果、增上果二果；離繫果不具足，因為只有出世間道和無學才具有真正的抉擇滅。若產生無學果，也具足士用果和增上果，離繫果沒有，因為以有學智慧斷除所斷時才會有抉擇滅，而凡夫智慧所產生的無學果不是抉擇滅。若產生非有學非無學果時具足五種果，增上果、士用果、等流果應該具足；以有學無學善業，獲得非有學無學的無記果時，可以產生異熟果；離繫果可以具足，因為從世間修道角度而言，加行道勝法位時斷除見斷會獲得抉擇滅。

見斷彼等三四一，修斷業生彼等果，

次第為二四與三，非斷彼等一二四。

見斷產生見斷等具足三果、四果、一果；修斷產生上述果時，次第具足二果、四果、三果；非斷產生彼等果時分別有一果、二果、四果。

下面從見斷、修斷、非斷的角度進行分析。見斷產生見斷果時，有士用果、增上果、等流果三個果；此處的見斷不是智慧，而是從煩惱的角度來講，其本體為煩

惱性，屬於不善業，所以沒有異熟果；見斷的果並非抉擇滅，所以不具足離繫果。見斷產生修斷時，除離繫果之外的其他四果具足，因為從煩惱性的角度而言，此二者均屬所斷，所以具足等流果；異熟果也具足，因有漏的無情法全部屬於修斷，如身根等均是異熟果；士用果與增上果全部可以具足。見斷產生非斷⑧時只有一個增上果，有部宗認為從煩惱中產生無漏智慧屬於一種假立的因果，所以只安立了增上果；無有等流果，因為一者是有漏法一者是無漏法；異熟果也沒有，因無漏法不屬於異熟的範圍；抉擇滅的離繫果無有，因為並非由見斷智慧獲得；並非依靠前面的力量產生後面的無漏法，故不具足士用果。

修斷產生見斷，比如一個補特伽羅的相續中，首先生起細微的修斷煩惱，然後無間產生粗大的見斷煩惱，由於有一種前後次第，因而稱之為因果。這時有士用果、增上果二者；沒有離繫果，屬於煩惱之故；異熟果也沒有；等流果也不具足，不是同類的緣故。修斷產生修斷，具足除離繫果以外的四個果。修斷產生非煩惱的無漏法時有三個果，因非斷是無漏法之故，離繫果具足；依世間修道獲得見道，所以增上果和士用果都具足。

非斷產生見斷，由於見斷屬於煩惱，所以非斷並非產生見斷之真因，故只安立一個增上果。非斷產生修斷

⑧非斷：指無漏法，不應斷之義。

時具足士用果和增上果，但是非斷如何產生修斷呢？獲得見道之後，於入定位存在無漏智慧，出定時即會產生有漏的修斷，此時，具足士用果和增上果。非斷產生非斷時具足四果，因為是無漏法，所以不具足異熟果。

丙八、以理非理生業之分類：

非理業即染污性，有謂失軌亦復然。

非理所生業是指染污性的自性罪不善與有覆無記業。有些論師說，與佛制罪等世間共稱儀軌相違者亦屬非理業。

什麼是非理所生業與合理所生業呢？非理雜染性的自性罪如十不善業等，以及有覆無記法如壞聚見、邊執見均屬非理所生業，因為都是由非理作意中產生的。有些上師說：不但從非理作意中產生的染污性法屬於非理所生業，而且相違於佛所制定的戒律、平時的傳統、世間共稱儀軌的所有不如法行為全部屬於非理業。合理所生業是指衣食住行等全部符合傳統，相合於各種儀軌之業。除上述二者之外的無記業為非二者之業。

丙九、引業與滿業之分類：

一業能引一生世，滿業則可有多種。

無心之定非引業，得繩亦非為引業。

有部認為：一個業只能引出一世，不可能引出很多世，而滿業則有很多種。無想定、滅盡定不是引業，但可作為滿業；得繩可以是善和不善的滿業，但不是引業。

何為引業？比如一個有情以前在天界或其他地方造了一個業，以此業今世轉生到人間，這個業就叫做引業，它屬於總業，如同將孩子送到學校一樣。那何為滿業呢？轉生人間以後，使這一生中有苦、樂等種種感受直到人生完結的業，即為滿業，就像孩子在學校裡由老師來照顧其生活、進行教育一樣。

那一個引業只能引一世還是能引很多世呢？或者，許多業能引一世還是多世呢？有部宗認為，一業只能引一世，而多業也不會引一世。經部宗則說，一個業可以引很多世，比如富樓那尊者轉生為割草人時，有一次將鮮花做的帽子供養給緣覺，以此業感得轉生於三十三天七次、轉輪王七次，後來於釋迦牟尼佛教法下獲證阿羅漢果。有部宗對此解釋說，割草人以供養的功德轉生於第一個天界之後，通過觀察發現，此為前世所做善業獲得之果報，於是再造善業，後來又依此第二次轉生於天界……還有些有部論師認為，在供養時如有恭敬心、歡喜心等各種不同的行為，以各種不同的行為也造了很多業，以此出現很多引業，每一引業都是轉生後世的因。經部以上，包括中觀、唯識都不承認他們的這種說法，認為這種解釋過於牽強，實際上，一引業可以引多世也可以引一世，多業可以引一世也可以引多世，這一點可以通過很多公案進行說明，比如阿闌律國王前世以七顆豌豆供養佛陀，以此功德多次轉生天上人間享受種種妙用，這也是以一引業轉生很多世。

有部還認為引業雖然只有一個，但滿業卻可以牽引很多同類業，如同一位畫家先進行素描，再用各種顏料進行塗染，其中素描就是引業，以顏料塗染的過程就是指滿業。或者兩個人以相同的引業來到學院，但一人很快樂，另一個人卻很痛苦，這就是滿業不同，一者是善滿業一者是惡滿業。

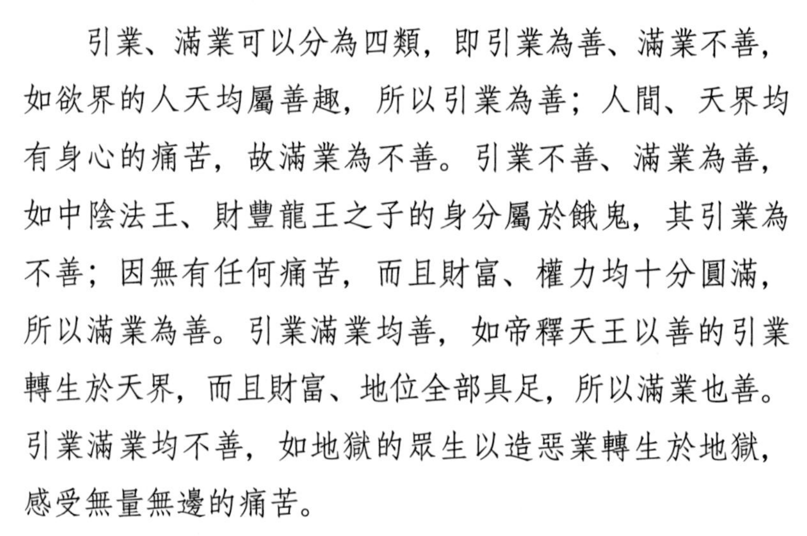

引業、滿業可以分為四類，即引業為善、滿業不善，如欲界的人天均屬善趣，所以引業為善；人間、天界均有身心的痛苦，故滿業為不善。引業不善、滿業為善，如中陰法王、財豐龍王之子的身分屬於餓鬼，其引業為不善；因無有任何痛苦，而且財富、權力均十分圓滿，所以滿業為善。引業滿業均善，如帝釋天王以善的引業轉生於天界，而且財富、地位全部具足，所以滿業也善。引業滿業均不善，如地獄的眾生以造惡業轉生於地獄，感受無量無邊的痛苦。

那是否所有的業均會成為引業呢？造業時需要一種強烈的發心，但滅盡定與無想定的心十分微弱，雖然有來世的異熟，卻不能稱之為引業，但它們可以是長壽天與有頂的滿業，《俱舍論大疏》中說：無想定產生的長壽天，以及滅盡定產生的有頂也可以稱為滿業。那長壽天與有頂的引業是什麼呢？是四禪與有頂定。善不善業的得繩也不是引業，因為業與得繩異體，但可以是滿業。

而且，聖者的相續中具有的有漏業，以及加行道暖、頂、忍、勝法位也只是滿業，不是引業。

麥彭仁波切的科判中，以上是總說業，下面是分說個別業。

丙十、宣說三障：

無間罪之諸業障，強烈煩惱與惡趣，

無想天眾北俱洲，承許此等為三障。

可以承許有三種障，即五無間罪屬於業障，強烈的煩惱為煩惱障，惡趣、無想天以及北俱盧洲的眾生具有異熟障。

經中常說的業障、煩惱障、異熟障是指什麼呢？業障是指造五無間罪的業，也即殺父、殺母、殺羅漢、破僧和合、以惡心出佛身血。煩惱障是經常連續不斷出現並且無有對治斷除的機會，這種煩惱稱為煩惱障，《父子相會經》中說：釋迦牟尼佛成佛後曾回到迦毗羅衛國傳法，當時淨飯王認為自己是國王，而且釋迦牟尼佛是自己的兒子，他也沒有什麼了不起，正是由於這種長期的傲慢心，導致他在釋迦族所有成員中最後一個得果。有一些煩惱出現的很猛烈，突然間就會出現，但這不是煩惱障，因為在相續中並未長期串習，很容易對治，所以不能稱為煩惱障。異熟障指三惡趣眾生、無想天眾生以及轉生北俱盧洲的眾生所具有的障礙，轉生於這些地方的眾生沒有機會造善業，他們所感受的異熟果報特別強烈。一般來說，煩惱障可以用智慧進行對治，按大乘觀點，依靠懺悔也可以使五無間罪得以清淨，但異熟障很難對治，因為是以前所造惡業的果報現前，即使佛陀也無法改變。

為什麼將它們稱為障呢？因為會對獲得聖道以及加行道的暖、頂、忍等作障礙，因此稱為障，乃至未斷除這些障礙之前不會生起聖道，如能樂、指鬘、難陀等，雖然他們相續具有極大的煩惱，但通過誠心的懺悔已經使罪業得以清淨，最後獲得了聖者果位。

無間罪業三洲有，不許黃門等具有，

缺少恩德少慚故，餘障五趣中皆有。

五無間罪在除北俱盧洲以外的三洲中具有，但黃門等不會有，因為他們的父母對其缺少恩德，而且他們自己也無有慚愧之心。其餘的業障和異熟障在五趣中都存在。

三種障在何處存在呢？五無間罪在北俱盧洲以及人趣以外的其他趣中不存在。北俱盧洲眾生自然具戒，性格十分善良，故不會殺害父母；無有佛教之故，也不會出佛身血、破和合僧。天人不具足惡劣的意樂，而且已經現前業果，所以也不會有殺害父母的現象。惡趣眾生雖然有殺害父母等現象⑨，但由於痛苦過於強烈，導致惡意樂並不穩固，而且已經現前業果，

所以不構成無間罪。因此除北俱盧洲以外的三洲人

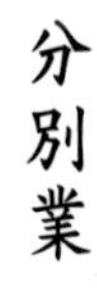

⑨此處的「殺害」是一種假立，真正殺害並造成死亡是沒有的。

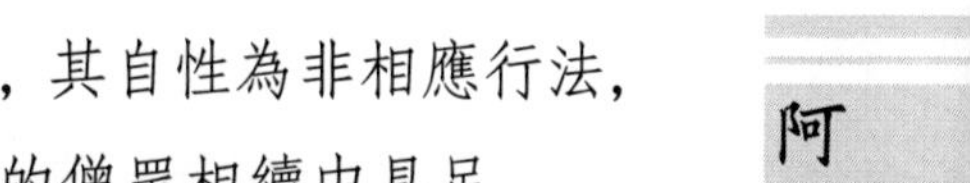

類會具有五無間罪，但隨欲黃門⑩、兩性黃門也不會造無間罪，因為父母沒有盡到自己的責任，未生出身根俱全的他們，而且對他們也缺少慈恩；從他們自己的角度來說，也缺少對父母的知慚有愧心。

無想天眾生、北俱盧洲以及所有惡趣的眾生具有異熟障，煩惱障則在五趣中都存在。

丙十一、宣說五無間罪：

破僧即令不和睦，自性不相應行法，

非煩惱性無記法，彼與所破僧眾具。

破僧和合是指令僧眾不和睦，其自性為非相應行法，屬於非煩惱性、無記法，在所破的僧眾相續中具足。

五無間罪中前三種是殺生，第五種惡性出佛身血並非真正的殺生，只是一種想殺害佛陀的心，因此是殺生的加行，這四者都屬於身業。第四個破僧和合屬於妄語，所以是語業。

破僧和合是令僧眾不和睦相處的一種自性，這種自性屬於非相應法，比如砍木材時，在中間加一個鐵錘，以它的力量將木材分開，同樣，破僧和合即具足這樣的一種力量，屬於不相應行。有部宗認為這種不相應行實有存在，但經部宗以上認為，所謂的不相應行並非實有自性，只是使僧眾與僧眾之間關係破裂的一種罪業。因為在斷煩惱與斷善根的眾生相續中也存在，所以屬於非

⑩隨欲黃門：隨著欲樂和對境生起貪欲的黃門。

煩惱性，是有覆無記法。這樣實有的不相應行在被破壞的雙方僧眾相續中具足，但並非無間罪。

彼之罪業為妄語，彼與破者真實具，

中劫成熟無間獄，造多無間害亦增。

破僧和合的罪業屬於妄語，在破僧者相續中具有，其果報是在一中劫中感受無間地獄的痛苦。若造多個無間罪，則所感受的痛苦果報亦會增加。

上一個頌詞中說，雖然被破壞的雙方僧眾相續中具足破僧和合的不相應行，但卻不構成無間罪，那在什麼條件下才是真正的無間罪呢？破壞僧眾和合的因是挑撥僧眾並使兩個僧團分開的妄語，它才是真正的無間罪。當這種妄語與破僧者提婆達多等真實具足時，才會構成破法輪僧。

破法輪僧一般來說只在六個時間內才會發生，其他時間不會有。而且破法輪僧只在釋迦牟尼佛的教法下會具足，因為釋迦牟尼佛往昔轉生為一個具足五神通的仙人時，專門在兩個僧團之間說離間語以破壞他們的關係，所以釋迦牟尼佛成佛後也感受這種果報。但這也只是有部宗的說法，薩迦派果仁巴在《三戒論》的注釋中做過分析：佛陀已經圓滿斷證功德，不會感受業力的果報，若仍然需要感受果報，則有佛陀還未成就等眾多過失。所以大乘認為，破法輪僧的情況在其他佛的教法下也會出現。另外，按小乘經典來觀察，提婆達多是釋迦牟尼

佛教法下真實存在的一個人，這是以前發惡願成熟的原因。按照大乘觀點，如《大密方便經》、《妙法蓮華經》等經典中說，所謂的提婆達多也是釋迦牟尼佛的化現，並非真正存在，因為提婆達多在地獄受苦時，佛曾專門叫阿難尊者去安慰他，當時提婆達多說：「本性中無來無去。」因此，他顯現上雖然是在受苦，其實也是佛陀的一種化現，只是為了引導眾生而如此示現的。

有些小乘經典中說，若造下破和合僧的無間罪一定會轉生到無間地獄，但造其他無間罪雖然必定墮入地獄，但不一定墮在無間地獄。不過，多數經典中都說，凡造五無間罪者，不經過中陰直接墮入無間地獄。

如果造兩種無間罪，是在一世中轉生地獄還是兩世中轉生地獄呢？若一世中感受兩種罪業的果報，那業也就無有大小之別了；若在兩世中轉生，無間罪業就不成為順次生受業了。

有部宗回答說：沒有這樣的過失。若造兩個以上的無間罪，那來生必定會轉生無間地獄，而且果報出現時所受的痛苦會比造一個無間罪感受的痛苦嚴重，而且時間也會增加，也就是說，最初造下的無間罪以引業的方式成熟在其相續中，而其他無間罪則以滿業的方式出現。

那麼，破和合僧者的身分如何？在何時、何處會出現破和合僧？破僧之量是什麼？破僧的時間長達多久呢？下一頌即對此進行具體分析。

比丘見行具戒者，破於他處凡夫眾，

堪忍他師與他道，破界彼住僅一日。

破和合僧者必須是比丘、見行者、具戒者，破僧之處是佛所住之處以外的地方，所破的對方是凡夫僧眾，

破僧之量為堪忍他師及其所制定的學處，破僧的時間僅一日。

破僧和合者，不會是沙彌和在家人，必定是比丘、見行者，而且是持戒者，像提婆達多這樣的人才可以。從平時的生活上也可以看得出來，一些表面利根、具智慧者會使別人信服，但他所造的業也相當大，若鈍根，沒有很大能力的人，信仰他的人少，也不會造很大的業。

破僧時必定不會在佛所在之處，而是佛所住之處以外的地方，因為破僧者面對佛陀時無有能力做到破僧之事。

所破的僧眾是凡夫僧而非聖者僧眾，因凡夫僧眾的見解容易受到影響，聖者則已經對佛陀教法生起堅定不移的信心，不會受到他人影響。

破僧者，如提婆達多通過各種威力進行破壞，最後導致僧眾對佛陀失去信心，並且承諾遠離佛及佛陀的教法，願意跟隨提婆達多並且行持其制定的戒律，如斷肉、不享用牛奶等，這就已經達到破僧之量。

破僧和合只會持續一日，不會再長。

許彼為破法輪僧，贍部洲有九等成，

破羯磨僧三洲有，彼以八者以上成。

以上所說承許為破法輪僧，其僅於贍部洲出現，而且需要九位比丘以上才構成破僧之罪業。破羯磨僧在除北俱盧洲以外的三洲都有，最少要八位比丘以上。

破法輪僧與破羯磨僧有一點區別。現在經常說的破和合僧是指破羯磨僧，此處的破僧和合則是指破法輪僧，因為真正的破法輪僧出現時，整個贍部洲中所有人的相續未恢復之前，一個人也不能得到聖道。但真正的破法輪僧在佛陀涅槃後不會出現，而其他的破僧則不成為無間罪。破法輪僧也只是在南贍部洲才有，其他洲不存在。破法輪僧的人數必須是九位比丘以上，因為雙方都需要具足四個比丘以上才稱為僧團，再加上像提婆達多那樣的比丘，因此至少要九位比丘。

破羯磨僧除北俱盧洲以外的三洲都存在。若在一個界限內，以不和之心作長淨等羯磨，即是破羯磨僧。此種破僧不需要其他挑撥者，只要兩個僧團之間不和睦相處，就會涉及到破羯磨僧，因此八個比丘以上就可以做到。

初末二大尊者前，佛已涅槃未結界，

於上此等六時中，破法輪僧不出現。

佛初轉法輪時、佛接近涅槃時、在舍利子和目犍連二大尊者面前、佛教未出現損壞之前、佛已涅槃以及未作大小結界時，在上述六個時間之內，不會出現破法輪僧。

既然說破法輪僧在六個時間內不會出現，那是哪六個時間呢？一、在佛初轉法輪不久時不會出現。在釋迦牟尼佛成佛以後的十二年中，佛的教法如同秋季的月光，無有任何垢染，此時的人們處於一片歡喜而祥和的狀態當中，所以不會出現破法輪僧。二、佛陀接近涅槃時不會出現。此時的人們都十分悲傷，認識到佛陀難遇、佛法難聞，生起了強烈的無常之心。三、在佛教見解與戒律未出現損害之前不會出現。四、在二大尊者之前不會出現。二大尊者即神通第一的目犍連和智慧第一的舍利子，若他們已經涅槃或還未出現的話，破和合僧也不會發生，因為僧眾之間的關係必須由目犍連或者舍利子進行調解。五、佛陀涅槃後不會出現。「法輪」也即聖者，獲得聖者果位必須有佛轉法輪才可以，因此破法輪僧一定要在佛陀在世時才會出現，若佛陀不在世，則所抗衡或競爭的對境不存在。六、未作大小結界時不會出現。在一個結界內不存在破法輪僧，必須在兩個大小結界做完之後，在兩個僧團中間才會發生破和合僧。除上述六個時間以外不會發生破和合僧。

於利益及功德田，捨棄令彼無有故。

變性殺之亦犯罪，月經中生者為母。

對於父母等利益田、佛陀等功德田，以嗔心殺害或捨棄會犯五無間罪，若是其他眾生不會犯。殺害變性的父母也犯無間罪，於彼月經中產生者即為自己的生母，若殺害她會犯無間罪。

為什麼殺害父母等會成為無間罪呢？我們依靠父母獲得了人身，以此人身即可獲得圓滿的解脫，因此父母對自己的恩德極大，若殺害父母必定會犯無間罪。而阿羅漢、僧眾與佛陀是殊勝功德的福田，若殺害羅漢、破僧和合即是犯無間罪，而且雖然沒有能力殺害佛陀，但也是存心捨棄，故以想殺佛陀的心來害佛陀的話，也犯無間罪。

有人提出這樣的疑問：若殺害一位既不是阿羅漢也不是自己母親的女人，會不會犯無間罪呢？會有這種現象，比如自己的父親變性成為女人，若殺害她，即犯五無間罪。那若殺害一個既不是阿羅漢也不是自己父親的男人，會不會犯五無間罪呢？佛經中說也會有這種現象，比如自己的母親已經變為男性，這時殺害他會犯無間罪。那麼，如果將一個女人胎中的凝酪注入另一女人的胎中出生，表面上看他有兩個母親，那殺哪一個女人犯無間罪呢？由於剛剛入胎時，第一個女人是自己產生的因，所以殺害第一個女人會犯無間罪。《俱舍論大疏》中說：第二個女人雖然不是真正的母親，但也應對其像母親一樣恭敬、孝順、依教奉行，就如同姨母，因為她對自己有養育的恩德。

以打佛心非無間，擊後得羅漢亦非，
造無間罪則無法，獲得離貪之果位。

若以毆打佛陀的心令佛身出血，則不屬於無間罪；

如果先擊打非阿羅漢者的身體，此人之後獲得阿羅漢果位，也不會犯無間罪。凡造五無間者，於即生中不會獲得離貪的果位。

若未以殺害之心而使佛身出血，會不會犯無間罪呢？不犯，因為無有殺生之意樂。同理，若無有想殺阿羅漢的心，卻無意間殺害了阿羅漢，也不會犯真正的無間罪。有人認為，如果既想殺害母親又想殺害另外一人，則具有兩個無表色，而有表色只有一個，即殺母的無間罪。但《自釋》中妙音尊者說，不論是殺害其他人還是殺害自己的父母，都具有無表色和有表色，尤其是有表色一定會具足，否則不會使對方的生命斷絕。

若一個人所殺的既是阿羅漢又是自己的父親，那會不會犯兩個無間罪呢？本論觀點是只會犯一個無間罪。既然如此，在《毗奈耶經》中有這樣一個公案：在扎作地方有一個得阿羅漢果的國王哦扎牙那，他的兒子將其殺害，後來佛陀嚴厲遮止這種行為，說他造了兩個無間罪，因為他所殺之人既是他的父親又是阿羅漢。《毗奈耶經》的密意應如何解釋呢？他們認為所依只有一個的緣故，不會犯兩個五無間罪，但佛是為了讓王子生起後悔之心，並且使其明白殺父親和殺阿羅漢均是無間罪之因，所以才如此宣說的。不過，按照戒律的觀點，靠一個人也可以造兩個無間罪。如果想殺害的人並不是阿羅漢，但此人在將死時獲得了阿羅漢果，那會不會犯無間罪呢？不

犯，因為所殺的是非阿羅漢，並未對阿羅漢起殺心。

若已經犯了無間罪，那未斷除此罪業之前能否獲得離貪果呢？小乘自宗認為五無間罪是最嚴重的罪業，所以不會於即生當中獲得離貪果，其他的罪業再嚴重也可以即生獲得阿羅漢果。比如《百業經》中說殺五千人也可以獲得阿羅漢果位，但在小乘經典中，根本沒有已經造了五無間罪而即生中又獲得阿羅漢果位的公案。大乘說法完全不同，《未生怨王懺悔經》中說：未生怨王雖然殺害了自己的父親，但後來依靠佛陀的教法，自己精進地懺悔，即生當中獲得果位。有些大乘經典中說造五無間罪後若已經精進懺悔，則即使墮入地獄，時間也不會很長。但小乘認為若造了五無間罪，來世一定會感受地獄果報。

為破僧眾說妄語，承許彼為最重罪，
所有世間善業中，有頂禪心果最大。

為了破壞僧眾和合而說妄語，承許其為最嚴重的罪業；所有的有漏世間善業中，有頂禪定的功德最大。

小乘認為，所有的罪業中五無間罪最為嚴重，那五無間罪中哪一個最為嚴重呢？使僧眾關係分裂的妄語最嚴重，因為已經用語言的利刃擊中了如來法身。很多僧團都是如此，若僧團不和合，則在未調解之間，聞思修等各方面都不會正常進行，以此也必定會障礙出離心、

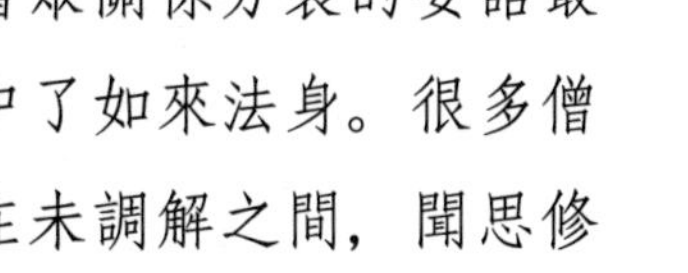

菩提心等功德在僧眾相續當中生起，而且天人以天眼了

知後也是議論紛紛。

三界有漏善業當中功德最大的是哪一個呢？從異熟果的角度而言，有頂善果的功德最大，因其可於八萬大劫中息滅一切痛苦；從士用果和離繫果的角度來說，則是世間勝法位的果報最大，因獲得世間勝法位後很快即會獲得見道；無漏法當中，金剛喻定⑪的功德最大，因其可以斷除三界所有煩惱，有學道中根本沒有這樣強有力的對治。

這裡有一個疑問：有時說妄語的罪業最大，有時說三種意業的罪業最大，有時又說邪見的罪業最大，那到底哪一個罪業最大呢？這需要從不同角度進行分析，從異熟果的角度來說，五無間罪中說妄語的罪業最大，需要在一中劫中感受痛苦；從危害自他相續的角度來說，三種意業的罪業最大；從斷除善根的角度而言，邪見可以促使自相續中所有的現行善根全部斷除，其他任何罪業也無有此種威力，因此說邪見的罪業最大。還有人說殺生的罪業最嚴重，這是從哪一個角度說的呢？主要是從危害眾生方面而言的，因為每一個眾生都十分珍愛自己的生命，若故意踐踏或者去殺害，這種罪業相當大。同理，經中有時說修出離心的功德大，有時說修菩提心的功德大，有時又說修空性的功德大，大家應該善於從

⑪金剛喻定：《俱舍論》認為，破有頂地第九品惑的無間道。大乘認為，菩薩於最後位時，斷除最後一切最細微之煩惱而證得的禪定。

不同的角度對佛經進行解釋。

丙十二、宣說近無間罪：

染污母亦無學尼，殺定菩薩有學聖，

奪僧合食毀佛塔，此等即近無間罪。

以邪淫侮辱既是母親又是無學尼者，殺住定菩薩，殺害有學聖者，奪僧和合食，以嗔心毀壞佛像、佛經、佛塔，以上五者為近無間罪。

不僅造五無間罪會轉生地獄，而且造與無間罪相似的近五無間罪業也會墮入地獄。那近五無間罪是指什麼呢？一個人既是自己的母親又是已獲阿羅漢果位的比丘尼，若對其以邪淫進行侮辱，則會犯近無間罪；若殺害見道菩薩則犯近無間罪；殺害除阿羅漢以外的其他七個有學聖者中的任何一者犯近無間罪；奪僧和合食；以貪心、嗔心、癡心引發毀壞三寶所依，即犯近五無間。這五種罪業雖然並非真正的五無間罪，但如果造作也會墮入無間地獄。很多人以前未進入佛教時可能會造過近五無間罪，現在一定要依靠「金剛薩埵心咒」懺悔，否則後果不堪設想，按小乘觀點，「無間」就是不經過中陰四十九天而直接墮入地獄，這種罪業相當可怕，但按照大乘觀點，如果精進懺悔，即生中仍然有機會成就。

上述五種罪業可以分別與殺母、殺父、殺羅漢、破僧和合及以惡心出佛身血的無間罪相對應，由於十分相近而稱為近五無間罪。對於「僧和合食」，滿增論師認為這是指僧眾平時享用的食物，其他論師則認為，所謂的僧和合食不一定是平時所用，凡是僧眾的食物均可包括。奪僧和合食是指搶奪僧眾所享用的食品。但其實不一定要搶奪，若將供齋的財物挪用到其他方面，如造佛像、佛塔，雖然自己並未享用，但也已經犯了近無間罪。

於得無來羅漢忍，成為極重之障礙。

有三種異熟業會成為獲得無來果、阿羅漢以及忍位的極重障礙。

異熟果必定成熟的異熟業在三個時間當中，會成為極大的障礙。是哪三個時間呢？即將獲得加行道忍位、聖者不來果、阿羅漢果的三時，因獲得忍位即不再轉生於惡趣，所以必定轉生於惡趣的業會成為極大障礙；獲得無來果後就不會再轉生於欲界之中，因此來世轉生欲界之業成為極度障礙；獲得阿羅漢果位後，不會在三界當中轉生，所以將轉生三界的業會成為極大障礙。

從修妙相之業起，即名住定之菩薩，
投生善趣貴族家，根足轉男憶宿世，
不退彼即贍洲男，觀現量佛思所生，
餘百劫中方能引，每一妙相百福生。

從修三十二種妙相開始，就稱為住定菩薩。從此之後即會轉生於善趣，並且轉生於貴族之家，諸根具足，轉為男身，能夠回憶前世，於百劫中不退轉而獲得佛果。積累成熟妙相之業需要轉生於南贍部洲中具足諸根的男

身，現量面見佛陀，具足由思所生之智慧，於一百劫中修持方能引發此妙相，每一妙相從一百種福德中產生。

上文既然提到住定菩薩，那從何時開始稱為住定菩薩呢？開始積累成熟三十二妙相之業時起即稱為住定菩薩，從此時開始再過一百劫必定會獲得佛果。住定菩薩有何特點呢？一、從此之後會轉生於善趣。這是小乘觀點，大乘認為，若有度化眾生的必要也會轉生於惡趣。二、於善趣中投生到高貴種姓中。三、諸根具足。四、轉為男身。五、回憶前世。六、百劫中不退轉而獲得佛果，這裡是指最遲會在一百劫中獲得佛果，很多經典中說釋迦牟尼佛可以回憶九十一劫以前的事，從這一點可以了知，釋迦牟尼佛在未成佛之前的九十一劫時即獲得住定菩薩之果位。

產生妙相的因是什麼呢？積業的特點：應生於贍部洲並且成為具足男根之士夫，因其他趣、洲、補特伽羅均不能積累此業。對境的特點：是緣佛陀的善心，因此需要佛陀真實住世並在其面前發心，才能積累此業。是思所生善，若僅僅聽聞而未思維，則僅在相續中種下善根的種子，十分不穩固。需在一百大劫中修持妙相。時間的特點：能引與能積累。量的特點：每一妙相均由一百福德中產生。

寶髻燃燈毗尸佛，三阿僧祇劫末出，

最初乃大釋迦佛。以大悲心施一切，

以此圓滿布施度，具貪雖然斷肢體，

亦不心亂忍戒度，讚星勝佛精進度，

無間等持靜慮度，爾時之心智慧度。

釋迦牟尼佛在三大阿僧祇劫中，分別於寶髻佛、燃燈佛、毗尸佛面前發心，以此圓滿資糧，而佛最初發心則是在大釋迦牟尼佛面前。釋迦牟尼佛以大悲心布施自己的一切身體受用等，從而圓滿布施度；雖然具貪心，然於斬斷身肢以作布施時心不散亂，以此圓滿安忍度與持戒度；以讚歎星勝佛圓滿精進度；通過修持無間等持而圓滿靜慮度，此時的心即為智慧度。

釋迦牟尼佛最初是如何發心的呢？《賢劫經》中說：於具諍時，有大釋迦牟尼佛出世，其眷屬、功德、妙相、壽命等均與釋迦牟尼佛相同，其教法也是住世五千年。當時吾等本師釋迦牟尼佛轉生為一名陶師之子叫光明童子，他供養大釋迦佛一碗米、一雙鞋與布絮，並發願說：「善逝如來汝之身，眷屬壽命與剎土，殊勝妙相等功德，唯願我等成如是。」在祈禱釋迦牟尼佛時，念誦這一偈頌的功德非常大。《妙法蓮華經》中說，釋迦牟尼佛為海塵婆羅門時，於寶藏如來面前發下五百大願。《菩薩經》則說，釋迦牟尼佛曾經名為精進行時，在大蘊如來面前初發心。《未生怨王懺悔經》中說：釋迦牟尼佛成為淨臂童子時，曾於文殊室利菩薩所化現的一說法上師——智王面前初發心。不同經典中都有不同的說法，《毗

奈耶經》中阿難尊者曾問釋迦牟尼佛：「您為什麼在不同經典中所講到的發心過程各不相同，您究竟是在哪一位如來面前最初發心呢？」佛當時回答說：「如來於不同眾生前顯示相應不同之法。」《白蓮花論》當中也說：「佛經中常常碰到有關初發心之描述，種種不同之原因乃在於各個階段不同，因此不會自相抵觸。」

吾等本師釋迦牟尼佛自從於大釋迦佛前初發心，即在寶髻佛、燃燈佛、毗尸佛之間圓滿三大阿僧祇劫。大乘認為，每一阿僧祇劫可以在剎那中圓滿，《心性休息大車疏》中也說：「具有廣大心力者每一剎那中便可圓滿數劫資糧，因此不需要積累三大劫資糧。」那麼毗尸佛屬於賢劫第二佛，之後是迦葉佛出世，既然釋迦牟尼佛於毗尸佛時即已圓滿三大阿僧祇劫資糧，那迦葉佛時，釋迦牟尼佛於何處度化眾生呢？小乘認為，迦葉佛時，釋迦牟尼佛為一受持梵淨行之修行者，後以願力轉生三十三天，迦葉佛末法時期來到人間轉生為悉達多太子，之後方得成佛。大乘並不承認此種觀點。

菩薩是如何圓滿六波羅蜜多的呢？何時，非以自私自利之心而是為利益一切眾生希求獲得佛果之發心，將自己的身體受用全部施捨給一切眾生，此時即已圓滿布施度。此說法與大乘說法基本相同，但若依照小乘所講《本師傳》來解釋，一個凡夫人將自己的一切身體受用，無有一絲貪執而全部布施也很困難。雖具貪心，但於布施身體時心不散亂，爾時圓滿安忍度和持戒度。本師釋迦佛成為婆羅門童子時，於星勝如來生起信心，單足站立七日並且讚歎，依此圓滿精進度，《自釋》中說：「遇見底沙如來坐寶龕中入火界定，威光赫奕特異於常，專誠瞻仰忘下一足，經七晝夜無怠淨心，以妙伽他讚彼佛曰：天地此界多聞室，逝宮天處十方無，丈夫牛王大沙門，尋地山林遍無等。」而且以此功德迅速圓滿九劫資糧，這一點小乘也承認。佛於金剛座即將成就正等正覺果位，彼時無間入於金剛喻定而圓滿靜慮度，此時之心即圓滿智慧度。

小乘認為釋迦牟尼佛於凡夫位時即圓滿六波羅蜜多，成為悉達多太子時仍為凡夫，最後於一坐墊上獲得佛果。從這一角度說明，小乘也是承認一生成佛的。而且，小乘認為所謂的菩薩並非聖者，可以稱為凡夫菩薩，也沒有一地菩薩、二地菩薩的說法，但是，大乘認為，菩薩應是得地聖者，而六波羅蜜多則於每一地中圓滿，與小乘觀點不同。

丙十三、宣說三福業之事：

三福稱為福德業，彼事如同業道也。

布施、持戒、修所生慧三種可以稱為福德或者業，也可稱為福德之事，此中差別就如同業道。

布施、持戒以及修所生慧三者被稱為福德，因精進行持此等必會產生悅意之果報；屬於業的一種本體，故

也稱為業；此三者均是通過思維後產生之戒體或智慧，故而稱為福德之根本。雖有三種不同名稱，但就如同身語七業既是業又是道，意之三業唯是道，因此將所有的業均稱為業道一樣，上述三者雖各有差別，但均可稱為福德之事。

下面是廣說布施，首先介紹布施的本體與分類。

何者能捨名為施，以欲供養饒益心，

身語之業及等起，彼果具足大受用，

為自他利為二利，非為二利布施四。

若具足一種捨棄之心，也即想要供養或作饒益之心，以身、語之業與此等起相應即為布施，其果報是具足大受用。布施可分為自利、他利、自他二利以及非二利四種。

布施是指以善心將自己的身體財產受用布施給他眾。現在有很多人作布施是為得到回報，或者希求從惡趣痛苦中解脫，或者希求今生的健康快樂，這種布施的心態，即使按照小乘觀點來講也是不合理的，小乘也認為，布施的等起應是一種想供養善妙對境、救濟可憐眾生的心態，並非是想從怖畏中解脫或者希求回報的心，而布施就是身語業與等起相應之法。布施所獲得之果報是暫時獲得豐富受用，究竟成為獲得佛果之因。

布施可分為四種，即為自利布施、為他利布施、為二利布施、為非二利之布施。為自利布施的人有兩種，一種是未離貪的凡夫或聖者，以及以世間道離貪的凡夫，他們在布施佛塔⑫時，因佛塔無有取捨、饒益之心，也沒有回報之心，因此從佛塔角度來講不具足利益或不利益的區別；從自己角度，未離貪的聖者仍處於三界之中，故有成熟果報的機會，而凡夫雖以世間法遠離了自相續貪欲，但遇到對境時貪欲還會現前，因此也是為自利而作的布施。為他利布施，遠離欲界貪欲的聖者布施其他眾生時，除因順現法受業而於即生感受的果報以外，因下一世不會轉生於欲界而布施的果報仍屬欲界所攝，所以是為利他而作的布施。為二利布施，尚未離貪的聖者或凡夫布施未離貪的眾生時，因布施者與受施者均未離貪，其果報必定會於欲界成熟，因此說是為自他二利而作的布施。非為二利布施，離貪聖者供養佛塔時，僅是以恭敬與報恩之心所作的供養，故除順現法受業外，對自己無有利益，已經遠離欲界之故；對佛塔也無有任何利益，這就是非為二利布施。

彼之殊勝為施主，施物以及福田勝。

布施分普通布施與殊勝布施兩種。其中殊勝布施是指施主殊勝、所施物殊勝、福田殊勝。

施主殊勝具信等，以恭敬等作布施，
是故後受大尊重，應時無有違緣得。

施主殊勝是指以信心等恭恭敬敬地作布施，以此殊勝的發心與行為將會受到大尊重，而且應時、無損害之

⑫布施：若是殊勝對境稱為供養，若為可憐對境即為布施。

布施，將來得果時也會應時而無有違緣。

施主殊勝是指布施者以清淨的信心作布施，並且受持清淨的戒律，具有慷慨、聽聞、知慚、有愧、智慧、知足少欲之功德。因此，布施之功德隨布施者的身分不同而有區別，比如一位比丘對下者作布施，則所布施之物不能再轉施與更下等之人；若是未受戒者對殊勝對境作供養，則將所供養之物給予未受戒者是可以的。施主在作任何布施時，最好是自己親自做，阿底峽尊者也說：「做善事不用別人代替。」時間為應時布施，即在眾生非常需要時進行布施；布施時也要盡量做到不損害、污辱他人，這樣才屬於殊勝布施。

以上述方式作布施獲得何種果呢？因恭敬布施而於後世受到眷屬的恭敬愛戴，以親手布施而感受用豐厚，以應時布施感得應時獲取財物，由於不害他眾而布施使自己無有違緣獲得受用。相反，若布施時危害眾生或不應時等，則後世感得果報受用時，也會出現被火燒、被他人搶奪等違緣。

色等圓滿之施物，由彼美貌具名聲，

成為歡喜極柔嫩，隨時接觸安樂身。

若將色等十分圓滿之物布施供養他人，則由此將獲得相貌端嚴、美名遠揚、味香悅意、所觸柔軟、隨時接觸皆會得到安樂之身體。

所施之物殊勝是指以色、香、味、觸圓滿之物作布施。

《大圓滿前行》中說：不能將有辣味或腐敗的酥油等作為神饈或者做成酥油燈來供養。佛經中也講了三十二種不清淨的布施，如對他人供養酒、肉等。所以，布施之物應盡量做到清淨、悅意、可愛，以這種善妙之物供養布施，則因色澤圓滿感得相貌端嚴，以香味芬馥而感美名遠播，因味道甘美而得眾人喜愛，因所觸柔軟感得柔嫩之身、接觸即生安樂。相反，若布施之物暗淡低劣，所感果報也會轉為下劣。

田殊勝由趣痛苦，利益功德之差別，

解脫施脫或菩薩，其中布施第八勝。

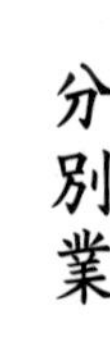

福田殊勝由趣、痛苦田、利益田以及功德田方面有所區別。若已獲解脫的阿羅漢布施解脫田，或者菩薩所作布施皆十分殊勝，而經中所說的八種布施中，第八種布施最為殊勝。

布施之殊勝田有四種，一是布施善趣之人，雖然對越可憐的對境作布施，所得功德也就越大，但因善趣眾生具有福報以及殊勝功德，所以所獲得之功德也就很殊勝。戒律中說，供養一百個普通人的功德不如供養一位破戒者的功德大，供養一百個破戒者不如供養一位具戒者的功德大。因此，應該了知受戒者即使已經破戒，但也比從未受過戒律的功德大，有論典中說：破戒者如同已死之獐子，因身上仍具麝香而與其他動物不同。但破戒者若與具戒者相比，具戒者則為殊勝福田，而具戒者

若與得聖果之人相比，聖者為殊勝福田。如果從五趣來說，地獄、餓鬼、旁生、人、天人，後後較前前殊勝。第二種是布施痛苦之田，如病人、遠方的來客等。第三種是利益之田，也即父親、母親，戒律中說：雖然父母無有聞思修等功德，但若對其供養的功德也極大。第四種是功德田，指具戒者以及得果的聖者。

所有布施中最殊勝的有三種，第一種是無學阿羅漢布施解脫田，此種布施的雙方均無過患故最為殊勝。其次，菩薩所作布施也很殊勝，此處的菩薩可以是獲得聖者果位者，也可以是已發菩提心者，此二者所行布施均是以饒益一切有情獲得圓滿佛果作為前提，因此說為殊勝。佛經還講八種布施，即布施隨至者、以怖畏而施、以曾施我而施、以將施我而施、以往昔我之父輩祖輩曾施而施、為善趣而施、為名聲而施，以上七種均為普通布施；第八種布施是指為心之莊嚴、心之資具、瑜伽資糧、獲得殊勝之義而施，此從布施的發心來說最為善妙，故此種布施極其殊勝。以上均是從在家人角度而言的布施，作為出家人，法布施則最為殊勝，法布施的功德即使佛陀也無法宣說，所以出家人應盡己所能作清淨的法布施。

雖非聖者然而於，父母病人說法者，
最後有者之菩薩，供養功德無有量。

雖然不是聖者，但若對父母、病人、說法上師以及最後有者菩薩作供養，則此功德無法估量。

除以上所述之殊勝布施外，對並非聖者的父母作布施功德也相當大，以前佛也是為報母恩，專門到三十三天給母親講法；對痛苦之田的病人應作布施，釋迦牟尼佛也曾親自照顧病人；對說法上師應作恭敬供養，因為我們的法身慧命只有依靠上師才得以延續，而且上師是三世諸佛之總集，所以對上師作供養的功德極大；對最後有者菩薩進行供施的果報無法計量。

布施功德的大小，根據布施者的發心、布施的對境而有很大差別，作為修行人經常在佛像、佛塔、經書前作供養祈禱非常重要，《妙法蓮華經》中說：「若人散亂心，乃至以一華，供養於畫像，漸見無數佛。」華智仁波切的傳記中說：自己曾經做妓女時，曾以金手鐲供養一位尊者，從此以後再未轉生為旁生及愚癡者。

由結行田基加行，思與意樂之大小，
業亦變為輕與重。故意圓滿無悔心，
無有對治具從屬，異熟作已積集業。

根據結行、田、基、加行、思維和意樂大小的差別，所做之業也有輕、重的不同。若故意圓滿造業、做後無悔心、無有對治並具足從屬、異熟果必定成熟，則此種業稱為作已積集業。

業的輕重需要依靠六因判定，何為六因呢？一、結行，若隨正行業道連續行持則成為重業，如殺生後，繼續做剝皮等事，即成為重業之因；二、田，如對利益田、

痛苦田、功德田等做善惡之事而成為重業，比如殺生，若所殺為普通眾生，則只是普通殺業，若所殺者是阿羅漢或者是自己的父母，就已經成為重業。三、基，也即根據業的本體不同而成重業，如殺生是身業中最嚴重的，妄語是語業中最嚴重的，而意業中最嚴重的則是邪見。四、加行，如恆時想造、時間恆常、意樂強烈等，以此均成為重業。五、思維，也即於加行、正行直到究竟業道時，此思維一直未捨棄，此時即成重業。六、意樂，《俱舍論大疏》中說，如做善事時以自私自利之心做，則發心不廣大，若為解脫輪迴而做，則此種發心意樂十分廣大。上述六條若全部具足，則所做不論是善是惡均成重業，其中每一條也分上中下三品，因此說，對於業果的分析是非常細緻的，一般凡夫人根本無法衡量，只有斷證功德圓滿的佛陀能夠抉擇。

那什麼叫作已積集業、作已不積業呢？這也需要六個條件。一、故意做；二、業的支分圓滿完成，如有時僅一個業即可墮入惡趣，有時卻需要具足很多業才會墮入惡趣，真正能導致墮入惡趣的支分均應圓滿；三、已做不悔，若生起悔心則果報不一定成熟；四、無有對治，如做惡事後一直不作懺悔；五、具足隨喜等從屬，如殺生時具足一種歡喜心；六、異熟果報必定成熟。若具足上述六種條件即稱為作已積集業。其餘的均稱為作已不積業，如夢中做事、出現對治法、有後悔心等，這些雖然已經做了，但依靠對治等已經將其習氣種子遣除。所以，從作、積的角度，也可以將業分為四種：作已積集業、作已不積業、積而未作業、未積也未作之業。

供佛塔因所生福，雖無接受如慈等，

因中生果無謬故，惡田亦有悅意果。

供養無接受能力的佛塔等所產生的福德，就如同修慈無量心一樣，由於從因中必定會生果而毫無錯謬的緣故，即使對惡田作利益也會出現悅意之果。

有人說，供養的對境如果有接受、享用的能力，則所作供養等會出生大福德，但供養佛塔等無心物不會獲得福德。這種說法不合理。福德有兩種，一是自己的供養之心與對方接受之心結合所產生之福德，如布施乞丐、供養僧眾等；另一種是僅以供養殊勝對境之心所得之功德。因佛塔屬於殊勝對境之故，若對其作供養同樣會具足福德。比如修慈無量心時，雖然在緣一切眾生的過程中，並不能減輕眾生之苦，但因為觀修的力量十分強大也會獲得無量無邊之功德。修空性正見時，即使修持過程中不能達到萬法皆空的境界，但以自心的力量以及空性見的威力，自相續中的功德會自然而然增長。《入行論》中說：在如幻的佛前作如幻之供養，可以獲得如幻之功德。

若供養、布施善妙之田當然會出現悅意之果，對惡田作布施怎麼會有悅意之果報出現呢？雖然從對境來說，所生功德很微弱，但自心所生善根的力量非常強大，所

以一定會產生悅意的異熟果報，這就是因果規律，始終不會錯亂。

放生時，有一些會殺害其他眾生的動物，

那這樣的眾生遭殺時應不應該救牠呢？應該救，因為每一個有情的生命都十分寶貴。但是之後這個動物殺生的果報會不會在放生者身上成熟呢？不會。因為是以慈悲之心解救牠的生命，而不是為了讓牠殺生而放牠的，所以從自心的角度來說仍然有功德。

以上已經介紹了布施所生之福德事，下面宣說戒律所生福德之事。

斷破戒惡佛制罪，二色戒具四淨德，

破戒因過未出現，依彼對治與寂滅。

所斷破戒以及能斷除破戒的對治均屬於有表色與無表色。佛制戒具有四種功德，即未被破戒所染，未出現破戒之因，依靠破戒之對治，依止迴向解脫之寂滅。

為什麼稱為三種福德事呢？因為布施、持戒和修所生慧三者的本體即為善業，故稱為福德三事。戒律所生的福德之事是指什麼呢？所斷破戒也即惡戒，指不善有表色與無表色。戒律則是指能斷除破戒的對治法，此為有表色與無表色的善業。戒律具有四種功德，即自相續未被破根本戒所染污；因未出現根本與隨眠煩惱而清淨自相續；依止能對治破戒的念住等，或者常修不淨觀等；依止出離心，相續中具有能滅除一切煩惱之寂滅法。若

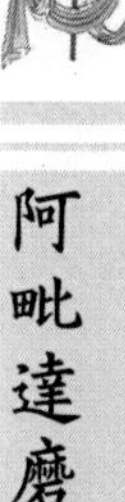

具此四因，則清淨戒律之功德自然而然圓滿。

入定之善即為修，能薰染心之緣故。

為得善趣戒重要，為離煩惱修重要。

以心不散亂、入定而修之法即為修所生福德，因其能夠薰染自相續之故。若想獲得善趣，戒律非常重要；若欲斷除煩惱、獲得聖者果位，修行非常重要。

何為修行？即善法於相續中串習薰染，如菩提心、無我空性或者大圓滿的境界在相續中數數觀修、串習，如同被花薰染一般，於相續中漸漸獲得利益。所有功德中，修行的功德最大，經中說：一彈指間觀修無常勝過百劫中用七寶供養諸如來。那什麼是修行所生福業之事呢？心專注於所緣或安住於等持之中。

戒律與修行何者更為重要呢？如果想獲得人天善趣，別解脫戒很重要，若不具足別解脫戒則很難獲得善趣。但也並不是說所有善趣之因均是別解脫戒，這裡是從主要角度而言，雖有諸多經典說破戒者也有功德，但破戒的過患也是十分嚴重，《沙彌五十頌》中云：「破戒則痛苦，亦障獲佛果。」因此作為修行人來說，圓滿清淨戒律非常重要，因為所有聞思修的功德均是在清淨戒律的基礎上增長的。

若想遠離煩惱獲證聖者果位，就一定要修行，《三主要道論》中說：「不具證悟實相慧，縱修出離菩提心，亦不能斷三有根，故當勤證緣起法。」唯一能斷除輪迴

根本的就是無我空性，若未修持無我智慧，僅僅依靠戒律和發菩提心根本無法脫離輪迴痛苦。因此應當精進修持無我空性以及無上大圓滿之修法。

感數劫住善趣故，四種梵天之福德。

法施非為染污性，如實開示契經等。

能夠感得數劫中於善趣享受快樂，即稱為四種梵天之福德。法布施時應意樂清淨，不雜有染污性，如理如實地開示契經所說之義。

四種梵天福德，即以前未造之處造如來靈塔，於僧眾嬉戲之花園建造經堂，調解聲聞（指僧眾）分裂，修持四無量心。修持以上四者會獲得梵天福德，也即與梵輔天的壽量相應，於四十中劫享受與梵輔天同等之福德。有些論師認為，此處的梵天即梵輔天；有些則認為，與梵天福德相同即可，如前所說的住定菩薩；格熱堪布說，梵天福德主要從壽命方面講。有部認為，一業只能引一世，不會引多世，因此梵天福德首先成為妙相之因，並非引出四十中劫之業。此處主要是以經部觀點而言，四種梵天福德是壽命方面的比喻，若想四十個中劫於梵天界享受快樂，一定要具足大福德。還有其他經中說：若修持四法有無量功德，即慈無量心，說大乘佛法，發菩提心，修空性。

下面附帶講述法布施。傳法或為人念經時，首先觀察自己的發心是否清淨，是不是為了名聲、利養、恭敬而做，如果懷有此心則應捨棄，《自釋》中說：「故有顛倒或染污心求利名譽恭敬辯者，是人便損自他大福。」真正斷除所有的煩惱障和所知障，只有在七地菩薩以後才可以做到，但作為凡夫，在傳法時不夾雜染污之心很重要。而且，在講解時也應如理如實、毫無錯謬的講解，若不懂裝懂，以妄語欺騙他人則十分不如法。不理解之處即如實說明，或者自認為已經明白法義，但實際並未完全了知而對他人宣講，也不會有過失。《幻師妙賢請問經》中說：傳法者需要具足四個條件，即知足、少欲、性格賢善、利他之心。宗喀巴大師的《善解密意疏》中說，傳法者應不為名聞利養、如理如法傳講；聽法者在聽聞時也應無有名聞利養之染污心，法義無顛倒而受持。按《時輪金剛》的說法，即使破戒者也可以傳法，以此既可以清淨自相續的罪障也會對眾生有利。但小乘認為破戒者不能傳法。

所有布施中，法施與無畏施最為殊勝，因為財施僅能利益一世，而法施卻可以薰染人的相續，使自心於生生世世中與解脫相合，而且，若想報答佛陀與上師的恩德，作法布施最殊勝。既然法施有如此大的功德，那聞法是否有功德呢？佛經中說：聽法也有大功德，即使聽到海螺聲、為前往經堂而邁步，甚至聽法過程中的呼吸也具極大功德。在傳法與聞法時還要發清淨願，發願時也應具足四種條件，一是為利益眾生而聽聞的意樂；二是發

善妙願，講聞佛法以及自己的所作所為皆為利益無邊有情，並非自己獲得一點利益而做；三是誠心祈禱，願諸佛菩薩以及十方高僧大德、上師們加持，希望所發之願圓滿實現；四是具有堅定的誓言，對所發之誓言乃至遇生命險難也不退失。

丙十四、宣說三隨分：

隨福德分隨解脫，隨抉擇分三種善。

善業分隨福德分、隨解脫分以及隨抉擇分三種。

經中所說的隨福德分、隨解脫分、隨抉擇分三種善業分別是指什麼呢？隨福德分善，即以此善可獲得善趣人天之快樂、福報，隨解脫分善是指向往解脫之善法。小乘從生起出離心開始即為隨解脫分善，大乘則從菩提心開始，密宗於獲得灌頂後對密法等性無二之見解生起定解後才稱為隨解脫分善，生起此種善根後即已成為解脫之因。怎樣才算是生起隨解脫分善呢？《入中論》中說：「若異生位聞空性，內心數數發歡喜，由喜引生淚流注，周身毛孔自動豎。」隨抉擇分善是指暖、頂、忍、勝法位四加行道。以上即三隨分善。

丙十五、宣說如理而入之業：

如理三業具等起，次第乃為書字印，

計算詩歌與數目。有覆下劣與具罪，

此等染污法異名，無漏善業為善妙，

有為善法當敬依，解脫乃為最無上。

如理善業是指身語意的三種善業，依照次第分別是書寫、刻印，算數、詩歌，數目等。有覆、下劣、具罪等均是染污之異名；善妙則為無漏善業之異名。對一切有為善法皆應恭敬依止，解脫涅槃之抉擇滅則是所有善法中最無上者。

書寫、刻印、計算、詩歌、數量等均以何者為其自性呢？《自釋》中說：「此中書印，以前身業及彼能發五蘊為體；次算及文，以前語業及彼能發五蘊為體；後數應知，以前意業及彼能發四蘊為體，但由意思能數法故。」小乘觀點認為，書寫、刻印等均為身口意所引，乃五蘊之本性。其中，書寫「嘎」、「卡」等，刻印、繪畫佛像等均屬身業。《寶積經》中說：出家人不得繪畫佛像。有人曾請問佛：世尊對波斯匿王宣講、讚歎畫佛像之功德，卻為何又說畫佛像有諸多過患呢？佛陀回答說：在家人通過繪畫佛像可種下福德，出家人依靠繪畫佛像以做買賣，依此會損害道心。但一般說來，若以善心繪畫佛像還是有很大功德。計算以及詩歌等均屬語業。數量合計則為意業。

另外，對《法蘊論》中所出現之名詞作一簡略宣說。染污之法也可稱為具罪，因其與煩惱同住之故；又叫有覆，以其具有遮障作用故；

因具染污而現黑色，聖者見到亦會呵責，故稱為下劣。無漏善法極為清淨，因此可將其稱為善妙。除煩惱

與無漏善法外的其他法均屬中等。《自釋》中說：「諸有為善亦名應習。」一切有為的有漏無漏善法均是我等所需依止的，而無為法不應依止，因其不觀待因緣，《自釋》中說：「何故無為不名應習，不可數習令增長故。」所說的不善業與有覆無記法、有為無覆無記法、有漏善法、有為無漏法、無為無覆無記法的虛空、非抉擇滅以及解脫的抉擇滅，後後之果較前前殊勝，因此前者均較後者低劣。其中解脫涅槃的抉擇滅最為善妙，為最無上之法。

阿毗達磨俱舍論，第四分別業品釋終

第五品　分別隨眠

人們活著應如何對待這個世界？執著是如何產生的？所生的煩惱又如何存在？這些問題與自己的修行息息相關，因此對煩惱的研究、剖析也就顯得十分重要了。世間的很多心理學家也致力於心理分析，但他們的破析理論與佛教完全不同，吾等本師釋迦牟尼佛以其不可思議的智慧對煩惱作了深入細緻的宣說，已經完全揭示了煩惱與心性的真正本質。

第五分別隨眠品分四：一、連接文；二、真實隨眠；三、斷隨眠之方式；四、斷之果遍知。

甲一、連接文：

有之根本即隨眠。

三有的根本就是隨眠。

第四品已經講到，形形色色的世間界均由眾生之業產生，那是不是僅僅由業即可產生三有呢？滿增論師認為，僅以業不能作為輪迴之因，還需要煩惱作為前提，如同雖有種子但若未灌溉水，則種子不會成熟一樣。因此若無有煩惱，則僅依靠業不會出現器情世界的迷亂顯現，如阿羅漢雖有不定業但無有煩惱，因此不會投生三有。

本論實際已經間接講到了「萬法唯心造」的觀點，法王如意寶也曾說過：萬法唯心造的理念非常深，因為不僅中觀、唯識承許這一點，就連小乘也承認萬法唯心造。為什麼這樣說呢？本品中已經非常清晰地宣講了萬法之因乃隨眠煩惱之道理。麥彭仁波切在《中觀莊嚴論釋》中也講到：一切萬法之因應承許為心，若不是心，則與外道無別。所以，不論大乘還是小乘，凡是佛教徒均應承認三有之根本為自心，若能夠從自心的小範圍當中跳出，則三有的一切顯現全部會土崩瓦解。有人認為《俱舍論》是小乘法，並沒有宣講出佛陀教法的甚深道理，實際上，其中雖然沒有像大乘那樣以竅訣方式進行宣說萬法唯心的道理，但已經從理論上為大家明顯宣說了此理，因此若能將大小乘法圓融通達，深入細緻地認識到心與煩惱的本面，就一定能夠從三有當中解脫。

既然說「有之根本即隨眠」，那何為隨眠呢？依照藏文含義來講，隨眠是指從細微逐漸第五分別隨眠品增長。《光記》云：「隨逐有情名隨，行相微細名眠。」圓暉法師說：「貪等煩惱，名曰隨眠。隨逐有情，增昏滯故，故名隨眠。」隨眠屬於煩惱之異名，其他經中有很多煩惱的不同名稱，比如隨眠、煩惱、束縛、障礙等，但此處僅以隨眠表示。而根本煩惱與隨眠煩惱當中的「隨眠」與此處所說的「隨眠」有所不同，前者是從支分角度來說的，此處則從總的煩惱來說而稱為隨眠。

各個宗派對隨眠的認識也有所不同，有部認為粗大現行的煩惱稱為隨眠；犢子部說，隨眠是煩惱的一種得繩；經部則認為隨眠是煩惱的細微種子。有部的觀點並不合

理，經中說：斷除煩惱及煩惱之隨眠。若現行煩惱即為隨眠，則經中不會如此宣說。所以，可以承許說隨眠是從細微開始增長的煩惱。

甲二（真實隨眠）分七：一、隨眠之分類；二、形象之差別；三、心具隨眠之理；四、生起煩惱之理；五、宣說異名；六、與何法相應；七、宣說五障。

乙一（隨眠之分類）分二：一、真實宣說隨眠之分類；二、旁述。

丙一（真實宣說隨眠之分類）分二：一、根本隨眠之分類；二、特殊隨眠之分類。

丁一、根本隨眠之分類：

六種即貪如是嗔，慢無明見以及疑，

彼六貪分說七種。二界所生為有貪，

內觀之故為遣彼，解脫之想而宣說。

見五壞聚見邪見，邊執見與見取見，

以及戒禁取見十。

根本隨眠有六種，即貪心以及如貪一樣而增上之嗔心，還有傲慢、無明、見以及懷疑；若將貪分開宣說，則有七種。上二界所生之貪稱為有貪，因其為執著內觀之故，為遣除此為解脫之想法而作單獨宣說。若將見分為五種，即壞聚見、邪見、邊執見、見取見以及戒禁取見，總共有十種隨眠。

隨眠有多少種分類呢？根本隨眠有六種，即貪、嗔、慢、無明、見、疑。頌詞中說「如是」，以此說明嗔心是在貪心的基礎上蔓延的，也就是說首先由貪心執著諸法為我所，認為「此柱子或某人是我的」，之後為此生起嗔心，比如五蘊本是空性、無我的，但眾生以無明而對此並不了知，先以貪心將五蘊執為我，之後若五蘊受到傷害即生起嗔心，以此種貪心，壞聚見、邊執見等五種見解也隨之產生。因此本論認為貪心是一切煩惱之根本，若貪心已經滅除則煩惱不會產生，如同牆已經倒塌則牆上的花紋不可能存在一樣。有些注釋中說，大地若有水來滋潤，種子即會生根發芽、開花結果，同理，貪心以我與我所的方式得以滋潤，即會產生各種煩惱。

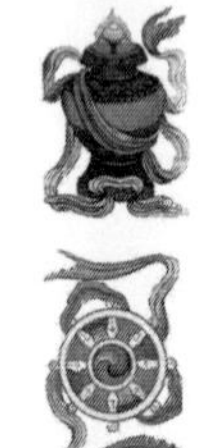

六種隨眠也可以分為七種，即貪隨眠分為欲貪與有貪兩種。欲貪就是指欲界眾生緣執色聲香味之後，所產生的興趣與貪心。上兩界生起的貪心稱為有貪。那為何將色界與無色界的貪心合而為一統稱為有貪呢？因為上兩界的有情多數貪執等持而內觀入定，而且，此二者的有覆無記法相同，所以均稱為有貪。那為何要對有貪單獨宣說呢？上二界的天人以傲慢之心認為，自己的這種內觀境界就是一種解脫，正是為了遣除這一點，而將其稱為貪，以此說明這種內觀等持屬於一種貪心、增上慢。

若將六種隨眠中的見分為五種，再加上五種非見，則隨眠也可分為十種。但是在下文將要講到，傲慢也可以分為七種，這樣一來不就有十六種了嗎？按大乘觀點，

慢是從對境角度進行分類的，見解則是從其本體及形象來分的，所以未將慢的分類安立在十種隨眠中。

表一：

<table>
<tr><th>六根本煩惱</th><th>七種煩惱</th><th>十種煩惱</th></tr>
<tr><td rowspan="2">貪</td><td>欲貪</td><td rowspan="2">貪</td></tr>
<tr><td>有貪</td></tr>
<tr><td>嗔</td><td>嗔</td><td>嗔</td></tr>
<tr><td>慢</td><td>慢</td><td>慢</td></tr>
<tr><td>無明</td><td>無明</td><td>無明</td></tr>
<tr><td rowspan="5">見</td><td rowspan="5">見</td><td>壞聚見</td></tr>
<tr><td>邊執見</td></tr>
<tr><td>邪見</td></tr>
<tr><td>見取見</td></tr>
<tr><td>戒禁取見</td></tr>
<tr><td>疑</td><td>疑</td><td>疑</td></tr>
</table>

丁二、特殊隨眠之分類：

此十各七除三見，八種除去二種見，

以見欲苦等漸斷，四種隨眠修所斷，

色無色界除嗔有，如是承許九十八。

集諦與滅諦當中，除三種見以外各有七種煩惱；道諦見斷有八個，其中除開兩個見，通過見道可使欲界苦集滅道之煩惱逐漸斷除，欲界的貪、嗔、慢、無明屬於修所斷。上二界的見修所斷均除去嗔心，三界共有九十八個所斷。

特殊隨眠是對應見斷與修斷而分的。何為見斷與修斷？於見道位所應斷除的煩惱，即稱為見斷，於修道過程中需要斷除的煩惱就是修斷。那苦集滅道又是指什麼呢？苦諦即是指五蘊聚合的身體；集諦也即痛苦之因——業與煩惱；滅諦即指煩惱永遠斷除；道諦是指滅除苦集之智慧。

從界的角度應如何對煩惱進行分類呢？見斷八十八，修斷十種，共有九十八種所斷。那是如何計算的呢？欲界苦諦見斷有十種，此十種煩惱均是直接或間接依靠五蘊而產生，比如自身五蘊於後世是否存在，此即懷疑；因對五蘊本性不了知，故而產生無明；依靠無明又產生壞聚見與邊執見、戒禁取見等；依靠五蘊會生起顛倒貪執；依此對他方生起嗔心……在獲得欲界見道位時，生起苦法忍與苦法智，以此即會斷除這十種見斷。欲界集諦與滅諦之見斷各有七種，也即除去十種隨眠當中的壞聚見、邊執見與戒禁取見，為什麼要除開這三種見呢？壞聚見不能緣集諦，因集諦屬於因法，而壞聚見是執五蘊為我的一種果法，所緣形象不同，故壞聚見不能緣集諦；邊執見緣壞聚見而產生，而戒禁取見則是緣上述兩個見的，所以集諦見斷中不包括此三者。那為什麼不緣滅諦呢？壞聚見並非滅諦之對境，因滅諦已經不存在煩惱，也就不可能存在我與我所，由此其他二見也就不會有。道諦之見斷有八種，因為緣道諦時不會有五

蘊等形象存在，而且不會依靠道諦生起顛倒執著，因此不包括壞聚見與邊執見。所以，欲界見斷共有三十二種（10+7+7+8），這些煩惱依靠現見欲界中苦、集、滅、道四諦各自之自相即可依次斷除。頌詞上直接分析了欲界的三十二個見斷，而色界與無色界之四諦均在欲界基礎上除去嗔心，各有二十八個見斷（9+6+6+7），如此一來，三界見斷總共有八十八個（32+28+28）。修斷是如何計算的呢？欲界有四個修斷，即貪、嗔、慢、無明四種隨眠，此四者的遍計部分⑬僅依靠現見真諦即可斷除，而其俱生部分⑭則屬於修斷。色界、無色界除嗔心外各有三種，因此修斷總共有十個（4+3+3）。這樣一來，見斷八十八個，修斷十個，共有九十八個所斷。

上述所講到的即是五類所斷，即見道的苦集滅道四個所斷、修道的一個所斷。因此，欲界中的五類所斷全部加起來是三十六個（32+4），而色界和無色界的五類所斷則是欲界三十六個所斷中除去緣苦集滅道的四個嗔以及修斷的一個嗔，故此色界、無色界中見斷修斷的隨眠各有三十一種（28+3）。如此可見，三界所斷可承許為九十八種（36+31+31）。

⑬遍計部分：指煩惱的粗大部分。
⑭俱生部分：指煩惱的細微部分。

表二：以界而分

修斷十	界	四諦	見斷八十八
貪、嗔 慢、無明	欲界	苦諦十	貪、嗔、癡、慢、疑、壞聚見、邊執見、邪見、見取見、戒禁取見
		集諦七	貪、嗔、癡、慢、疑、邪見、見取見
		滅諦七	貪、嗔、癡、慢、疑、邪見、見取見
		道諦八	貪、嗔、癡、慢、疑、邪見、見取見、戒禁取見
貪、慢 無明	色界	苦諦九	貪、癡、慢、疑、壞聚見、邊執見、邪見、見取見、戒禁取見
		集諦六	貪、癡、慢、疑、邪見、見取見
		滅諦六	貪、癡、慢、疑、邪見、見取見
		道諦七	貪、癡、慢、疑、邪見、見取見、戒禁取見
貪、慢 無明	無色界	苦諦九	貪、癡、慢、疑、壞聚見、邊執見、邪見、見取見、戒禁取見
		集諦六	貪、癡、慢、疑、邪見、見取見
		滅諦六	貪、癡、慢、疑、邪見、見取見
		道諦七	貪、癡、慢、疑、邪見、見取見、戒禁取見

若以形象或者說以地來分，則共有二百五十二個修斷，也即三界九地中，每一個地均可分為上中下三品，此上中下三品又可分為上上、上中、上下、中上、中中……依此類推共有九個。如此九地根據其形象不同，其中的每一地都有九品，總共八十一個。這樣三界中的修斷除去嗔心以外，每一界都有三個煩惱，總共有二百四十三個修斷（81×3），那麼再加上欲界的九個嗔心，一共有二百五十二個修斷（81×3+9）。或者也可以這樣算，首先是欲界的修斷有三十六個（4×9），再加色界與無色界各一百零八個修斷（4×9×3），這樣一來，三界共有

二百五十二個修斷（36+108+108）。因為見斷無有形象的分法，所以這裡只是從修斷來分的。

從《大乘阿毗達磨》的角度來分，則與上述說法稍有不同。麥彭仁波切在《智者入門》中講到了《大乘阿毗達磨》對見斷與修斷的分析方法，具體分析方法如下：欲界中緣苦集滅道的所斷各有十個，總共有四十個見斷；色界、無色界除四嗔心外各有三十六個，因此三界共有一百一十二個見斷（40+36+36）。欲界中前面所說的四個修斷基礎上再加壞聚見、邊執見，因此欲界共有六個修斷；色界、無色界除嗔以外各有五個修斷，所以三界共有十六個修斷（6+5+5）。或者以九地形象來分，除去嗔心以外，三界的修斷各有五個，八十一乘五，再加上欲界的九個嗔心，總共有四百一十四個修斷（81×5+9）。實際上，大、小乘只是在算法上有所不同，所斷煩惱的形象並無多大差別。

表三：《大乘阿毗達磨》對見斷、修斷的分析方法：

三界	見斷	修斷			
		以界來分		以形象來分	
		三界	所斷煩惱	九地	所斷煩惱
欲界	四諦各十隨眠，共四十見斷。	欲界	貪、嗔、無明、疑、壞聚見、邊執見，共六個修斷。	五趣雜居地	1 地×9(品)×6(隨眠)=54（修斷）
色界	除嗔以外，四諦各九隨眠，共三十六見斷。	色界	貪、無明、疑、壞聚見、邊執見，共五個修斷。	初禪 二禪 三禪 四禪	4 地×9(品)×5(隨眠)=180（修斷）
無色界	除嗔以外，四諦各九隨眠，共三十六見斷。	無色界	貪、無明、疑、壞聚見、邊執見，共五個修斷。	空無邊處 識無邊處 無所有處 非想非非想處	4 地×9(品)×5(隨眠)=180（修斷）

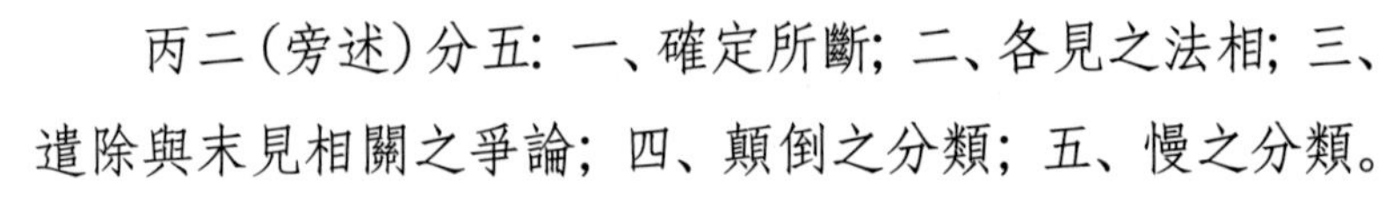

丙二（旁述）分五：一、確定所斷；二、各見之法相；三、遣除與末見相關之爭論；四、顛倒之分類；五、慢之分類。

丁一、確定所斷：

依有頂中所產生，忍毀唯一為見斷，

餘生為見修二斷，非忍所毀唯修斷。

依有頂產生而由類智忍所摧毀的煩惱唯一是見斷，除有頂以外的其他八地所生由忍斷除之煩惱既是見斷也是修斷，不是由忍所毀之煩惱唯是修斷。

那見斷煩惱是否唯以見道智慧斷除，而修斷煩惱唯以修道智慧斷除呢？這可以分成三類，即唯以見道斷、

唯以修道斷以及以見道修道二者均可斷。其中唯以見道斷的是指有頂所生煩惱，它為何不是修斷呢？有部宗認為修道分世間修道和出世間修道兩種，而有頂不會有世間修道，若有頂為修斷則無有修道可以作為對治，而且，見道在無漏修道之前就已經生起了，所以有頂煩惱必定為見斷。由見修二道均可斷除的是其餘八地中由忍所摧毀之隨眠，此中具一切束縛之聖者以見道斷，也即若屬欲界所攝以法智忍斷除，若屬上二界所攝以類智忍斷除，凡夫則依靠世間修道來斷除。唯由修道斷除者，是指由智所毀之隨眠，也即非見之貪等四種的俱生部分，這種以世間道斷除的修斷也是比較究竟的。但其他宗派並不承認有部的這種觀點，他們說：依世間道修持只能壓制煩惱，若遇因緣，煩惱仍會生起，因此通過世間道斷除煩惱的修道並非究竟。

丁二、各見之法相：

我與我所常與斷，無有下劣視為勝，

非因非道視因道，此等即是五種見。

五種見就是指對我與我所執著、對常與斷執著、認為無有前世後世、將下劣視為殊勝、將非因非道視為因與道。

五種見的本體應如何區分呢？壞聚見就是將自相續剎那生滅之五蘊執著為我，這是狹義來講；從廣義來講，將一切萬法剎那生滅之形象執為我與我所，即稱為壞聚見。壞聚見也稱為薩迦耶見，《自釋》中說：「壞故名薩，聚謂迦耶，即是無常和合蘊義……此薩迦耶即五取蘊，為遮常一想故立此名。」邊執見，即認為五蘊就是我，並將其執為常有或斷滅，如數論外道認為五蘊常有，順世外道則認為五蘊為斷滅，此二者均屬邊執見，在壞聚見的基礎上產生。從廣義來講，認為萬法常有或斷滅也可包括於邊執見中，如認為柱子常或柱子斷滅，但此處的引申義是指人死後不存在以及認為我像大自在天一樣常有不變等，此種觀點也是在壞聚見的基礎上安立的。邪見若從廣義上講，就是指認為不存在善有善報、惡有惡報等，此處是指認為前後世不存在、業因果不存在的觀點，這些非理的顛倒都叫做邪見。上述壞聚見、邊執見、邪見三者本是下劣之見反而視為殊勝，即為見取見。將非因認為是因，如大自在天本非萬法之因卻執為因；將非道視為正道，如將五火、沐浴等本非功德之苦行認為是功德，認為絕食、殺生等是清淨的戒律等等，這些都是戒禁取見。

丁三、遣除與末見相關之爭論：

於大自在等非因，妄執為因由我常，

顛倒執著而生故，唯是苦諦之見斷。

大自在等非因妄執為因，是由於對我、常二者顛倒執著而產生的緣故，唯一屬於苦諦見斷。

外道認為大自在天等是創造萬物之因，那這種觀點

屬於集諦見斷還是屬於苦諦見斷呢？有些人認為，集諦是苦諦之因，此種觀點應包括在集諦當中，故屬於集諦所斷。

此觀點不合理，「大自在天為萬物之因」的觀點屬於一種顛倒妄執，是由我見與常見中產生的，故應承許其為苦諦見斷，而非集諦見斷。為什麼不是集諦見斷呢？此見解可包括於壞聚見、邊執見、戒禁取見當中，依前二種見將大自在天執為我與常，此並非萬物之因卻妄執為因，故為戒禁取見，這三種見解實屬苦諦所斷故，承許其為集諦所斷不應理。

丁四、顛倒之分類：

由三見立四顛倒，顛倒計度分別念，

以及增益皆具故，心想顛倒隨彼轉，

由壞聚見、邊執見、見取見三者安立四種顛倒，因此三者屬於顛倒、計度分別以及增益之故；心與想二者隨彼見而轉故稱為顛倒。

是不是所有的顛倒均由我執與常執產生呢？不是，顛倒共有四種，比如萬法本為無常但卻認為一切皆為常有；人的身體本為不清淨，卻反而執著為清淨；一切有漏皆是痛苦的本性，卻將其執著為快樂；所謂的「我」根本不存在，但世間人反而認為我存在。那應該如何對治此四種顛倒呢？以佛所宣說的四法印即可對治，這也是顯宗最甚深之法門。

這四種顛倒是在什麼見中安立的呢？在壞聚見、邊執見、見取見三者中安立。其中，以壞聚見安立「無我執為我」之顛倒；邊執見分為常見與斷見兩種，將此中常見安立「無常認為是常」的顛倒；由見取見認為前二種見為殊勝，故以此見安立「不淨執為淨」、「苦執為樂」之顛倒。為什麼只將這三種見安立為顛倒呢？因為安立顛倒需要具足三個條件，即於對境始終存在顛倒執著、具有計度分別、屬於增益見，戒禁取見並非於對境始終存在顛倒執著，《大疏》中說通過苦行也有清淨障礙的機會，也就是此見也存在合理的部分；邊執見中的斷見以及邪見二者屬於損減見；貪心、嗔心等五種非見無有計度分別，所以這些見不能安立為顛倒。

既然以三種條件安立了常樂我淨四種顛倒見，那佛經中所說的「顛倒心、顛倒想」無有計度分別，是不是就不能成立為顛倒了呢？可以成立為顛倒，只是角度不同而已，若以根本隨眠作為基礎，因不具足條件而不能安立為顛倒，但此二者由於與見相應的緣故，可以說為顛倒。那為什麼會與見相應呢？比如獲得聖者果位時，雖然沒有常、我的顛倒想，但是存在快樂與清淨的顛倒想，因此他們認為常、我之顛倒屬於見斷，而樂與淨之顛倒屬於修斷中。

丁五、慢之分類：

七慢九慢攝三中，以見及修而滅盡，

修斷殺等纏滅愛，我慢不善之惡作，

聖者不會明出現，因由見疑增長故。

慢可分七種或九種，若歸納則可歸攝在三種慢中，其於見道及修道時全部滅盡。修道時會斷盡殺生等纏、滅愛、我慢、不善惡作，但聖者不會明顯出現這些煩惱，因其均由見解和疑惑增長之故。

慢是如何分類的呢？慢可分為七種，即傲慢、過慢、慢過慢、我慢、增上慢、卑慢、邪慢七種。前三種慢主要從對境來講，傲慢是針對下等之人，自己認為比他超勝；過慢的對境是與自己同等之人，自認為已經遠遠超勝此人；慢過慢的對境是超勝自己者，雖然對方非常優秀，自己卻認為已經勝過他。我慢，認為近取蘊為我，也即壞聚見，但壞聚見是從見的角度講，它具有一種斷定性，我慢則是從非見的角度講的，因此見與非見也可以通過是否具有斷定性來區分。增上慢是指本來沒有神通卻認為自己有神通，並未證悟大圓滿卻認為已經證悟。卑慢，與更加優秀的人相比雖然稍微差一點，但自己還是很了不起的。邪慢，如外道徒將本是過患的殺生等認為是功德。《大乘阿毗達磨》以及中觀對此七慢的解釋也完全相同。

《對法七論》之一的《入智論》宣說了九種慢，即觀待他者立己三種，觀待自己立他三種，觀待自己否他三種。觀待他者立己，如我已勝過他、我與他等同、我比他低。為什麼將認為自己與他者同等或者比他者低下

安立為傲慢呢？這是從總體角度來說的，比如，我在這個群體當中，與他是同等或低下，但在此群體之外，我還是很優秀，相續中間接摻雜了一種超勝他者的心態，因此可以稱為傲慢。觀待自己立他，如他比我高、他與我等同、他較我低。觀待自己否他三種：沒有比我高的、沒有與我等同的、沒有比我低的。本論所講七種慢以及上述九種慢均可包括於三種慢中，即下劣者屬於卑慢，中等者屬於傲慢，超過自己者屬於過慢。

表四：

	九慢		三慢
	《俱舍論釋》（蔣陽洛德旺波尊者）	《俱舍論自釋》（世親菩薩著）	
觀待他者立己	我已勝他	我勝慢類	過慢
	我與他平起平坐	我等慢 類	慢
	我比他低	我劣慢類	卑慢
觀待自己立他	他比我高	有勝我慢類	卑慢
	他與我等同	有等我慢類	慢
	他較我低	有劣我慢類	過慢
觀待自己否他	沒有比我高的	無勝我慢類	慢
	沒有與我等同的	無等我慢類	過慢
	沒有比我低的	無劣我慢類	卑慢

這些慢屬於見斷、修斷當中的何者呢？所有慢的遍計部分依靠見道斷除，俱生部分依靠修道斷除。尚未斷除修斷之聖者是否具足這些慢呢？不一定，如殺生等纏，想轉生為護地大象之子的生愛以及想盡快死去的滅

愛，還有我慢，這些均屬於修斷，但聖者不會明顯出現，因為上述煩惱以見增上，而聖者於獲得見道之時已經斷除了緣苦諦的十種隨眠，因此與苦諦相關的五種見必定已經斷除。而且聖者也不會明顯出現不善之惡作，因其由懷疑得以增長，而聖者已經斷除懷疑。那麼，聖者是否具足有實執之心呢？宗喀巴大師認為聖者還是會有實執心；薩迦派果仁巴大師在《入中論》注釋中說，聖者根本無有實執。對於這個問題，詮解《現觀莊嚴論》無與倫比的二大論師——獅子部、解脫部，他們認為，聖者面前雖然存在如幻如夢之名言，但不存在實有之執著。麥彭仁波切在《中觀莊嚴論釋》中所講觀點與薩迦派的觀點比較相同。

乙二（形象之差別）分五：一、觀待因之分類；二、觀待所緣境之分類；三、觀待本體之分類；四、觀待時間之具理；五、境與有境之差別。

丙一、觀待因之分類：

見苦集斷見與疑，相應不共之無明，

即是同分界遍行，中除二見九緣上，

彼等俱生之諸法，亦為遍行除得繩。

欲界中見苦諦所斷的五個見、一個疑，見集所斷的二個見、一個疑，以及與見、疑相應之無明和不共之無明，共有十一個同分界遍行，其中除去壞聚見、邊執見二者以外的九個遍行亦可緣上二界；除得繩以外，其他與十一種遍行俱生之心與心所等一切法均可稱為遍行。

什麼叫「同分界遍行」呢？由於自地而得增長，故稱為同分界；緣五種所斷增長，可遍行於三界中任何一處，所以叫做遍行，它也是煩惱的一種異名。由於可以緣各界的五類所斷，並且可以作為因而使五類所斷得以產生、增長，因此稱為同分界遍行。那每界中各有多少同分界遍行呢？總的來說可以分為三類，即見、疑惑、相應無明和不相應無明。若再細分則有十一種，見有緣苦諦的五個和緣集諦的二個，疑則是苦諦與集諦各一個，還有與見、疑相應的一個無明，以及不共無明一個，總共有十一種同分界遍行。若從三界來講，則三界中見苦諦的十五個見、見集諦的六個見、見苦集的六個疑、相應無明與不共無明各有三個，三界共有三十三個遍行。《自釋》中提出一個疑問：「此中所言遍緣五部，為約漸次為約頓緣。若漸次緣餘亦應遍，若頓緣者誰復普於欲界諸法頓計為勝能得清淨或世間因。」世親論師回答說：可以說為同時緣，但也無有同時計執一切諸法的過失，因為這十一種遍行，從其能力來講，完全可以同時遍行於自地之五類所斷。

既然上述十一種屬於同分界遍行，那不同分界遍行有哪些呢？除壞聚見與邊執見外，其他九種遍行不僅可以緣自界，而且還可以緣色界與無色界，因此稱為不同分界遍行。所謂的不同分界遍行，也就是指不僅可以緣

自界也可以緣上界，如對上界苦諦本來面目產生的愚昧之心即是緣上界之無明，此即不同分界遍行。為什麼要除開壞聚見與邊執見呢？因此二見將自相續之蘊執為我以及常斷，而上界已經遠離下地煩惱，不會對下地的五蘊產生我與我所執，而且上地也不會緣下地產生煩惱，所以不包括此二見。除前面的三十三種隨眠以外，剩餘的六十五種隨眠以及六種同分界遍行以外的無明都屬於非遍行。

那是不是除這十一種遍行外，再沒有其他遍行法了呢？有，與此等十一種隨眠隨行俱生的心與心所，如受、法相等，但得繩不包括在內，因為得繩不存在因果，而上述所講的煩惱均屬因果關係，故此得繩不包括在內。

這些隨眠煩惱是如何對四諦進行執著的呢？一切遍行隨眠緣四諦之本體產生恰恰相反的一種執著，即為直接顛倒執著，比如五蘊本為無常，卻以身見、邊執見將其執為常有；若對這種道理產生疑惑心等，則叫做間接顛倒執著；非遍行緣於直接顛倒執著，並以貪心尋求、以嗔心惱害、以慢而自滿，比如以壞聚見直接將五蘊執為我，認為我實有存在，由此產生貪愛，即為再度顛倒執著，因此，再度顛倒執著主要是指貪心、嗔心和慢心，大、小乘普遍如此承認。

丙二、觀待所緣境之分類：

見滅道諦之所斷，邪見疑與彼相應，

不共無明共六種，即是無漏行境者。

若緣滅諦緣自地，道諦相互為因故，

六地九地之道諦，彼行境者之對境。

現見滅諦和道諦的所斷有邪見、疑惑以及與邪見疑惑相應之無明和不共無明，這六種隨眠皆緣無漏法之行境。如果緣滅諦，則僅緣自地，而緣道諦則不同，由於靜慮六地與靜慮九地可互相作為因，故此二者均是道諦之對境。

緣有漏法和緣無漏法的隨眠分別是哪些呢？緣滅諦的邪見、懷疑以及緣道諦的邪見、懷疑，還有與這四者相應的無明和不共之無明，共有六隨眠緣無漏法，若以界來分，則三界共有十八種隨眠。那它們是如何緣無漏法的呢？由這些隨眠對滅道二諦產生顛倒執著，而滅道二諦屬於無漏法，因此說是緣無漏法，如對於此道是否能真正獲得解脫產生懷疑，對滅諦也生起邪見，由此與見、疑相應之無明以及與貪心等相應之不共無明均可產生。

這裡有一個疑問：若是緣無漏法，那會不會變成聖者智慧呢？不會。從緣的方式來說，這些隨眠的產生均是由於不通達滅道二諦之本體，以錯誤顛倒的方式而緣，屬於一種煩惱心。而且，所緣自相、總相的角度也有所不同，比如以邪見和懷疑緣道諦，此時所緣的並非道諦之自相，而是對道諦自相誤認的一種錯覺，因而其有境也就根本不可能成為智慧。

如果是緣滅諦的見斷則只能緣自地之滅諦，比如欲界所屬的隨眠只緣欲界之抉擇滅，不會緣色界、無色界之滅諦，因兩種滅屬不同實體之故。

道諦是不是也只能緣自地呢？道諦與滅諦不同，道諦可以緣靜慮六地與靜慮九地。欲界所攝的邪見、懷疑和無明三種隨眠之行境，唯是靜慮六地法智方面的所有道諦。何為「法智」？法智是斷除欲界四諦煩惱所斷而獲得的解脫道之智慧。那為何說靜慮六地法智品道均是欲界三種隨眠的行境呢？因法智是對治欲界之智慧，而且此靜慮六地的道諦相互可以成為平等因與殊勝因。何為平等因與殊勝因呢？如以一禪產生一禪即為平等因，若是以一禪產生二禪則為殊勝因。此靜慮六地與前三無色界之九地的類智方面的所有道諦，則成為上界所屬三種見斷的對境，類智屬於上二界的對治智慧，並且無漏九地之道諦亦可相互作為平等因與殊勝因，所以靜慮九地皆可成為三種隨眠之所緣。

頌詞中只講到了緣無漏的六種隨眠，實際上間接已經說明其他隨眠是緣有漏的。既然緣滅諦和道諦可以緣有漏法，一切遍行也是緣有漏法，那此二者有何不同呢？緣滅道二諦的隨眠只是偶爾緣有漏法，而且其對境也是有局限性的。遍行隨眠則不同，它所緣的是一切有漏法，比如非遍行之貪心緣悅意對境、嗔心緣悅意之對境、疑惑和無明的對境則是無漏法。

貪非緣二所斷故，不害故嗔非緣彼，

寂滅清淨殊勝故，慢戒取禁不緣彼。

貪心是直接緣所斷的，而滅道二諦非為所斷，故貪心不緣彼二者；又此二諦非怨害之境，故嗔心也不緣此二者；慢心非寂滅故，亦不緣滅道二諦之寂滅法；二諦本身即為清淨，故戒禁取見不緣此二者；見取見也不緣滅道二諦，因為它們的本身即十分殊勝。

所有遍行之隨眠，以所緣於自地增，

非遍行於同類中，無漏上地有境非。

未作我所對治故，相應法以相應增。

所有的遍行隨眠以所緣的方式於自地中增長，非遍行於同類中增長；無漏以及上地之有境並非如此，因未將所緣境執為我所，且是下地之對治。與受等相應之隨眠以相應的方式可以增長。

既然有些煩惱以所緣方式增長，有些煩惱以相應方式增長，那十一種遍行是以何種方式增長的呢？所有遍行隨眠均以所緣方式增長，而且唯是依靠自地。非遍行也是以所緣的方式增長，但唯在同類之中，比如屬於苦諦所斷的能緣煩惱，則將與己同類之苦諦所斷作為所緣，於此中增長，或者說，自己本身屬於見斷，則不會在修斷中得以增長而唯是在見斷中增長。

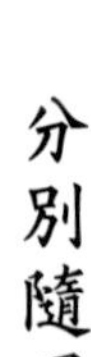

此處應分清所緣與能緣，因為有些是以所斷作為所緣，有些則是以所斷作為能緣，如果這二者能夠互不混

淆，則此問題也就清晰易懂了。那是不是均以所緣方式增長呢？不一定，有些雖然緣無漏法，但卻不會增長，比如緣滅道二諦的邪見、疑惑、無明，它們雖然緣道諦、滅諦，但由於此二者本身是寂滅清淨無有偏袒的，所以只是緣卻不會增長煩惱，就像腳放在燃燒的鐵地上，立刻就會縮回來一樣。而且緣上地的九種不同分界遍行，也只是緣上界卻不會增長煩惱。這主要是從能緣方面來講，若從所緣方面來講，則以相應方式可以增長，那為何以所緣方式不能增長呢？因為並非以愛作為對境或以壞聚見作為我，又因為滅道二諦屬於無漏法，如果緣對境即成為對治，根本不會有增長的作用。有人提出疑問：依靠滅諦和道諦應該有隨眠可以增長，比如對獲得解脫、證悟滅諦生起貪心，這種貪心會逐漸增長。雖然屬於一種貪心，但並非隨眠，《自釋》中回答說：「住下地心求上地等是善法欲，非謂隨眠。」

以相應方式增長的是指與受等相應之隨眠，比如某人相續中生起見取見，與此同時，其第六意識群體中存在的受、想等心和心所會自然而然通過相應方式來增長。有些隨眠以所緣、相應方式均可增長，但有些則以相應方式增長，以所緣方式不增長。若從對境來說，則也有以所緣方式增長，以相應方式不增長的，比如阿羅漢的身體或柱子等，它們可以成為所緣的對境，並且以此會增長煩惱，但因為身體與柱子本身均屬無情法，無有心心所，所以不會以相應方式增長。

丙三（觀待本體之分類）分三：一、真實分類；二、根本之差別；三、詢問無記法之旁述。

丁一、真實分類：

上界隨眠欲界中，壞聚見與邊執見，

相應無明均無記，餘此欲界皆不善。

上二界的隨眠，欲界中的壞聚見、邊執見，以及與此二見相應的無明均是有覆無記法，欲界中其他隨眠均屬不善法。

所有隨眠中，哪些是不善法，哪些是無記法呢？九十八種隨眠中，色界、無色界的所有隨眠均是有覆無記法，因為依靠它們不會產生不悅意之果，上界無有不善業之故，但其本體屬於雜染性。欲界中的壞聚見與邊執見，還有與見相應的無明均屬有覆無記法，因為以壞聚見也會為了獲得解脫而守持清淨戒律等，雖然從壞聚見的本體來說屬於有覆，但並非不善業；以邊執見認為我是常有，以此會精勤積累資糧，這樣即會在彌勒佛出世時獲得解脫；若認為我為斷滅，勝義中「我」不存在，從某個角度來說與此斷滅見相同。欲界中除壞聚見與邊執見以外的其他隨眠都屬於不善法，因為以此會產生不悅意異熟果。

丁二、根本之差別：

欲界所有貪嗔癡，即是不善之根本，

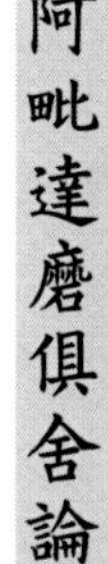

無記根本有三種，彼為愛與無明慧，

二意趨高故餘非。西方論師許四種，

即愛見慢以及癡，由三禪定無明生。

欲界中所有不善業之根本即是貪心、嗔心、癡心；無記之根本亦有三種——愛、無明、染污慧；懷疑屬於三心二意的不穩固狀態，傲慢則是高高在上的心態，因此不屬於無記法之根本。西方論師承許無記法的根本有四種，也就是愛、見、慢以及癡，前三種均依靠禪定從無明之中產生。

欲界中的貪、嗔、癡是一切不善業之根本，《中觀寶鬘論》中說：貪嗔癡所引發之業均為不善業。貪嗔癡的本體即為不善猶如毒藥，且由貪嗔癡所引之業都屬於不善業，這一點大、小乘均如此承認。大乘認為，凡是自相之貪嗔癡必須捨棄，《三戒論》中也說：自相煩惱皆需根除，而自相煩惱皆由貪嗔癡所引發。五類所斷中若詳細分析，除貪嗔癡以外的其他所斷實際也是不善業，但從總的角度而言，五類所斷即是貪嗔癡。

無記法的根本亦有三種，也即愛、無明、智慧。上界心比較寂靜，對自己的禪定和無量宮殿都有一種愛；上二界的有覆無明以及欲界當中與壞聚見、邊執見相應之無明；三界有覆無記慧，如欲界的壞聚見、邊執見，無覆無記慧是指異熟生心、幻心、化心、威儀路心，此處的智慧是指染污性智慧。其餘的懷疑、慢、嗔均不能成為根本，因懷疑屬於動搖性，而根本必須穩固，實際以大乘觀點分析，無記法中雜有懷疑惑的成分也不矛盾，但小乘是如此承許的；我慢是一種向上的心態，但無記法的心態比較平和，而且根本應帶有一種深沉的意義，所以慢不能作為無記之根本；嗔屬於不善業，而且上二界也無有嗔心，因此不能作為無記法的根本。

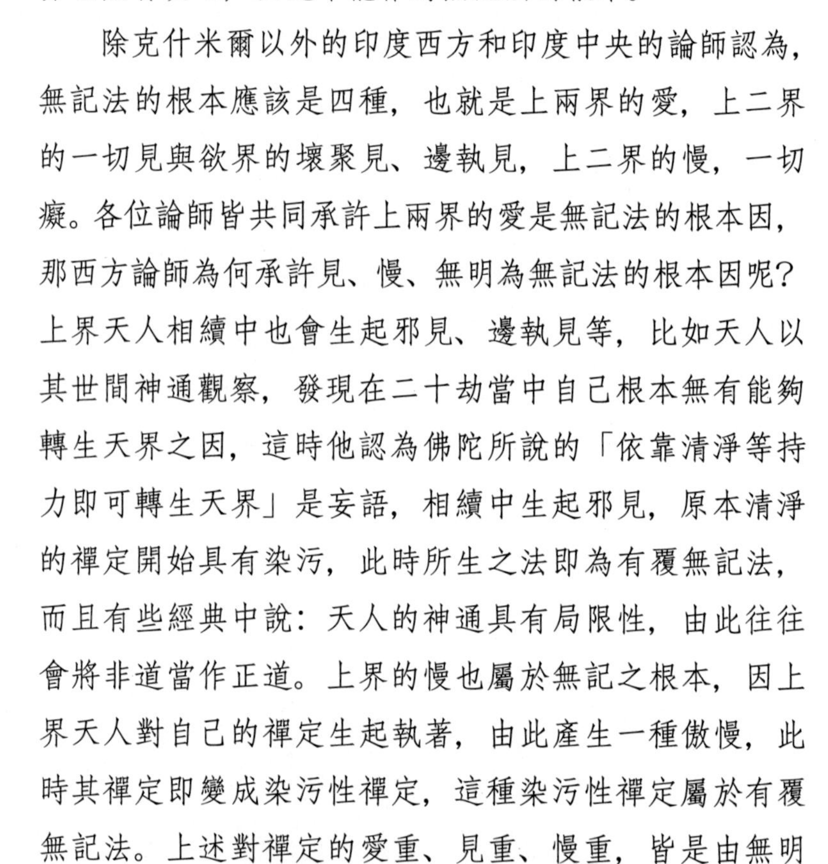

除克什米爾以外的印度西方和印度中央的論師認為，無記法的根本應該是四種，也就是上兩界的愛，上二界的一切見與欲界的壞聚見、邊執見，上二界的慢，一切癡。各位論師皆共同承許上兩界的愛是無記法的根本因，那西方論師為何承許見、慢、無明為無記法的根本因呢？上界天人相續中也會生起邪見、邊執見等，比如天人以其世間神通觀察，發現在二十劫當中自己根本無有能夠轉生天界之因，這時他認為佛陀所說的「依靠清淨等持力即可轉生天界」是妄語，相續中生起邪見，原本清淨的禪定開始具有染污，此時所生之法即為有覆無記法，而且有些經典中說：天人的神通具有局限性，由此往往會將非道當作正道。上界的慢也屬於無記之根本，因上界天人對自己的禪定生起執著，由此產生一種傲慢，此時其禪定即變成染污性禪定，這種染污性禪定屬於有覆無記法。上述對禪定的愛重、見重、慢重，皆是由無明愚癡中產生，因此亦屬於無記法之根本。

丁三、詢問無記法之旁述：

一向分辨與反詰，以及放置而授記，

諸如死生與殊勝，及我與蘊一異等。

可以通過一向、分辨、反詰、放置四種方式作回答或者作授記，比如問眾生是否具生死、死後是否會生、殊勝與否以及我與五蘊是一是異等。

若有人提出問題時，應以何種方式作答呢？回答的方式有四種，即一向、辨答、反詰、置答。如果有人問：一切有情都會死嗎？小乘認為，即使佛陀的身體也是由苦諦所攝，具有滅亡性，所以此時即可通過一向方式作答：一切生之有情皆必死亡。若有人問：眾生死後還會不會生？此需以辨答方式回答：具縛有情必定會生，否則不生。若問：此人是否殊勝？以反詰方式問他：此觀待何者而問？若觀待天人則不殊勝，若觀待惡趣眾生則殊勝。若有人問：我與蘊一體還是他體？此時需以放置方式作答：非一體也非他體，人我本不成立之故，如石女兒本不存在，也就不必說石女兒白色與否。

本論中有關抉擇人無我的推理特別尖銳，若真正以智慧來觀察，則不要說中觀理，僅以此處一體異體的方法來觀察，所謂的我與五蘊之間的關係也如同石女兒一樣無有差別。

以前曾有外道問佛陀：我與世間是常是無常，是二非二？世間有邊無邊，是二非二？善逝圓寂後出現不出現，是二非二？身體與生命是一體異體？對此十四個問題，佛是如何回答的呢？佛未作回答，因此也稱之為十四無記法。後來有外道徒認為，佛既然未能回答這十四個問題，因此不應稱之為一切智智。實際上，正由於佛陀未回答此等提問，才說明佛陀是真正的遍知，為什麼呢？比如「世間常還是無常」，佛若回答「常」，順世外道無法接受，若說「無常」，勝論外道不會接受，佛了知一切眾生之根性，所以先不回答，由他們自己領會，漸漸地再以各種方便加以引導，在第一轉法輪中宣說「業因果有等四諦妙法」，第二轉法輪說「萬法無相」，第三轉法輪宣說「不可思議如來藏之本體」，這樣漸漸引導外道趨入解脫之正道，所以，由於佛陀具足處非處智力、知根勝劣智力等十種力，而未作回答，以此可說明佛陀是真正的一切智智。

丙四（觀待時間之具理）分三：一、真實宣說；二、旁述分析三時之理；三、斷與離之差別。

丁一、真實宣說：

過去現在貪嗔慢，已生未斷則具彼，
未來意之彼等者，其餘五識具自時，
未生之法具三時，剩餘隨眠悉皆具。

過去與現在的貪、嗔、慢，已經產生後乃至未斷之間以所斷方式存在；意識群體中的貪、嗔等於未來時也具足，其餘的五根識群體中，若已生者則於自時具足，若未生之法則可於三時中具足；剩餘隨眠在三時中均可

具足。

有些法以所斷方式存在，有些法以所得方式存在，九十八種隨眠煩惱在不同眾生的相續中，未來、過去、現在三時中如何存在呢？煩惱可分為自相煩惱和總相煩惱兩種。由於依靠美麗對境產生貪心，依靠醜惡對境產生嗔心，依靠高低對境產生慢心，因此將貪、嗔、慢三者稱為自相煩惱。此處的自相煩惱與《三戒論》中所講自相煩惱有些不同。《三戒論》中所講的自相煩惱，是指煩惱的本體無有損害，而且也未以空性等法作為對治，此處則是從所緣對境進行觀察，由於對境已經固定而稱為自相煩惱。那此三者於三時中如何存在呢？過去、現在於六識群體中出現的貪、嗔、慢，乃至未斷除之間，過去、未來、現在三時中五類所斷之對境，於那一補特伽羅相續中具足，比如對敵人生嗔心，敵人屬於對境，此對境以所斷的方式如何具足呢？如以刀子砍身體，乃至刀子未捨棄之間，傷痕的來源不會斷除，同樣，作為對境的敵人，乃至嗔心未斷除之間一直存在，若嗔心已經斷除，則敵人也就不復存在。

因此，所謂的具足所斷以緣對境的方式具足，就好像以繩子將牛拴在樁子上⑮，在繩子未斷之間，犛牛始終以所斷的方式存在於樁子上，何時繩子斷除，則犛牛自然而然會脫離樁子。未來時所出現的貪等，若屬於意

⑮貪等隨眠煩惱如犛牛，補特伽羅相當於樁子，繩子則比喻成具足。

識群體則緣過去、未來與現在出現的一切對境而具足，因為意識的範圍比較廣，可以緣未來、過去、現在三時；意識以外的五根識群體中的貪等，若是已生者則不會緣過去、未來二時，因此只具足未來自時之實法，若屬於未生法則於三時中在那一補特伽羅相續中具足。

表五：

隨眠煩惱		六識	三世
自相煩惱	貪	意識	乃至未斷之間遍於三世
		五識	過去、現在乃至未斷之間遍於三世；未來可生未斷唯於自世，未來不生未斷則遍於三世
	嗔	意識	乃至未斷之間遍於三世
		五識	過去、現在乃至未斷之間遍於三世；未來可生未斷唯於自世，未來不生未斷則遍於三世
	慢	意識	乃至未斷之間遍於三世
總相煩惱	見	意識	乃至未斷之間遍於三世
	疑		
	無明	意識	
		五識	現在世正緣境時隨其所應能繫此事

總相煩惱是指無明、疑、見，因為對有漏五蘊缺乏了知而屬於無明之中；因對有漏法產生疑惑故為疑；對合乎情理之有漏法認為是不合理，所以稱之為邪見。因為已經概括了所有煩惱，故此稱為總相煩惱。所有的總相煩惱於三時中皆可具足。

丁二（旁述分析三時之理）分二：一、對境三時成立實體；二、辯答。

戊一、對境三時成立實體：

三時實有佛說故，二具對境有果故，

言說三時存在故，許說一切有部名。

彼等四種稱事相，階段以及他轉移。

佛陀曾說三時存在，而且識之產生需要具足根、境二者，過去所造之異熟果亦存在之故，三時應為成實。由於認為三時存在之故，稱他們為一切有部。三時成實的觀點亦可分為四種，即事法轉移、法相轉移、階段轉移、其他轉移。

既然說有些煩惱於三時中具足，那三時是否具有實體？若有實體，則成為常有，與外道觀點相同；若無實體，則過去、未來如何具足，應與所說相違。

有部宗回答說：雖然三時實有，但所有的時間均具足有為法生、住、滅之法相的緣故，不會成為常有。那麼，他們以什麼原因認為三時成實呢？可以從教證與理證兩個角度進行說明。首先是教證，佛在經中說：「比丘當知，若過去色非有，不應多聞聖弟子眾於過去色勤修厭捨，以過去色是有，故應多聞聖弟子眾於過去色勤修厭捨；若未來色非有，不應多聞聖弟子眾於未來色勤斷欣求，以未來色是有，故應多聞聖弟子眾於未來色勤斷欣求。」經中還說：「現在也是無常，何況過去未來？」既然現在之法為無常，則過去、未來之法也應該以無常的方式實體存在。以理證也可成立三時成實，意識需要依靠對境與根二者產生，而且意識產生時，可以緣過去、未來、現在三時，若三時不存在則所生之意識成為無因生；由於過去所造之業的異熟果於現在存在，所以過去時應存在，否則過去所作之業應隨著時間的流逝而導致現在亦不會產生其果。為什麼叫做一切有部呢？《自釋》中說：「以說三世皆定實有，故許是說一切有宗。」由於承許過去、現在、未來三時，以及色、心、心所、對境、無為法五事成實，因而得名為一切有部。

有部對於三時成實的說法也有四種不同觀點。法護尊者承許為事法轉移，如苗芽由原來的未來之法，已經轉變成現在之法，而現在之法也會變成過去，於此過程中，苗芽自己之本體未轉移於他處，只是現象發生變化而已。比如將金器毀壞後所做成的裝飾品，此時顏色雖未改變，然而形狀卻已改變；再比如以金器打造成佛像、耳環等，雖然金器的形狀等已經改變，但黃金的顏色、性質等並未改變；或者以牛奶加工後的酸奶，味道雖已改變，但顏色、形狀均未發生變化。妙音尊者認為，以法相不同故三時實有，也就是說，由於偏重那一法相而安立了過去等，比如某法雖於現在時存在，但並未遠離過去、未來之法相，只因偏重於現在，所以立名為現在，如一個男人因特別貪戀某一女人而對其貪愛，並非已經遠離了

對其他女人之貪心。世友尊者說，從作用的不同可以安立三時，也即因作用未生而安立為未來法、作用已生未滅而安立為現在、作用已滅的角度安立為過去，如同骰點所置之處不同，所起作用也就有所不同，由此安立了不同的名稱。覺天尊者認為，由觀待角度不同而安立了過去、現在、未來三時，比如觀待昨天來說，今天屬於現在，觀待明天來說，今天則成為過去，如同一個女人既可以是母親也可以是女兒，只是觀待角度不同而已。

戊二、辯答：

第三觀點以作用，安立三時為最佳。

誰障作用非異時，時間亦成不應理。

若有何故未生滅，此等法性極甚深。

比較而言，第三種以作用安立三時的觀點最為合理。若三時實有存在，那為什麼現在沒有未來、過去的作用？是誰障礙了它？既然汝宗承許作用與時間非異體，那時間亦應成不合理。而且，又是什麼緣故使未來未生、過去已滅呢？有部宗回答說：法性甚深難思。

上述四種說法，哪一種比較合理呢？《自釋》中說：「第三約作用，立世最為善。」四種觀點中，若從承許為實有的角度而言，皆不合理，經部以上均不承認此種觀點。世親論師認為，若從起作用的角度，第三種世友尊者的觀點比較合理。為什麼其他三種觀點不合理呢？首先第一種法護尊者的觀點，若認為事物本質未變而只

是現象有所改變，與數論外道無別；從本質與現象是一體還是異體的方法觀察，也無法成立這種說法的合理性。第二種妙音尊者的觀點有三時錯亂的過失，比如現在法只是因偏重而安立為現在，但卻未遠離過去、未來兩種法相，如此則現在法已經具足過去、未來之法相，那為何不承許其為過去和未來呢？如同只要具足人的法相就可以稱之為「人」一樣，不必管它到底偏重還是不偏重。第四種覺天尊者的觀點也不能成立，若以「觀待」來安立現在、過去、未來的話，則於一法上應同時具足過去、未來、現在三時，比如今天觀待昨天是未來法，觀待明天則成為過去，所以今天既是現在也是過去、未來，因此這種觀點不合理。而且第四種觀點所舉之比喻也不合理，一個女人觀待自己的母親是女兒，觀待自己的女兒又成為母親，若是成實的話，則她既是母親又是女兒，有這種過失；若不觀待，真正的一個母親或女兒的實體存在也不合理。只有第三種觀點比較合理，而且從作用角度安立三時的說法與大乘觀點也比較接近，因此世親論師說第三種觀點「最為善」。

若真正觀察，第三種觀點也有過失。以現在的相應眼根為例，由於此眼根未起到取境的作用，所以現在的相應眼根不能稱為現在的眼根，有這種過失。

對方反辯說：現在的相應眼根雖然現在沒有起到見色法的作用，但卻具備將來產生果的能力，所以可以安

立為現在。

這樣一來，過去的同類因也應成為現在，因為它可以產生現在果之故，譬如昨天種子的同類因應成現在，因為具有生果的能力與作用，將來可以產生果之故。若如汝宗所許，則三時已經錯亂，實際上，所謂的時間僅是事物變化過程中出現的一種概念，並非真實存在。

另外，從三時角度來講，未來、過去、現在三時均於現在存在，如此一來，那過去已滅之法與未來未生之法，是誰障礙了它，而於現在不存在呢？因為有部並不是承認未來於未來時實有，過去於過去時實有，而是承認過去、未來於現在時實有，這樣一來，必定導致時間的概念無法安立。而且，若以這種觀點承許，那作用與時間是異體還是一體呢？若承許為異體，則作用應成無為法，因無為法不被時間所攝，而作用也不能成為無常法；若認為是一體，則所有的作用與時間成為無二無別，因此過去、未來也不應該存在，因過去的作用已滅，故過去的時間已經不存在，而未來的作用未產生，所以未來的時間也不會存在，因此除現在的作用與時間外，過去、未來的時間均不存在。既然如此，你們的觀點究竟是從何處建立的呢？在其他注疏中還有另外一種觀察方法，也就是說，事物與作用是一體還是異體？事物與時間是一體還是異體？以柱子為例，若柱子與時間異體，柱子應成為常有。若柱子與時間一體，那過去的柱子於現在時是否存在？有部宗也承認過去的柱子於現在不存在，既然如此，由於過去的柱子與時間無別之故，時間也不存在，那你們為什麼還要承認過去的時間存在呢？以這種方法進行觀察時，他們的觀點也已經無法立足了。

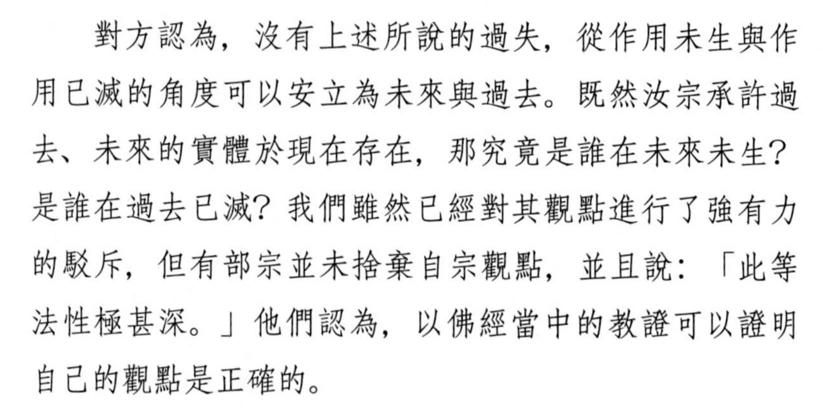

對方認為，沒有上述所說的過失，從作用未生與作用已滅的角度可以安立為未來與過去。既然汝宗承許過去、未來的實體於現在存在，那究竟是誰在未來未生？是誰在過去已滅？我們雖然已經對其觀點進行了強有力的駁斥，但有部宗並未捨棄自宗觀點，並且說：「此等法性極甚深。」他們認為，以佛經當中的教證可以證明自己的觀點是正確的。

下面經部宗開始駁斥他們的這種觀點。第一，上述教證的密意並不是像你們所解釋的那樣，教證中雖然說過去色有、未來色有，但並不是說過去、未來的時間存在，而是緣過去所產生過的法，心裡自然而然產生厭離心；緣未來產生之法也可以修持厭離心。在《俱舍論大疏》中也說到，是對將要產生和已經產生過的法生起厭離之心。並非如你們所解釋的「三時實有」之義，應該這樣理解。第二、汝宗承許有意根、有果之故三時實有，這一點也不能成立。第六意識依靠意根無間而產生，當我們觀外境總相時，自相續之根識立即產生，並非過去法已經存在，之後緣它再產生根識，並非如此。所謂的果也並不是由一直存在的因產生的，因果只是相續中有名言假立的，

造業時有一種特殊的能力，相當於種子，因緣成熟之後，果即產生，這是世俗中的一種自然規律，除此之外，若觀察因與果是否接觸，或者因與果一體異體，這樣觀察時，勝義中不能成立，而名言中不經觀察時屬於自然規律，可以成立。

丁三、斷與離之差別：

雖斷苦諦之見斷，其餘所有遍行具，

初品修斷雖已斷，然彼餘諸有境垢。

苦諦見斷雖已斷除，但其餘的遍行集諦見斷的所有遍行仍然具足，同樣，雖然初品修斷已經斷除，然而其他有境垢染存在之故，仍會緣已斷之修斷。

斷是指斷除所斷，離是指解脫。有部宗認為，斷與離之間有一定的差別，所斷雖已斷除，但卻不一定離開，而離了以後必定會斷。那什麼情況下斷而未離呢？比如生起了知一切有漏取蘊的苦諦之智，而未生起集智時，雖然從苦諦見斷本身來講已經斷除，但集諦中的貪心、嗔心等，以所緣的方式可以緣已經斷除的苦諦所斷，這是從對境角度來說的。大乘觀點則與此不同，若自相續的苦諦所斷已經斷除，就再也不會以其他方式來緣，但有部宗認為雖然已經斷除，但還沒有離。這是從見斷角度來講。同樣，修斷的上上品雖然已經斷除，但由於後面的八品仍未斷除之故，仍然可以緣已斷的上上品修道，所以，已斷的上上品修斷也以所緣的方式具足。

丙五、境與有境之差別：

欲界所生苦集諦，見斷以及修所斷，

自地三心色界一，無垢心識之行境。

欲界所產生的苦集見斷與修斷，屬於自地三心、色界一心以及無垢心之行境。

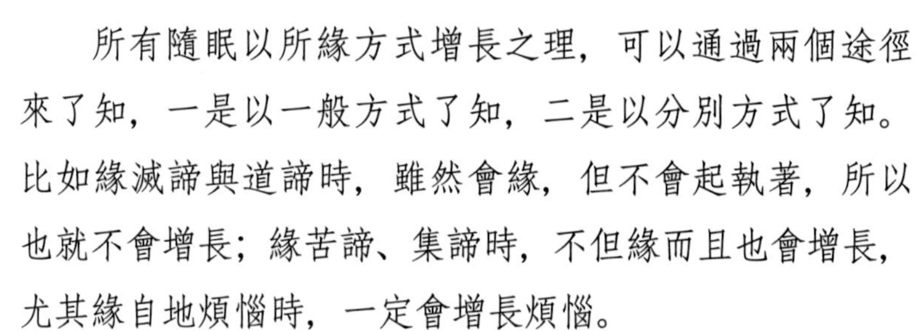

所有隨眠以所緣方式增長之理，可以通過兩個途徑來了知，一是以一般方式了知，二是以分別方式了知。比如緣滅諦與道諦時，雖然會緣，但不會起執著，所以也就不會增長；緣苦諦、集諦時，不但緣而且也會增長，尤其緣自地煩惱時，一定會增長煩惱。

三界之中作為對境的隨眠有十六種，也即三界各有苦集滅道四個見斷以及修斷共五類所斷，再加一切無漏法；有境方面也是同樣，三界中五類所斷加上無漏心。五類所斷的每一心是否緣是從其類別來分的，否則，從見斷中每一煩惱緣不緣的角度來分析的話，則不一定會緣，比如見苦諦的十種隨眠所斷，是不是每一種都會緣對境的五類所斷呢？其中有些不一定緣，因此了知分析的方式很重要。

前面的五類所斷只是從總的方面來講，那真正的五類所斷是不是所緣呢？頌詞中只是講到了苦集二諦之見斷以及修道所斷。以苦諦見斷為例，同分界遍行即自地的界中可以互相緣的煩惱，非遍行如貪心等，以及欲界中相應的受想等其他心算為一心，集諦見斷遍行的一心，

修斷聞思所生的善心，此三者屬於欲界自地三心；轉生色界未至定時，若是厭棄下界之苦、粗、障，此心可緣苦諦見斷，此即色界一心；欲界緣苦諦所獲得的無漏智慧——苦法智，也可以緣欲界煩惱。欲界見斷可以作為上述五心之對境。欲界集諦見斷也可以有五個心來緣，即一切同分界遍行和非遍行的一心、苦諦見斷之遍行的一心、聞所帶來的修斷善心、色界一心、集法智，共有五心。修斷也是如此，可以由苦諦集諦所攝的兩個遍行、自地相應的善心、色界一心以及無漏心，共五個心來緣。

以上分析所緣對境的三心，即苦諦見斷、集諦見斷和修斷，此三心分別以五心來緣，每一個能緣心又具足自地三心、色界一心、無漏心，分析方式大體相同，因此頌詞上說「自地三心色界一，無垢心識之行境」。

道諦與滅諦是否也是如此呢？直接緣滅諦、道諦見斷的只有無漏心。此處是從緣滅道二諦的本體來說，因為要了知此二諦的本體，只有無漏心才可以，而且它也不會以顛倒執著來緣；若僅從緣它的角度來說，滅道二諦也可以作為六種隨眠——邪見、懷疑、無明的對境。其他的善法為何不能緣滅、道二諦呢？因上地不緣下地，即色界煩惱不會緣下地，無色界通過四種遠離也不會緣下地。在下文中對道諦和滅諦有單獨宣說。全知麥彭仁波切的科判安立為總說緣苦集見斷和修斷、分別宣說滅諦和道諦，所以這裡如果安立為旁述比較恰當。

色界所生自地心，下三上一無垢心。

無色所生屬三界，三心無垢心行境。

色界中的苦諦、集諦見斷和修斷，由自地三心、下地緣上地的三心、無色界一心和無垢心來緣。無色界所生的苦諦、集諦的見斷和修斷，是三界的九個心以及一個無垢心的行境。

色界所生的苦諦見斷、集諦見斷、修斷均是八種心的所緣，是哪八心呢？自地苦諦集諦的遍行、非遍行，以及聞所生善心，是色界自地的三心；欲界十一種遍行中除壞聚見、邊執見以外的不同分遍行，屬於修斷的聞所生慧；無色界空無邊處未至定的一善心，遠離四諦之解脫道的無垢類智同品心識。自地當中除無垢心外，苦諦集諦的遍行依靠自己的對境可依所緣的方式增長；他地雖然可以緣，但不會增長。

無色界的對境方面也是同樣，即苦諦、集諦見斷和修斷三者，這三者由十個心來緣，即色界苦諦集諦的不同分界以及相應修斷，欲界苦諦集諦的不同分界和相應的修斷（凡是緣上界的心所，如受、想、識等，均屬於修斷）；加上自地三心，即苦諦、集諦所攝的遍行、非遍行和修斷善心；再加上無漏類智，共十個心。

滅諦道諦諸見斷，加自地心之行境。

無漏三界末三心，及無漏心之行境。

滅諦與道諦的見斷是三界有境心加上自地心的行境。

無漏法是三界各自的末三心以及無漏心的行境。

將滅諦與道諦作為對境，其有境心是指在欲界五心、色界八心、無色界十心的基礎上，再加與其同類的一心，苦諦集諦與滅道二諦不同，它們未加同類心。所謂的同類心是指何者呢？比如所緣對境為道諦，則欲界的五個心可以作為能緣，再加上同類緣道諦直接顛倒——懷疑、無明、邪見中的任一心；間接也可以緣，比如將道諦作為所緣，認為它不正確，後以見取見將此觀點執為正確，不論是以無明來緣還是以懷疑來緣，這些全部屬於一類。這樣一來，滅諦道諦可以成為欲界六心、色界九心、無色界十一心的所緣。但雖然可以作為所緣，卻不會以所緣方式增長。

無漏法是十個心的所緣，也就是說，三界各有五類所斷。其中直接顛倒執著滅諦和道諦的邪見、無明、懷疑，有二種同類心，共六個心；再加上三界中的三個修斷善心，以及無漏法智、類智，共有十個心緣無漏法。

乙三、心具隨眠之理：

具隨眠心有二種，染污心與非染心，

染污心亦有二種，非染污心隨增長。

具有隨眠的心有染污心與非染污心兩種。染污心也有只具隨眠不增隨眠和既具隨眠也增隨眠兩種，非染污心以所緣方式增長。

總的來分，具隨眠的心有染污與非染污兩種。染污心也有兩種，第一種是既具隨眠也增隨眠，凡夫相續中已經具足隨眠，而且由於未斷除之故，會以所緣與相應的兩種方式增長。第二種指只具隨眠不增隨眠，小乘有一種不共說法，即阿羅漢相續中可以存在煩惱。那既然已經斷除煩惱和習氣，煩惱又是如何存在的呢？以過去煩惱的得繩和未來的未生法方式存在。諸位阿羅漢相續中雖然具足隨眠但不會以相應或所緣的方式增長，這是從得繩的角度說；若從斷除角度而言，阿羅漢也可以說不具足煩惱。非污染心是指有漏的善法和無覆無記法，其中有漏善法作為所緣，依靠它可以增長煩惱。非染污心以相應方式不會增長，因為善法與隨眠是性質不同的兩種心所，如同火與水不會以相應方式增長一樣，但以所緣的方式可以增長，比如某人做有漏善法，其他人依此產生嗔心、貪心等煩惱，因此從所緣的角度可以稱為具足隨眠。

無漏法雖然是其他隨眠的所緣，但是它既不具足隨眠也不會以緣其自相的方式增長，因為小乘認為三界中不攝無漏法。有漏善法雖不具足隨眠，但以所緣方式可以稱之為具足，那為什麼無漏法以所緣方式不稱為具足呢？有部宗認為，無漏法與隨眠之間已經斷開了聯繫，就像繩索已經斷開一樣，不能稱之為具足。因此有漏善心和無漏善心雖然均可作為對境，但一者稱之為具足，另一者則不能稱為具足。

乙四、生起煩惱之理：

癡中生疑後邪見，壞聚邊執戒見取，

爾後則於自之見，生起貪慢於他見，

嗔恚如是依次生。由具尚未斷隨眠，

境住非理之作意，此三因中生煩惱。

愚癡當中生起懷疑，懷疑中生起邪見，之後便生起我和我所的壞聚見，其後產生邊執見、戒禁取見、見取見，然後對自之見解產生貪心、慢心，對他見產生嗔心，隨眠即以上述次第產生。由於具足未以對治斷除隨眠、產生煩惱的對境以及非理作意三種條件，隨之便產生了煩惱。

煩惱產生的次第如何呢？以四諦為次第，眾生將苦執為樂、無我執為我、不清淨認為是清淨、無常認為是常有，對此四種顛倒未如理如實地通達，所以首先於自相續中產生對四諦本來面目不認識的無明愚癡；無明出現之後，隨即產生苦諦存不存在、前世後世存不存在、滅諦存不存在等種種懷疑；之後由於惡知識的引導，以顛倒方式進行講聞，從而產生認為無有苦諦之邪見；由於對苦諦的本體未加以認知，將五蘊執為我和我所，便產生壞聚見；隨後出現如勝論外道一樣執蘊為常有、與順世外道一樣執蘊為斷滅的邊執見；隨之也產生如同依靠五火等苦行或誹謗因果等戒禁取見；由於認為邪見、壞聚見、邊執見等見解為正確，便在自相續中生起貪執

與慢心，對與自己見解不合的宗派及見解生起嗔恨心。這僅是從對四諦本體未如實通達的角度而言，並非所有隨眠煩惱均如此產生。《入中論》說「慧見煩惱諸過患，皆從薩迦耶見生」，首先眾生相續中具足無明，之後出現壞聚見，有了我和我所後，眾生相續中即會有愛和取受的執著，由此造作各種惡業，從而於輪迴中漂泊不定；還有一些眾生依靠無明愚癡會直接產生貪心、慢心、嗔恨心等。因此，上述次第主要以自己作為對境而言，並且是從見斷角度來講的，因為有部認為，見斷具足緣自相續、煩惱性、內觀等幾種特點，所以見斷以這種方式建立也十分可靠。

煩惱的生起需要依靠何種因緣呢？第一個因緣，有部認為是得繩未斷除，經部以上宗派則說是種子未斷除。總而言之，各個宗派都認為自相續的煩惱習氣如果未斷除，即成為煩惱生起的第一個因緣。第二個是所緣緣，存在生起煩惱的對境，一般來說，「眼不見心不煩」，若生煩惱的對境不存在就不會產生煩惱，若對境現前，就很不容易對治，因此一個好的修行人應遠離喧囂的城市而住，這一點非常重要。第三個就是增上緣——非理作意，比如生起嗔心的對境存在時，即認為它不好、所作所為不合理；生貪心的對境存在時，本來不清淨的認為是清淨，本來無我的認為有我等等，由於存在這種常樂我淨的顛倒想法，很容易便產生了煩惱，因此非理作

意一定要斷除。作為凡夫人，非理作意以及貪心、嗔心等煩惱隨眠的種子大多數人並未斷除，這時首先應該內觀，看自己在對境現前時能不能進行對治？如果不能，最初就遠離對境相當重要。

乙五（宣說異名）分二：一、經中所出現之異名；二、論中所出現之異名。

丙一（經中所出現之異名）分四：一、漏；二、瀑流結合；三、近取；四、解釋彼等之義。

丁一、漏：

欲界除癡惑及纏，乃為欲漏色無色，
唯一隨眠為有漏。彼無記法向內觀，
入定地故合為一，根本無明故別說。

欲界除癡心以外的煩惱以及十一種纏即稱為欲漏，色界、無色界唯一的隨眠即是有漏。由於色無色界的煩惱均屬無記法、是內觀之法、入定之地相同，故而將此二者合而為一進行說明。由於無明是輪迴之根本，所以對其分別宣說。

漏分三種，即有漏、欲漏和無明漏。也就是說，四諦的見斷和修斷總共有三十六種，其中除苦集滅道以及修道當中的五個無明以外，共有三十一種煩惱，再加上十種纏，共有四十一種隨眠稱為欲漏，因為多數是緣欲界漏法之故。上二界中不包括無明在內的隨眠共有五十二種，此即稱為有漏，因為不包括十種纏，所以頌詞中說是「唯一」。

為什麼將色界、無色界所生的隨眠統稱為有漏呢？這是有必要的，由於此二界的隨眠均屬於無記法、內觀，而且同是入定之地，仍然屬於三有，所以為了說明這種禪定並非究竟解脫，故而合二為一作宣說。

為什麼將九十八種煩惱中的無明單獨宣說為漏呢？大、小乘以及密乘都一致認為，輪迴的根本就是無明，麥彭仁波切在《中觀莊嚴論釋》中說：對萬法不了知就是無明。萬事萬物的根本就是內心而並非外境，所以經常觀心非常重要，正是由於無明雜染，使內心產生了顛倒，若通達內心光明，無明自然而然就會消除。無明在所有煩惱中進行單獨宣說的原因，就是為了強調無明是三有輪迴的根本，若斷除無明，其他煩惱必定隨之斷除。

丁二、瀑流結合：

瀑流結合亦復然，為明諸見另宣說，

漏非無有助伴見，則與安置不相符。

瀑流結合亦是如此，為明確一切見是惡慧自性，故對其單獨進行宣說，而漏若無有作為助伴的見等攝持，則與安置輪迴不相符，所以漏中不單獨宣說見解。

在其他一些經典中將煩惱稱為瀑流或者結合。實際上，瀑流、結合也與漏相同，可以分為欲瀑流、有瀑流、無明瀑流；欲結合、有結合、無明結合。這樣一來，瀑流結合與漏又有什麼不同呢？總體來講，此處的分法與

漏無有差別，但為了明確三界中所有見皆是惡慧的本性，從不同的角度進行了宣說，所以就有四瀑流和四結合。其中欲瀑流結合有二十九種、有瀑流結合有二十八種、無明瀑流結合有十五種，而見瀑流結合則是將三界中五類所斷的全部惡見加在一起共有三十六種，全部共有一百零八種瀑流結合。

如果將漏當中的一切見進行單獨宣說不是也已經成為四種了嗎？漏當中的見不能單獨宣說。前面曾經提到，無明分為與其他煩惱相應的無明和不共無明兩種，若是一個單獨的不共無明，它無有能力將眾生安置於輪迴中，而漏的意思是說能安置於輪迴之中，故單獨的不共無明與此義不相符。但不共無明以惡見攝持之後，即可成為輪迴之因，所以見解未單獨宣說。那僅依靠惡見能否成為墮入輪迴的因呢？從某個角度來說是可以的，因為眾生先有薩迦耶見，依此見造業，依業力即可轉生輪迴。但如果無有見解攝持煩惱，僅將其他煩惱作為輪迴的因則與意義不符，為了說明惡見在輪迴中起著根本性的作用，因此在這裡宣說了四種瀑流和四種結合。

宗喀巴大師的《三主要道論》中說，四瀑流是指生、老、病、死。有些佛經中說瀑流是煩惱的意思，有些經中說瀑流是煩惱所產生的果——生老病死。一般來說，佛經中將眾生的生老病死用瀑流作為比喻，因為眾生漂泊在輪迴中沒有自由，就像瀑流中的魚兒一樣，無有自主權，同理，眾生被煩惱控制時根本得不到自在。大慈大悲的佛陀用他的智慧之眼已經完全照見了煩惱的本質，圓滿地宣說了眾生快樂和痛苦的因。

丁三、近取：

如是所說及無明，諸近取即見分二，

所謂無明非能取，是故混合而宣說。

以上所講的欲瀑流與有瀑流以及無明，分別稱為欲近取、我所近取和二種見近取。所謂的無明並非能取的緣故，所以與其他煩惱混合在一起宣說為近取。

我們平時經常會將五蘊稱為近取，但在這裡，近取是指煩惱的另一種名稱，屬於隨眠煩惱。近取有四種，即欲近取、我所近取、見近取、戒禁取見近取。欲近取是指欲瀑流結合及無明，共有三十四種；我所近取指有瀑流結合及無明，它們大多屬於內觀，是我所之根源，共有三十八種；見近取即三界當中不包括戒禁取見在內的見，共有三十種；戒禁取見近取共有六個。為什麼將見分開宣說呢？第五戒禁取見是將本非正道的認為是正道，此見成為正見的怨敵，很多在家人和出家人由此見的驅使而做許多無有實義的苦行，它的過患及危害相當大，所以將戒禁取見單獨安立為近取，說明它並非解脫的因，而是輪迴之因。

所有的修行中，見解是最關鍵的，有了正見，就有解脫的機會。就如《中觀四百論》中所說「寧毀犯尸羅，

不損壞正見，尸羅生善趣，正見得涅槃」，如果見解損壞的話，就很難獲得解脫。因此作為凡夫，不能自己做主時，應該在諸佛上師菩薩前發願：「願我生生世世當中不生起惡見，相續中的菩提心不損壞。」這兩點是求學過程當中最關鍵的。

這裡為什麼將所有的無明合在一起宣講呢？無明分不共無明、相應無明兩種，未與貪心、嗔心等相應的無明不能單獨取後世，所以並未單獨安立。

丁四、解釋彼等之義：

彼等極為微細故，隨繫二種隨增故，

及跟隨故稱隨眠，彼等能置與能漏，

能沖能粘近取故，即是漏等之定義。

由於煩惱極其微細，與得繩相連，並以相應與所緣的方式隨增，當其生起時，於相續中輾轉跟隨，因此稱為隨眠。能安置或能漏、能沖、能粘、能取即是漏等的定義。

經中所宣說的煩惱異名分別是什麼含義呢？由於煩惱不是色法，其本體很難通達，極其細微、隱蔽，從無始以來煩惱就以繫與得的方式相連，通過所緣與相應的方式增長，如果未以出世間智慧斷除煩惱的相續，則會在自相續中連續不斷、輾轉跟隨，所以稱為隨眠。從有漏的角度來說，依靠有漏法使眾生沉溺在輪迴中，讓眾生一直不停地在內六處、外六處的傷口中不能獲得自在，從而漏到輪迴中，故而稱為漏法。依靠煩惱將有情無有自在地直接沖到後世，如同水流一樣，因此稱為瀑流。若煩惱未斷除，依靠它的力量自然而然將有情與後世粘連在一起，故叫做結合。由於能取受輪迴而稱為近取。

丙二（論中所出現之異名）分二：一、略說；二、廣說。

丁一、略說：

此等亦分為結等，故復宣說有五種。

上述隨眠有結以及「等」字包括的縛、隨眠、隨煩惱、纏，故也說為五種。

丁二（廣說）分四：一、結；二、縛；三、隨煩惱；四、纏。

戊一（結）分三：一、九結；二、五順下分結；三、五順上分結。

己一、九結：

實體與取相同故，安立見取之二結，

二唯不善自在故，嫉慳單獨稱二結。

由於實體和取相同之故，安立見、取兩個結。嫉妒和慳吝唯一是不善業，並且自在而生的緣故，所以將此二者單獨安立為結。

「結」是指依靠自相續中的煩惱，使眾生與輪迴結上緣，始終無法解脫，就好像繩子結上疙瘩即很難解開一樣，同樣，若與煩惱結上緣就不能順利獲得解脫。結有九種，即貪結、嗔結、慢結、無明結、見結、疑結六種根本煩惱，此處的見結指壞聚見、邊執見和邪見三個，再加上包括見取見和戒禁取見在內的取結以及嫉妒結、慳吝結。其中嗔結、嫉妒結、慳吝結是欲界的障礙，其他結則是三界的障礙。

為什麼將前三見與後二見分開進行宣說呢？有兩個原因。首先是實體相同，從所緣方面來說，前三見與後兩見同樣有十八種實體。也就是說，壞聚見與邊執見在欲界中只有苦諦的兩種見斷，而上二界中各有兩種見斷，所以此二見在三界中只有緣苦諦的六種見斷；邪見在三界中各有苦集滅道的四種見斷，三界共十二種，這樣一來，前三見共有十八種。同樣，見取見與戒禁取見也有十八種，也即見取見在三界中各四見斷，三界共有十二種；戒禁取見在三界中各有苦諦與道諦的兩種見斷，共六種。其次是取（包括能取、所取）相同，壞聚見、邊執見、邪見三者是所取，可以成為戒禁取見和見取見的對境；後二見屬於能取，將前三見執為殊勝，所以戒禁取見和見取見除開見結以外單獨宣說。

十種纏當中的嫉妒與慳吝二者為何單獨稱為結呢？嫉妒與慳吝二者無有善和無記的成分，完全屬於不善，而且，此二者屬於小煩惱地，不與其他心所相應，自己以一種獨特的體性可以自然而然地增長，所以在八種纏之外單獨稱為嫉妒結和慳吝結。

己二、五順下分結：

五種順下分之結，以二令不離欲界，
由三能令復返回，門與根攝故為三。
不欲前往與迷路，於道生疑此一切，
成趨解脫之障礙，是故唯說斷此三。

順下分結有五種，其中欲貪與害心二者令有情不離開欲界，以壞聚見等三者使有情再次返回欲界，由於以門、根所攝之故，安立為三。如同不想前往某處、迷路、對路途有疑慮一樣，這一切皆成為趨入解脫的障礙，所以唯獨宣說應斷除此三者。

壞聚見、戒禁取見、懷疑、欲貪、害心五者屬於欲界煩惱，依靠它們會隨順欲界，使眾生從欲界中無法獲得解脫，而且與上界相比，欲界煩惱粗大、不寂靜，非常下劣，因此稱為五順下分結。其中欲貪與害心就像獄卒一樣，使有情不能離開欲界；以壞聚見、戒禁取見、懷疑三者雖然轉生上界，但又會令其返回欲界，如同監獄的犯人雖然逃脫，但獄卒會再次將他們抓回來一樣。

《大名經》中說依靠斷除三種煩惱即可解脫，那此處為何說到五種煩惱呢？因為門類相同的緣故，其中壞聚見依靠五蘊認為是我和我所，邊執見認為是常有、斷滅，而且此二者只有苦諦見斷，因此屬於同一門類；戒禁取見和見取見通於苦諦和道諦，也屬同一門；懷疑和慳吝於見斷當中相同，故是同一門類；嗔恨與貪心屬於修斷當中的同一門類。這樣一來，若壞聚見斷除，與其同門

類的邊執見自然而然會斷除；戒禁取見斷除，則同門類的見取見也會斷除；若懷疑斷除，同門類的嫉妒、慳吝也會隨之斷除的，因此，《大名經》中只提到三個煩惱而不提其他煩惱的原因即是如此。

世親論師則認為，就如同存在不願到其他地方去、迷路以及對路途有疑慮的三種障礙期間，不會前往他方一樣，以壞聚見執著我和我所而害怕解脫時無我，由戒禁取見依靠外道而修行，對解脫產生懷疑，乃至存在這三種能障期間無法獲得解脫，因此從主要的角度而說了只斷除三結。大乘中也說此三結必須斷除，否則無法獲得聖者智慧。對往生極樂世界也同樣，若出現不願往生、走入邪道、產生懷疑這三種障礙，則不會往生。

己三、五順上分結：

順上分結亦有五，色界無色界所生，

二貪掉舉慢無明，令不超離上界故。

順上分結也有五種，即色界無色界所生的二種貪，以及掉舉、無明和傲慢。以此五種煩惱不能超離上界。

何為順上分結？與欲界相比，色界、無色界有寂靜、清淨、煩惱微小等眾多功德，與解脫接近，故稱為順上分結。順上分結有五種，也即色界與無色界所生之貪，還有掉舉、我慢和癡，以此等能夠起到不離開上界的作用。

戊二、縛：

因以苦樂捨三受，安立貪嗔癡三縛。

因眾生相續中存在苦、樂、捨三種受，依此三受安立貪、嗔、癡三種縛。

縛有三種，即貪縛、嗔縛、癡縛，分別從緣苦受、樂受、捨受相應的角度而安立。如同蠶以繭將自己束縛一樣，依靠貪嗔癡可以將眾生的相續結縛，所以稱為縛。《法施比丘尼請問經》中說：「依靠樂受增長貪心，依靠苦受增長嗔心，依靠捨受增長癡心。」是否所有的貪心和嗔心均依靠快樂、痛苦而增長呢？一般來說，針對自相續是這樣，但也有特殊情況，比如依靠怨敵的樂受生起嗔心，依靠怨敵的痛苦生起樂受。那依靠其他煩惱也會增長癡心，因此並非完全以捨心於自相續中增長癡心吧？滿增論師說，癡心的本質與捨受比較相應，因此依靠捨受會增長癡心。

佛經中經常說「具一切縛的凡夫」，為何如此稱呼呢？有情眾生以貪嗔癡等煩惱之繩索束縛，不停地在輪迴當中流轉，因此這些被煩惱之索捆綁的人即是具束縛者。

戊三、隨煩惱：

所謂根本煩惱外，染污心所之行蘊，

一切均稱隨煩惱，彼等不應稱煩惱。

除根本煩惱以外，具有染污性的行蘊即稱為隨煩惱，彼等不能成為根本煩惱。

隨煩惱是指除六種根本煩惱以外的其他染污性心所，也即相應行和不相應行所攝之煩惱，因其並非根本而是

隨著根本煩惱生起而得名。隨煩惱有多少種呢？大乘認為有二十種隨煩惱，此處是指十纏、六垢、放逸、懈怠及不信，共十九種。

戊四（纏）分二：一、真實宣說纏；二、旁述。

己一、真實宣說纏：

八纏無慚無愧嫉，慳掉舉悔昏沉眠，

或十復加忿與覆。無慚掉舉與慳吝，

皆由貪生覆有諍，無愧昏眠無明生，

悔心乃由懷疑生，怒與嫉妒由嗔起。

八纏即無慚、無愧、嫉妒、慳吝、掉舉、悔心、昏沉、睡眠。或者再加上忿和覆，共有十纏。其中無慚、掉舉與慳吝三者由貪心中產生，對於覆則有諍論，無愧、昏眠由愚癡產生，後悔由懷疑中產生，憤怒與嫉妒由嗔心中生起。

纏煩惱是指纏縛在輪迴的囹圄中，使眾生一直不能獲得自在。纏有八種，因具足無慚、無愧而不會守持戒律，所以此二者是戒律的違品；若相續中有嫉妒心，則不見他人功德，若具慳吝心則不會用財法布施眾生，故此二者是利他的違品；智慧的違品是掉舉、悔心，定之違品是昏沉和睡眠，而且它們也是聞思修的違品。有部宗承許纏有十種，即在前八種的基礎上加忿與覆。

上述十種纏由何者產生呢？無慚、掉舉與慳吝由貪心中產生，其中對自宗的法有貪執即為無慚，由貪執各

種色聲香味等欲妙而使心放蕩不羈即是掉舉，以自相續的貪心而不願以法、財布施眾生故為慳吝，此三者也可以從其他煩惱中產生，但此處是從主要而言。覆是指對上師的功德或者對自己的過失隱藏。有些論師認為隱藏自己的過失是由貪心引起，因為擔心失去利養；有些論師說是由愚癡之心中產生；還有些論師認為是由貪心與無明二個煩惱當中產生的，《俱舍論大疏》中說：「覆在無明中產生比較合理。」昏沉、睡眠、無愧由無明中產生，真正入定時，需要在無有昏沉與睡眠的狀態下明了所觀境界，若具足昏沉和睡眠則表明正處於無明之中；由於不了知罪業之果即是痛苦，因此無愧亦由無明中產生。悔心是指做善事後又產生後悔之心，比如對自己所聞思之法是否具足功德產生懷疑，所以是由懷疑中產生的。忿與嫉妒由嗔心產生。

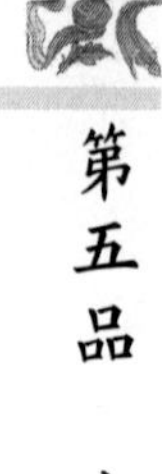

己二（旁述）分二：一、六垢；二、法之差別。

庚一、六垢：

此外煩惱有六垢，諂誑驕惱恨與害。

誑與驕二由貪生，恨與害則由嗔生，

惱由見取中所生，諂由邪見所引生。

除上述煩惱之外，還有六垢，即諂、誑、驕、惱心、恨與害心。其中誑與驕由貪心產生，恨與害由嗔心產生，惱由見取中產生，諂由邪見引生。

何為六垢呢？如同身體有污垢一樣，由於是從根本

煩惱中產生的垢染，所以稱為六垢，包括誑、諂、驕、惱、恨、害六種。誑是隱瞞自己的過失，驕則認為自己的名聲、財貌等非常了不起，此二者因擔憂失去利養等而作詐現威儀等行為、於自法貪執而心生安樂，故由貪心中產生。恨指對原有矛盾一直保持不放，害是對他人產生危害之心，故皆由嗔心中產生。惱即對自己的見解或所做之事執為殊勝，對他人的見解、行為不滿，此煩惱由見取見中產生。諂即以惡心導致的虛偽狡猾，是由對業因果持邪見而產生的。

庚二、法之差別：

其中無慚與無愧，昏沉睡眠掉舉二，

其餘則是修所斷，自在如是一切垢。

十纏中的無慚、無愧、昏沉、睡眠與掉舉既是見斷也是修斷，其餘五者屬於修斷，並且具有自在性，六垢也是如此。

一般而言，見斷屬於內觀之法，於分別念的群體中產生，而所有的煩惱均可包括於修斷之中。那十纏當中屬於見斷、修斷的分別有哪些呢？無慚、無愧、昏沉、睡眠、掉舉五種，與所有不善法、欲界的一切煩惱、意識相應的緣故，屬於見斷與修斷二者之中。除上述五種纏以外的嫉、慳、悔、忿、覆以及六垢唯是修斷，而且不觀待貪等其他煩惱，自己取境之故，也是具有自在性的。

欲界不善三者二，彼上則為無記法。

欲界一禪有諂誑，梵天欺惑馬勝故。

昏沉掉舉驕三界，餘者唯由欲界生。

欲界不善法有七纏與六垢，其餘三纏屬於不善法與無記法兩種，上二界存在的所有隨煩惱均是無覆無記法。欲界和一禪有諂、誑，因有梵天欺惑馬勝之故。昏沉、掉舉、驕三者於三界存在，其餘纏唯於欲界產生。

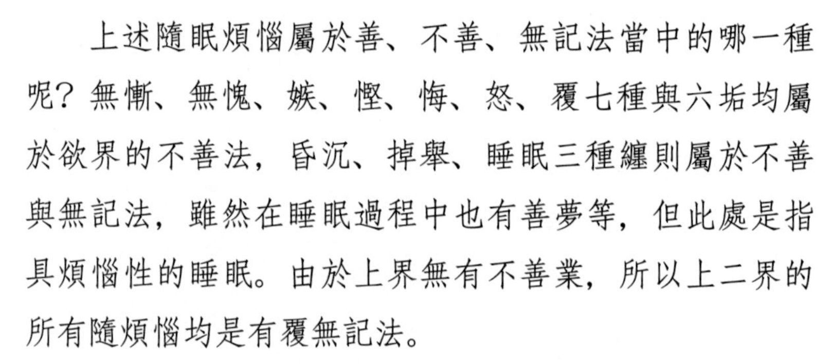

上述隨眠煩惱屬於善、不善、無記法當中的哪一種呢？無慚、無愧、嫉、慳、悔、忿、覆七種與六垢均屬於欲界的不善法，昏沉、掉舉、睡眠三種纏則屬於不善與無記法，雖然在睡眠過程中也有善夢等，但此處是指具煩惱性的睡眠。由於上界無有不善業，所以上二界的所有隨煩惱均是有覆無記法。

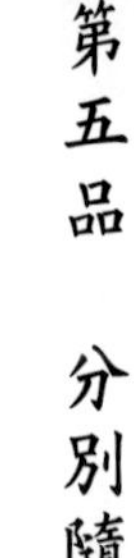

隨煩惱分別在何處存在呢？欲界與一禪有諂、誑，一禪為什麼會有此二者呢？因為大梵天不知道如何回答馬勝所提的問題，所以讓別人傳話說「我是梵天，梵天偉大……」，而沒有作正面回答，以此迷惑欺騙馬勝。這也是小乘觀點，大乘有些經典中認為，諸佛菩薩會顯現梵天形象度化眾生。上界天人內觀時也會出現昏沉、掉舉，故於三界中存在；驕從欲界來說，是認為自己的相貌、才識非常善妙，色界天人則認為無量宮、相貌十分殊勝，無色界天人執著自己的禪定而生起增上慢，所以驕也於三界中存在。除此五種以外的十一種隨眠唯在欲界產生。

乙六（與何法相應）分二：一、與何識相應；二、與何受相應。

丙一、與何識相應：

見斷以及睡眠慢，即是意識之地起，

自在隨煩惱亦爾，餘者均是依六識。

見斷以及修斷中的睡眠和傲慢與意識相應，自在性的隨煩惱也是如此，其他隨眠煩惱均與六識相應。

大、小乘中均認為睡眠是一種錯亂的意識，《量理寶藏論》當中說是意識的幻變。傲慢於眼、鼻等根識上不會存在，所以均於意識當中生起，因為具有分別心而且於根識上不明顯的緣故。具自在性的五纏與六垢也是與意識相應的。其他修斷中的貪、嗔、無明，以及與其相應的無慚、無愧、昏沉、掉舉、放逸、懈怠、不信均依於六識而生起。無慚、昏沉等於根識上並不明顯，為何會依於六識呢？因其具有無分別的成分，而眼耳鼻舌等根識的本體即是無分別性，因此可以於六識群體中存在。

丙二、與何受相應：

諸喜樂與貪相應，嗔心與之正相反，

無明相應一切受，邪見相應意樂苦，

意苦受與疑相應，餘與意樂欲界生，

諸捨與諸上界地，各自如應而相應。

所有喜樂受與貪心相應，嗔心則與苦受相應，無明與一切受相應，邪見與意樂受與意苦受相應，意苦受與懷疑相應，其他煩惱與欲界的意樂受相應產生。所有捨受根據各自情況，與三界所有地相應。

根本煩惱、隨煩惱與何受相應呢？無論貪人還是貪物，均會出現一種快樂感受而以歡喜之相產生執著，因此貪心與身樂受、心樂受相應。按照有部宗觀點，貪心會在六識群體中產生，因為在無分別的狀態中會對善妙之相產生一種趨入意識。嗔心則與身苦受和意苦受相應，因為不論是身體還是心裡，均是在不悅意狀態下，以厭惡之心而趨入的。共、不共無明可與五受相應。邪見與意樂受、意苦受相應，如果造不善業，認為前世後世不存在，心裡感覺快樂，即與意樂受相應；若持有邪見者造善業，反而認為自己的所作所為不正確，對所造善業無有歡喜之心，即與意苦受相應。懷疑與意樂受也可以相應，但此處是從與意苦受相應的角度講的，也即對希求善法產生懷疑，心中忐忑不安，產生意不安樂的感受。其餘四見及傲慢與意樂受相應，如壞聚見以歡喜心認為我和我所存在，邊執見則是自己斷定的一種見解，均與樂受相應；傲慢是認為自己很了起，也是一種歡喜的心態，所以與樂受相應。所有煩惱中，無明的範圍比較廣，因每一個煩惱中均會有共同無明存在，如同所有受中捨受的範圍比較廣，三界之中都有捨受存在。《大乘阿毗達磨》中說：依靠任一煩惱均可產生捨受，煩惱滅時也是於捨

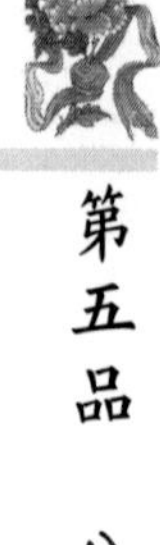

受中滅，而且苦受也是在等捨心中滅盡。

除欲界以外的八地所攝的隨眠，於二禪以下時與意樂受相應，在三禪與心樂受相應，於四禪與捨受相應。

悔嫉忿害恨及惱，均與意苦受相應，
一切慳吝則相反，諂誑睡眠以及覆，
與意樂苦受相應，驕與心意樂相應，
捨受遍行一切中，餘四與五受相應。

悔心、嫉妒、忿、害、恨及惱均與意苦受相應，一切的慳吝則相反，是與意樂受相應。諂、誑、睡眠、覆四者與意樂受、意苦受相應，驕與意樂受相應，捨受遍行一切地、識以及隨煩惱之中，其餘四纏與五受相應。

在悔、嫉、忿、害、恨、惱六者中，均有憂愁之相，故與意苦受相應。慳吝者對自己的財物有一種歡喜之心，故以喜心趨入，與意樂受相應。諂、誑、覆三者根據事情的成功與否而與意樂受、意苦受相應，比如為獲得利養而欺騙別人，當事情成功時，即與意樂受相應，若事情不成功就與意苦受相應。睡眠與意樂受、意苦受二者均不相違。三禪時，驕與心樂受相應，二禪時與意樂受相應。一切隨煩惱皆相應於捨受，因捨受遍行於一切地、一切識，有些隨眠煩惱雖然說只能與意樂受或者意苦受相應，但其實也可以與捨受相應，因所有煩惱滅盡時都需要在捨受等持中滅盡，由於十分細微故不能感受。無慚和無愧是不善地，昏沉和掉舉屬於大煩惱地且於六識

群體中產生，故與五受相應。

乙七、宣說五障：

欲界諸障共有五，違品作用因同故。

二二合一有害蘊，及懷疑故唯立五。

欲界中共有五種障礙，由於違品、作用以及因相同的緣故，將兩個合而為一宣說。因為有害於蘊以及對真諦產生懷疑，故而只安立五障。

五障即欲貪、害心、昏眠、掉悔、懷疑，它們唯一對欲界中存在的靜慮與定等作障礙。

昏沉與睡眠、掉舉與悔心完全是不同的心所，那為何此處要將兩個合在一起講呢？有三個原因。第一、能生因相同，昏沉與睡眠之因同為不喜、瞢、頻申、食不平性、心怯懦，其中不喜是指不願做事；瞢指目光茫然；頻申，圓暉法師的講義中寫為「嚬呻」，意指皺眉頭、打呵欠等行為，演培法師說是由於事業過度疲勞所產生的狀態；食不平性指所食過飽；心怯懦即心缺乏鍛煉。掉舉與悔心之因皆為回憶親屬、色聲香味等對境、不能看破今生、希求世間八法。第二、對治法相同，昏沉與睡眠的對治法皆為光明想，也即睡眠時觀想自己的周圍光明普照，這種觀想會使翌日清晨極易覺醒，並且睡眠時會使自己進入光明夢境。掉舉與悔心的對治法即是寂止。第三、作用相同，昏沉與睡眠令心怯懦，掉舉與悔心令心不寂靜。

為什麼只宣說五種障礙呢？以欲貪、害心無法遠離欲界與罪業，故有害於戒蘊；以昏沉與睡眠會遠離勝觀，故對慧蘊有害；掉舉與悔心令遠離寂止，對定蘊有害。由於無有定蘊、慧蘊，故對真諦產生懷疑，使解脫與解脫知見皆不得生起，因而只宣說了五障。

甲三（斷隨眠之方式）分二：一、見斷之斷法；二、修斷之斷法。

乙一、見斷之斷法：

由以遍知所緣境，真實滅盡彼能緣，

以及斷除所緣境，生起對治而滅惑。

通過徹底了知所緣境、真實滅盡能緣以及斷除所緣之境三種方式，生起對治的智慧時即可滅盡煩惱。

斷除見斷的方式有三種，分別如何解釋呢？

第一個是以徹底了知所緣而斷除。《釋量論》中說：以如實了知外境不存在而斷除煩惱。《入中論》中說：「若離所取無能取。」因此，不僅小乘，中觀與唯識也是說以了知所緣境即可斷除煩惱。那何為了知所緣呢？比如苦諦中的常樂我淨，若真正了知其本體為無常、苦、空、無我時，即已真正了知所緣境。但是，在《釋量論》和《大乘阿毗達磨》中都提出這樣一個疑問：現量必須以自相作為對境，但無我空性不存在自相，那如何現量證悟無我呢？大乘和隨理經部以上認為，所謂的現量證悟是指現量見到具有無我特點的法，比如柱子具有空性的特點，當柱子的真實本體已經證悟時，即稱為現量證悟空性。同樣，此處所講的以了知所緣的方式斷除煩惱，也就是指對苦集滅道的本性真正通達，這樣以後就再不會生起煩惱。那麼，作為有境的緣欲界自地的十七種苦集見斷、上二界的三十種苦集見斷以及緣滅道二諦的十二種有境和六無明，通過了知所緣四諦即可斷除。

第二種是從所取、能取的角度來說，能緣的心斷除，則所緣或者煩惱不會存在，如同一棵樹的樹根和枝葉，樹根斷除則樹枝、樹葉根本不會存在。有部宗認為能緣和所緣是因和果的關係，九種不僅緣自地還緣上地的不同分界遍行是能緣，所緣即是上界的苦諦和集諦。那上界苦諦和集諦的煩惱以何種方法斷除呢？通過斷除煩惱的根源而斷，也即通過了知所緣的方式已經斷除了不同分遍行的有境，這樣，其所緣境一定會斷除的。這裡為什麼說是不同分界呢？若是自地則以了知所緣的方式斷除，此處則是指不同的界，也就是說，若斷除欲界的不同分界遍行煩惱，則會斷除色界的所緣境。同樣，色界緣無色界的情況也是與欲界緣色界的情況相同。

以滅盡能緣的方式斷除和以了知所緣的方式斷除，主要是上界和下界之間的差別，因下界屬於直接顛倒，只要斷除對境的違品即可，比如常有的對境斷除，則常有的執著也會斷除，這種情況不需要觀待上界。此處則不同，若自己的本體斷除，那緣上界的心會斷除，這樣

的能緣斷除之後，上界對境的所斷也不會存在。

第三種是以斷除所緣境而斷除。此處是講斷除所緣境，第一種則是了知所緣境，了知與斷除是有差別的，了知是指徹底了悟所緣外境不存在，斷除主要是指斷除再度顛倒執著。實際上，此處所說的所緣對境也就是指能緣，為什麼是指能緣呢？所謂的再度顛倒執著是指戒禁取見、見取見等，再度去緣懷疑、無明、邪見等有境產生執著，能緣的無明、懷疑等作為再度執著的所緣對境，如果斷除這樣的所緣對境，則再度顛倒執著完全可以斷除。

具體來講，作為再度顛倒執著之能緣的滅諦的四種見斷、道諦五種見斷，也即原有的七種滅諦見斷和八種道諦見斷當中分別除去懷疑、無明、邪見，共有九種欲界見斷；上兩界在欲界九種的基礎上除去嗔以外，各有七種，因此三界共有二十三種；還有緣其有漏部分的六種無明，通過何種方式斷除呢？通過斷除它們的所緣對境——直接顛倒執著對境滅道諦的邪見等來斷除。那這些直接顛倒執著如何斷除呢？在自地是以了知所緣的方式斷除；異地則以滅盡能緣的方式來斷除，所以無明、邪見、懷疑是通過上述兩種方式斷除的。既然作為所緣的無明、邪見和懷疑已經斷除，那緣它們的二十三種見斷和六種無明也會斷除的。

總的來講，第一是了知苦集滅道的對境而斷除的；

第二種是不同分界自體的遍行斷除後，所緣對境的上界煩惱會斷除；第三種再度顛倒執著是以斷除所緣對境的方式來斷的。這三種斷除方式是從同一時間來講的，因為見道在一剎那間生起，不會次第出現三種情況，否則，見道已經成為修道了。但是，在進行分析時，通過對境、所緣、上下界的關係而講到了三種斷除方式，可以從不同的側面、不同的角度進行理解。

乙二、修斷之斷法：

所謂對治有四種，斷持遠分與厭患，

許以所緣可斷惑。法相不同與違品，

境相隔絕與時間，如大種戒時方遠。

所謂的對治有四種，即斷對治、持對治、遠分對治與厭患對治，修斷以所緣方式斷除。其中的遠分對治也分為法相不同、違品與對治不同、境相隔絕、時間四種，分別可比喻為四大種、戒、方向、時間。

修斷的斷除方式與見斷不同，修斷分為上上、上下等九品，當修斷的智慧生起時，其相續中細微的煩惱會次第斷除。對治有幾種呢？有斷對治、持對治、遠分對治與厭患對治四種。斷對治是指自相續煩惱已經斷除的無間道，得繩已經存在。也就是說，獲得見道的第一剎那，這時已經無間斷除煩惱，這種無間道的對治稱為斷對治，有部宗承許無間道只有一剎那，也即十六行相中的苦法忍。持對治是指第一剎那無間道之後的對治，也即通過

斷對治已經獲得了離開煩惱的得繩，猶如已經關上了煩惱之門。有部宗認為從此之後的解脫道、無間道、勝進道皆包括在持對治當中，大乘與此觀點稍有不同。遠分對治即第三刹那以後，能遠離煩惱之得繩的道，解脫道的第二刹那之後以及上界的無間道和解脫道均包括其中，如苦類忍等。厭患對治是從總的方面來講，比如直接緣苦集行相的本體生起厭離之心。小乘認為厭患對治是從行相來分的，並不是從斷除角度分的，《大乘阿毗達磨》中，加行道暖位以上緣苦諦和集諦的對治是斷對治，也即加行道是斷對治，無間道是持對治，解脫道是遠分對治，勝進道是厭患對治。大乘《現觀莊嚴論》中也是通過這種方式宣講的。

通過上述對治如何斷除煩惱呢？對所緣境生起厭煩之心或通達其本體而斷除。那是以相應和所緣的哪一種方式斷除呢？並不是以如同心王與心所相應的方式斷除的，因為它們之間無法分開，應該以所緣的方式來斷，也即將所緣境和能緣有境分開而斷除。

斷除的標準是什麼呢？所緣的對境已經斷除，包括種子在內的染污心和有覆無記法全部都會斷除。

遠分對治又可分為四種，即以法相不同而遠、以違品與對治而遠、以對境形象隔斷而遠、以時間而遠。以法相不同而遠：任何一法中均具足四大，但因它們的法相不同，所以其本體互相遠離。以違品與對治而遠：如同具戒不會成為破戒，破戒不是具戒一樣，以違品與對治的方式遠離。以對境形象隔斷而遠：如東海與西海是從方向角度而說為遠離的。以時間而遠：如過去未來。

諸惑一次即滅盡，彼等離得復殊勝，

生起對治與得果，以及練根諸時中。

所有的煩惱一次性即會滅盡，但離得智慧越來越殊勝，也即生起對治、得聖果以及練根時，其離得智慧會更為殊勝。

有部宗認為遍知有斷智慧和得智慧二種，從斷除煩惱的角度來說是斷智慧，從斷除煩惱後所獲得的智慧來講則是離得智慧。此頌即介紹離得智慧。

資糧道、加行道、見道、修道、無學道當中，道越來越向上時，其功德也是越來越殊勝，那煩惱滅盡後的斷智慧會不會越來越殊勝呢？有部宗認為，從所斷的角度來說，不會有這種情況，如同砍樹一樣，樹砍斷後就再沒有可斷的了；從能斷的智慧方面卻有差別，就像斧頭越磨越鋒利一樣。經部以上認為並非如此，因為所斷的煩惱並非實有之法，而且離得也是一種無實法，若離得屬於智慧，則隨著道的增上，智慧也會越來越殊勝，除智慧以外，「斷」和「離得」都是沒有的。但有部認為，斷是一種滅法，離得則是智慧反體的不同實法，而且離得智慧會越來越殊勝。

那所謂的離得智慧在何時會越來越殊勝呢？作為鈍

根者有六個階段會越來越殊勝，即生起對治的解脫道、獲得沙門四果以及通過練根而變為利根者，在此六時中由於獲得殊勝因之故，果必然會出現；利根者無有練根的情況，在其他五個時間中會變得越來越殊勝。無間道時未生起真正的離得，因而此者的對治唯有解脫道。

《俱舍論大疏》和麥彭仁波切的講義將以上內容均安立在「斷之果遍知」的科判中，因為「遍知」分斷知和得知，所以如此安立。但由於此處並未直接講遍知，因此安立在「修斷之斷法」的科判中也可以。

甲四（斷之果遍知）分五：一、分類；二、是何道之何果；三、定數；四、何補特伽羅具足；五、宣說得捨。

乙一、分類：

所謂遍知有九種，滅欲苦集諦為一，

滅後二諦各為一，上三遍知餘亦三，

滅順下分與色界，及滅諸漏三遍知。

所謂的果遍知共有九種，即滅除欲界苦集見斷合為一個智慧，滅除欲界滅諦、道諦各為一種智慧，斷除色無色界的遍知有三個，其餘斷除修斷亦有三個智慧，即欲界斷除順下分的遍知，滅除色界貪欲的遍知，無色界滅盡諸漏法的遍知。

煩惱斷完後，有幾種離得智慧呢？有九種，其中欲界有三個遍知，欲界苦集見斷斷除之後的智慧算為一個遍知，斷除滅諦見斷的一個遍知，斷除道見斷的一個遍知；

由於上二界的對治類相同，故將其合在一起宣說，也有三個遍知，即斷除苦集諦見斷的一個遍知，斷除滅諦見斷的一個遍知，斷除道諦見斷的一個遍知；斷除修斷的遍知也有三個，即欲界順下分煩惱、色界貪欲煩惱和無色界的一切漏法煩惱，通過三界的修斷智慧斷除這三種煩惱後得到的三種智慧。因此，見斷、修斷共有九個遍知。

乙二、是何道之何果：

其中六種為忍果，餘三即是智之果。

未至定為一切果，所有正禪五或八，

未至定果即為一，無色三正行亦爾。

前六種遍知均是忍之果，其餘三種遍知是智之果。一禪未至定的果是九種智，所有正禪的果是五個或八個遍知，無色界未至定的果只有一個遍知，除有頂以外的三正禪也是如此。

此九種遍知是何種道、地所得之果呢？

前六種遍知是忍之果，它既有上界類忍之果，也有欲界法忍之果，但不必分開來講，均屬於見斷智慧之故，因為無間道是見道的第一刹那，而解脫道的第一刹那可以攝於見道中，但第一刹那以後就攝於修道中，所以解脫道含有修道的成分。剩餘的後三種遍知是法智和類智之果，因為是修道之果，而且獲得修道時見道已經在相續中生起，所以無有忍。

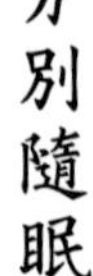

未至定分為有漏和無漏兩種，有漏禪定和未至定只

能滅盡自地煩惱，而無漏禪定和無漏未至定可以滅盡上界煩惱。所以有漏未至定不能作為一切智的所依，但依靠無漏未至定可以在自相續中生起上述九種智。一切靜慮正禪之果是上二界見斷的三個遍知和修斷的兩個遍知，共有五個遍知。為什麼不包括欲界呢？因為正禪不是欲界直接的對治，雖然世間道中也可以依靠欲界禪定斷除煩惱，但這並非依靠正禪，而是以色界未至定斷除的，因此色界正禪作為因，只產生上二界的五種遍知果。但妙音尊者認為，不僅前面所講到的五個遍知可以作為一切靜慮正禪之果，而且欲界見斷的三個遍知也可以，因為離貪者首先依靠世間道斷除自相續的貪欲，之後欲界的九品煩惱全部得以斷除，這時並未獲得得繩，最後依靠正禪生起見道時，即欲界的三種智慧，所以應該有八個遍知果。那為什麼欲界修斷的智慧沒有算在其中呢？雖然可以得到斷除順下分的遍知，但是在斷除上界見斷時已經獲得此遍知果，所以沒有單獨算為一個。無色界空無邊處的未至定，認為色界禪定屬於粗相，而無色界是寂靜相，因此無色界未至定的果只有遠離色界貪欲的一個遍知果。無色界中除有頂以外的前三無漏正行之果也只有一個，即滅盡諸漏法的遍知，因為依靠世間道不能斷除有頂所斷，但無漏法即使是有頂煩惱也是可以斷除的。那為什麼不將有頂包括在內呢？依靠有頂心和欲界心不會產生無漏智慧。

一切均是聖道果，世間之道果有二，

類智亦然法智三，彼之同品果六五。

上述九種遍知，聖者均可得到，世間道的果是後二種遍知，類智亦是如此，法智之果是後三遍知，此二者之同品分別有六個和五個果。

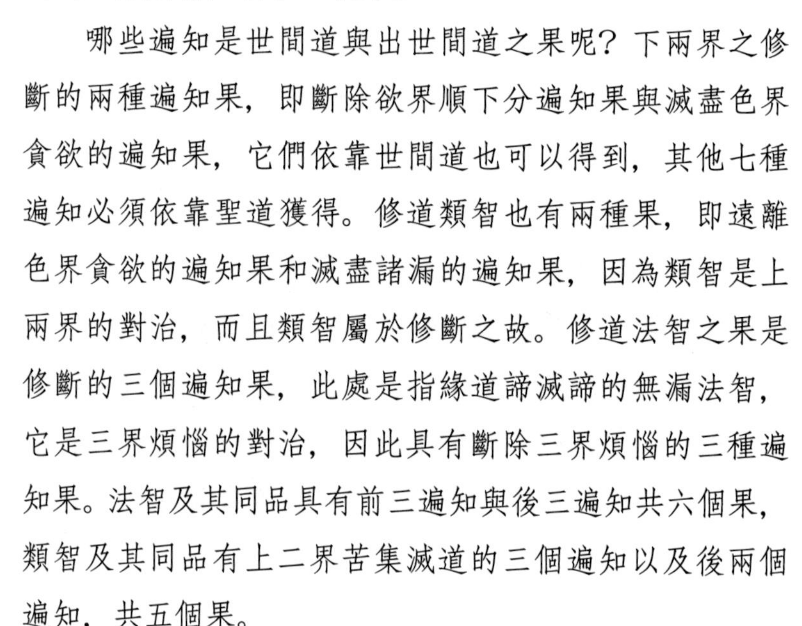

哪些遍知是世間道與出世間道之果呢？下兩界之修斷的兩種遍知果，即斷除欲界順下分遍知果與滅盡色界貪欲的遍知果，它們依靠世間道也可以得到，其他七種遍知必須依靠聖道獲得。修道類智也有兩種果，即遠離色界貪欲的遍知果和滅盡諸漏的遍知果，因為類智是上兩界的對治，而且類智屬於修斷之故。修道法智之果是修斷的三個遍知果，此處是指緣道諦滅諦的無漏法智，它是三界煩惱的對治，因此具有斷除三界煩惱的三種遍知果。法智及其同品具有前三遍知與後三遍知共六個果，類智及其同品有上二界苦集滅道的三個遍知以及後兩個遍知，共五個果。

乙三、定數：

獲得無漏之離得，失毀有頂一分惑，

二因一切均摧毀，故立遍知復超界。

具備無漏的離得重新獲得、有頂的一部分已失毀、苦集諦見斷的兩類遍行因全部摧毀三個條件，所以安立為遍知，若是修斷遍知則還需要超離三界的第四因。

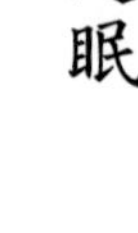

既然所斷有九十八種，從反體而言，則應有九十八

種遍知智慧，那為何只安立九種遍知呢？安立遍知需要具足以下幾個條件：無漏的離得重新獲得、有頂的一部分煩惱已失毀、苦集諦見斷的兩類遍行因全部摧毀。具足這三種條件即可安立為斷見斷的前六個遍知。若具體分析，則苦有苦法忍、苦法智、苦類忍、苦類智四種；集有集法忍、集法智、集類忍、集類智四種；滅、道二諦同樣具足前面的四種智，共有十六行相。其中苦法忍屬於無間道，雖然已經獲得無漏離得，但不能摧毀有頂煩惱，而且也未能摧毀苦集諦見斷的兩類遍行因，所以不能安立為遍知；苦類智時雖然具足無漏的離得和摧毀有頂煩惱兩個條件，但不能摧毀苦集諦見斷的兩類遍行因；欲界苦集諦的根本斷除時，獲得集法智，已經具足三個條件，故安立為一個遍知；欲界中滅諦和道諦也是同樣，若不具足這三種條件，則道諦和滅諦智慧也不能安立為遍知。同樣，上二界合在一起的三個斷見斷的遍知，也可以依次分析是否具足上述三個條件，若具足即可安立為遍知。

斷修斷的最後三種遍知不僅要具足上述三個條件，而且還需要第四個條件，即超離欲界等三界，比如獲得斷順下分遍知時，應超越欲界；若是遠離色界貪欲的遍知，需要斷除色界九品煩惱；要獲得漏盡遍知，則必須斷除無色界九品煩惱，這樣才可以安立為遍知。

乙四、何補特伽羅具足：

凡夫一非見諦者，至五之間真實具。

住修道者六一二，超界得果故綜合。

凡夫一個遍知也不具足，見道聖者從第六刹那起真實具足一到五個遍知。修道者具足六個、一個或二個遍知，若具足超界和得果的兩個因則可將所得遍知綜合。

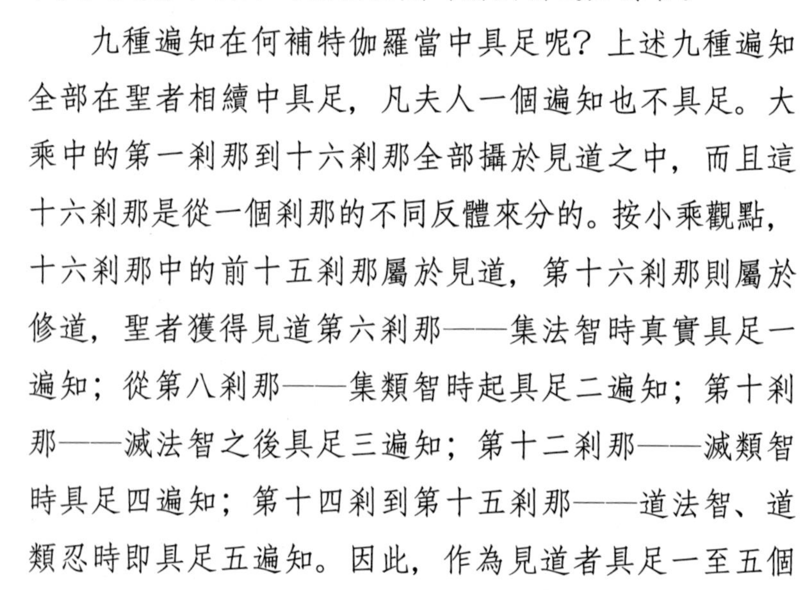

九種遍知在何補特伽羅當中具足呢？上述九種遍知全部在聖者相續中具足，凡夫人一個遍知也不具足。大乘中的第一刹那到十六刹那全部攝於見道之中，而且這十六刹那是從一個刹那的不同反體來分的。按小乘觀點，十六刹那中的前十五刹那屬於見道，第十六刹那則屬於修道，聖者獲得見道第六刹那——集法智時真實具足一遍知；從第八刹那——集類智時起具足二遍知；第十刹那——滅法智之後具足三遍知；第十二刹那——滅類智時具足四遍知；第十四刹到第十五刹那——道法智、道類忍時即具足五遍知。因此，作為見道者具足一至五個遍知。

從未離貪者的角度來講，他已經斷除一至八品的修斷，由於欲界貪欲仍未全部斷除，所以見道的五種遍知次第得到，而到上二界的道類智時，上面的見斷只斷了一分，所以具足六種遍知；從果中退失者也同樣具足六種遍知，這是漸次修道者。若不是漸次者，則雖然修斷的道類智可以具足，但前面的遍知不一定具足，所以此處從未離貪者的角度來講，具足六種遍知。也可具足一

遍知，離貪者依靠世間道已經遠離欲界煩惱，於道類智時具足斷除欲界順下分的一個遍知；阿羅漢原本具足遠離修斷的三個遍知，若起色界染心而退失則只具足斷順下分遍知。超越了色界的不來果者，具足斷順下分遍知和斷色界貪欲遍知，以無色界煩惱而退失的阿羅漢也具足此二遍知。

為什麼超越三界的阿羅漢只具足一個遍知，而其他的聖者卻具足五個、六個遍知呢？由於具足超界和重新得果兩種原因，所以無來果者具有斷順下分遍知，而阿羅漢則具足漏盡遍知。在獲得預流果時，雖然已經得果，但並未超界，所以並未具足兩個條件；離貪者雖然超界，但並未得果，故而所得遍知不能綜合。既具足超界也已經得果的情況上面已經說明了，而凡夫人由於既未超界也未得果，所以不具足遍知。

乙五、宣說得捨：

有者一二五六捨，得者亦然除五外。

同一時間裡有捨一個、二個、五個、六個四種情況，獲得時除同時得五種遍知外其他皆相同。

同時捨棄遍知有以下幾種。捨一種遍知：若是無色界的阿羅漢退失時，會捨棄其所獲得的斷諸漏盡遍知或者斷順下分遍知。捨二種遍知：獲得阿羅漢果位時獲得第九遍知，因此會捨棄原來的斷順下分遍知和斷色貪遍知。捨五種遍知：離貪者如果獲得無來果，見道的五個遍知全部捨棄。捨六種遍知：漸次者相續中具足見道的五個遍知和斷除欲界的斷順下分遍知，共六個遍知，當他遠離欲界貪欲時會獲得斷色界貪欲遍知，這時原有的六個遍知全部捨棄。

同時獲得，有得一、二、六個遍知三種情況，因為是同時獲得，故不會有五個遍知的情況。獲得一遍知：集法智時獲得第一遍知；離貪道類智時，上二界見斷全部斷除，獲得第六遍知；具貪欲界的第九解脫道時獲得第七遍知，獲得阿羅漢時具足第九遍知。得二遍知：

與前面阿羅漢獲得第九遍知時捨棄第七、第八遍知的情況恰恰相反，當阿羅漢於無色界退失時會獲得第七、第八兩種遍知。得六遍知：從漸次不來果中退失時，原先捨棄的六個遍知重新獲得。

阿毗達磨俱舍論，第五分別隨眠品釋終

第六品　分別聖道品

第六分別道與補特伽羅品分四：一、所緣境聖諦；二、現證真諦之次第；三、現證真諦之補特伽羅；四、宣說現證之道。

甲一（所緣境聖諦）分五：一、連接文；二、道自本體；三、真實四諦；四、建立諸行皆苦；五、旁述二諦。

乙一、連接文：

依見諦修斷煩惱，是故稱為遍知名。

依靠見諦與修道斷除煩惱，所以獲得遍知的名稱。

本頌是與上一品之間的連接文。前面已經提到了遍知，那何為遍知呢？斷除煩惱即可稱為遍知，或者斷除煩惱後，所獲得的見道與修道的智慧也可稱為遍知。

見道、修道所證悟的境界如何呢？這樣的境界由誰來證悟呢？因此，本品主要宣講「聖」和「道」，其中聖就是聖者補特伽羅，道則指聖者所證悟的境界。

乙二、道自本體：

修道二種有無漏，所謂見道唯無漏。

修道分為二種，即有漏和無漏，見道唯一是無漏法。

「道自本體」是指能緣道的智慧和所緣的對境，前者即見道、修道的智慧，後者是指苦集滅道四諦。見道和修道是指什麼呢？所謂的修道是指從見道至無學道之間的道。它有一種次第性，時間比較長。大、小乘均承許見道為剎那性，時間很短。若從大乘角度，見道從一地菩薩開始，而一至十地之間包括在修道當中，修道所證悟的智慧屬於無漏法。但小乘自宗認為，修道分有漏和無漏二種。有漏修道是從離貪者的角度來講的，他通過世間修道來斷除煩惱，依此可以增長世間有漏的四禪四無色的境界，並不具足完全斷除三有煩惱的對治與智慧，比如首先通過世間道斷除欲界煩惱和三界中除有頂以外的部分煩惱，這叫做離貪者。無漏修道則是指漸次者，他首先證悟見道，然後數數串習以前見道時所得的境界，他完全依靠無漏法。見道唯一是無漏法，因為見道是同一時間中緣四諦，斷除包括有頂煩惱在內的所有上中下九品煩惱，而世間有漏法並無此種能力。

見道和修道還可以從其他方面進行分析。從相續角度來分，按小乘自宗觀點，修道在聖者和凡夫相續中均可以具足，見道只在聖者相續中具足。從斷除煩惱方面來講，見道以了知所緣的方式斷除見斷，即直接現量見到苦集滅道的本體後斷除見斷，修道則通過修行對治的方式斷除。從時間角度來講，見道一生圓滿，而修道可以在多世中圓滿。從所緣來分，見道的所緣是苦集滅道四諦，修道的所緣比較廣。從現前見道的身分來講，一般現前見道的身分是欲界中的補特伽羅，現前修道者可以是三界眾生。

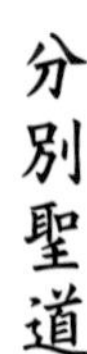

乙三、真實四諦：

一切真諦說四種，苦集如是滅與道。

彼等自體亦復然，彼之次第依現證。

所有的真諦可以說為四種，即苦諦、集諦、滅諦、道諦。此四諦各自的本體亦與前所說相同，而宣說的次第則依靠現證真諦的順序。

見道時一定要證悟四諦，在第一品中首先講道諦，通過道諦可以現前滅諦，滅諦如何現前？器情世間全部包括在苦諦與集諦之中，其中苦諦是果，集諦是因，只要斷除苦果的根源——集諦，即可現前滅諦。此處所講四諦與第一品中所講是否相同呢？從四諦的本體來說沒有差別，但宣說的次第卻有所不同，也即見道時首先完全證悟苦諦之本體；然後尋找痛苦的根源——業和煩惱，也就是集諦；這樣的業和煩惱在現前滅諦時即可斷除；滅諦則需要通過道諦獲得，因此本品是依靠現證真諦的順序進行宣說的。

為什麼要以這種次第宣說呢？如果首先苦諦本體未證悟，則不會尋找痛苦的來源——集諦，由於不了知痛苦之來源的集諦，也就不會想滅除它——現前滅諦，既然不想獲得滅諦，自然就不會通過道諦進行修持。比如病者首先感覺十分痛苦（苦諦），這時會尋找痛苦的根源（集諦），為使身體獲得健康（滅諦），就會主動打針吃藥（道諦），同樣，現在的世間非常痛苦，而痛苦的根源就是業和煩惱，為了斷除業和煩惱從而現前無為法，就必須依靠道諦。

為何稱為聖諦呢？苦集滅道的此等真諦唯由聖者所見，故稱為聖諦。為什麼將苦和集也稱為聖諦呢？凡夫人將無常執為常有、將痛苦執為安樂、將無我執為有我、將不清淨執為清淨，由於對於常樂我淨四種相沒有真正了知其各自的本體，所以是顛倒的，而聖者已經真正通達無常、苦、無我、不淨的本體，所以將之稱為聖諦。也就是說，對苦集滅道的本體已經如理如實地通達，這僅僅是聖者所了達的境界，因此叫做聖諦。

乙四、建立諸行皆苦：

悅意以及不悅意，與除彼外之等捨，

一切有漏皆為苦，如應具有三苦故。

悅意的樂受、不悅意的苦受以及除此二者以外的捨受，一切有漏法皆如其所應具有三種苦。

世間人都認為：萬法並非全部都是苦的本性，比如悅意的樂受、不悅意的苦受以及此二者以外的捨受，雖然有痛苦但還是有安樂存在。並非如此，雖然暫時可以稱其為悅意的樂受，但由於是無常的本性，終究還是痛苦的，《四百論》中說：「無常定有損，有損則非樂，故說凡無常，一切皆是苦。」

明明是樂受又為何說為痛苦呢？苦分為苦苦、變苦、行苦三種，一切有漏法在不同情況下，皆具有不同苦的成分，只是有些痛苦表面上不明顯，就像喝酒，當時覺得很快樂，但實際卻非常痛苦。華智仁波切在《大圓滿

前行》中說：「僅僅就茶和糌粑而言，也不離痛苦之因。」有些論師認為，欲界當中三種苦全部都具足，色界中是變苦和行苦，無色界中只有行苦。實際上，行苦遍於前兩種苦以及其餘一切法中。《自釋》中說：「此唯聖者所能觀見，故有頌言，『如以一睫毛，置掌人不覺，若置眼睛上，為損及不安。』愚夫如手掌不覺行苦睫，智者如眼睛緣極生厭怖。以諸愚夫於無間獄受劇苦蘊生苦怖心，不如眾聖於有頂蘊。」有些痛苦並不明顯，凡夫人很難了知，比如一根睫毛，放置於手掌上時並未感覺痛苦，但進入眼中則痛苦異常，具智慧者就如同眼睛一樣，緣睫毛會生起極大厭怖之心。世親論師認為，凡夫人所說的快樂，聖者了知其實際是痛苦的，聖者對世間最高的有頂禪定所生起的恐怖心，更甚於凡夫對無間地獄之痛苦的畏懼。因此，我們應了知輪迴皆苦之理，從中生起出離心。

乙五、旁述二諦：

毀彼以慧析他法，則心識不趨入彼，

猶如瓶水為世俗，除此具有為勝義。

能被摧毀或以智慧對他法進行分析，則執著的心識不再趨入，此即世俗諦，如瓶子和水，除此之外具有的法為勝義諦。

二諦指勝義諦和世俗諦，小乘、唯識、中觀、無上密法當中對二諦都有不同的認識方法，本論以有部觀點宣說。

勝義諦和世俗諦之間的差別一定要分清楚，否則，佛法的奧妙深義很難通達。《中觀根本慧論》中說：「若人不能知，分別於二諦，則於深佛法，不知真實義。」佛陀宣講的法，有些針對勝義諦而說，有些針對世俗諦而說，在某種情況下空，在某種情況下卻不空，這些問題若分不清楚，則會成為修行中最大的障礙，全知無垢光尊者在《大圓滿心性休息大車疏．發菩提心》當中講智慧度時引用了許多殊勝的教言。此處主要從小乘所承許的二諦進行分析。

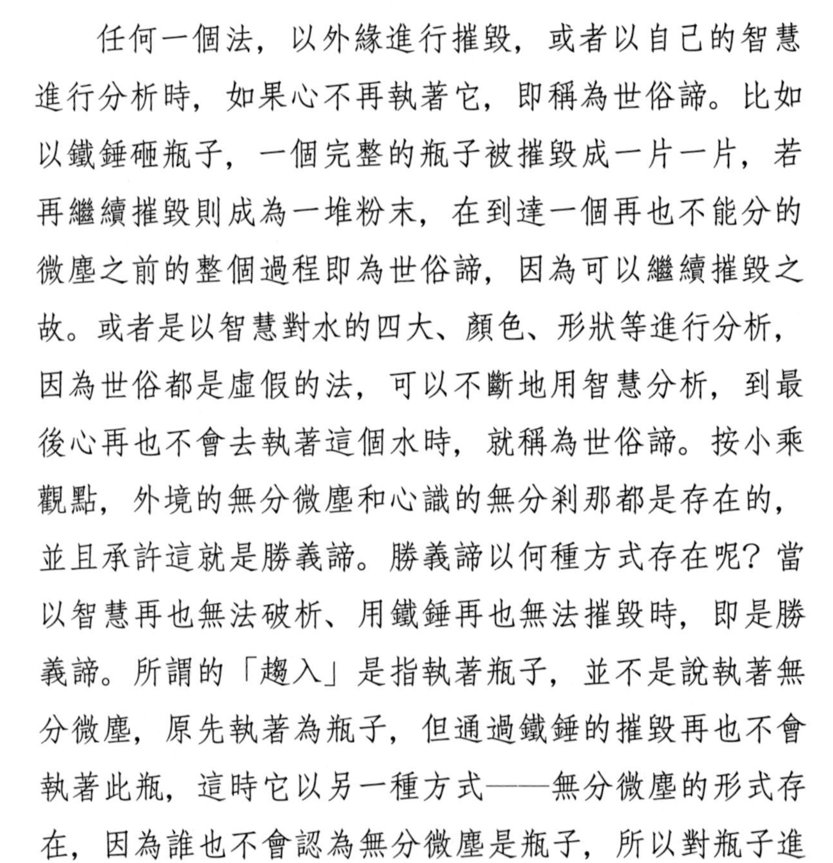

任何一個法，以外緣進行摧毀，或者以自己的智慧進行分析時，如果心不再執著它，即稱為世俗諦。比如以鐵錘砸瓶子，一個完整的瓶子被摧毀成一片一片，若再繼續摧毀則成為一堆粉末，在到達一個再也不能分的微塵之前的整個過程即為世俗諦，因為可以繼續摧毀之故。或者是以智慧對水的四大、顏色、形狀等進行分析，因為世俗都是虛假的法，可以不斷地用智慧分析，到最後心再也不會去執著這個水時，就稱為世俗諦。按小乘觀點，外境的無分微塵和心識的無分剎那都是存在的，並且承許這就是勝義諦。勝義諦以何種方式存在呢？當以智慧再也無法破析、用鐵錘再也無法摧毀時，即是勝義諦。所謂的「趨入」是指執著瓶子，並不是說執著無分微塵，原先執著為瓶子，但通過鐵錘的摧毀再也不會執著此瓶，這時它以另一種方式——無分微塵的形式存在，因為誰也不會認為無分微塵是瓶子，所以對瓶子進

行摧毀之後發現全部是假的，從而對瓶子的執著之心再也不會趨入，這就是勝義諦的趨入方法。所以，從智慧和摧毀兩個角度來抉擇二諦，乃至對任何法有趨入之心即稱為世俗，若再也不能趨入時就是勝義諦。

小乘有關二諦的說法與大乘不相同。大乘勝義諦有中觀勝義諦和密乘勝義諦，一般而言，所謂的大乘勝義諦，在《入行論》中說：「勝義非心境，說心是世俗」，勝義諦不是心的對境，而意識和分別念的對境全部稱之為世俗諦。在《入中論》中說：「由於諸法見真妄，故得諸法二種體。」在一切法的本體上可以得到二種體，一者為真一者為假，前者是勝義諦，後者屬於世俗諦，而勝義諦並非思維和語言的對境。但小乘承許這樣的無分微塵和無分剎那在勝義當中應該存在，這就是諸法的實相。但麥彭仁波切在《中觀莊嚴論釋》中說：這樣微小的法在世俗中應該承許為存在，否則無法建立粗法，但是勝義當中並不存在這樣一種法。

甲二（現證真諦之次第）分二：一、略說；二、廣說。

乙一、略說：

守戒具足聞思慧，極為精勤而修行。

在守持清淨戒律的前提下，具足聞思所生的智慧，之後進行極其精勤地修行。

要證悟勝義諦需要依靠什麼樣的道次第呢？首先是不散亂之因——守護七種別解脫戒中的任意一戒。《親友書》

中說：戒是一切功德之根本。所以不論出家人還是在家人，應該守護自己的戒律，如果自相續中無有戒律，則不存在功德的所依。然後要具足聞所生慧，這是不愚昧之因，需要通過聽聞佛法才能生起。佛法深奧難懂，聽聞之後應繼續通過自己的智慧反反覆覆地思維法義，比如背誦、討論等都屬於思所生慧。最後就應該極為精進地修行，這是遠離煩惱之因。一般來說，聞所生慧可以從威儀來觀察，如果具足聞慧，則行為是特別寂靜的，而修行好不好，就看煩惱是否減少，如果修行很好，煩惱會越來越減少的。

上述道次第乃至密宗之間的所有修法都是如此建立的。以前上師法王如意寶說，他所著的《忠言心之明點》的道次第是根據《俱舍論》的第六品所講的道次第來宣說的。也就是說，在知足少欲、清淨戒律的基礎上進行聞思修，那如何修呢？首先從人身難得等外共同加行開始，然後是皈依等內加行，之後是本來清淨和任運自成。因此此處所宣講的內容十分重要。

乙二（廣說）分三：一、智慧之自性；二、堪為法器之特法；三、真實趣入修法。

丙一、智慧之自性：

聞等所生一切慧，名二及義之有境。

聞、思、修所生智慧的本體，是名稱、名義二者和意義之有境。聞所生慧、思所生慧、修所生慧三者的自性是什麼呢？聞所生慧，也即上師進行傳講，通過自己

的耳根與傳講的名詞相結合，因此，其本體是名相的一種有境。思所生慧是指從文字上引出意義、從意義上引出文字，也就是說，首先有一種文字的溝通，通過這種文字的溝通進行思索，這時法的意義會趨入內心，對其所表達的含義再繼續思索、判斷，由此意義和文字相結合，這種智慧即屬於思所智慧。所謂的修所生慧，已經不再需要文字，唯一趨入意義，比如修菩提心時，首先依靠上師傳講文字，然後自己對文字的意義進行思維，真正修行時只要一心一意地專注於意義就可以了。就像一個游泳者，首先學習游泳時不能離開木板（喻聞所生慧），否則會沉入水底，熟練一段時間之後，有時需要木板有時則不需要（喻思所生慧），最後技巧完全熟練時根本不需要木板（喻修所生慧）。

世親論師對聞思修智慧的判斷和認識稍有不同。他認為可以信賴的教量所生之智慧屬於聞所生慧；然後通過自己的理證智慧去觀察、分析所得出的智慧，是思所生慧；在這樣的智慧等持中再繼續修持，叫做修所生慧。有部宗主要是從詞句和意義上進行分析的，世親論師則主要是從教證、理證和等持三方面抉擇的。

丙二、堪為法器之特法：

具身與心二遠離，非不知足大貪欲，

於得復愛不知足，未得貪求欲望大，

相反彼之對治者，彼二三界無垢攝。

具足身、心二種遠離者的修行會得以圓滿，而不知足、具足大貪欲者並非如此。本來已經獲得，卻一再貪求即為不知足，沒有得到而去貪圖謀求即是大貪欲，與之相反的就是它們的對治。知足、少欲屬於三界以及無漏法所攝。

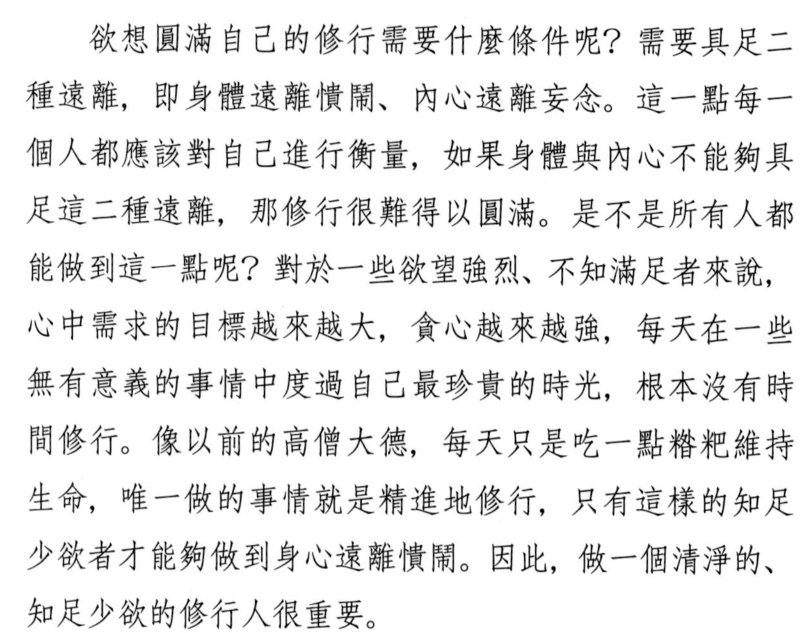

欲想圓滿自己的修行需要什麼條件呢？需要具足二種遠離，即身體遠離憒鬧、內心遠離妄念。這一點每一個人都應該對自己進行衡量，如果身體與內心不能夠具足這二種遠離，那修行很難得以圓滿。是不是所有人都能做到這一點呢？對於一些欲望強烈、不知滿足者來說，心中需求的目標越來越大，貪心越來越強，每天在一些無有意義的事情中度過自己最珍貴的時光，根本沒有時間修行。像以前的高僧大德，每天只是吃一點糌粑維持生命，唯一做的事情就是精進地修行，只有這樣的知足少欲者才能夠做到身心遠離憒鬧。因此，做一個清淨的、知足少欲的修行人很重要。

何為大貪欲和不知足呢？已經獲得卻還想再次獲得叫做不知足，對於未得到色聲等對境貪圖謀求屬於大貪欲，此二者的對治即是知足少欲。有些注釋中說，獲得少而低劣的財產時感到不滿足，稱為不知足，希求眾多賢妙的財產叫做欲望大。知足、少欲二者有屬於三界與無漏兩種，《自釋》中說：「喜足少欲通三界無漏，所治二種唯欲界所繫。」

彼等無貪聖種中，三者即是知足性，

前三示理末說業，對治產生貪愛故，

謀求我所我執物，暫時永久息滅故。

知足少欲是無貪之自性，而且屬於聖者種性。四聖種中的前三者是知足少欲的自性，宣說了修行解脫的威儀之理，最後一種則說明了聖種事業。為了對治產生貪愛的根源而宣說了四聖種，其中前三種可以暫時息滅對我所執的貪求，最後一種則可以永久斷除我執之身體。

所謂的知足、少欲是分開來講的，那它們的本體是什麼呢？其本體均為無貪，而且是聖者的種性。佛經中講到了四聖種：「以菲薄法衣為滿足故為聖種，如是以粗糲齋食為滿足、以簡陋床榻為滿足、喜歡聞思修行，稱為聖種。」所謂的貪欲即是如此，比如為了自己的法衣、服飾不滿足，為了自己的生活過得特別優越而再再貪求。但是作為大小乘的修行人而言，一定要以知足少欲為基礎，對自己的住處、衣服、食物應該感到滿足，之後精進地聞思修行，這樣的修行人相續中會具足上述四種功德，說明此人具足聖者種性。其中以菲薄法衣為滿足、以粗糲齋食為滿足、以簡陋床榻為滿足三種是知足少欲之自性，故屬於無貪。聞思可以滅除自相續中的煩惱，因此屬於滅諦；修行是道諦⑯，通過聞思修行可以斷除輪迴之根本。

⑯此處的滅道二諦是從對治煩惱和依止正道的角度來講的，與四諦中的滅諦道諦有所不同。

四聖種說明了什麼問題呢？一個修行人的威儀應該知足少欲，法衣、食物等盡量簡單，因此前三聖種說明修行人趨向解脫的威儀之理，最後一種說明了聖者的事業，聞思修行就是修行人的事業。而且依靠無貪等三種威儀再繼續聞思修行，很快就可以獲得解脫。

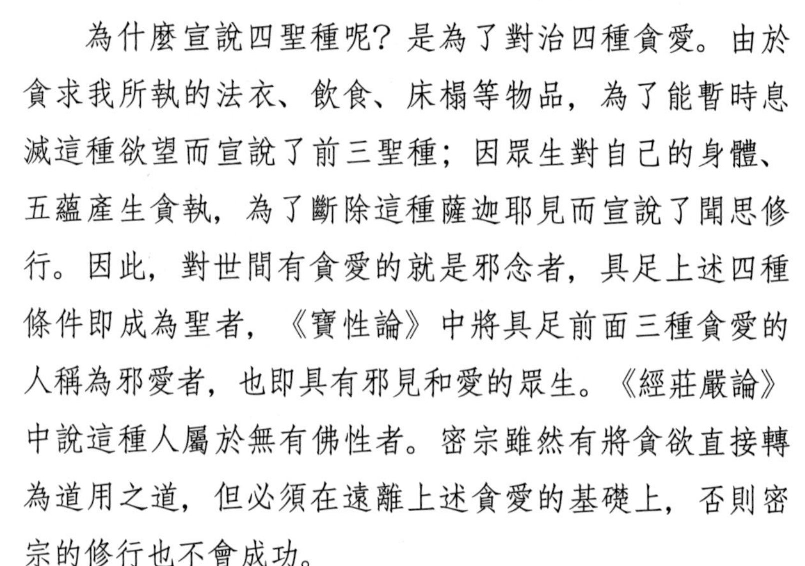

為什麼宣說四聖種呢？是為了對治四種貪愛。由於貪求我所執的法衣、飲食、床榻等物品，為了能暫時息滅這種欲望而宣說了前三聖種；因眾生對自己的身體、五蘊產生貪執，為了斷除這種薩迦耶見而宣說了聞思修行。因此，對世間有貪愛的就是邪念者，具足上述四種條件即成為聖者，《寶性論》中將具足前面三種貪愛的人稱為邪愛者，也即具有邪見和愛的眾生。《經莊嚴論》中說這種人屬於無有佛性者。密宗雖然有將貪欲直接轉為道用之道，但必須在遠離上述貪愛的基礎上，否則密宗的修行也不會成功。

丙三（真實趨入修法）分二：一、修寂止；二、修勝觀。

丁一（修寂止）分二：一、略說；二、廣說。

戊一、略說：

入修行有不淨觀，憶念呼氣吸氣法，

貪欲強烈尋思大，如是諸眾次第修。

要趨入修行有兩種方法，即觀修不淨觀和憶念呼吸觀。貪欲強烈者與分別尋思特別猛烈的眾生，次第修持這兩種法門。

如何趣入修行呢？首先通過修不淨觀與隨念吸氣呼氣來調伏內心。其中貪欲強烈者要修不淨觀，有些眾生生來就有很強烈的貪心，比如前世是鴿子等飛禽轉生的眾生，若是從天人轉生，那他對整個世間會觀清淨心。如果分別念比較強烈就修呼吸法。一般嗔心比較大的修慈悲觀，但小乘中宣講的比較少。

戊二（廣說）分二：一、修不淨觀；二、修呼吸法。

己一、修不淨觀：

對治諸貪觀骨鎖，廣修乃至大海間，
略觀稱初業瑜伽，除足半頭稱熟修，
持心專注眉宇間，即是作意圓滿修。
不淨無貪性十地，所緣欲現人方生。

為對治貪欲而觀想骨鎖時，若是廣修即乃至大海之間全部充滿骨鎖，略修時將自身觀為一具骨架，此稱為初業瑜伽，除開足骨直至半頭骨之間稱為嫻熟瑜伽，使心專注於眉宇之間即為作意圓滿瑜伽。不淨觀之自性是無貪，於十地中存在，其所緣是欲界現法，只有依靠人身才可生起。

不淨觀的修法是小乘共稱的一種修法，雖然《入中論》中說，修不淨觀是一種假世俗，但這是針對究竟實相來說的。從暫時角度，不淨觀對斷除眾生貪欲有相當大的力量。大乘《入行論》和《寶鬘論》中也講到過不淨觀的修法，麥彭仁波切的《觀住輪番修》中也很詳細地講述了這種修法。

具體應如何修持呢？為了對治四種貪心修持九種想，所謂的四種貪心，執著形色而起的貪心；執著顯色而起的貪心；執著柔和所觸而起的貪心；對恭敬、利養而起貪心。九種想就是指浮腫想、啖食想、紅腫想、青腫想、黑腫想、蟲啖想、焚焦想、離散想、不動想。其中浮腫想、啖食想主要是對治形色方面的貪心。紅腫想、青腫想、黑腫想主要是對治顯色方面的貪心，因為屍體在過了十幾天之後，身體十分浮腫，不堪入目，或者如同被小蟲啃蝕一般，而且顏色也會變成紅色、黑色、青色，再也不會由此生起貪心。蟲啖想和焚焦想是對治所觸的貪心，不動想和離散想可以作為由恭敬利養所生之貪心的對治。《泰國遊記》中也記載了白骨觀、九種想的修法，只是有些名詞的說法不同，修法基本上相同。

在欲界中，除聖者以外，一般凡夫眾生的相續中都會具有貪欲，只是貪欲的程度不同而已，佛經中說，修行人應該到尸陀林去觀白骨，因為修骨鎖想可以對治所有顯色、形色、所觸和利養的貪執，這種修法的力量相當大。在修骨鎖想時，首先觀修自己的頭頂出現傷口，漸漸地皮膚全部潰爛，最後自己的身體全部成為骨架，不僅如此，依靠這種力量，包括自己的房屋、山河大地以及整個大海全部變成骨架，這是廣修的方法。接著大海和山河大地的白骨逐步恢復原狀，最後只將自己的身

體觀想為骨架，並且保持觀想身體為骨架的狀態而行持日常威儀，這是初學者的瑜伽修法。境界稍許穩固之後，又如前一樣觀想整個山河大地直到大海之間全部成為白骨，收回時，拋開所有足骨而從觀想身體剩餘的骨骼開始，依次除開半身直至半頭骨之間，最終心專注於頭骨一半，這叫做嫻熟之瑜伽，這是第二個階段的修法。《泰國遊記》當中的觀修方法是，將身體的其他部分全部除開，最終使心專注於頭骨的一半，將之觀為白骨，與本論所講稍有不同。之後又如前面一樣觀想，最後心專注於雙眉間僅一拇指許的地方，將其觀想為白骨，以後再次觀修時即從此處開始，如同小乘認為粗法皆依無分微塵得以增大一樣，這就是作意圓滿瑜伽。

不淨觀的本體屬於無貪善法。這種觀修方法可以在十地中存在，即四禪正行、四未至定、第一殊勝禪以及欲界，無色界當中無法觀想白骨，因為無有身體之故。觀想時，由於色界是一種透明的色法，故而不能將其作為所緣，因此唯以欲界的顯色和形色作為所緣。而且，欲界當中只有除北俱盧洲以外的三洲人類可以如此觀修，欲界天人中的利根者不必觀白骨，而鈍根者無法觀。

己二、修呼吸法：

憶念呼氣吸氣法，智慧五地緣於風，

依欲界身外道無，數等六因隨身入。

有情等流無執受，此二下界意不知。

隨念呼吸法是智慧的本體，其地為五地，所緣境是風，所依是欲界天、人的身分，但外道中無有此種修法，因其具足計數等六因的竅訣，並且隨著身體而出入，故十分甚深。此修法由眾生相續所攝，屬於等流生、無執受，此二風由下地欲界之意無法了知。

憶念呼吸法的本體是什麼呢？其自性是真正了知諸法本體的一種智慧，也就是說，由於依靠憶念可以使心安住，也可稱為等持，由此等持中可以產生具有了知諸法本體的智慧，因此從果的角度說其本體為智慧。真正呼吸的心之所依於五地中存在，即前三禪的三種未至定、殊勝禪與欲界，有些講義中說：前三禪未至定的受全部是一種捨受，呼吸法與樂受不能相應，殊勝禪也是一種捨受，欲界中也如此修持。它的所緣境是風（也可以說為氣）。所依身是欲界的天眾和人類，因為色界天人具有禪定之心，故而不用修持此法，而欲界天人和人類，尤其女眾分別念特別多，應該修持此法。

這樣甚深的修法在外道中無有，原因有兩個，一是外道雖然有各種各樣相似的經論，但其中根本沒有以智慧所造的殊勝修法；二是外道不堪為法器，不能通達此甚深修法。但是現在有許多外道將佛教的修法，加上他們自己的名稱，這種現象非常多。根登群佩也說：自從外道毀壞佛教以後，許多外道宗派中基本上都存有佛教的成分，就像裝滿油的瓶子打破過的地方，還是會留下

油的印漬。不過，世親論師在世時，佛教與外道完全分開，佛教未受外道影響，因此說外道不能證悟此甚深之法。

此法如何殊勝呢？以其具有計數等六因的殊勝竅訣之故。何為六因？一、計數，將一切瑣事捨棄，自心專注於呼吸上，以十作為定數，遠離三種過失而計數。何為三種過失呢？首先是過多或過少，過多即會出現掉舉，過少就會出現昏沉；其次，變多會變少，即自己呼吸二次卻算為一次、呼吸一次卻算為二次；最後是將呼氣、吸氣的計數時間紊亂，也就是說呼氣當成吸氣，吸氣錯認為呼氣，以上三種過失定要斷除。二、隨行，吸氣時觀想氣從鼻孔進入喉間，之後到心間、臍間，最後到腳底⑰，呼氣時，觀想從鼻孔一直到外面的一旬或一拇指的距離，之後收回。三、安止，《自釋》和蔣陽洛德旺波的講義中均說是心安住，一般來講，首先將心安住，之後觀想氣從鼻尖至足底之間，如同穿念珠的線一樣，然後觀想其利益和解脫，《自釋》中說，觀自身的冷、熱、損害、利益等等。總而言之，應按竅訣在整個身體內觀氣，否則很容易修錯。四、觀察，由智慧觀察自己所觀之風是由八種微塵組成，而能觀之智慧的本體也無法成立，除五蘊以外無有其他，而五蘊本體也為空性，這時對風和氣的執著可以破除，這相當於勝觀的一種觀察方法。五、轉移，觀想風之後，漸漸將觀風的心轉移到加行道的暖

⑰有些修法中說，到腳底後，再到地下一旬之間。

位和勝法位之間，也就是說，將心專注於加行道的五根、五力上。六、遍淨，修風之心轉移到見道或修道的境界上。《自釋》中說，有些論師認為，轉移是指修四念住之心轉移到金剛喻定之間的修法，而遍淨是指原先觀風的心一直到最後漏盡智和無生智的修法。但世親論師並不認同他們的觀點，他認為趨入見道和修道才稱為遍淨，趨入加行道即是轉移，這些修法在外道中肯定是沒有的，因為若是大乘資糧道的修法要具有菩提心，小乘資糧道的修法一定會有出離心，而外道的發心是即生中身體健康、發財等，所以不具備修持這些殊勝修法的條件，即使有些表面的文字相同，但也不代表外道具有這樣殊勝的修法。

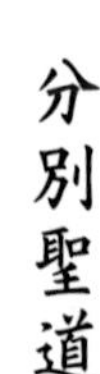

呼吸的本體並不是身體，但依靠身體的空隙而出入，若無有身體則不能呼吸，比如無色界眾生、凝酪等未真正形成身體之前、無心定時都無有呼吸，其真正的所依是身體和心兩個部分。呼吸的本體由有情所攝，《大疏》中說，有一種得繩的心的緣故，說為具心。《自釋》中說，無色界中出定或人降生時，第一次是吸氣，而眾生死亡或入於第四禪時會深呼出一口氣。由於呼吸是無有色根聚合之風，所以屬於無執受當中。它屬於三生中的等流生，是由同類因所生的緣故；不是長養生，因為身體越來越胖時，氣息會越來越短，這說明氣對身體無有長養的作用；不是異熟生，因風中斷時，意識仍然可以結生，

若是異熟生則相續就會中斷，而且異熟生不會隨心所欲出現。那麼，這兩種風依靠何者來了知呢？以一禪心為例，可以一禪心或三禪心了達，若未現前化心等則不能了達，即使已經現前化心，但下界之心也無法了達。

這以上是小乘修寂止的方法，大乘修寂止的方法在《入菩薩行論》中有講述，麥彭仁波切在《大幻化網總說光明藏論》中以密宗竅訣講了九種住心的方法，《經莊嚴論》中也講到了這方面的殊勝竅訣，《白蓮花論》當中也講到了依靠釋迦牟尼佛修持寂止的方法。

但僅僅心安住於寂止能否斷除心相續中所有的煩惱呢？若種子未斷除則不能斷除煩惱，因而必須要修持以空性智慧為主的勝觀。

丁二（修勝觀）分三：一、資糧道；二、加行道；三、現證真諦之道。

戊一、資糧道：

為獲得見道的智慧而積累資糧之道稱為資糧道。《大乘阿毗達磨》將守持清淨戒律、守護根門、了知食量、上下夜不眠而精進修持、具足正知正念、行持善法、聞思修行稱為資糧道。

即已成就寂止者，應當修持四念住，

以自總相遍觀察，一切身受心與法。

即使已經成就寂止者也應當修持四念住的修法，即通過對自相與總相的觀察，從而悟入身、受、心、法的一切法。

為了生起勝觀智慧，應觀修四念住，如何修持呢？以自相和總相的方法普遍地去觀察身、受、心、法四念住。如何以自相、總相的方法觀察呢？自相是指每一個法自己不共的特點，總相是事物之間共有的特點。比如身體具有無常、苦、空、無我的特點，受、心、法上均具足這些特點，這是通過總相方式進行觀察；自相觀察時，身體觀為無常、受觀為痛苦，心觀為空性、法觀為無我。

自性聞等所生慧，其餘相聯與能緣，

次第即是依生起，對治顛倒故唯四。

彼為總觀法念住，修無常苦空無我。

自性念住的本體是聞等所生慧，其他的還有相聯念住和能緣念住。四念住依照生起的次第而排列，為了對治四種顛倒而說為四念住。修習者安住於緣總相法念住之中，修持無常、苦、空、無我。

從本體來分，念住可分為自性念住、相聯念住與能緣念住三種。自性念住以智慧為體，而智慧需通過聞思修的加行所產生；用智慧觀察身體無常的過程中，與其相應的等持、精進、信心等心和心所在其群體中存在，這叫做相聯念住；觀察身體無常時，身體是所緣，受是能緣，從有境方面取名而稱為能緣念住，同樣，受如何痛苦？心如何為空性？法如何是無我的？這些均需通過心來觀察，所以都稱為能緣念住。四念住的修法非常深奧，

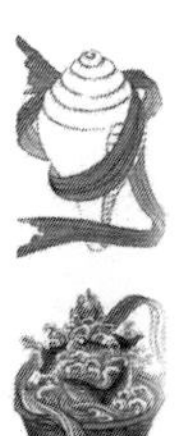

若能真正通達則會證悟法無我。

由於身念住比較粗大，簡單易懂，故首先證悟；而法念住極其細微，較難通達，所以放在最後，因此按照其產生的順序，次第宣說了四種念住。為何只安立為四念住呢？三十二種增益均可包括於四顛倒之中，所以，為對治常樂我淨的四種顛倒而宣說了四念住。修習瑜伽之行者，如是安住於緣一切萬法為無常、苦、空、無我的境界之中進行修持。

戊二（加行道）分三：一、加行道之自性；二、法之差別；三、別說遣疑。

資糧道是修法的基礎，加行道則是獲得見道智慧的一種加行，因此稱為加行道。

己一、加行道之自性：

由彼中生暖位智，彼為四諦之有境，
觀修十六種行相，暖中生頂亦同彼，
此二以法為基礎，其餘念住則增上。

由資糧道中所產生的暖位智慧屬於四諦之有境，圓滿觀修無常等十六種行相；由暖智中產生頂位智慧，此二者均以法念住為基礎，其他念住依此而得以增上。

資糧道時並非緣自相而是緣共相法念住而修，從中生起暖位智，就如同具足暖熱之後即會出現火一樣，由於是見道無分別智慧的前兆而稱為暖位智。暖位智是四諦之有境，與凡夫相比可以完整修持無常等十六行相。

既然是通達四諦之智慧，那是不是與見道智慧無有差別呢？見道是現量見到四諦之本體，而加行道則以四諦為所緣，因此是有差別的。有些論師說：緣四諦的方式有很多種，比如現量緣、非現量緣、有分別而緣、無分別而緣、有障礙、無障礙等等，如果加行道的本體是無分別智慧則已成為見道，加行道雖然以苦集滅道的四諦十六行相作為對境，但卻是以總相或推理方式見到，而並非以現量方式見到。關於加行道有無分別的問題上，很多宗派之間有極大辯論。《現觀莊嚴論》中講到，有些宗派認為加行道屬於無分別智慧，因為佛經中說有分別中不能產生無分別，因此加行道勝法位不應是有分別，否則見道智慧無法產生；還有一部分論師認為，加行道是有分別智慧。作為寧瑪巴自宗來說，認為加行道是有分別的智慧，關於這一點，麥彭仁波切的《大幻化網總說光明藏論》、《智者入門》，還有全知無垢光尊者的《七寶藏》中皆有明說。雖然承許為有分別智慧，但並非凡夫的有分別智慧，以密宗觀點來講，它應是緣四諦十六行相的殊勝智慧。

由暖智中產生頂位智慧，獲得頂位智慧時，不會以邪見摧毀自己的善根，《現觀莊嚴論》中說：這是有漏善根中最上乘的。頂位也屬於四諦之有境，可以完整修持無常等十六行相。暖位與頂位二智最初修持一切諸法無常、苦、空、無我，其他三種念住在此法念住的基礎

上進行修持並得以增上。

彼生忍二亦復然，一切皆以法念增，

上以欲界苦為境，彼亦為一剎那性，

勝法五蘊除得繩，如是四順抉擇分。

由彼中產生的忍位與勝法位也是如此，均是以法念住而增上。上品忍位智以欲界苦諦作為對境，勝法位也是如此，此二者同樣都是剎那性，勝法位的智慧以除得繩之外的五蘊為體，如是加行道的四種智慧即是四順抉擇分。

從頂位中可以產生忍位智，因能接納見諦空性智慧，或者說獲得忍位時不再轉生到惡趣中，所以稱為忍位智。一般來講，不退轉果是指忍位或者見道或者七地菩薩開始。忍位智分為上、中、下三品，其中下品、中品忍智在四念住的增上智慧方面比暖位與頂位更勝一籌，

而下、中、上品所有忍位智均以法念住而增上。上品忍位智以欲界苦諦作為對境，可以具足苦諦當中無我、空、無常、不淨四種行相中的任一種，所緣時間為一剎那性。世間勝法位是指依靠有漏剎那可以引生見道無漏智慧，在世間中再也無有比此更殊勝的智慧。它是一剎那性，其所緣對境也是欲界苦諦。此處與大乘有一點差別，《現觀莊嚴論》和《十地經》中認為，暖、頂、忍、勝法位均以四諦作為所緣對境，麥彭仁波切在《現觀莊嚴論》的總義中說：從加行道的暖位到見道之間全部緣四

諦十六行相。實際上，按大乘的說法比較合理，為什麼呢？若按本論觀點，上品忍位和勝法位時只緣苦諦四行相，那到見道時如何通達四諦十六行相呢？這樣會有見道不是一剎那的過失。

暖位等均是念住的本性，其主要心所以智慧為主，故而加行道之本體是智慧。如果智慧具有大善地法方面的其他心所從屬時，就不是入定智慧，而是以五蘊為本體，其中禪定戒屬於有表色，包括在色蘊當中，其他加行道的任一智慧中可包括受、想等，因此以相應行和不相應行衡量時，應為五蘊本體。這其中不包括暖位智等的得繩，若得繩包括其中，則獲得忍位、暖位時即應獲得其得繩，而有部認為，得繩在見道或者修道時才能獲得。但《大疏》中說：分析得繩的觀點完全是有部宗的分別念。

四種順抉擇分就是指暖、頂、忍等四種智慧。為什麼稱為順抉擇分呢？抉擇是指見道，勝法位直接作為它的對境，而其餘三者間接了解而隨順它，因此稱為四種順抉擇分。

那麼，資糧道與加行道是不是道諦呢？是道但不是道諦。依靠它們可以進行修持故稱為道；因道諦屬於無漏法，而加行道和資糧道屬於凡夫地，故不是道諦。而且道諦無有尋思分別，加行道和資糧道仍存在尋思分別，所以只能稱為道。無學道是不是道諦呢？可以說為道諦，雖然無有直接對治的煩惱，但屬於無漏法的緣故，仍具有遠分對治的作用。有學道中的見道和修道屬於真正的道諦。

表一：

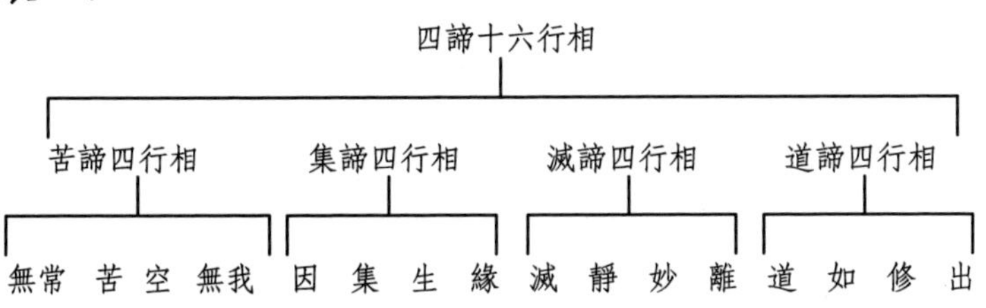

己二、法之差別：

加行道為修生慧，所依之地未至定，

以及殊勝與正禪。下界亦具頂暖位，

欲界所依勝法位，以女將依二身得。

加行道的本體是修所生慧，其所依之地為一禪未至定、殊勝禪以及四正禪。妙音尊者認為，下界也具有暖位與頂位智。加行道的所依是欲界身分，若以女身獲得勝法位，則必然是以男、女兩種身分獲得。

四種加行道可以是聞、思所生慧，但主要是修所生慧。其所依有兩個，即身依和心依。其中一禪未至定、殊勝禪以及四正禪是心之所依，因為彼等均通過入定獲得，欲界心非常粗大而無法入定，無色界心不清晰，故而必須以靜慮六地獲得。若按照《現觀莊嚴論》的觀點來講，欲界心和有頂心也可以獲得，因為大乘具有善巧方便，在靜慮九地中現前九種對治，可以獲得無漏智慧，這是

大乘的不共觀點。妙音尊者認為，暖位和頂位的智慧依靠欲界心也可以現前。

既然心依是靜慮六地，那身依為何者呢？色界和無色界不能作為加行道的所依身，而欲界天眾與三洲的人類身分可以獲得加行道。如果女人獲得勝法位，則首先是以女人身分獲得，其於那一世中變性或再轉生到欲界時變成男性再次獲得；若是男人獲得勝法位，由於已得到非抉擇滅，故僅以男身獲得。

聖者由棄前地捨，非聖異生由命終，

前二亦由遍失捨，依正禪必見真諦，

退失之時得前無，二失即是非得性。

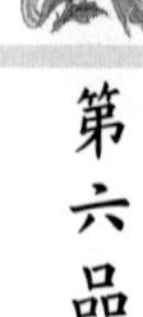

聖者加行道的智慧以捨棄前地而捨，非聖者的異生凡夫在命終時會捨棄，加行道中的前二位由遍失而捨，若獲得正禪則必定獲得見道，退失時獲得以前未得過的加行道，兩種失即是非得之本性。

加行道如何捨棄呢？比如獲得預流果的聖者，在前往二禪、三禪時會捨棄一禪加行道，或者加行道聖者獲得見道時，相續原有的境界轉移到見道而捨棄。也就是說，有部認為，當任何一地的加行道聖者在投生上地時會重新升起加行道，而原先那一地所攝的加行道會捨棄。大乘則認為，上升到某地時，會捨棄下地所攝加行道的煩惱，但其智慧和功德以增上的方式存在。非聖者的凡夫死亡之後，到中陰時會捨棄所具有的加行道功德。大乘的菩

提心也是如此，菩提心的相續乃至菩提果之間不會消失，但會忘記度化眾生的意願，這一方面是由於胎障，一方面是因為前世的功德已經捨棄了。前兩種加行道——暖位、頂位，若生起造五無間罪、邪見等煩惱時會捨棄；後兩種加行道——忍位、勝法位依靠靜慮正禪而獲得加行道時，那此人必定會獲得見諦，因為禪定之心極為寂靜，厭離心極為強烈。若加行道已經退失，則再次重新獲得加行道時，是獲得曾經得過的加行道還是未得過的加行道？獲得未得之加行道，因為新獲得的加行道是通過精勤修行而得到的。《大乘阿毗達磨》中說，資糧道分為小、中、大三種，若下一世不一定能獲得加行道即是小資糧道；下一世必定獲得加行道是中資糧道；即生中會獲得加行道的就是大資糧道。加行道也分大、中、小三種，也即下一世不一定獲得見道是小加行道；下一世會獲得見道是中加行道；即生中會獲得見道是大加行道。此處是指前世從未得過的一個新加行道，因為原來的加行道已經失毀，失毀後通過再次地精進修行才獲得的。

遍失與退失是由於從原來的得繩中退失，因此是非得的本性。小乘認為退失煩惱後會獲得一種實法，比如相續中的四正念等功德退失後，自相續中有一種非得會升起來，這是從總的角度來說，兩種失都具足這種非得。這兩種失有何差別呢？遍失是以造罪業而失毀的；退失則包括以功德所導致的退失，比如生起煩惱而使自相續的善根中斷，此即稱為遍失，而自相續生起功德時，原來自相續的功德、過患等全部已經退失，這叫做退失。其他注釋中說：遍失一定是退失，但退失不一定是遍失，因為自相續中生起煩惱而使功德滅盡也包括在退失當中，因此退失如同總相，範圍較廣，遍失如同自相，範圍狹窄，此二者之間有這樣的差別。

獲得頂位不斷善，得忍不墮惡趣中。

獲得頂位後善根不會中斷，獲得忍位即不會墮入惡趣。

獲得加行道會具有何種功德呢？獲得暖位後，畢竟已經趨入加行道，即使出現遍失，也必定獲得涅槃。雖然在見道之後才會獲得不斷善根的得繩，但加行道頂位時已經獲得了壓制煩惱之對治，故雖然會出現造無間罪或殺人等情況，總的善根也不會中斷。獲得忍位之後，即如同將種子燒盡就再也不會發芽一樣，除了為利益眾生而投生惡趣之外，不會轉生惡趣。真正斷除轉生惡趣的種子不是在修斷時才可以嗎？為什麼這裡說是忍位之後呢？雖然並未真正斷除轉生惡趣的煩惱種子，但已經具有壓制的能力，使轉生惡趣的成熟能力不再具足，因此說獲得忍位後不再轉生惡趣。

己三、別說遣疑：

有學聲聞種姓轉，暖頂二者得成佛，

餘三得忍亦可變，本師麟角喻者非，

依於第四之靜慮，一座上得菩提故。

暖位頂位者從有學聲聞種性中轉移，並能獲得佛果，中品忍位以下的三者也可轉為獨覺，佛陀與麟角喻獨覺並非如此，因其依靠第四靜慮可於一座上獲得菩提果。

有些聲聞阿羅漢獲得暖位、頂位後，會發起菩提心而成佛。但還有一些固定種性和根基，在獲得忍位後必定會趨入見道，他們不會成佛，因為成佛是從加行道直接獲得佛果，於一座上成就，但獲得忍位時，由於是剎那性，故必定會獲得見道而不能成佛。根據《妙法蓮華經》等大乘經典的觀點，雖然已經獲得聲聞緣覺果位，但必定要趨入大乘，發菩提心，之後經過五道十地而得以成佛。而且，小乘認為，菩薩為利他要投生到惡趣，而忍位不再投生惡趣。大乘則認為，菩薩以業力是不會再轉生惡趣的，但以善巧方便可以投生惡趣度化眾生。

獲得暖位、頂位與下品忍位者可以轉為獨覺，因其不需要投生惡趣。佛陀即使獲得暖位等也不會轉成其他種性，因其屬於成佛的利根者，可以依靠第四靜慮於一座上生起諸道。獨覺有二種，即眾部行獨覺和麟角喻獨覺。前者與聲聞阿羅漢一樣，有些情況下可以轉變，有些情況下則不能轉變，而麟角喻獨覺是固定根基的眾生，他與佛陀相同，依靠第四靜慮在一座上可以獲得菩提。

彼前乃隨解脫分，速疾三世得解脫。

彼為聞思所生慧，三業人中方能引。

加行道之前是隨解脫分善，此時即可於三世中獲得解脫。隨解脫分善是聞思所生慧，其屬於身語意三業，於人中才能引生。

加行道所攝的智慧——順抉擇分善的因是隨解脫分善，因隨福德分善並未以出離心和菩提心攝持，故非解脫之因，也不是斷除輪迴之因，僅僅是為一己私利而做的善根，真正的隨解脫分一定要以出離心攝持，否則不會成為解脫之因。大乘認為真正的入道是從資糧道開始，小乘也是如此，那入道後需要多長時間獲得阿羅漢果位呢？需要經過三世，即第一世生起隨解脫分，相當於種下種子，第二世生起順抉擇分善，第三世獲得聖道。也有在第二世末尾獲得解脫的，即第一世生起出離心，第二世的末尾獲得見道。《前世今生論》和《百業經》中也有這種公案，前一世是旁生，由於具足了發心的因緣，下世可以獲得阿羅漢果。

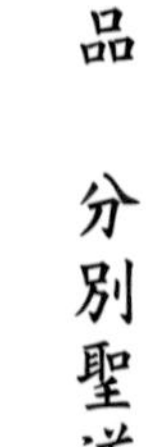

隨解脫分的本體主要是聞思所生慧。彼之業主要是意業，也即對輪迴生起強烈厭離心而想獲得解脫的發願。入小乘資糧道必須以出離心攝持，而入大乘道則要有菩提心，因此，道的核心一定要掌握，麥彭仁波切在《中觀莊嚴論釋》中說：應該像抓住人的生命要害一樣抓住道的核心。若想趨入小乘資糧道，出離心極其重要！滿增論師說：一定要具足遠離輪迴和嚮往涅槃之心，在此基礎上做布施、持戒等善事時，全部會成為解脫之因。

甲智論師說：表面所做善事很大，但未以出離心攝持則不能成為解脫之因，若僅做微小善事，而以出離心攝持，也已經成為解脫之因。所以作為真正的修行人，若是小乘必須具足出離心，大乘則必須有菩提心，除大乘、小乘以外再也沒有其他的佛法。

隨解脫分善根由何者引生呢？最初只有三洲人類才能引生，《大圓滿前行》中說：天人身體無有別解脫之所依，無有聞法的殊勝因緣，只有人中才可以生起隨解脫分善根，因此人身比天身殊勝。

戊三、現證真諦之道：

世勝法生無漏忍，緣欲苦生法智同，

緣餘苦生類忍智，其餘三諦亦復然。

世間勝法位生起無漏法忍，它緣欲界苦諦，之後生起法智。與此相同，緣上界苦諦生起類忍與類智，緣其餘三諦亦是如此。

小乘見道與大乘見道的方式基本相同，但小乘見道是預流果，而大乘見道是從一地菩薩開始，在這些方面有很大差別。現證真諦是指現量見到一切萬法之本體，也就是說現量見到苦集滅道所攝的十六行相。那瑜伽師獲得見諦時，是不是所有欲界中的色受想行識所攝的法全部現量見到呢？實際上，若真正將身體所觸、眼睛所見的對境全部見為空性、無我有相當大的困難，因為從有法角度來說，有法是無量無邊的，此處的意思是說，首先對任何一法從其總相了知，通過一段時間的修持，對四諦中的無常、無我等道理，生起極其穩固、明顯、清淨的定解，這樣的智慧即為見道智慧，也稱為是現量見到，從此以後不會對柱子生起常有的邪見、我所的邪見、清淨的邪見，這就是現量證悟。總的來說，現證真諦就是指一種入定智慧，在這種智慧面前，已經完全通達十六行相之本體，這種智慧的本體就是現證真諦。

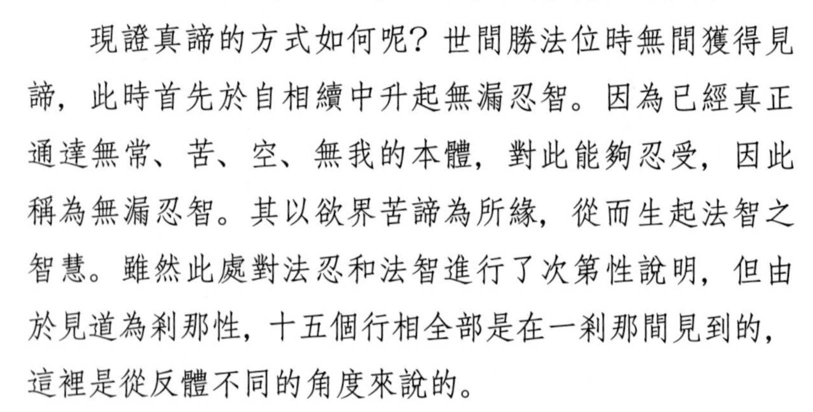

現證真諦的方式如何呢？世間勝法位時無間獲得見諦，此時首先於自相續中升起無漏忍智。因為已經真正通達無常、苦、空、無我的本體，對此能夠忍受，因此稱為無漏忍智。其以欲界苦諦為所緣，從而生起法智之智慧。雖然此處對法忍和法智進行了次第性說明，但由於見道為剎那性，十五個行相全部是在一剎那間見到的，這裡是從反體不同的角度來說的。

有些人認為：見到苦諦本體即已生起法忍，那法智是不是沒有所知了呢？這種說法不合理，因為法智時的見道仍未圓滿，而且它對於法忍所執之本體並不捨棄，雖然二者並非次第性產生，但從行相不捨棄的角度來說，可以稱為法智，是從所緣對境的角度作的分析。

與緣欲界苦諦而生起的法忍與法智相同，緣上二界苦諦生起類忍與類智。緣集諦等其餘三諦各自生起四剎那的法忍與法智也是如此，即緣欲界集諦生起集法忍和集法智，緣上界生起集類忍和集類智，之後繼續緣滅諦

和道諦。

現證真諦十六心，三種即稱見緣事。

彼與勝法同一地，忍無間智解脫道，

彼前十五剎那間，見未見故稱見道。

現證真諦有十六剎那，可分為三種，即見現證、緣現證、事現證。彼與勝法位是同一地，忍是無間道，智屬於解脫道，其前十五剎那見到前所未見之真諦，因此稱為見道。

根據四諦十六行相的不同，現證聖諦共有十六剎那。若歸納可分為三種，即見現證、緣現證及事現證。見現證是從以無漏智慧現見的角度來講的，因為現量見到四諦十六行相；緣現證則是以無漏相應智慧緣聖諦，也就是說，在現見十六行相的過程中，有智慧、信心、禪定等心和心所來緣真諦，這就是緣現證；事現證是指當知苦諦、斷除集諦、現前滅諦及修持道諦，有注釋中說：智慧現見的過程中，心和心所以外的無漏戒、得繩，以及除心心所以外的不相應行同時存在，它們雖然並非親自現見真諦，也沒有緣聖諦，但在了知苦諦、斷除集諦時起到一定的作用，所以是事現證。

對於現證真諦的十六剎那，有部宗內部的觀點也是不一致的。滿增論師的講義中說，見道有一剎那、四剎那、八剎那，大眾部還承許為十二剎那。四剎那是指苦集滅道四諦由四剎那證悟，八剎那則是欲界有四剎那，

上二界也有四剎那。世親論師認為，一剎那的觀點並不合理，應該承許為十六剎那，《自釋》中引用教證說：「諸聖弟子以苦行相思維於苦，以集行相思維於集，以滅行相思維於滅，以道行相思維於道，無漏作意相應擇法。」從經中所說之義可以了知，一剎那並不合理，因為佛經中已經明顯宣說四諦各有不同行相，比如以無常、苦、空、無我現見苦諦，若僅以某一行相總見四諦則不合理。那經中為什麼說一剎那見真諦呢？世親論師認為，從兩個角度可以說為一剎那，一是從事現證的角度，因為斷除障礙乃一剎那，二是從獲得自在的角度，因現見一諦時，對於其他三諦便已獲得自在，從這兩個角度來說比較合理。法護部的個別論師也認為一剎那的說法不合理，因為獅子賢論師在《般若八千頌注釋》中說：若承認一剎那現見真諦，則四向四果不合理。總的來說，自宗承認以十六剎那現證真諦，如此一來，既符合佛經也符合聖者所證之境界。

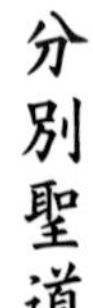

現證聖諦之道依於靜慮六地，與勝法位是同一地之故。真正的見道之對治是何者呢？是以八種忍來對治的。因為在無間道時已經完全斷除所斷，如同將盜賊趕出去一樣。八種智不是對治，因為從所斷中解脫而獲得離得，猶如關上門。

智與忍二者是見道還是修道呢？前十五剎那見到以前從未見到真諦之正道，因此屬於見道。第十六剎那時見道已經圓滿，故而安立在修道中。大乘觀點是十六剎那全部攝為見道。

甲三（現證真諦之補特伽羅）分二：一、宣說分攝；二、結尾。

乙一（宣說分攝）分二：一、離貪者；二、漸次者。

丙一（離貪者）分二：一、向；二、果。

丁一、向：

鈍根者為隨信行，利根者則隨法行。

若未以修斷所斷，及毀一至五所斷，

即為第一預流向，滅九斷前第二向，

欲界或上離貪者，則是第三不來向。

鈍根者稱為隨信行，利根者則為隨法行，若未斷除修所斷以及摧毀欲界一品至五品修斷，即稱為第一預流向；斷滅欲界九品修斷前的六、七、八品者為第二一來向；若已無餘斷除欲界或上界貪欲，即是第三不來向。

八種聖果，即預流向、預流果、一來向、一來果、無來向、無來果、阿羅漢向、阿羅漢果。此八種聖果按小乘說法均屬聖者，按《大乘阿毗達磨》說法，第一個預流向在加行道勝法位也有，其他七個才是聖者。四種聖果中只有一來果和不來果才有離貪者，因離貪者是指以世間修道——息粗相而斷除有頂以外其他八地的煩惱。此處從固定次第的角度首先宣說預流向。

見道第十五剎那時，分別將鈍根者與利根者稱為隨

信行和隨法行。隨信行是指跟隨他人詞句而現證真諦；隨法行則隨從佛經之義現證真諦。此二者於第十五剎那時，依靠世間道一品修斷也未斷除，或者，依靠世間道已經摧毀欲界修斷的一至五品煩惱，即是第一預流向。若已斷除欲界第六、七、八品修惑即是第二一來向。如果已經斷除欲界九品修惑或者遠離上界貪欲則是第三不來向。

表二：

	見道	修道	
	前十五剎那	第十六剎那解脫道	勝果道
欲惑一品未斷及斷一至五品	預流向	預流果	一來向
欲惑斷六至八品	一來向	一來果	不來向
欲惑斷盡至斷無所有處惑	不來向	不來果	阿羅漢向

注：見道位不住阿羅漢向，修道位第一剎那不住阿羅漢果。

丁二、果：

向十六剎住彼果，爾時鈍根利根者，

分得信解見至名。得果未得勝果道，

未精勤修勝道故，名為住果非為向。

三種向於第十六剎那住於彼果時，鈍根者和利根者分別得名為信解和見至。因得果者尚未獲得勝果道，而

且未精勤修持勝果之道的緣故，只名為住果而非後果之向。

預流向、一來向、不來向的隨信行與隨法行兩種補特伽羅住第十六剎那時，分別獲得預流果、一來果、不來果，它們所證無有不同，均為十六剎那，但所斷除煩惱方面並不相同，因此獲得了一來果、不來果等不同名稱。此時，鈍根者依靠其更為廣大的信心獲得果位，故稱為信解者。而利根者依靠自己增上的智慧獲得果位，因此叫做見至者。

斷除欲界一至五品修斷者住地第十六剎那時，有些既是預流果也是一來向，有些則只是預流果而不是一來向，這是什麼原因呢？

一般來說，向與果之間的關係是這樣的，比如一來果，它分為一來果和一來勝果，而預流果也有果和勝果。若獲得預流果之後，仍想斷除此果以外的煩惱，並且精進修持，這時既是預流果也是一來向，或者也可以稱為預流勝果；若無有斷除煩惱之心，那僅稱為預流果而不叫做一來向，因此勝果與後面的向實際是一體的。也有另外一種情況，比如一位一來果聖者，若精勤斷除下一品煩惱，則也可以稱為不來向或者一來勝果；若不願精勤斷除下一品煩惱，就是一來果而不是不來向。也就是說，四果中前三果均有果與勝果之分，比如預流果、預流勝果，預流勝果實際就是一來向；一來果和一來勝果，一來勝果也即不來向；最後的不來勝果即是阿羅漢向，但沒有阿羅漢勝果的說法。

《大圓滿心性休息大車疏》中分大乘僧眾與小乘僧眾，小乘僧眾也分為凡夫僧眾和聖者僧眾，聖者僧眾即四果四向，凡夫僧眾是指四個比丘以上，或者包括居士在內也叫做凡夫僧眾，無垢光尊者說他們是功德之田故；大乘的聖者僧眾就是文殊、普賢等具有斷證功德的菩薩。從小乘的聖者僧眾來講，可分為離貪者和漸次者兩種。雖然大乘也有離貪者的說法，但也只是隨順小乘說法而安立的，大乘自宗並不承認離貪者。大乘究竟觀點只承認漸次者，不承認離貪者，因為煩惱真正要斷除，必須要升起出世間對治的違品，依靠世間道只能將煩惱壓制。經部以上並不承認依靠世間道能夠斷除煩惱，只有出世間道——見道之後才能真正斷除。但有部認為依靠世間道斷除煩惱的聖者，也即離貪阿羅漢不會退失，他的境界特別穩固，因此離貪者一定要通過世間道斷除修斷。

丙二（漸次者）分二：一、相；二、具相之補特伽羅。

丁一、相：

地地功過各分九，上中下品各三種。

每一地的功與過各自皆分為九種，即上、中、下各分三種。

此處的「功」即智慧，「過」指所斷。為什麼叫做漸次者呢？以前通過世間道僅使煩惱得以減輕，卻根本

未斷除煩惱，直至見諦之後，才次第斷除煩惱而獲得四果，這就是漸次者。

為何說無有出世間智慧則無法斷除煩惱呢？因所斷與對治均按順序存在。也就是說，欲界修斷煩惱可分九品，一禪至有頂之間每一地均有上、中、下三品所斷過患，而每一品各自又分為上、中、下三品，因此九地共有八十一種所斷。與此相同，能對治的功德——無間道與解脫道之修道也各有九九八十一種，實際真正能夠斷除煩惱的是無間道，否則金剛喻定也無法安立。那麼，以對治如何斷除所斷呢？以下品道生起而滅盡上品所斷，也即以比較粗大的智慧斷除粗大的煩惱，同理，相續中最細微的煩惱需要最高的智慧來斷除，就好像在火的旁邊，粗大的水很容易蒸發，而細微水漬則需要最旺的火才會消失一樣。

丁二（具相之補特伽羅）分四：一、預流；二、一來；三、不來；四、阿羅漢。

戊一、預流：

尚未斷除修所斷，如是住果極七返，
解脫欲界三四品，二三世生家家者，
摧毀一至五品間。

尚未斷除修斷而住於預流果者，稱之為極七返。若已斷除欲界三品或四品修斷，則分別於三世或二世中轉生，此即稱為家家者。摧毀欲界一至五品修斷是預流勝果。

以前修斷絲毫也未斷除，但已經證悟十六剎那的住預流果者，稱為極七返，也就是還要在天界、人間各轉生七次，這有兩種說法，一種是說最久需要轉七次，一種是必須要轉生七次。在極七返的最末尾是一來果，之後即獲得不來果和阿羅漢果，從此之後再不轉生。按照宗喀巴大師的二十僧伽來講，極七返具有三個特點：證悟十六行相、需投生七次、修斷未斷除。那為什麼要轉生七次呢？《自釋》中以七步蛇作為比喻，被這種蛇咬中以後，走七步必定會死，因為牠有一種不共的能力。同樣，由其定業所致，必定會投生七次。

若欲界當中的三品修斷已經斷除，則於三世中投生，若斷除四品者於二世中投生，這樣的聖者叫做家家者。「家」是指人的家或者天的家。他們有些在天界中轉生，有些在人間轉生。極七返與家家者在所斷方面稍有不同；所證方面相同，皆是證悟十六剎；投生方面不同，一者轉生七次，一者轉生二或三次。

若已經摧毀欲界一至五品修斷則是另一種預流勝果，也就是一來向。極七返與家家者並未獲得預流勝果。預流勝果若只斷四品時，與家家者是否有差別呢？有差別，家家者必定還要轉生兩世，但預流勝果不一定會轉生，沒有固定的時間限制。

戊二（一來）分二：一、向；二、果。

己一、向：

亦為第二果之向。

預流勝果也即是第二一來向，需要返回欲界一次。

己二、果：

滅盡六品一來果，滅盡七品八品過，

亦名一生與一間。

欲界六品修斷已經斷除者即一來果者。滅盡七品修斷後，因還有一生即獲得阿羅漢果，故稱一生一來果；滅盡八品修斷則還有一品煩惱相隔就會獲得不來果，因此稱為一間一來果。

戊三（不來）分二：一、向；二、果。

己一、向：

亦是第三果之向。

一來勝果就是指不再來欲界中，也即第三不來向。

己二（果）分二：一、總說；二、別說。

庚一、總說：

滅盡九品不來果。

欲界九品修惑全部滅盡後，再也不來欲界，因此稱為不來果。

蔣陽洛德旺波尊者的講義中說，欲界以及上界的煩惱全部滅盡。有些注釋中說，不來果者已經斷除自地所有遍行煩惱，因此自地和下地再也不來，比如以欲界身分獲得不來果，則再不會來欲界；若色界身分獲得不來果，就再也不會來欲界和色界。

下面在分析不來果時，沒有講到欲界的情況，因為欲界九品煩惱全部斷除，已經超離欲界。

庚二（別說）分三：一、分類；二、輪番修；三、宣說身現證。

辛一（分類）分二：一、真實分類；二、意義之差別。

壬一、真實分類：

中生有行及無行，趨般涅槃諸上流，

輪修禪往色究竟。彼超半超與遍歿。

餘往有頂無色四，他者此生趨涅槃。

行色界的有中般、生般、有行般、無行般、上流五種涅槃，上流涅槃中有喜勝觀者，其通過輪番修持而生往色究竟天，它又分為全超、半超、遍歿三種；喜寂止者前往有頂涅槃。無色界中除中般涅槃以外共有四種。欲界獲得不來果者即於此處涅槃。

此處按照小乘《俱舍論》的方法對不來果進行分類。不來果者有行欲界、色界、無色界三種。行色界也分五種，中般涅槃、生般涅槃、有行般涅槃、無行般涅槃與上流涅槃。行無色界分為四種，即行色界的五種中，除中般涅槃以外，因無色界無有中有。除行色界與行無色界以外的其他不來果者不行於他處，如舍利子、目犍連等均在欲界獲得不來果，之後獲得阿羅漢果，然後於欲界示現涅槃，不再前往他處。

什麼叫中般涅槃、生般涅槃、有行般涅槃、無行般

涅槃與上流涅槃呢？首先以行色界不來果者為例。中般涅槃，獲得不來果者首先依靠禪定轉生於色界，中有時於色界十六處⑱獲得涅槃或者說獲得阿羅漢果位。那是有餘涅槃還是無餘涅槃呢？《自釋》中並不明顯，只是說其他果屬於有餘涅槃，這也間接說明中般涅槃應該屬於無餘涅槃。有論師說，說此為無餘涅槃是由於與無餘接近之故。全知果仁巴認為，此業由滿業所感，因此屬於無餘涅槃也是合理的。生般涅槃，於中有時未獲得涅槃，而轉生於除大梵天以外的色界十六處，依其前世之修行和精進力，轉生色界後立刻獲得生般涅槃。有行般涅槃，「有行」是勤作、精進之義，也是於十六處中轉生，但成長後通過自己的精進，阿羅漢道自然而然於相續中產生。無行般涅槃，與有行般涅槃不同之處即是不需依靠勤作，僅依靠自己前世修道的力量，今生無勤獲得涅槃。上流涅槃，比如以欲界身分獲得不來果，但依此不能獲得阿羅漢果位，需要再次轉生才可獲得，分為喜勝觀者與喜寂止者兩種。

喜勝觀者，通過因之途徑⑲不同而進行輪番修持，最後通過果之途徑轉生色界最高處，於色究竟天涅槃。此處與前面所說的四種般涅槃有差別，因為前面四種除大梵天以外的十六處中，包括色究竟天均可直接於彼處涅槃，但這裡首先需要轉生於他處，最後再轉生於色究竟

⑱此中不包括大梵天，因大梵天的慢心很重，依此心不能獲得聖者果位。
⑲因之途徑：指因禪定。禪定分因禪定和果禪定兩種，下文的果之途徑即指果禪定。

天涅槃。這也分為全超、半超與遍歿三種。全超是指完全超越梵眾天等處而直接前往色究竟天，如以欲界身分通過四靜慮的禪定進行修持後可以轉生無熱惱天，由於生起下一禪的染污定⑳，於是從無熱惱天的聖者果位中退失而轉生到一禪的梵眾天或梵輔天當中，經過再次修持後大幅度超越四禪十五處，直接到達最高的色究竟天而獲得阿羅漢果位，有些注疏中說三世後獲得阿羅漢果位。因此雖然獲得不來果，但只是不來欲界，還要再次到一禪來，之後才於色究竟天現前阿羅漢果位。半超，不能完全超越梵眾天等處，需要首先轉生無熱惱天，於此處修持全超而轉生色究竟天獲得阿羅漢果，也即首先在欲界中修持禪定，然後轉生在色界任何一處，於此產生一禪的染污性煩惱，於是死後轉生於一禪，通過修持後轉生於色究竟天下面的無熱惱天或無煩天，於此處死後再到色究竟天涅槃。遍歿，依次投生於色界除大梵天以外的十六處，最後於色究竟天獲得阿羅漢果，這一種比較慢，因為首先通過修持轉生色界並從此退失後，需要在色界的每一處轉生，直到色究竟天時獲得阿羅漢果位，由於在十六處中皆得過涅槃，因此稱為遍歿。

喜寂止者，喜歡輪番修持因禪定之智慧無漏法以外的寂止，從一禪到四禪之間的一切凡夫地均一一經過㉑，

---

⑳禪定分染污禪定、清淨禪定、無漏禪定三種。
㉑淨居五天屬於聖者所居處，從聖者中退失而轉生到無色界的情況是沒有的，因此不經過淨居五天。

然後直接或者超越而到達無色界，最後於有頂獲得阿羅漢果位。此處有頂是從身分來講，因無色界的心不明顯，依此不能獲得阿羅漢果位，但以有頂身分可以獲得阿羅漢果。這裡為何不稱為行無色界呢？大乘《般若經》等經典中說：由於未摧毀色界煩惱，而僅是經過色界，因行無色界者必須已經摧毀色界煩惱，因此不包括於行無色界中。

此處主要判斷不來果，本論的分類與大乘基本相同，只是小乘有一些獨特觀點。

壬二、意義之差別：

中生上流各分三，行於色界說九種，
彼等別由業根惑。其中上流未分類，
則許為七善士趣，行善斷惡不還故。

中般涅槃、生般涅槃與上流涅槃每一種又可分為三種，因而行色界的不來果有九種，其差別是由業力、根基、煩惱不同所致。若不對上流涅槃進行分類，則承許為七善士趣，因其具足行善、斷惡、行往上界不再返回的三個條件之故。

佛經中講到行色界的不來果有九種，那是如何分類的呢？第一類是指中般涅槃，它通過火星的比喻可分為迅速、非速與經久涅槃三種，比如火星跳到空中馬上就會消失一樣，有些不來果聖者現前中陰身後立刻會獲得阿羅漢果位，時間特別快速，因此稱為迅速涅槃；或者，鐵匠燒製鐵具時所發出的火星，它跳躍到空中會停留一段時間才熄滅，同樣，在中陰階段停留一段時間才獲得阿羅漢果位者即稱為非速涅槃；如同燒鐵的火星將要落地而未落地時會熄滅一樣，中陰階段快要結束時獲得涅槃稱為經久涅槃。第二類是生般涅槃，前面將生般涅槃與有行涅槃、無行涅槃分開來講，但此處將此二者包括在生般涅槃當中，也即分成生即般涅槃、有行般涅槃與無行般涅槃三種，這只是佛經分類不同而已，無有其他差別。第三類上流涅槃分全超、半超、遍歿三種。

這九種不來果者的差別是以其各自業力、根基以及煩惱的不同安立的。首先從業力來分，其中中般涅槃所包括的三種是順現法受業，也就是即生造業即生受報，因按有部觀點，中陰包括在生有之中，所以屬於順現法受業；三種生般涅槃是前世造業，下一世感受，因此屬於順次生受業；全超、半超、遍歿均屬於順後受業，因為它們均是於幾世當中獲得阿羅漢果位。其次從根基來分，第一類屬於利根，第二類是中根，第三類是鈍根。從煩惱來講，此三類分別是煩惱薄弱、煩惱中等、煩惱深重。其中以根基和煩惱來分時，各自又可分為上、中、下三品，比如，第一類利根可分為上上、上中、上下三類，第二類中根也可分為中上、中中、中下三類，其他均可依此類推。

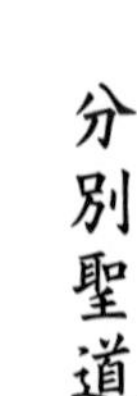

經中說到的「七善士趣」是指何者呢？善士趣是補

特伽羅的一種專用名稱，即七種不來果聖者，也就是上述九類當中，對上流涅槃不作分類，即可承許為七善士趣。那有學具貪者和無學道為什麼不稱為善士趣呢？之所以稱為善士趣，需要具足行持善法、斷除惡業、去往上界不再返回三種條件。而有學具貪者雖然具足前兩個條件，但不具備第三個條件，所以不稱為善士趣。無學道三種條件全部具足，但因其已經脫離六趣，所以不能將其安立為趣。

欲界命終之聖者，無有趣往其餘界，
彼與轉生上界者，無有遍失不練根。

在欲界命終的聖者不會再前往其他界，其與轉生於上二界的聖者均不會出現遍失，而且也不依靠練根。

如果前世已經現見真諦而獲得預流果，然後即生再次轉生欲界人、天之中，並且獲得不來果，那此聖者是否具足上述分類呢？不具足，在這種情況下會於欲界中即生獲得阿羅漢果，並不會前往他處。實際這與前面所講的家家生類似，但這裡只有前世與今世兩次即可獲得阿羅漢果位，而家家生需要兩世或三世。為何不會再前往其他處呢？因其厭離心極其強烈，不願再前往他處，如同眼睛進入毛髮而想盡快取出一樣，聖者以強烈的厭離心想在盡快時間內獲得果位。

但是，佛經中說，帝釋天在三十三天獲得預流果時，在釋迦牟尼佛面前發願：「願我能夠在欲界獲得不來果，之後獲得阿羅漢果位，否則，願我能夠轉生到色究竟天。」佛答以「善哉」而並未制止他。這樣的發願是否合理呢？小乘認為這不合理，《自釋》中說：「彼由不了對法相故，為令喜故佛亦不遮。」那這樣的話，帝釋天雖然不了知對法，釋迦牟尼佛應該知道，佛陀為何說「善哉」呢？有部論師對此回答：釋迦牟尼佛雖然了知，但為了安慰帝釋天，使其生起歡喜心而如此稱讚。宗喀巴大師認為小乘的回答不合理，其實釋迦牟尼佛制止帝釋天也可以，但未作制止是因為小乘《俱舍論》的說法只是從大多數角度進行的宣說，而欲界命終的聖者也有轉生色界的情況，所以本論是以主要而言的。

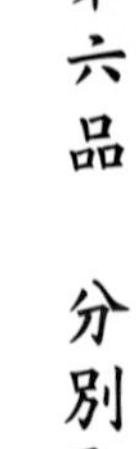

於欲界命終之聖者與轉生上二界的聖者不會出現遍失與練根的情況，因其於生生世世修持聖道，已經十分穩固，故不會出現遍失；通過累劫的修持聖道，根基已經完全成熟，因此也不必練根。那為何阿羅漢等會出現退失的情況呢？有注疏中說，這些退失聖者的身體所依屬於欲界，而心之所依屬於上界，這樣即會出現不穩固的狀況，所以會出現遍失與退失。

辛二、輪番修：

最初輪修第四禪，剎那相雜而成就，
為受生及現法樂，畏懼煩惱故皆修。
斷除五品唯轉生，色界五淨居天處。

最初時輪番修持第四禪，三剎那之間相雜而修後即

已經成就正行，為了轉生淨居天、獲得現法樂住以及畏懼煩惱的緣故而如此修持。因輪番修持五品靜慮而依次轉生到五淨居天。

不來果或阿羅漢果的修行人在最初未生起禪定境界時，依靠第四禪正行而進行輪番修持。由於很容易生起功德而成為易道，而且已經遠離八種過患，可與有漏禪定輪番修持，所以依靠第四禪。那究竟如何修呢？首先修持十六行相當中具有無我、無常等特性的四禪無漏禪定，然後修粗息相的有漏禪定，接下來再修無漏相續，如是三次輪番後即能入定，之後二剎那修無漏、二剎那修有漏、二剎那修無漏，此一剎那或二剎那的修持屬於輪番修之加行。有部認為，若這樣的三剎那能夠融會一體，於一剎那間入定，即為最高的禪定境界，其中前二剎那如同無間道，第三剎那相當於解脫道。但世親論師不贊同這種觀點，他認為只有佛陀才可以有這種境界，不來果的聖者很難做到，也就是說，見與修有所不同，見十六剎那是從反體的角度將一剎那這樣分開進行宣說，但修持時，先修無漏、再修有漏、又修無漏，這時可以從成事剎那的角度來說，但若是時際剎那就很難解釋。

輪番修的所依是這樣的，首先是三洲人類通過輪番修持獲得第四靜慮，通過串習第四靜慮，自然而然可以輪番修持下三靜慮。

為何要進行輪番修持呢？有三個原因，即為了轉生淨居天、獲得現法樂住之等持、畏懼煩惱耽著禪味。若是利根阿羅漢僅僅為獲得現法樂住這種不可思議的等持而修，他既不想轉生淨居天，也不會畏懼煩惱耽著禪味；鈍根阿羅漢雖然不想轉生淨居天，但由於其禪定會退失，因此害怕自相續生起煩惱而進行輪番修；鈍根不來果則以上述三種原因進行輪番修持。

為什麼稱為五淨居天呢？由於因之禪定有五種，所轉生之處必有五個。也就是說，因等持分下、中、上、極上、最上品五種，即一剎那無漏、一剎那有漏、一剎那無漏為下品；上述次第反覆兩次，先是一無漏、一有漏、一無漏，再修一無漏、一有漏、一無漏，這樣六心現前為中品；上品是三無漏、三有漏、三無漏，有九心現前；極上品為四無漏、四有漏、四無漏，共十二心現前；最上品為五無漏、五有漏、五無漏，有十五心現前，若想轉生色究竟天，一定要修最上品的等持。有論師認為，淨居天有五處是由於信根等五根而導致的，但滿增論師認為，五根如同堆在一起的草一樣不能分開，所以這種說法不合理。

辛三、宣說身現證：

獲得滅定不來者，承許彼為身現證。

獲得滅盡定的不來果聖者即承許為身現證。

大乘《現觀莊嚴論》中說，身現證屬於不來果。但身現證與上述所說到的不來果有所差別。身現證是指在

獲得滅盡定時，所有心和心所滅盡，依靠這樣的身體獲得寂滅法。此滅法與真正的涅槃相似，因其二者在所斷方面無有差別，但所證方面有差別。一般大乘阿羅漢也有這樣的，比如迦葉尊者將佛教傳承交付予阿難尊者後，於雞足山入定，直到彌勒佛出世時才出定。

下面是講無學道，按小乘觀點，無學道有兩個，即阿羅漢和佛陀。

戊四（阿羅漢）分二：一、向；二、果。

己一、向：

滅至有頂八品間，皆為阿羅漢之向，

斷第九品無間道，彼即金剛喻等持。

不來果者滅盡有頂八品過患之間皆為阿羅漢向，斷除九品煩惱的無間道也即金剛喻等持。

無色界中最高的禪定即為有頂，其煩惱也分九品，滅盡初禪上上品修斷，直至有頂的前八品煩惱滅盡之間稱為阿羅漢向或者不來勝果。有頂中最細微的第九品煩惱由金剛喻等持滅盡，由於第九品煩惱必定滅盡，而且無有任何障礙，此極其細微的瞬間稱為無間道。所有無間道當中，金剛喻定最為殊勝。

有部認為金剛喻定屬於有學道，它能摧毀三界一切所斷，但並非真正去斷，因為金剛喻定直接的所斷是有頂最細微的第九品煩惱，但從間接或從能力角度來講，它能夠斷除三界所有的煩惱。麥彭仁波切在《智者入門》

中將金剛喻定安立為無學道，無學道也分為加行、正行、後行。《心性休息大車疏》中也講到金剛喻定屬於無學道。因此，大乘中認為金剛喻定在十地末尾出現，而小乘認為金剛喻定是在不來果的末尾出現。

己二（果）分七：一、真實宣說果；二、旁述斷除所斷之理；三、智之生理；四、沙門之攝義；五、梵輪；六、沙門果之得法；七、阿羅漢之分類。

庚一、真實宣說果：

彼滅得生盡智時，稱為無學阿羅漢。

滅除一切煩惱、獲得盡智與無生智時即稱為無學道或阿羅漢。

按有部觀點，當阿羅漢向者以金剛喻定滅盡三界中最細微的有頂下下品修斷之得繩，並且生起盡智與無生智時，由於所斷與所證皆已圓滿，從此不再需要修學，所以稱為無學者。因為已經圓滿自利，之後便可利他，所以也叫做阿羅漢，從此以後，成為凡夫以及有學道之應供處，《花鬘論》中說：無學道可以成為人天應供處，因其相續中具足功德之故。

庚二（旁述斷除所斷之理）分三：一、以何道斷何地之所斷；二、以何地斷何地之所斷；三、世間道之所緣。

辛一、以何道斷何地之所斷：

有頂離貪依出世，其餘地則依二種，

依世間道離貪聖，彼之離得亦有二。

有說依出世亦爾，已捨不具煩惱故。

解脫有頂之一半，生起上禪同不具。

有頂中若遠離貪欲需要依靠出世間道，其他八地則需依靠兩種，而依靠世間道離貪的聖者相續中具有二種離得。有些論師認為依靠出世間道也是如此，因為捨棄無漏離得而且不具煩惱之故。並非如此，解脫有頂九品煩惱之一半者以及生起上禪境界者都不具足煩惱。

此處的道是指世間道與出世間道。小乘認為除有頂以外，以世間道與出世間道皆可斷除煩惱。那以何種道遠離有頂之貪呢？以世間道不能遠離有頂之貪，因有頂在世間道中最高，其上再沒有世間道能夠作為對治；自地也不能作為自地的對治，因為如果依靠世間道則自地煩惱還會增長；空無邊處、識無邊處較有頂下劣，故不能對治有頂煩惱。除有頂以外的欲界、色界四禪、三無色通過出世間道——觀十六行相，以及世間道的粗息相均可斷除煩惱。

有部認為，以世間道遠離貪欲的凡夫相續中只具足有漏離得，其境界相對來說比較不穩固；聖者相續中則具足有漏和無漏兩個離得，因其依靠世間道斷除貪欲，故具足有漏離得，由於獲得了無漏智慧也具足無漏離得，所以，以世間道斷除所斷比較穩固。

有部的個別論師說：依靠世間道離貪可以具足兩種離得，同樣以出世間道離貪的聖者相續中，也應該具足

有漏、無漏兩種離得，否則，鈍根不來果者依靠出世間道遠離空無邊處以下的貪欲，那他在練根時應該具有空無邊處的煩惱，因為練根時已經捨棄鈍根的無漏離得，而當時並不存在有漏離得，因此這位不來果聖者相續中應該具足前面的煩惱，不具足離得之故。但這一點不合理，因為練根之後的聖者雖然已經捨棄無漏離得但並不具有煩惱，所以他們相續中應該具有有漏離得。

經部宗對此觀點進行破斥。並非如此，比如有頂中已經斷除七品煩惱，通過練根而到達第八品，此時已捨棄無漏離得，因有漏離得並非有頂之對治，所以其相續中也無法獲得有漏離得，但他們並不具足已經遠離的煩惱。另外，一位欲界凡夫依靠世間道獲得第一禪，這時若生起二禪等境界，則欲界的離得通過轉地而捨棄，若按照汝宗觀點，則其相續中也應具有欲界煩惱，但實際上，他已經不再具足欲界煩惱，否則他不會轉生到色界。經部宗說：世間道只具足壓制煩惱的能力，出世間道則有斷除煩惱種子的能力，這樣宣說合情合理，而你們所謂的離得實在讓人摸不著頭腦。

辛二、以何地斷何地之所斷：

依於無漏未至定，能離一切地之貪。

勝三地由未至定，或禪生未解脫道，

上地非由未至定，聖八能勝自上地。

依靠無漏未至定可遠離一切地之煩惱。勝伏欲界、

一禪、二禪此三地時，鈍根者與利根者分別由未至定、正禪中生起末解脫道，四禪以上並非由未至定生起末解脫道。聖者以八種無漏靜慮可勝伏自地及上地之煩惱。

無漏本體之未至定地可遠離九地之貪，如一禪無漏未至定於自相續生起時，欲界煩惱、自地煩惱乃至無色界之間，包括有頂在內的一切煩惱皆可斷除，因為無漏未至定是三有的對治。有人以此頌作為根據，說《俱舍論》屬於頓悟法門，因為依靠未至定，在一瞬間可以斷除三界的一切煩惱，比如一個凡夫經過修持獲得預流果時，無需經由一來果與不來果，而是依靠一禪未至定直接趨入阿羅漢果位，按小乘自宗來講，這種情況屬於頓悟。

通過未至定生起無漏智慧斷除一切貪欲時，稱為末解脫道。比如欲界最後的九品煩惱全部斷盡即為欲界末解脫道；若一禪一切煩惱斷盡而生起解脫智慧，則稱為末解脫道智慧。這樣一來，若以未至定從下地離貪的末解脫道是未至定的本性，還是正禪的本性呢？若是一位利根者，以未至定勝過欲界、一禪與二禪之煩惱時，末解脫道從正禪中生起，因未至定之捨受可無有障礙地轉移為正禪之意樂受與身樂受；鈍根者並非如此，他在勝伏煩惱的過程中，未至定的捨受無法轉移，因此其末解脫道仍屬於未至定的本體。遠離三禪貪欲需要第四禪的未至定，也即三禪的末解脫道由四禪未至定中生起。四禪以上的末解脫道均由正禪中產生，因四禪全部為捨受，

不需觀待勤作可自然而然生起。

聖者依靠八地可勝伏自地與上地煩惱，也即色界四禪、無色界下三靜慮，其中第一禪分殊勝禪與殊勝正禪，整個三界中只有這八地可以勝過自地與上地之煩惱。比如無色界最高的有頂無有其他的對治，但依靠無所有處之正禪即可斷除有頂煩惱。這裡說「不能」勝伏下地煩惱，實際上，下地煩惱已經在未至定時斷除，不必再斷，因此說不能斷除下地煩惱。

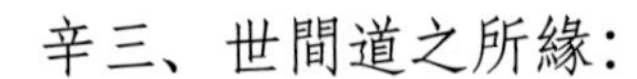

辛三、世間道之所緣：

世間解脫無間道，依次而緣上下地，

即為靜等粗等相。

世間的解脫道與無間道按照次第分別緣上地和下地，也即解脫道緣上地所具足的善妙、清淨、出離之行相；因下地觀待上地而需要勤作，故無間道緣粗、劣、障三行相。

庚三、智之生理：

不動盡智起無生，否則盡智無學見，

彼諸羅漢皆具足。

不動法阿羅漢在生起盡智後，會隨之出現無生智，其他阿羅漢在生起盡智後只是生起無學見，它們在所有阿羅漢的相續中具足。

盡智生起後，會無間生起什麼智呢？阿羅漢有六種，其中不動法利根阿羅漢不會退失，盡智[22]生起後，煩惱再

不會產生的無生智[23]會無間產生。非為不動種性的阿羅漢，盡智中不會生起無生智，所產生的只是盡智相續和無學見。所謂的無學正見一切阿羅漢皆可生起，但不動法阿羅漢隨無生智而生。

庚四、沙門之攝義：

沙門之性無垢道，果即有為無為法，

彼等各有八十九，解脫道及一切滅。

沙門之性是指無垢無間道，其果是有為法與無為法，它們各自皆有八十九種，分別是解脫道以及滅盡所斷之滅法。

「性」有方便之義。「沙門」，《毗奈耶經》中說，行持沙門四法之人稱為沙門。此處則是指沙門四果，也即徹底息滅各種煩惱之相續的聖者補特伽羅。那何為沙門之性？能直接得果之無垢無間道，依此可以直接息滅煩惱，於自相續中獲得聖果。何為沙門之果？即解脫道的有為法，指所得之功德；遠離所斷的無為法，也就是滅盡一切煩惱的滅法。對每一果若作廣說，則各有八十九種，是哪些呢？見斷有八類，即八種類智，因法智屬於無間道而未到達解脫道，所以不包括在內；九地有八十一種修斷，見修共有八十九種所斷。沙門之性是

㉒盡智：克什米爾論師承許，對一切諦「我已遍知苦、我已斷除集、我已現前滅、我已修持道」，此等入定證悟依靠後得來確定。

㉓無生智：克什米爾論師承許，對一切諦「遍知苦諦亦無所知、斷除集諦亦無所斷、現前滅諦亦無所現、修持道諦亦無所修」，依靠後得來決定即為無生智。

指能斷除上述見修所斷的八十九種無間道，沙門之果即有為法的八十九種解脫道以及滅盡所斷的八十九種無為法。因此，有為無為之果共有一百七十八種。

有五因故立四果，果前捨道得勝果，

總集滅法得八智，以及獲得十六相。

以五種原因安立四果，五因即果之前捨棄向道、獲得勝果、得到總集滅法的一個得繩、獲得八種智、完整獲得十六行相。

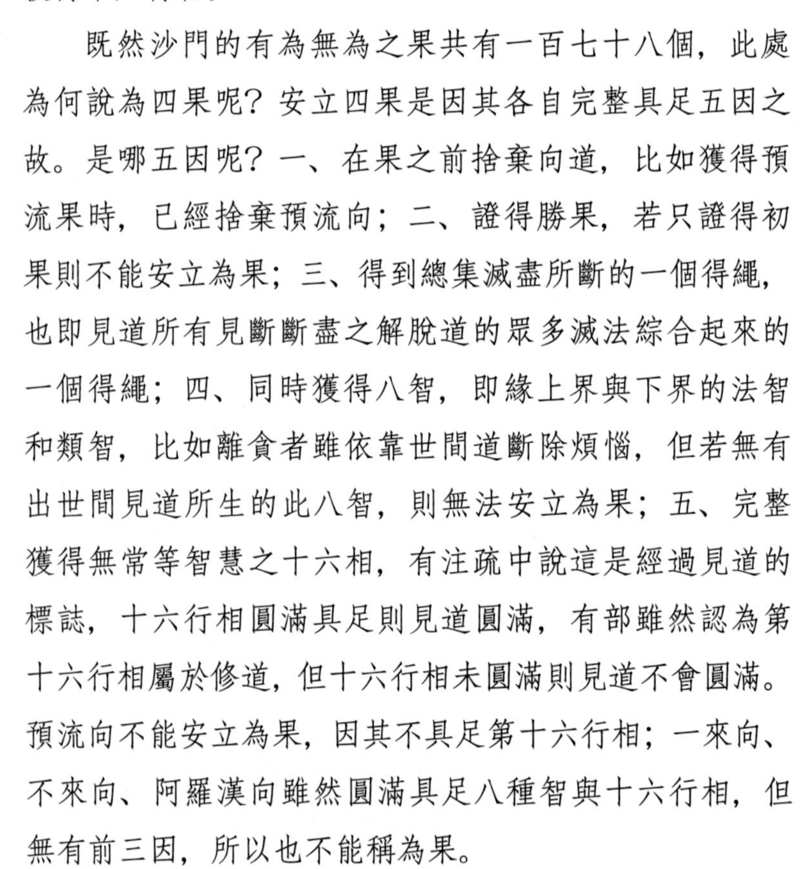

既然沙門的有為無為之果共有一百七十八個，此處為何說為四果呢？安立四果是因其各自完整具足五因之故。是哪五因呢？一、在果之前捨棄向道，比如獲得預流果時，已經捨棄預流向；二、證得勝果，若只證得初果則不能安立為果；三、得到總集滅盡所斷的一個得繩，也即見道所有見斷斷盡之解脫道的眾多滅法綜合起來的一個得繩；四、同時獲得八智，即緣上界與下界的法智和類智，比如離貪者雖依靠世間道斷除煩惱，但若無有出世間見道所生的此八智，則無法安立為果；五、完整獲得無常等智慧之十六相，有注疏中說這是經過見道的標誌，十六行相圓滿具足則見道圓滿，有部雖然認為第十六行相屬於修道，但十六行相未圓滿則見道不會圓滿。預流向不能安立為果，因其不具足第十六行相；一來向、不來向、阿羅漢向雖然圓滿具足八種智與十六行相，但無有前三因，所以也不能稱為果。

以上是有部觀點，按照《瑜伽師地論》當中聲聞地的觀點來講，若斷除轉生惡趣之因，即安立為預流果；斷除連續轉生為人與天之煩惱因，安立一來果；斷除欲界煩惱，於色界中可以轉生，即安立為不來果；斷除三界之因與習氣則安立為阿羅漢果。

以世間道得果者，混雜持無漏得故。

以世間道獲得一來果或不來果者，將有漏離繫果與無漏離得融為一體而獲得，因此也可稱為沙門果。

既然只有在無漏無間道時才會獲得總集之滅法，那離貪者以世間道斷除修斷所獲得的一來果與不來果是否為沙門果呢？是沙門果。實際並非僅僅依靠世間道獲得一來果與不來果，而是通過世間道斷除修斷所獲得的有漏離繫果與通過見道十六行相獲得的無漏離得二者混為一體。意思就是說，以世間道修持時所獲得的有漏離得總集起來，與無漏離得融為一體而修持，所以可以稱為是沙門果。

庚五、梵輪：

彼名梵性即梵淨，亦為梵輪梵轉故，

所謂法輪為見道，迅速行等具輻等。

沙門性中的無漏無間道是梵淨之故，也稱梵性；亦叫做梵輪，由梵天所轉之故。所謂法輪即為見道，因其具足迅速和運行等特點，妙音尊者認為，具足輪輻等之緣故，才將其稱為法輪。

獲得見道時的無漏無間道也叫做梵性，由於斷除煩惱，十分清淨也即是梵淨。也叫做梵輪，表面看來是梵天之輪，但此處「梵」指出有壞㉔佛陀，「輪」即轉法輪，因為釋迦牟尼佛初成道時不願轉法輪，梵天與帝釋天供養法輪、海螺以作祈請，佛陀才開始轉法輪。《三戒論》當中佛初轉法輪的緣起講得非常詳細。為什麼稱為梵輪呢？就像車輪通過發動可以在大地上運轉一樣，佛法通過佛陀的威力於眾生相續中不斷輪轉，使佛陀所證悟的境界一直不停地輪轉，此即為轉法輪。這裡的法有證法和教法兩種，其中證法的轉法輪，是指一個傳承上師相續中的證悟境界傳遞到弟子相續中，這樣接連不斷的流傳；教法則通過補特伽羅耳傳，人與人之間無有間斷向下流傳。《自釋》中說：「於所化生身中轉故。」

那所轉的法輪究竟是何者呢？有部認為，真正的轉法輪是指獲得見道或者所傳之法為見道之法，才能稱為轉。為什麼見道才是真正的轉法輪呢？佛初轉法輪有五比丘以及八萬天子現見真諦，此時，整個天界到處都開始宣揚，「釋迦牟尼佛出世了，並且已經開始轉法輪」，因此佛經中將法輪安立為見諦的原因即是如此。那資糧道與加行道是否屬於轉法輪呢？對《現觀莊嚴論》作注疏的法友論師說：資糧道與加行道可以說是法輪，但真

㉔出有壞：「有」即三有，「壞」是毀壞，「出有壞」指具足四種功德、摧毀六種所斷。

正的法輪應為見諦。此處有些不同觀點，世親論師在頌詞中將法輪安立為見道，但《自釋》中卻說「一切道」，也即見道、修道以上。滿增論師與甲智論師說：世親論師所說的一切道是指見道、修道、無學道。因此世親論師站在經部觀點時也承認見道、修道、無學道均屬於轉法輪。那為什麼佛經中說釋迦牟尼佛第一轉法輪時轉法輪，並未說見道、修道、無學道呢？滿增論師認為，這是從初轉的角度來說，因初轉法輪時，有五比丘及八萬天子獲得了見道，依此來講，安立為轉法輪，實際修道和無學道均可包括其中。從大乘角度，都承認見道、修道、無學道屬於法輪，但由於資糧道與加行道是見諦之因，所以也可以稱為轉法輪。

《自釋》中還從十二行相進行分析，何為十二行相？如云：「謂此是苦，此是集，此是滅，此是道。此應遍知，此應永斷，此應作證，此應修習。此已遍知，此已永斷，此已作證，此已修習。」為什麼稱為轉呢？如「由此法門往他相續令解義故」。

以前上師如意寶也說過，格魯派在每年元月十五號——宗喀巴大師圓寂的日子，會舉行盛大的法會、辯論，他們就專門圍繞轉法輪和發菩提心兩個問題進行精彩的辯論，我們學院的一些辯論場合以及大法會中也經常以此作為辯論的主題。

為何稱為法輪呢？因為與轉輪王的七寶之一——寶

輪相似，所以稱為法輪。如何相似呢？寶輪具有迅速運行、離一處而往另一處、勝伏未伏者、鎮服已伏者、騰空而起、降落低處五種特點。同樣，見道也具足上述五種特點，以非常速疾之行捨棄緣前十五行相真諦的智與忍，趨入第十六行相；以無間道勝伏未勝伏之見斷；以解脫道受持離得而鎮服已勝伏者；超越上界之聖諦，即以解脫道緣上地；降至欲界之聖諦，即以無間道緣下地。妙音尊者則認為，因見道八正道與寶輪之輪輻、輪轂、輪輞相同的緣故，所以稱之為法輪，其中慧學的正見、正思維、正勤、正念如同輪輻，正定如同輪之邊緣——輪輞，戒學的正語、正業、正命正如輪子的中央部分——輪轂，因為戒學是定學與慧學之所依。《大乘阿毗達磨》認為法輪與七覺支相對應，但此處認為法輪即為見道，而八正道屬於見道功德，故與八正道對應。

庚六、沙門果之得法：

欲界中獲前三果，末果則由三界得，

此無見道無出離，經云此始彼究竟。

欲界中可以獲得前三果，阿羅漢果於三界中皆可得到。上二界無有見道，因其無有出離心之故，佛經中說，見道是以欲界為開端，上界為究竟。

沙門果於何界中獲得呢？預流果、一來果、不來果三者只能於欲界中獲得，阿羅漢果可以在三界中獲得。

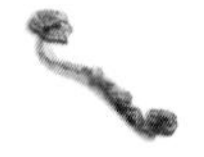

離貪不來果依靠上二界的身分斷除修斷，那為什麼

不能在上界獲得果位呢？佛經中說：中般涅槃至上流之間的五種補特伽羅以欲界作為見道的開端，於上界究竟。而且，上二界的有情貪執禪樂，無有苦受，以此必定不會產生厭離心，所以不會於其相續中出現聖道。正因為如此，生活的挫折與痛苦常常是修行的一個很好助緣，尤其是修行好的人，違緣越多其境界也會越來越高，如同森林起火一樣，樹木越多，火焰就會越茂盛。

庚七（阿羅漢之分類）分四：一、真實分類；二、法之差別；三、退失之分類；四、別說轉根之理。

辛一、真實分類：

許阿羅漢有六種，前五以信勝解生，
彼等解脫觀待時，不動法者不動搖，
故彼不待時解脫，彼由見至因所生。

承許阿羅漢有六種，其中前五種為鈍根，以信解而生，他們的解脫需要觀待時間；第六種不動法阿羅漢根本不會動搖，故其不觀待時間因緣即會獲得解脫，因其由見至所產生。

既然說不動法阿羅漢從盡智中產生無生智，而其他阿羅漢則從盡智中產生無學見，那阿羅漢究竟分多少種呢？有六種，即退法羅漢、思法羅漢、護法羅漢、安住法羅漢、堪達法羅漢與不動法羅漢。退法羅漢：即使遇到微小違緣也會導致從證悟中退失；思法羅漢：因擔心自己的境界會退失而在未退失之前思維死亡；護法羅漢：

因害怕退失而隨時隨地守護自己的根門；安住法羅漢：雖以微小違緣不會退失，但以比較大的違緣會導致於證悟中動搖；堪達法羅漢：其本為鈍根，但通過練根而成為利根，不論遇到任何違緣皆不會退失；不動法羅漢：因是利根者，故證悟後再不會退失。其中前五種阿羅漢屬於待時解脫，因為他們的心解脫、現前等持需要觀待順緣資具、無病、對境之差別等；第六不動法羅漢不會因煩惱等因緣退失，所以是不待時解脫，為何稱為不動呢？因其前世對善法的修行具足恆時精進與恭敬精進，若僅具足其中一者即成為中根者，若二者均不具足則成為鈍根者。所以，有部認為，根據前世是否具足精進行，可以分鈍根與利根兩種，因為由不同的因中必定產生不同的果。待時也分兩種，一是觀待因緣，二是指暫時不會退失。《自釋》中從暫時和究竟兩個角度來講，其中不待時指永遠不會退失，待時則需要觀待資具具足、身體無病、無有貪嗔之對境等暫時不會退失。

鈍根者通過練根可以轉變自己的種性，但練根有兩種情況，即有學道練根和無學道練根。其中於因地有學道時，雖然不是利根，但通過練根可以成為堪達法種性；另一種是在得到阿羅漢的無學果位之後繼續練根，比如退法阿羅漢通過練根，可以成為堪達法阿羅漢。

辛二、法之差別：

有者初為彼種姓，有者後由練根成，

四由種五從果退，並非是從初退失。

有些阿羅漢最初即是各自之種性，有些則是通過練根而成。有四種阿羅漢會從種性中退失，有五種會從果上退，最初的預流果不會退轉。

阿羅漢為何會有鈍根與利根之別呢？本論認為，從無始以來，眾生即有利根和鈍根之分，有些鈍根也可以通過練根而成為利根。無垢光尊者在《心性休息大車疏》中也曾說過，普賢王如來最先證悟，而其他眾生仍然處於迷惑之中，其原因就是眾生最初即有利根與鈍根之別，這一點《俱舍論》中也如此承認。

會退失的阿羅漢是從果位中退還是從種性中退失呢？中間的四類——思法阿羅漢、護法阿羅漢、安住法阿羅漢、堪達法阿羅漢既會從種性中退失，也會從果位中退失，比如護法羅漢退失到思法羅漢；退法阿羅漢不會從種性中退失，因為再沒有比此更低之種性了，但他會從果上退失，即從無學道退到有學道；不動法阿羅漢既不會從種性中退失也不會從果上退失，因其屬於利根者，不會再度生起煩惱，所以，從種性上退但果上不一定會退。果上退而種性上也不一定退，比如堪達法阿羅漢，其相續中生起煩惱退到思法阿羅漢，種性雖然已經退失，但果上並沒有退；若退到不來果，則此時，不僅阿羅漢的種性已經退失，而且果也已經退失了。如果最初即已決定之種性絕對不會退，因其於有學位時種性就已經確定，而且通過有學與無學兩個道已經穩固。

其中從果中退失時，由於預流果見道十六行相的違品已經完全斷除，因此不會再度退轉，離貪的一來果和不來果依靠世間道與出世間道已經十分穩固，所以也不會退失。按照小乘觀點，修斷是有基的，因此生煩惱會有一個過程，但見斷屬於無基，因此不會退失。他們認為修道和無學道都有退失的情況，但大乘一般不承認這種觀點。

有學異生具六種，見道之時無轉根。

有學道與凡夫異生也有六種種性，見道之時無有練根的情況。

是不是只有阿羅漢才具足上述六種種性呢？由於阿羅漢的直接或間接前提即是有學聖者與非聖者的異生凡夫，所以他們也具有退法等六類種性。那鈍根者通過練根轉變為利根是在哪一階段呢？見道時屬於入定之一相續，於一座間圓滿見道十六行相，故於此時不會出現練根的情況，只有資糧道和加行道的異生位、有學信解以及無學道之加行階段才會出現轉根的情況。其中信解者是指有學者獲得一來以上境界的聖者，他們於無漏中轉根；凡夫因為欲使自己變為利根者而依靠加行道、無間道與解脫道來轉變。

辛三、退失之分類：

當知退失有三種，即得未得受用退。

佛陀唯有末受用，不動亦中餘有三。

退失共有三種，即已得退、未得退、受用退，佛陀只有末尾的受用退，不動法羅漢也具足未得退，其他均具足三種退失。

退失有已得退、未得退與受用退三種。已得退是指原本已經得到的功德，後來又失去了，有些人說：原先我的信心很大，但現在已經退下去了。這也屬於已得退。未得退是指應得之功德卻尚未獲得，比如凡夫未得到佛陀的功德。按大乘說法，既然還未得到怎麼能稱作退失呢？但小乘認為，相續中未得到屬於一種退失。受用退，雖然相續中具足功德，但卻隱藏起來不現前，比如佛陀原本具足現法樂住之等持，但由於未現前享用，因此稱為受用退。

何者具足這三種退失呢？佛陀只具足受用退，因佛陀雖然一切功德圓滿具足，但有些卻不會現前；不動法阿羅漢在受用退的基礎上，還具足未得退，比如佛陀十八不共法等功德仍未得到，實際上，小乘認為佛陀與獨覺全部包括在不動法阿羅漢當中；凡夫與五種鈍根阿羅漢具足三種退失，因為他們仍未得到佛陀的功德，而且已經得到的功德也會退失。

從果退者無死亡，彼不行持非法事。

鈍根阿羅漢從果中退失後，未恢復前不會死亡，因其不行持非法之事。

這些阿羅漢既然會退失，那會不會即生退失後，再次造惡業而下墮惡趣呢？不會，就像強力敏捷之人被絆倒後立刻又可以站起來一樣，阿羅漢雖然從果位當中退失，但即生會馬上恢復其果位，《毗奈耶經》中說，阿羅漢由於以前的習氣所致，會有跑、跳等放逸行為，但不會造作真正的惡業，即使有人對阿羅漢作邪淫，但因阿羅漢相續中無有此種煩惱，所以也不會犯戒。

因此，小乘有部認為有五種阿羅漢會退失，但經部以上並不承認，他們認為阿羅漢已經斷除了三界輪迴的煩惱習氣，就連非理作意也已斷除，所以不論遇到何種外境也不會生起煩惱；大乘也認為阿羅漢永遠不會退失。那小乘佛經中經常說到退失，這樣說的密意是什麼呢？阿羅漢在遇到某些外境時會生起分別念，由此說為退失，並非真正從果中退。

辛四、別說轉根之理：

不動法者久串習，解脫無間道各九，

見至者各一即可，無漏人中得增上。

無學九地有學六，增捨勝果得果故。

通過練根而轉為不動法者，需要九解脫道與無間道，信解者與見至者則各需一個即可，聖者轉根需無漏法，以人類身分可以增上。無學道以靜慮九地轉根，有學道則依靠靜慮六地，轉根時捨棄鈍根所攝勝果而獲得利根之初果。

通過練根轉變為利根時需要多少道呢？堪達法羅漢轉為不動法羅漢時，需要九解脫道與九無間道，堪達法羅漢在有學道與無學道當中長久串習鈍根種性，很難在短時間內轉變為利根，因此需要通過世間道與出世間道，即三界九地有漏的智慧以及出世間道觀十六行相，這樣九地各有一個無間道與解脫道，共需要九個解脫道與九個無間道。最初即是信解者或見至者，如果在有學道中見諦時馬上轉根，因習氣比較薄弱，所以只需要一個解脫道與一個無間道即可轉根。

轉根之道是有漏法還是無漏法呢？聖者以無漏道來轉根，比如堪達法阿羅漢相續中的根屬於無漏，當他轉根時，若所捨屬於無漏道，則能捨也應該是無漏道，因以有漏無法捨棄無漏。凡夫以有漏道轉根，比如以前不具足對釋迦牟尼佛的信心，後來通過看佛陀的傳記，才知道佛陀是通過多生累劫的苦行、精進行持菩薩道，最後才成就佛果的，這樣原本無有信心的根轉為有信心之根，所以是依靠有漏的道，所有五根均可如此轉變。

轉根的所依身分是人類，因為只有人類才有勤奮與修行的機會。若轉生為天人，每天都會在放逸中度過；若轉為旁生則每天在痛苦與受役使當中度過，根本沒有精進修行的機會和能力。人類通過練根是可以轉變的，有些人有自輕凌懶惰㉕，認為自己不能成為一個好的修行

㉕自輕凌懶惰：聲稱自己無有能力行善而懈怠。

人，所以也就根本不必精進了，實際上，只要有勇氣和精進，每一個人都是可以轉變的。

有學道與無學道的轉根需要依靠何地呢？無學道的練根者依靠靜慮九地中的任何一地均可轉根。按有部觀點，有頂不能現前無漏禪定，除此之外的八地以及殊勝正禪，均可現前無漏禪定。有學道轉依之地各有不同，一來果者依靠未至定轉根；不來果者則依於靜慮六地轉根，因為轉根時需要捨棄鈍根所攝之勝果，獲得利根所攝的初果，但不來果主要是斷除欲界煩惱，無色界中無有不來初果，所以不來果轉根時不依靠無色界。

此處雖然是在講小乘聖者，但反觀自身也可以了解何為轉根，比如有些道友到學院時，連皈依是什麼意思都不明白，但後來離開時已經精通顯密眾多經論所講的道理了，這就是一種練根。

乙二、結尾：

二佛以及七聲聞，彼九乃九根性者，

七者以根加行定，解脫二者所安立。

中佛、佛陀以及七種聲聞阿羅漢由九種根性安立，後七種根據其根基、加行、禪定、解脫以及二者而安立。

有些經典中經常說「頂禮出有壞大阿羅漢」，有些人說是不合理的，因為阿羅漢是小乘說法，大乘應該叫做正等覺，實際將佛陀稱為大阿羅漢也是可以的，因為「羅漢」是摧毀煩惱、增上功德之義。小乘觀點也認為阿羅

漢可以分九種，即圓滿正等覺與緣覺，此為二佛；不動法羅漢有本來利根與練根兩種，故聲聞阿羅漢共有七種，因此阿羅漢共有九種。

為什麼會有九種呢？因為利根、中根與鈍根各分三品，共有九種，即退法阿羅漢是鈍根中的鈍根，思法羅漢是鈍根中的中根，護法阿羅漢是鈍根中的利根；安住法羅漢是中根中的鈍根，堪達法羅漢是中根的中根，通過練根而成的不動法阿羅漢屬於中根當中的利根；本來利根的不動法阿羅漢是利根中的鈍根，緣覺是利根中的中根，佛陀是利根的利根。

表三：

利根	利根：佛陀	二佛
	中根：緣覺	
	鈍根：本來利根不動法	
中根	利根：練根不動法	
	中根：堪達法	
	鈍根：安住法	七聲聞
鈍根	利根：護法	
	中根：思法	
	鈍根：退法	

聖者根據情況不同，也分為七種，即隨信行聖者、隨法行聖者、信解聖者、見至聖者、身現證聖者、慧解脫聖者及俱解脫聖者。這七種聖者是根據什麼安立的呢？隨信行聖者與隨法行聖者從加行角度安立，因為他們在

資糧道與加行道時的加行不同，一者信奉他人詞句，比較鈍根，一者則隨法而行，依靠自己的能力進行判斷，大家在修行過程中應該依靠自己的能力進行判斷，這一點比較重要。信解聖者與見至聖者從根性的角度安立，因為信解者的信心十分殊勝，故從信心上安立；見至者的智慧超勝，故從智慧上安立。身現證聖者已經獲得滅盡定，所以是從滅盡定的側面安立的。慧解脫是從解脫角度安立的，此處「解脫」是指智慧，因為依靠智慧可以從煩惱中解脫。俱解脫是指既有智慧也有禪定，因此是以滅定與解脫二者安立的，以此二者分別脫離解脫障與煩惱障，煩惱障也即指根本煩惱與隨眠煩惱，解脫障則是對解脫所起的障礙，此二障全部斷除稱為俱解脫。

《寶性論》中講到煩惱障與所知障兩種障礙，《辨中邊論》說煩惱障、所知障和滅定障，麥彭仁波切與宗喀巴大師認為所有的障礙均可包括在煩惱障與所知障二者中，而榮敦巴大師則認為煩惱障與所知障不一定包括所有的障礙。實際上，以煩惱障與所知障二者應該可以包括所有障礙。本論中無有所知障的名稱，麥彭仁波切說：小乘沒有所知障的說法，但除煩惱障以外的解脫障實際就是所知障，只是名稱不同而已。對於聲聞阿羅漢是否證悟法無我的問題上，麥彭仁波切與宗喀巴大師也有不同說法。總的來講，聲聞阿羅漢應該已經證悟了法無我，因為他們已經斷除解脫障之故。《定解寶燈論》中說聲

聞阿羅漢已經證悟法無我的原因也即如此，即使按小乘自宗觀點，若不承許已經斷除部分所知障也不合理，因為此處已經明顯宣說了聲聞羅漢需要斷除解脫障，此解脫障實際就是指所知障。

彼等實體則為六，如是三道各為二，

得滅定乃俱解脫，依慧即是慧解脫。

七種聖者若以實體來分則有六種，即見、修、無學道三者各有兩個，獲得滅盡定者為俱解脫，依靠智慧則是慧解脫。

如果歸納而言，上述七種聖者在見道、修道、無學道中分別以鈍根利根之別而分，共有六種實體。見道為隨信行者與隨法行者，修道是信解者與見至者，無學道則分為待時解脫與不待時解脫兩種。

俱解脫與慧解脫二者分別是指什麼呢？俱解脫是指不僅具有無我的智慧，而且依靠禪定正行已經獲得滅盡定，依靠這種智慧與禪定分別遣除煩惱障與解脫障。由於他們具有神通等，故而稱為有嚴阿羅漢。慧解脫之禪定未進入正行，於未至定時依靠智慧斷除其煩惱障礙，因未獲得滅盡定而無有神變等，故也稱為無嚴阿羅漢。宗喀巴大師在《金鬘論》中專門分析了有嚴阿羅漢與無嚴阿羅漢，與小乘的解釋方法基本相同。所以說，禪定與智慧都是很重要的，以前法王如意寶也講過，有些大成就者依止過許多善知識，他們依照佛經論典的教理去聞思，然後通過精進的修行獲得成就，因此，他們既具足禪定也具足智慧，所造的論典非常符合經論教義。有些大成就者沒有依止過善知識，但依靠特殊的因緣已經證悟，這樣一來，雖然他證悟的智慧已經超越一般人，但其他方面可能會稍有欠缺。

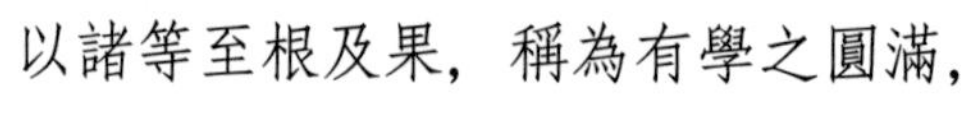

以諸等至根及果，稱為有學之圓滿，

依根與定圓無學。

以等持、根、果而圓滿者稱為有學圓滿，依靠根與禪定圓滿者為無學圓滿。

經中說到有學圓滿與無學圓滿，那此二者是什麼意思呢？有學圓滿有三種，即獲得與解脫相同的滅法者以滅定而圓滿，比如身現證聖者就是在即生中現前滅盡定而圓滿的；不被外緣所奪之利根者以根來圓滿，如見至者；斷除欲界所屬的五種順下分煩惱，所獲之果為不來果，這是以果而圓滿。無學圓滿有以根圓滿、以滅定圓滿兩種，以根圓滿的是指利根，如不動法阿羅漢；以滅定來圓滿，比如待時解脫。或者，以根來圓滿的是慧解脫者，以定、慧二者圓滿的是俱解脫者。

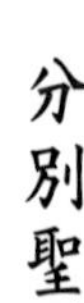

甲四（宣說現證之道）分三：一、宣說加行等四道；二、宣說一切住地與住根之道；三、宣說菩提分法。

乙一、宣說加行等四道：

總之道即有四種，謂勝進道解脫道，

無間道及加行道。

總的來說，道有四種，即勝進道、解脫道、無間道、加行道。

道有各種各樣，比如顯宗道、密宗道、大乘道、小乘道……但略而言之，則有四種道，即加行道、無間道、解脫道、勝進道。分別如何解釋呢？加行道是指在一個道的末尾生起無間道；無間道是直接斷除所斷，它就如同將盜賊趕出門；解脫道即斷除所斷的第一刹那；勝進道是居於前三道之上的漸進道，這時就像盜賊趕出去後將門關上。這四個道在每一道中皆可運用，比如資糧道中的小資糧道，它也有這四個道，見道、修道、無學道也是如此。以見道法忍來說，法忍之加行道即前面的勝法位；法忍生起，十五刹那的所斷斷除，其無間之對治是無間道；法忍生起以後就是法智，法智出現的第一刹那為解脫道；解脫道一刹那之後即是勝進道。

乙二、宣說一切住地與住根之道：

靜慮易道餘難道，鈍根遲通利速通。

四靜慮正行為易道，其餘皆為難道，鈍根者之道是遲通，利根者是速通。

易道、難道、遲通、速通四種如何解釋呢？易道是指禪定正行，因其被支分攝持，寂止與勝觀平等而自然產生；其他地屬於難道，與易道相反，由於只有正行才具有喜樂等支分，而未至定無有，所以沒有被支分攝持，寂止與勝觀不平等，需要精勤修持。何為止觀不平等呢？

若依靠未至定或殊勝正禪，其勝觀殊勝，寂止較少；若依靠無色定，雖然寂止較為殊勝，但勝觀的成分少，所以二者始終不能平等，因此依靠未至定和無色定很難得道。

遲通與速通是以根基來分的，鈍根者由於以神通了知對境非常緩慢，故其所行之道是遲通；利根者以神通了知對境十分迅速，故其道為速通。

乙三（宣說菩提分法）分七：一、以名稱而分類；二、以實體而分類；三、部類之次序；四、本體之差別；五、何地所攝；六、旁述獲得解信之理；七、別說無學法。

丙一、以名稱而分類：

盡智無生智菩提，隨順於彼故得名。

盡智與無生智即是菩提，因與彼隨順故而得名。

念住等三十七道品也就是指三十七菩提分，為何稱為三十七菩提分呢？「菩提」，梵語「布達」，指盡智與無生智，「分」即隨順，因為這三十七個功德全部是隨順它或者是成為它的因，所以叫做菩提分。所謂的三十七道品也稱為唯一道，因為無論顯宗還是密宗，都是唯一依靠此道而獲得的，故而稱為唯一道。顯宗、密宗所說的三十七道品，從名稱、數目、次第上來講基本相同，但所講內容卻有所不同，小乘的三十七道品即依照本論來講，大乘則依照彌勒菩薩的《經莊嚴論》進行詮釋，密宗按照《大幻化網》的注疏與三十七道品進行

對應。

三十七菩提分都有哪些呢？即四念住、四正斷、四神足、五根、五力、七覺支與八聖道。四念住是指身念住、受念住、心念住、法念住，天台宗的智顗論師對此有特殊觀點。四正斷指已生惡令斷除、未生惡令不生、未生善令生起、已生善令增長，《阿含經》十八卷中將此稱為四正勤。四神足，「神」指神通，有論典中稱其為四如意足，因為獲得神通需要依靠這些功德，即欲神足、勤神足、觀神足、心神足，《藏漢大詞典》中分別稱其為欲定斷行具神足、勤定斷行具神足、心定斷行具神足、觀定斷行具神足。以上三者屬於資糧道。五根即能自在享用一切善法的信、精進、念、定、慧。上述五根未被違品所害即為五力。五根與五力二者是指加行道。七覺支，「覺」即證悟法性，其自性分支有擇法覺支、念覺支、精進覺支、喜覺支、安覺支、捨覺支與定覺支，念覺支是彼之依處，精進覺支屬於出離支，喜覺支是利益支，其餘三支是無煩惱支。八正道指正見、正分別、正語、正業、正命、正勤、正念與正定，正見是在見道以上安立的，也即入定智慧於後得時進行衡量、運用；能通達他人證悟之心為正分別；正語即善妙見解；正業指正戒；正命是因資具鮮少而令他人生起誠信；正勤是懈怠之對治；正念是沉掉之對治；正定是入定障礙之對治，後三者分別屬於修斷煩惱、隨煩惱、入定違品之對治。

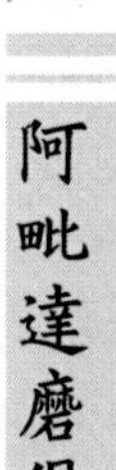

丙二、以實體而分類：

謂三十七菩提分，此由名立實體十，

即信精進念慧定，捨喜安戒正分別。

所謂的三十七菩提分是由名稱安立的，若以實體安立則有十種，即信心、精進、正念、慧、定、捨、喜、安、戒、正分別。

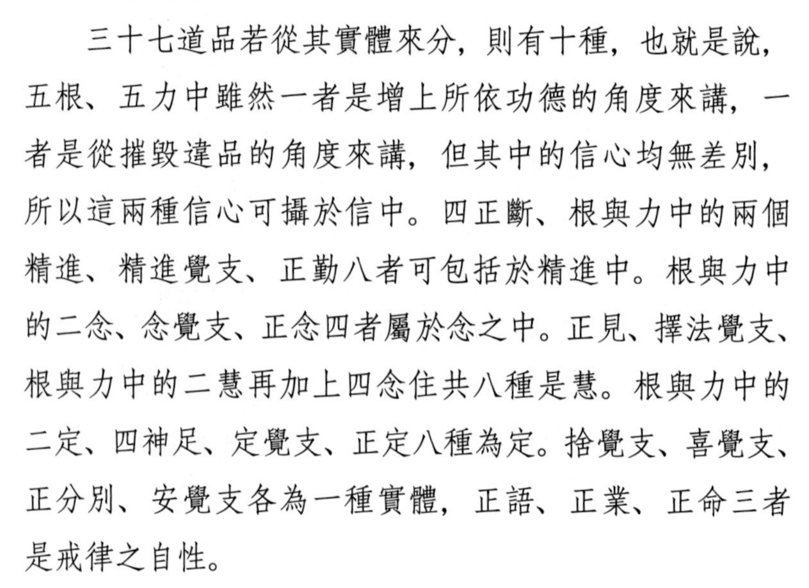

三十七道品若從其實體來分，則有十種，也就是說，五根、五力中雖然一者是增上所依功德的角度來講，一者是從摧毀違品的角度來講，但其中的信心均無差別，所以這兩種信心可攝於信中。四正斷、根與力中的兩個精進、精進覺支、正勤八者可包括於精進中。根與力中的二念、念覺支、正念四者屬於念之中。正見、擇法覺支、根與力中的二慧再加上四念住共八種是慧。根與力中的二定、四神足、定覺支、正定八種為定。捨覺支、喜覺支、正分別、安覺支各為一種實體，正語、正業、正命三者是戒律之自性。

念住慧性勤真住，四神足則為等持，

宣說主體實彼等，加行所生德亦爾。

四念住屬於智慧本性，精進為四正斷之本性，四神足則為定之本性，這些分別從主體角度而言，它們中由加行所生之功德也是如此。

為什麼慧、精進、定分別為八種呢？四念住是以智慧為主。四正斷以精進為主，因為以前生起的惡業要斷除，

以前生起的善業要盡量增上，這都需要一種精進。四神足是等持，神是指神通，佛經中說：「何為神變？即一變為多、多變為一，有變為無、無變為有。」那神通是依何而來的呢？通過等持獲得。從這個角度來講，四神足住於等持。

上述均是從主要角度進行的宣說，實際上，如果四神足無有智慧與精進攝持也無法成就，所以只是從主體角度而言說為等持等。如果它們具有從屬，則各自群體中存在的聞思修的有漏無漏智慧、信、精進、念、戒等也屬於念住等。以四念住為例，它屬於智慧本體，在這樣的智慧中通過加行所產生的有漏無漏智慧、信心、精進、念以及戒等在智慧體性中全部可以具足。同理，四神足以等持為主，那麼在修持等持的過程中，加行所生之功德可以在其群體中產生。但是這其中所具有的只是加行所生的功德，不會有俱生功德，《俱舍論大疏》中說：俱生功德通過勤作難以引發，故此處未作安立。

丙三、部類之次序：

七類依次初業者，順抉擇修見道行。

三十七道品可分七類，依次是初業者之資糧道、順抉擇之加行道、修道、見道。

三十七道品可以分為七類，第一類即四念住，因為在資糧道中斷除四種顛倒，故此安立四念住，雖然按有部觀點，資糧道可分為上、中、小三種，但此處並未作

詳細分析；第二類即四正斷，加行道暖位時依靠精進而了知真諦，故於此處安立四正斷；第三類是四神足，加行道頂位時能趨入不退失之善法，故而安立了四神足；第四類是五根，加行道忍位能堅定不退地，對信等獲得自在，所以安立五根；第五類為五力，世第一勝法位法時不被違品煩惱所害，因此安立了五力；第六類是八正道，由於接近菩提而於修道安立八正道；第七類是七覺支，見道迅速而行，故立為七覺支。

按照大乘觀點，四種道的順序應該是資糧道、加行道、見道、修道，而有部宗則安立為資糧道、加行道、修道、見道，他們為何如此安立呢？有部認為，離貪者通過世間道首先獲得修道，之後才會獲得見道，以此角度將修道安立在見道之前。此處為何沒有將無學道安立在其中呢？無學道將上述功德以增上的方式存在，故未作安立。

世親論師等認為：七覺支與八正道按照生起功德之次序，分別於見道和見修二道中安立。大乘也認為，首先應生起見道，之後為修道。小乘雖然將修道安立在見道之前，但相續中真正生起的次序則應按大乘觀點來承許。

丙四、本體之差別：

七覺支及八正道，唯是無漏餘二者。

七覺支與八正道唯一是無漏法，其餘菩提分法則具足兩種。

三十七道品中哪些是有漏，哪些是無漏？七覺支與八正道屬於無漏法，因為它們只在見道和出世間修道的相續中存在，所以屬於無漏法。四念住、四正斷、四神足、五根、五力既具足有漏也具足無漏，若是聖者相續中所具足的上述菩提分法，則稱為無漏法，若於凡夫相續中具足則稱為有漏法。

八正道中是否具足有漏法呢？不具足。正因如此，八正道中的正見等以凡夫的見解根本無法衡量，因為它們都是聖者相續中的見解、身語等，作為凡夫所具足的只是一些相似正見而已。

丙五、何地所攝：

一禪之中具一切，未至定則不攝喜，
二禪無有正分別，三四無喜正分別，
中間靜慮亦復然，前三無色亦無戒，
除去覺支正道外，欲界以及有頂具。

一禪正行中具足一切菩提分法，一禪未至定不包括喜，二禪無有正分別，三禪、四禪無有喜和正分別，殊勝正禪也無有前二者。除上述二支分外，前三無色定也不具足戒，有頂和欲界不包括七覺支和八正道，其他支分全部具足。

三十七菩提分法在每一地各具足多少呢？三十七道品在一禪中全部具足；一禪未至定無有喜覺支，故只具足三十六道品，無有喜覺支有兩個原因，一是一禪未至定有可能會以下地煩惱而退失，二是未至定所攝之受完全是不苦不樂的捨受，喜與捨受相違，故喜覺支無有；二禪無有正分別，因此只具足三十六道品，由於二禪已經斷除尋，而正分別屬於尋伺觀察，所以不具足正分別；三禪與四禪不包括喜覺支與正分別，因為三禪以上無有喜樂，而且尋早已不存在，所以只具足三十五道品；一禪之殊勝正禪也是無有喜覺支與正分別的三十五道品。前三無色界也無有喜覺支與正分別二者，因為已經斷除尋並且是捨受之故；由於不存在身語之業，所以也不具足戒律支，故而前三無色界只有三十二道品。前三無色界為何沒有戒律支呢？因為戒律是身語的一種無表色，無色界不具足色法，所以戒律不存在，但得繩可以具足。欲界與有頂無有七覺支與八正道，因為欲界不具有上二界的細微之心，而有頂之心不明顯，無漏道不會依其產生。

丙六、旁述獲得解信之理：

若見三諦得法戒，現證道亦得佛僧，

所謂之法即三諦，以及緣覺菩薩道，

實體為二信與戒，本體即是無漏法。

若見到苦、集、滅三諦即獲得法解信與戒解信；現證道諦時亦得佛和僧解信。所謂的法是指三諦、緣覺以及菩薩道。四種解信之實體即信、戒二者，其本體屬於無漏法。

《入行論》中講到欲樂信、清淨信、不退信三種信心，

但最甚深而且殊勝的信心應該是解信，由於已經完全了解其功德而生起信心，所以不會退轉。有部認為，凡夫只能生起一種相似的解信，因為真正的勝解信只有在見道現量見到苦集滅諦之本體時才會生起，這樣的信心永遠也不會退轉。佛法中最根本的三個要素，就是信心、智慧、悲心，如果具足此三者，才能算是真正的大乘修行人，而且也是真正具足功德之人。

佛經中講到了四種信解，即佛解信、法解信、僧解信、戒解信，它們是在哪一階段中獲得的呢？獲得見道時現見前三諦，由於已經獲得身語七斷之無表色與有表色，故而對戒生起解信；此時斷除世間一切煩惱並以智慧現見無我，所以對法生起解信。現證道諦後，了知真正的無學道於佛陀相續中具足，故對佛生起解信；通往無學道的是有學道之聲聞緣覺，因此生起僧解信；頌詞中的「亦」字是指對有學、無學道中的聖戒，以及除道諦以外的三諦之法也生起解信。

此處對法生起解信是指哪一種法呢？就是指苦、集、滅三諦，是從受持、執著自相的角度安立的。而且，緣覺的有學無學道以及菩薩有學階段的無漏道也包括在法當中。那為什麼不包括在其他三者之中呢？由於佛寶已經滅盡一切煩惱，所以不包括在佛寶中；僧眾屬於補特伽羅，因此也不能包括在其中；也無法包括在有表色與無表色的戒律之中，所以，唯將緣覺相續中的有學無學道與菩薩有學階段的無漏道包括在法寶當中。

若歸納而言，上述四種解信實際只有兩種實體，從對境來講雖然是三寶，但從有境角度實際均可包括在信心中，第四個聖戒解信則屬於戒律之自性。解信的本體是什麼呢？其本體均屬清淨無漏法。

丙七（別說無學法）分二：一、真實宣說無學法；二、旁述斷除所斷之理。

丁一、真實宣說無學法：

有學支中未宣說，二種解脫束縛故。

摧毀煩惱無為法，以及勝解有為法，

無學有為二解脫，所謂菩提即正智。

有學道中未宣說二種解脫，因有學道尚具有束縛之故。解脫有摧毀煩惱的無為解脫和勝解有為解脫兩種，而正智也就是所謂的菩提。

佛經說無學道具有十正道，也即在八正道的基礎上加正解脫㉖與正智㉗二者，那有學道中為什麼沒有宣說此二者呢？有學位並未獲得真實解脫，尚被煩惱所束縛，因此沒有宣說正解脫；正智即盡智與無生智，有學位不具足此二智。

正解脫可以分為兩種，即摧毀煩惱抉擇滅無為法解脫與勝解有為法解脫，有學道中可以得到部分的無為法

㉖正解脫：指滅盡一切煩惱的解脫。
㉗正智：滅盡智與無生智。

解脫，因為這一階段的心並未完全獲得解脫，而無學分支中所說的解脫則是指勝解有為法解脫。有為法解脫也分心解脫與慧解脫兩種，心解脫是指遠離貪、嗔、癡等煩惱，慧解脫是指以智慧斷除業和煩惱的根本——無明，從中獲得了解脫。此處的正智與正見有很大差別，所謂的正智也即菩提所攝的盡智與無生智，而並不是盡慧見與無生慧見，這在下文會有廣說。

丁二、旁述斷除所斷之理：

將生未來無學心，由從障礙得解脫，

趨向滅盡之聖道，彼之障礙徹斷除。

將要產生的未來無學心從障礙中獲得解脫，而趨向滅盡的現在之道可以斷除現在的障礙。

《現觀莊嚴論》中將佛陀和阿羅漢相續中的心稱為大心，也就是指智慧。那這樣的無學心於何時解脫障礙呢？現在的心正在對障礙進行對治故不能解脫，而過去的心被障礙所束縛也無法解脫，只有將生的未來無學心可以從障礙中獲得解脫，比如一位補特伽羅將要獲得無學道，在第三刹那後，其心即從障礙中解脫。那麼，於過去、現在、未來三時中的何道斷除障礙呢？以現在的心來斷除現在的障礙，因為它們有能害所害、能對治與所對治的關係。

大乘《現觀莊嚴論》和因明的說法比較相同，因明中說：當智慧生起的時候，原先障礙的現行已經滅盡，此時障礙的種子與智慧同時存在，比如獲得阿羅漢最後的心，當他的相續中生起滅盡智與無生智時，煩惱障的現行已經滅盡，但種子還存在，第二剎那智慧繼續生起時種子滅盡。所以外境相違與心相違二者是不同的，《量理寶藏論》中說：心相續中生起智慧時，障礙的粗大部分已經斷除，但種子可以與智慧並存，而智慧的相續繼續生起時，種子滅盡並且從此以後再也不會生起；光明與黑暗不同，它們在一者產生時另一者會消失，不會有並存的情況。

無為解脫稱斷界，盡貪欲謂離貪界，
斷界即除餘煩惱，所謂滅界即斷事，
苦集忍智厭何斷，均離貪亦有四類。

無為解脫也稱為斷界等，滅盡貪欲即所謂的離貪界，斷除其他煩惱即是斷界，斷除色等有漏事即為滅界。苦集的忍與智均是於所緣境生起厭離而斷除煩惱，無間道時緣四諦均可離貪，由此可知，厭與離也可分為四類。

經中說到斷界、離貪界、滅界三者，那它們與無為解脫有什麼差別呢？含義實際是相同的，只是反體上有所差別。那為什麼稱為斷界、離貪界、滅界呢？斷除三界一切貪欲，所以是離貪界；除貪心以外的其他嗔等煩惱已經斷除，因而稱為斷界；不僅斷除貪心和嗔心等煩惱，而且貪嗔之根源的色法等有漏之事已經斷除，故而稱為滅界。

是否生起厭離心就必定會離貪呢？這有四種類別，一是有厭而無離貪，加行道、解脫道與勝進道不是煩惱的直接對治，以此三道緣苦集諦時，會生起厭離心但不會離貪；或者，離貪者相續中的苦法智、苦法忍、集法智、集法忍，它們緣苦集諦有厭離心，但因其相續的煩惱早已斷盡，所以無有離貪，僅具足厭離。二是有離貪而無厭，如緣滅諦之無間道，滅諦屬於殊勝對境故不會生起厭離，但以無間道可斷除其所斷，故具足離貪。三是既有厭又有離貪，

如緣苦集諦的無間道，所緣是下劣對境的苦諦與集諦，必定有厭離心，而無間道可以直接斷除煩惱，因此具足離貪。四是既無厭也無離貪，以加行道、解脫道、勝進道緣滅道二諦，上述三道不是煩惱的直接對治，故不會離貪，所緣是殊勝對境故也不會生起厭離。由上可知，若所緣對境是苦諦與集諦，因為對境比較下劣具有過患，所以會生起厭離；若所緣為滅諦和道諦則不會生起厭離，因對境十分殊勝。而無間道、加行道、解脫道、勝進道四者中，若以無間道緣四諦中的任何一者均會離貪，因其可以直接對治煩惱，相反，依靠其他三道緣四諦任何一諦也不會離貪。

阿毗達磨俱舍論，第六分別聖道品釋終

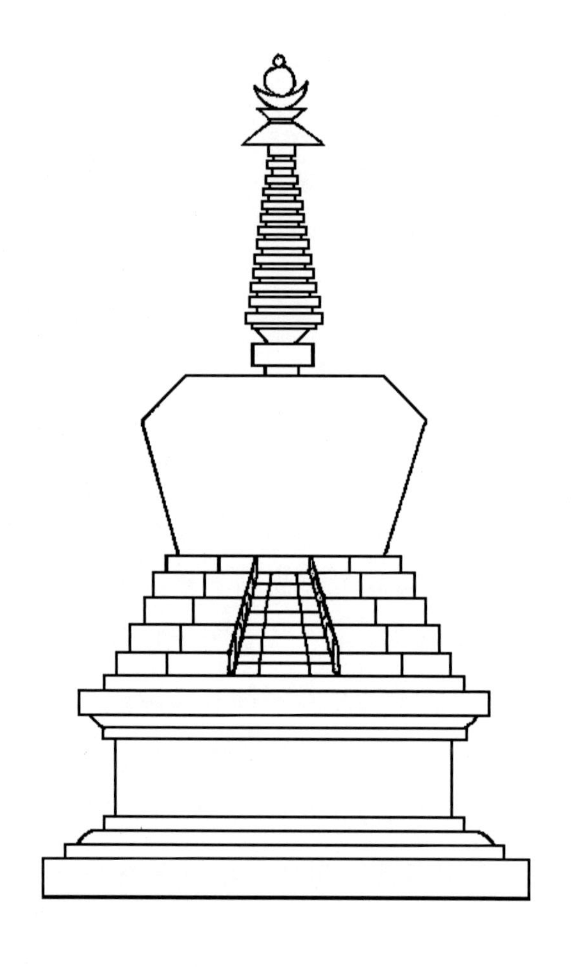

第七品　分別智

第七分別智品分五：一、智之基；二、智之自性；三、具智之理；四、得智之理；五、智所攝之功德。

甲一、智之基：

無漏諸忍非為智，盡智無生智非見，

此外聖慧為二者，餘為智六亦為見。

無漏的所有忍不是智，盡智、無生智是智不是見，除此以外的聖者智慧既是智也是見，其他凡夫的世間正見是智，壞聚見等五見以及世間正見是智也是見。

佛經中講到了智和見，那是智而不是見的情況有嗎？是有的。無垢見道當中緣欲界的四種法忍和緣上二界的四種類忍不是智，因為它們屬於無漏無間道所攝，而智應由解脫道所攝。這八種忍從本體來講屬於一種智慧，但由於這時並未真正遠離其所斷，所以不具足真正智慧的能力。如果是智慧，一定能夠斷除自己的對境，比如緣苦諦的所斷，在無間道法忍時仍未完全斷除，而到法智時，其懷疑㉘等所斷已經完全斷除，這時才能安立為智。

盡智與無生智不是正見，《俱舍論大疏》中說：見是一種希求上上境界的心，具足斷定對境的能力。而盡智與無生智雖然具有斷定之心，但於其上再無有更高的境界，所以不具足向上希求之心。按小乘觀點，佛的盡

㉘懷疑：此處並非指五根本煩惱之一的懷疑，而是指一種所斷。

智與無生智也是一種分別的智慧，其中盡智是指了知苦諦、斷除集諦、現前滅諦、修持道諦，而無生智則是指苦諦亦無所知、集諦亦無所斷、滅諦亦無所現、道諦亦無所修。

除上述二者以外，欲界四智以及上二界的四個智既是智也是見，因為它們是斷定真實對境的智慧。除聖者智慧以外，凡夫相續中對因果等深信不疑的世間正見屬於智，壞聚見等五見以及世間正見不僅是智也是見。

智的範圍相當廣，上至佛陀的無生智與盡智，下至世間的不清淨見，全部都可以包括在內。

甲二（智之自性）分五：一、概述及對境；二、分類及差別；三、定數及對治之差別；四、相之差別；五、法之差別。

乙一、概述及對境：

智分有漏與無漏，有漏謂初世俗智。

無漏分二法類智，俗智對境為一切，

法智緣欲苦諦等，類智行境上苦等。

智慧分為有漏、無漏兩種，有漏智即是所謂的世俗智，無漏智有類智、法智兩種。世俗智的對境是一切法，法智緣欲界的苦集滅道四諦，類智之行境是上二界的苦諦等。

智的範圍既然如此廣泛，那如果歸納起來可以有多少種呢？智可以分為十種，即法智、類智、世俗智、他

心智、苦智、集智、滅智、道智、盡智、無生智。所有的智若作歸納則有兩種，即有漏智與無漏智。有漏智也即世俗智，它不是聖者相續中的智慧，而是未斷除煩惱之相續中的智慧，比如緣普通的瓶子、氆氇等，以及對三寶的信心、恭敬心等都屬於世俗智，而且認為前後世不存在、三寶不具足功德等邪見也包括在世俗智當中。無漏智有法智與類智兩種。

上面是從本體來分，若從對境來分，世俗智的對境是一切柱子、瓶子等有為法以及虛空等無為法。虛空如何以世俗智來了知呢？從總相的角度來了知。世俗智了知對境的方式如何呢？有部宗認為，以世俗智了知萬法是在二剎那之間完成的，也就是說，第一剎那了知自己與自己群體以外的一切法，第二剎那了知自己以及自己群體中的心及心所。法智的行境是欲界苦集滅道四諦，而類智的行境是上二界的苦集滅道四諦。

此處的每一個智都應該牢記於心。在《俱舍論》和《現觀莊嚴論》當中，這樣的分析方法相當重要，比如要了知世俗智，那它的本體是什麼？它的對境是什麼？世俗智的相是什麼？它與其他智之間有什麼差別？它的本體是有漏還是無漏？這些概念分析清楚以後，對聞思會有很大幫助。

乙二、分類及差別：

彼等以諦別立四，由依四諦彼等智，

安立無生與盡智，初生即苦集類智。

法智和類智依靠了知諦之差別各有四種，由四諦的這些智而安立盡智與無生智，此二者的最初產生就是緣苦諦與集諦的類智。

從對境來講，法智、類智根據了知四諦的差別而各有四種智。依靠苦集滅道四諦之智可以安立無生智與盡智，盡智就是指了知苦諦、斷除集諦、現前滅諦、修行道諦之有境，因四諦得以究竟故安立盡智；無生智即了知苦諦亦無所了知、斷除集諦亦無所斷除、現前滅諦亦無所現前、修行道諦亦無所修行，這是從空性角度來講的有境。盡智與無生智的最初來源是有頂解脫道的類智，因三界中最細微的是無色界之有頂，其下下品所斷斷除時，苦類智會產生，之後集類智、道類智、滅類智會隨之產生。

由四智立他心智，不知勝地利根心，
羅漢過去未來心，法智類智互不知。

以四個智安立他心智，它無法了知勝地之心、利根之心，不來果無法了知阿羅漢心，過去未來之心也不能了知，法智類智之間也無法互相了知。

他心智是如何安立的呢？以法智、類智、道智、世俗智四者可以安立他心智。因為緣有漏的他心是世俗智，緣無漏的他心是道智，根據對治的差別則有法智與類智兩種。

他心智是否能夠了知一切對境呢？在越地、越根、越補特伽羅、越時和越類這五種情況下，他心智無法了知其他對境。越地，以下地的他心智無法了知上地心，大乘也是如此，比如一地菩薩不能了知二地菩薩的心。以前法王如意寶也說過：要認定活佛，那他的境界一定要比所認定者的境界高，否則是不行的。越根，比如鈍根的待時解脫者不能了知非待時解脫之利根者的心。越補特伽羅，如一來果者的他心智無法了知不來果者的心，預流果者不能了知一來果的心。越時，他心智只能了知現在的心，已經滅亡的過去之心以及尚未產生的未來之心，以他心智無法了知。越類，同類的他心智可以互相了知，比如欲界苦法智的他心智與集法智的他心智，但欲界苦法智與上界苦類智的他心智之間不能互相了知。

一切聲聞他心智，了知見道二刹那，
麟角喻知三刹那，佛無加行知一切。

聲聞的他心智只能了知見道的前二刹那，麟角喻獨覺可以了知三個刹那，佛陀無需加行即可了知一切刹那。

他心智是聖者與凡夫相續中均可以擁有的一種神通，那聲聞、緣覺與佛陀的他心智有何差別呢？以見道作為對境，雖然見道從本體來講無有他心智，因為見道的時間極其短暫，而且屬於一個入定的相續，不具足修持他心智之加行㉙的機會。但以見道作為聖者他心智的對境時，

㉙加行：指通過練根和禪定進行修練。

聲聞他心智只能了知見道十五剎那中的前二剎那，也即苦法忍與苦法智，比如一補特伽羅已經獲得見道，而一位具他心智者只能了知他相續中的見道最初的兩個行相，而不能了知類智等其他行相，因為了知類智等需要修持其他加行，但在其修加行的同時，十五剎那已經過去，而他心智不能緣過去已滅之心，所以無法緣其他的剎那。麟角喻獨覺的他心智可以了知三個剎那，即首先緣前二剎那，之後通過修行成就可以緣第八剎那。佛於多生累劫中積累資糧，最後於一坐墊上已經開啟所有智慧，所以不需要加行而於一剎那間圓滿了知見道十五剎那。

盡智則於一切諦，謂已遍知等決定，
謂我更無所知等，承許彼為無生智。

盡智是對於一切諦具有已經了知等的一種決定性，對苦諦無有所了知等承許為無生智。

前面已經多次提到過盡智與無生智，那此二者有什麼差別呢？克什米爾論師認為，滅盡智也即遍知苦、斷除集、現前滅、修持道等入定證悟於後得時進行抉擇；無生智即是指遍知苦亦無所知、斷除集亦無所斷、現前滅亦無所現、修持道亦無所修等依靠後得來決定。

因此，按照克什米爾班智達的觀點，盡智與無生智主要是出定的一種決定性。實際上，《入中論》當中講到無學地的功德時說，八地以上的入定與出定是無二無別的。麥彭仁波切與格魯派的薩格西和扎嘎活佛針對佛

陀入定時是否有無我之執著的問題辯論時，麥彭仁波切也經常說：這一點應該按照中觀應成派的觀點承許，而不是依照小乘觀點來承許。

乙三、定數及對治之差別：

由依自性與對治，行相行境及加行，

所作因圓立十智。修道滅或道法智，

乃為三界之對治，欲界對治非類智。

依靠自性、對治、行相、行境、加行、所作、因圓滿來安立十種智。修道當中的滅道法智可以作為三界之對治，而類智不能作為欲界對治。

安立十種智的理由是什麼呢？有七個原因，一、從了知對境之自性的角度安立世俗智，也即對世俗諦的法通過智慧進行分析和了知即稱為世俗智。二、從對治角度安立法智與類智，即類智是上二界的對治，法智是欲界的對治。三、從行相角度安立苦智與集智，苦智是從無常等行相安立的，集智是從因等行相安立的。四、從行相與所緣兩個角度安立滅智與道智，此二者的行相各有四種，所緣則是有為法與無為法。這裡為什麼將苦智與集智於一處宣說，而道智與滅智在一處宣說呢？從行相上來講道智滅智與苦智集智無有差別，各自都有四個行相，但從所緣來講，苦智與集智的所緣唯一是有為法的五蘊，而道智滅智的所緣不僅是有為法，無為法也是其所緣，將四諦之智分成兩類進行宣說的原因即是如此。

五、他心智是從加行角度安立的。六、盡智是從所作的角度安立的，因其於相續中首先會生起。七、以同類因圓滿安立為無生智，因為它是無漏智之果，也即如果是利根者，在盡智生起後會無間出現無生智。

前面講到法智與法忍是欲界的對治，而類忍與類智是上界的對治，那一直都是如此嗎？不一定。於見道位時可以按照上述說法承許，但修道中存在一些特殊情況，比如欲界聖者通過修行，依靠道法智與滅法智已經斷除欲界的九品所斷，之後不依靠道類智與滅類智，而是直接依靠道法智與滅法智斷除上二界的煩惱。因此，從修道的過程來講，滅法智與道法智可以成為三界的對治。也就是說，從滅諦與道諦的角度來講，此二者屬於無漏法，無漏法可以作為三界的對治，而它自己不屬於界；苦法智與集法智卻不能成為上界的對治，因其本身屬於有漏法，沒有對治上二界修斷的能力。

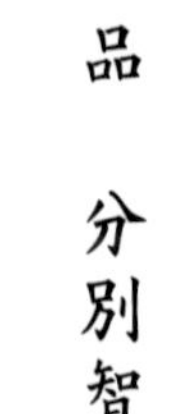

既然欲界的道法智與滅法智可以作為上二界的對治，那上二界的道類智與滅類智也應該可以作為欲界煩惱的對治了？類智不能成為欲界所斷之對治，因為在類智還未生起時，法智已經將其所斷斷除，沒有什麼煩惱可以作為類智的所斷。

乙四、相之差別：

法智類智十六相，俗智知此及餘法，

各諦行相各為四，心智無漏亦道智，

有漏緣所知自相，乃各實體之行境。

法智類智主要緣十六行相，世俗智了知此等法以及其他法，四諦之智的行相各有四種，無漏他心智也即道智，有漏他心智緣所知心與心所自相的行相，而且也是分開緣每一實體的行境。

十種智的對境分別是哪些呢？法智與類智的對境是見道的無常等十六行相。世俗智則是以加行道的十六行相作為對境，因其還未到達見道，除加行道以外，資糧道的十六行相㉚也可以作為它的對境，世俗智的範圍相當廣，一般來說，除見道以上的法以外，其他法皆可作為世俗智的對境。苦智以無常、苦、空、無我四行相作為自己的對境，集智的對境則是因、集、生、緣四行相，滅智的對境是滅、靜、妙、離四行相，道智的對境是道、如、行、出四行相。他心智有無漏他心智和有漏他心智兩種，無漏他心智與道智相同，緣自己的四種行相；有漏他心智分開緣心與心所每一實體的行境，不能同時緣心與心所二者，也即緣心王時不緣心所，緣心所時不緣心王，《自釋》中說：「緣心時不緣心所，緣受等時不緣想等。」

這樣一來，有人提出疑問：為什麼佛說如實了知有貪心等呢？《自釋》中說：「非俱時取貪等及心，如不俱時取衣及垢。」也就是說，「有貪心」具足兩種含義：一是與貪相應，一是由貪所繫縛。佛所說的有貪心是指

㉚資糧道、加行道都有相似的十六行相，但真正的十六行相在見道。

第一種與貪相應之心，如果不作如此承許，則有過失，也就是說，如果不是與貪相應而承許為離貪者的話，那與其他煩惱相應的，如與嗔、癡等相應者應該稱為離貪者。

餘智唯具十四相，不攝空性與無我，

無垢十六無餘相，謂有餘相論中說。

其餘智只具足十四行相，也即不包括空性與無我。克什米爾論師認為除十六行相以外再無其他相，另有論師則認為應該有其他相，這在《識聚論》中有宣說。

盡智與無生智是什麼呢？此二者以十四行相作為所緣，也即十六行相當中的空性與無我不包括在內，因為在盡智與無生智面前，「我的名言」與「空性不存在」顯然不合理，所以不具足無我與空性兩種行相，而且，由於後得時不具足此二行相，故入定時必定無有，因為入定與後得是因果的關係。

十六行相當中是否還有其他的行相呢？克什米爾班智達認為除十六行相以外再無其他行相。但印度西方論師認為，除十六行相以外應該有其他行相，他們有什麼依據呢？《識聚論》中說：「無常乃至緣㉛間此乃處、此乃基，處即體相，基乃因也。」所以，除十六行相以外還應該有體相與因兩個行相。

所謂的十六行相，在許多經論中會提到，只是小乘與大乘的說法有所不同而已。那我們有時說十六行相，

㉛緣：此處指集諦四行相中的緣。

有時卻說十六剎那，它們之間有什麼差別呢？本體上沒有差別，但十六剎那是從斷除所斷的角度來講，而十六行相則是從四諦的本體上來講。

行相實體為十六，彼之本體乃是慧，

及諸具緣均能取，一切有法即所取。

從實體來講，行相可分為十六種，其本體是智慧，所有具有所緣境者均為能取，而一切存在的色等萬法均為所取。

所謂的十六行相，經部宗只是從名稱上分為十六種，但實體上只分七種，即苦諦中的無常、苦、空、無我每一個都具有單獨的實體，而集諦、滅諦、道諦三者當中的行相只是名稱而已，比如集諦的本體即業惑之因，滅諦則是抉擇滅，道諦所指的是修行所依的方便道，所以此三者各為一種實體，共七種實體。有部則認為十六行相即具足十六種實體。那何為十六行相呢？首先是苦諦四行相——無常、苦、空、無我，因依靠其他外緣產生，故是無常相；對眾生相續以及萬法有害，故是苦相；是我所見之違品，故為空相；是我見之違品，故為無我相。其次是集諦四行相——因、集、生、緣，乃痛苦之種子，故為因相；依靠它可以無間產生，故為集相；因連續不斷而產生，故為生相；由眾多因成立，故為緣相。再次是滅諦四行相——滅、靜、妙、離，毀滅苦蘊故為滅相；熄滅貪、嗔、癡三火，故為寂相；抉擇滅殊勝而且善妙，

故為妙相；遠離過患故為離相。最後是道諦四行相——道、如、行、出，是趨向解脫之道，故為道相；具有修行之方便，故為如相；正趨向解脫，故為行相；能永遠超出三有，故為出相。一位獲得見道的聖者，在真正證悟苦集滅道之本體時，也即完全現見苦集滅道各自的特法之時，即稱之為獲得十六行相。

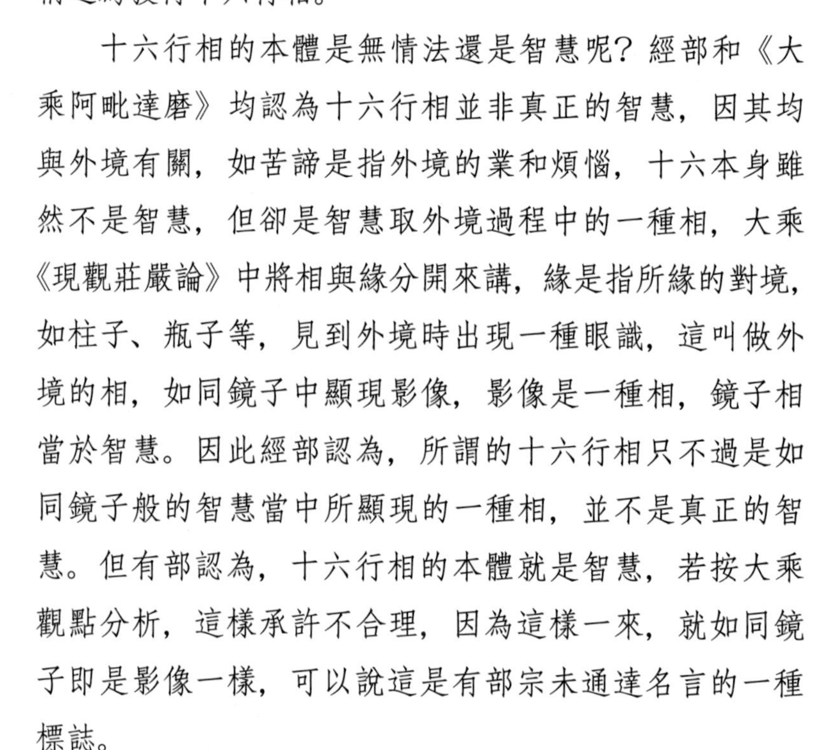

十六行相的本體是無情法還是智慧呢？經部和《大乘阿毗達磨》均認為十六行相並非真正的智慧，因其均與外境有關，如苦諦是指外境的業和煩惱，十六本身雖然不是智慧，但卻是智慧取外境過程中的一種相，大乘《現觀莊嚴論》中將相與緣分開來講，緣是指所緣的對境，如柱子、瓶子等，見到外境時出現一種眼識，這叫做外境的相，如同鏡子中顯現影像，影像是一種相，鏡子相當於智慧。因此經部認為，所謂的十六行相只不過是如同鏡子般的智慧當中所顯現的一種相，並不是真正的智慧。但有部認為，十六行相的本體就是智慧，若按大乘觀點分析，這樣承許不合理，因為這樣一來，就如同鏡子即是影像一樣，可以說這是有部宗未通達名言的一種標誌。

此處按照有部觀點來講，行相以智慧為體，也就是說，慧以及具有所緣境的心與心所均可以作為能取；而所有存在的色等萬法則是所取。麥彭仁波切說：所取與能取僅是從反體上來分的，從外境角度來講是所取，從有境

心識的角度則是能取，能取與所取觀待安立，若分開則不合理，比如見柱子，柱子從可以作為眼識之對境的角度可以稱為所取，而眼識是能取，但若無有識執著它時，即不能稱為所取。十六行相既然是智慧，那它們是不是能取呢？這樣的妙慧也即行相，既是能取又是所取，也就是說，從能執著外境的角度來講是能取，若其他人以此行相作為對境則成為所取；除此以外，只是能取和所取而非行相的是具有所緣境的心與心所；既不是行相也不是能取的是無有所緣境的一切萬法。

乙五、法之差別：

俗智三種餘皆善；世俗智於一切地，

靜慮六地有法智，無漏九地具類智，

如是六智亦復然，四靜慮有他心智；

彼所依身欲色界，法智唯欲餘三界。

世俗智具足善等三種，其餘九智均為善業。世俗智於三界九地存在，靜慮六地有法智，無漏九地具足類智，苦集滅道四智以及盡智無生智亦是如此，四靜慮正禪中有他心智。他心智的所依身體是欲界與色界，法智唯依欲界，其他智依於三界。

十智是三性當中的哪一種呢？世俗智具有三種，即善法、不善法、無記法皆具足，因為三界中的有漏智全部屬於世俗智。其餘九智全部是善法。那餓鬼以業力現前的他心智也是善法嗎？此處的他心智是指修持禪定所產生的智慧，並不是業力所成的他心智。其他八智均是無漏道，所以必定是善法。

十智的心依於何地具有呢？世俗智於三界九地存在。法智是緣欲界苦諦等的無漏道，在靜慮六地中存在，雖然從見道角度講，法智只緣欲界苦諦等，但在修道時，色界可以緣欲界苦諦，所以靜慮六地均存在法智。無漏九地具有所謂的類智，原因是靜慮六地具有見道所攝的智，前三無色界具有修道所攝的智。為什麼類智在無色界也存在呢？從見道來講，類智是上二界違品的對治，但從修道來講，它也可以斷除無色界的所斷。苦集滅道四智、盡智與無生智六者也是在無漏九地存在。他心智需要依賴易道之故，在四靜慮正禪中存在。

十種智的所依身分是什麼呢？他心智依賴欲界與色界的身分，因無色界無有身體，無法成為所緣。法智依於欲界身分，因其屬於欲界之對治。其餘八種智依於三界身分，因為三界的有漏智均屬於世俗智，而且依靠三界的所依身分均可生起類智，由此可知，四諦智、盡智、無生智必定均可依靠三界的所依身分生起。

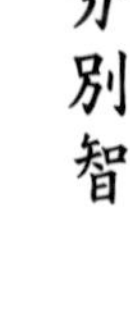

滅智唯是法念住，他心智三餘為四。

滅智唯一是法念住，他心智是除身念住以外的三者，其餘智具有四念住。

表一：

十智	善等三性	心依	身依	屬何念住
世俗智	善 不善 無記	三界九地	三界	四念住
他心智	善	四禪正行	欲界 色界	除身以外的三念住
法智	善	靜慮六地	欲界	四念住
類智	善	無漏九地	三界	四念住
苦智	善	無漏九地	三界	四念住
集智	善	無漏九地	三界	四念住
滅智	善	無漏九地	三界	法念住
道智	善	無漏九地	三界	四念住
盡智	善	無漏九地	三界	四念住
無生智	善	無漏九地	三界	四念住

上述十種智是哪些念住的本性呢？滅智唯一是法念住，因其僅以無為法作為所緣。他心智的所緣不是身體而是心，因此除身念住以外，是受念住、心念住與法念住的本性。其他八個智具有四念住，因為苦等八智輪番緣身、受、心、法，而道智若緣無漏戒也會成為身念住，所以均具足四種。

法道類智各緣九，苦集智境各為二，

四智對境乃十智，滅智所緣非為智。

法智、道智、類智各緣九個智，苦智、集智的對境是二個，其他四智的對境是十種智，滅智之所緣不是智。

既然智也可以成為其他智的對境，那每一個智有多少智作為對境呢？法智的對境是九種智，因法智與類智互相無法了知，故法智以除類智以外的九種智作為對境，其中道法智緣不包括類智的無漏七智，即苦集滅道四智、法智、盡智以及無生智；苦法智與集法智屬於有漏法，可以緣世俗智與有漏他心智。道智可以緣世俗智以外的九種智，因為它的對境是一切無漏智，其中法智和類智由修道所攝，他心智則是指其無漏的部分。以上法智、類智、道智雖然所緣不同，但均以九智為所緣。苦智與集智的對境是世俗智與有漏他心智兩種，其他智不能成為它們的所緣。世俗智、他心智、盡智與無生智四者的對境是十種智，因為世俗智可以將一切法作為所緣，比如聞思過程中，雖然未獲得任何境界，但十種智均可作為世俗智的對境；他心智也以十種智作為對境，因無漏他心智的對境是除世俗智以外的九種智，而有漏他心智可以世俗智及其餘有漏他心智作為所緣；盡智與無生智是四諦智的本性，也即苦智與集智可以將有漏智作為所緣，道智與滅智以無漏智作為所緣，因此，若通達盡智與無生智，則四諦智均可通達。滅智的對境唯一是解脫的抉擇滅，因此不以任何智作為所緣。

十法對應三界法，無漏無為各有二。

十種法即對應三界之法、無漏法以及無為法，它們每一個又可分為二種。

一切萬法若歸納來講則有十種，即有為法分為三界法與無漏法四者，它們每一法又可分為相應與非相應兩種，其中欲界相應之法是指心和心所，不相應法則是心心所以外的色法以及不相應行等；色界的相應法與不相應法與欲界無有差別；無色界相應法如心和心所，不相應法則是指命根等；無漏法也有相應法，如見道與修道之法，不相應法即無漏戒律；無為法也可分為無為善法，如抉擇滅，還有無為無記法，如虛空。

那上述十種智分別以多少法作為所緣呢？

俗緣十法五，類七苦集六，

滅緣一道二，他心智緣三，

盡無生各九。

此頌詞在藏文版本中無有，但在唐譯中是有的，因與所述內容聯繫十分緊密，故加於此處。

世俗智以十種法作為所緣。法智以欲界的相應與非相應二法作為所緣，因法智是依欲界身分獲得的；無漏有為的相應與非相應二法也是法智的對境，因法智本身是無漏法，於見道、修道中皆可存在，故相應行和禪定戒律皆可作為所緣；見道時會獲得抉擇滅，故法智也可以將無為善法作為所緣，因此共有五種法是法智的所緣。類智的對境有七種法，即上兩界的有為相應法、非相應法，以及無漏相應法、非相應法，還有無為善法。苦智與集智只能緣三界，故其對境為三界的六法。滅智唯以無為善法作為所緣。道智不能緣無為法，故其對境為兩種無漏有為法。他心智只能緣心和心所，而無色界不具足身體，所以無色界的相應法也不能作為所緣，他心智的對境只有欲界相應法、色界相應法與無漏相應法三種。盡智與無生智二者的對境，是不包括如虛空等無為無記法在內的九法。

世俗智除自群體，以外他法知無我。

世俗智除自己和自己群體以外的其他法全部可以了知為無我。

由一種智能夠同時了知一切法嗎？同時了知的情況是沒有的，因了知範圍最廣的世俗智也是第一剎那僅能了知自相續中心和心所以外的所有萬法，而自己和自己群體以內的心和心所在第二剎那才能了知。有部為什麼會這樣認為呢？因其不承認自證㉜，他們認為自己對自己起作用十分矛盾，而且佛經中也說：燈火不能照亮自己，否則有黑暗可以遮障自己的過失、寶劍也不能割自己等等。他們不承認自證的另一個原因就是因為與自之群體中存在的法過於接近，所以不能見，就像眼根與自己特別接近而不能見一樣，因此他們說第一剎那不了知自己和自己群體以內的法，而第二剎那才可以了知。佛經中所舉的這些比喻，實際並非如同有部那樣直接理解，它們其實針對的是唯識宗所承認的實有自證，若承許實有

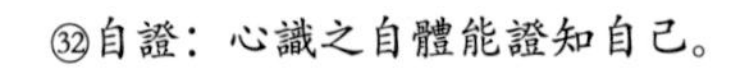

㉜自證：心識之自體能證知自己。

自證，則必定會出現上述所說的過失，但名言中自己了知自己的心是非常合理的。全知麥彭仁波切曾經一再地說：以不承認自證的無相派觀點很難建立名言，但以經部觀點建立名言則比較合理。

表二：

<table>
<tr><th colspan="2">十智</th><th>智為所緣</th><th>十法為所緣</th></tr>
<tr><td colspan="2">世俗智</td><td>緣十智</td><td>緣十法</td></tr>
<tr><td rowspan="2">他心智</td><td>有漏</td><td>緣世俗智、有漏他心智</td><td rowspan="2">緣欲、色、無漏三相應法，共三法</td></tr>
<tr><td>無漏</td><td>緣九智</td></tr>
<tr><td colspan="2">法智</td><td>緣除類智外的九智</td><td>緣欲、無漏各二法以及無為善法，共五法</td></tr>
<tr><td colspan="2">類智</td><td>緣除法智外的九智</td><td>緣上二界四法、無漏二法、無為善法，共七法</td></tr>
<tr><td colspan="2">苦智</td><td>緣世俗智、有漏他心智</td><td>緣三界各二法，共六法</td></tr>
<tr><td colspan="2">集智</td><td>緣世俗智、有漏他心智</td><td>緣三界各二法共六法</td></tr>
<tr><td colspan="2">滅智</td><td>不以智為所緣</td><td>緣無為善法一法</td></tr>
<tr><td colspan="2">道智</td><td>緣除世俗智以外的九種無漏智</td><td>緣無漏、有為二法</td></tr>
<tr><td colspan="2">盡智</td><td>緣十智</td><td>緣除無為無記法外的九法</td></tr>
<tr><td colspan="2">無生智</td><td>緣十智</td><td>緣除無為無記法外的九法</td></tr>
</table>

甲三、具智之理：

無漏第一刹那時，具貪者唯具一智，

第二刹那具三智，此後四刹各增一。

無漏第一刹那時，若是具貪者，唯一具足一種智，第二刹那時具足三種智，之後的四刹那、六刹那等各增加一個智。

任何補特伽羅相續中可以具足多少智呢？尚未離貪的凡夫由於沒有通達四諦十六行相，這樣一來，四諦智不具足，法智、類智以及盡智與無生智也就無有，因此，僅具足世俗智。若是離貪凡夫則具足世俗智與他心智兩種，因其通過世間道修行，自相續中可以獲得有漏或無漏的神通。

若是尚未離貪的聖者位於無漏第一刹那也即苦法忍時，只具有世俗智，因其還沒有獲得無漏智慧，與凡夫無有差別，而且，忍雖然屬於無漏法，但並非是智。於第二刹那苦法智位，此時已經獲得預流果，具有世俗智、法智以及苦智三者。之後於四刹那時在前面三種智的基礎上增加一個類智，第六刹那時再增加一個集智，第十刹那時增加一個滅智，第十四刹那再加上道智，如此一來，後面這四個刹那分別具足四智、五智、六智、七智。如果是離貪聖者，則在具貪聖者的基礎上分別加上一個他心智。

表三：

具聖者 智 十六剎那	具貪者	離貪者
第一剎那 苦法忍	世俗智	世俗智、他心智
第二剎那 苦法智	世俗智、法智、苦智、	世俗智、法智、苦智、他心 智
第四剎那 苦類智	世俗智、法智、苦智、類智	世俗智、法智、苦智、類智、他心智
第六剎那 集法智	世俗智、法智、苦智、類智、集智	世俗智、法智、苦智、類智、集智、他心智
第十剎那 滅法智	世俗智、法智、苦智、類智、集智、滅智	世俗智、法智、苦智、類智、集智、滅智、他心智
第十四剎那 道法智	世俗智、法智、苦智、類智、集智、滅智、道智	世俗智、法智、苦智、類智、集智、滅智、道智、他心智

注：若是具貪凡夫，僅具一世俗智；若是離貪凡夫則具世俗、他心二智。

甲四（得智之理）分三：一、何道得幾智；二、何地得幾智；三、得之分類。

乙一（何道得幾智）分三：一、見道得幾智；二、修道得幾智；三、所說之餘道得幾智。

丙一、見道得幾智：

見道生起忍與智，彼等一切未來得，

三類智兼世俗智，是故稱謂現證邊。

彼即不生之有法，依於自地及下地，

滅邊所生末念住，具自諦相由勤生。

見道時將獲得所生忍與智的未來法，苦集滅三類智的末尾會生起世俗智，故將其稱為現證邊。世俗智是指不生之有法，它依於自地與下地而產生。滅諦邊所生的世俗智是最後的法念住，它們均具有各自諦之行相，而且皆由加行勤作所產生。

在見道時會獲得十智當中的幾種智呢？見道時會產生同類智與異類智兩種。其中同類智是指法智，也即所產生的第十五剎那無間道的法忍以及解脫道法智的同類或同所緣的未來法，因為已經產生的若再次產生，會有生起眾多見道的過失。異類智是指見道中苦集滅諦的三種類智生起時，也會獲得前所未有的殊勝世俗智，之所以稱為異類智，是因為類智屬於無漏法，而世俗智是有漏法，有漏與無漏並非同類，因此稱為不同類智。那為什麼在法智生起時不會生起異類的世俗智呢？因為法智時僅僅圓滿欲界見道，而色界與無色界的見道並未圓滿，由於見道仍未究竟的緣故，不會產生異類智。正是由於最終證悟苦、集、滅每一諦後才獲得世俗智，故將此稱為現證邊，由現證的末尾產生而得名。

實際上，在大小乘阿毗達磨中有許多相同的名稱，但它們各自的說法卻是不同的。比如未來的未生法，小乘《阿毗達磨》認為它是永遠也不會產生的法，僅以得繩的方式存在。而《大乘阿毗達磨》則認為，所謂見道的未生法，

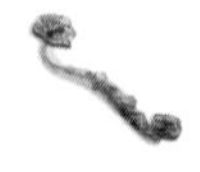

雖然於見道時沒有產生，但在修道時卻可以產生，之所以說為「不生法」，只是從暫時不生的角度宣說的。同樣，此處所說的「現證邊」也即異類智，有部認為，苦集滅入定時的智慧是類智，在出定後會產生世俗智；《大乘阿毗達磨》和唯識以上則認為，菩薩獲得類智是入定智慧，而出定時如幻如夢的景象即為世俗智，這樣的世俗智並非未生法。那此處說「世俗智在以後會得到」，按照大乘觀點如何解釋呢？當菩薩入於根本慧定時即完全入於苦集滅的類智之中，而出定時世俗如幻如夢的顯現會存在，從這個角度可以說為異類智。若依照小乘觀點解釋，雖然眾說紛紜，卻始終得不到完整的結論。

現證末尾所生的世俗智是否能夠現前呢？不能現前。有部認為，這樣的世俗智雖然存在，但並不會現前，只是在聖者獲得類智時，會現前世俗智的得繩，所以將其稱為得。這一點若按大乘觀點來講也是不合理的，雖然菩薩入於第十五剎那時不能夠現前世俗智，但這時屬於入定智慧，而不能說為世俗智的得繩，在第十六剎那修道時，世俗智完全可以顯現，它並非是未生之法，所謂的未生法僅僅是個名稱而已，沒有任何必要。

既然苦集滅三類智的末尾均會產生世俗智，那道類智的末尾會不會產生世俗智呢？《俱舍論大疏》中說：道是無邊無際的，如聲聞道、緣覺道、佛陀道，聲聞道中也有一來、不來等，所有道若在一位補特伽羅的相續中圓滿是很困難的，若所有的道未圓滿，現證邊就不能產生，因此世俗智也不會產生。

有人認為：如果因為道無邊的緣故，道類智的末尾不會產生世俗智，那苦集類智的末尾也不應產生世俗智，因為眾生的苦和苦的來源——業惑都是無邊的，同樣無法一一了知和斷除，所以它們也不能產生世俗智。

苦集類智的末尾產生世俗智是可以的，因為自相續的一切集，也即業和煩惱首先可以了知，了知後便可斷除。但自相續當中所有的道圓滿卻無法實現，所以與苦集二者是不相同的。

依靠何地能獲得這樣的世俗智呢？於見道中的任何地均可以獲得自地與下地的世俗智，比如依於二禪之正禪，可以獲得二禪自地以及下地欲界、一禪未至定、一禪初分正禪、殊勝正禪的世俗智，但無法獲得三禪的世俗智。那屬於現證邊的三個世俗智是何念住呢？因滅諦只能緣法之故，滅諦邊所生的世俗智僅屬於法念住，苦集諦所生的世俗智則是四念住。苦集滅邊所生世俗智的法相是什麼呢？它們都具有各自諦之無常等行相，所緣也是各自之聖諦，由於是依靠修習見道的力量獲得，因此均由加行所產生。

總而言之，在見道中只有法智、類智、世俗智三種智，苦集滅道四智與世俗智結合在一起，而盡智與無生智屬於無學道的智慧，所以在見道中不會獲得。

丙二、修道得幾智：

十六剎那具貪者，得六離欲貪得七，

彼上具貪修道中，悉皆獲得七種智，

勝伏七地得神通，堪達法證不動法，

輪番修之無間道，上八解脫道亦爾。

住於第十六剎那的具貪者可以獲得六種智，離貪者則獲得七種智。第十六剎那之上，具貪者在修道中均獲得七種智，勝伏七地、獲得神通以及堪達法羅漢，在分別證得不動法羅漢、輪番修以及有頂的前八解脫道時亦均是獲得七種智。

修道位會獲得幾種智呢？具貪者住於十六剎那道類智時會獲得四諦智、法智與類智六種智，其中道智與類智現在時獲得，其餘四智於未來時獲得。其他四智不得的原因是什麼呢？道諦無有現證之邊的緣故，不會獲得現證道諦邊所生的世俗智，所以無有世俗智；由於尚未遠離貪欲而無法獲得禪定，所以他心智也無有；盡智與無生智屬於無學道的智慧，而得者位於有學道之故，無有此二智。離貪者住於第十六剎那時，於具貪者所得之智的基礎上加上他心智，因此共有七種智。

在第十六剎那之上，具欲貪者位於修道當中的加行道、無間道、解脫道與勝進道時，均獲得法智、類智、四諦智與世俗智七智；有部認為，不論住於何種無間道都無有他心智，因此勝伏四靜慮與前三無色界七地的六十三個無間道也只是獲得前面的七種智；有學道者獲得前五種神通的無間道時，

也是獲得前面的七種智；堪達法羅漢通過練根得證不動法羅漢的無間道中，可以獲得法智、類智、四諦智與盡智七種智，是鈍根阿羅漢者的緣故只能得到盡智，卻未獲得無生智；有學道者輪番修有漏無漏靜慮的無間道可以獲得法智、類智、四諦智與世俗智七種智；有頂九個解脫道當中的前八解脫道可以獲得法智、類智、四諦智及他心智七種智。

有學練根解脫道，獲得六智七智或，

無間道中獲六智，勝伏有頂亦復然。

盡智之時得九智，不動法者則獲十，

轉彼解脫末亦爾。

有學練根者於解脫道時獲得六智和七智，有些論師認為世俗智也存在；於無間道時獲得六智，勝伏有頂亦獲得六智。得盡智時會獲得九智，不動法羅漢則獲得十智，通過練根得到不動法羅漢的末尾解脫道亦是如此。

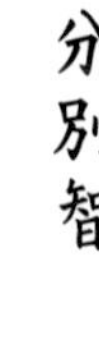

有學鈍根者修煉利根的解脫道中，如果是具貪者，如預流果、一來果，會獲得法智、類智與四諦智。若是一位離貪者則在具貪者所得智的基礎上加他心智，共有七智。

頌詞中的「或」是指另外一種觀點，有些論師認為：得果與見道相同的緣故，應該獲得現證邊所生之世俗智，因此有七智或八智。有學練根者於無間道時，離貪者與具貪者均獲得法智、類智與四諦智六智，是有學道之故，無有盡智與無生智；是無間道之故，不具足他心智；與見道相同故，不得世俗智。

表四：見道、修道所得之智

十智	見道	修道														
		第一剎那	具貪者於四道中	勝伏四禪與前三無色界之六十三無間道	有學道者獲得前五通之無間道	堪達法羅漢證得不動法羅漢之無間道	輪番修有漏無漏之無間道	有頂前八解脫道	有學練根者之解脫道		有學練根者之無間道		能勝有頂無間道	有頂第九解脫道		以練根證不動法羅漢之末尾解脫道
									具貪者	離貪者	具貪者	離貪者		鈍根者	利根者	
世俗智	√		√	√	√		√							√	√	√
他心智								√		√				√	√	√
法智	√	√	√	√	√	√	√	√	√	√	√	√	√	√	√	√
類智	√	√	√	√	√	√	√	√	√	√	√	√	√	√	√	√
苦智		√	√	√	√	√	√	√	√	√	√	√	√	√	√	√
集智		√	√	√	√	√	√	√	√	√	√	√	√	√	√	√
滅智		√	√	√	√	√	√	√	√	√	√	√	√	√	√	√
道智		√	√	√	√	√	√	√	√	√	√	√	√	√	√	√
盡智						√								√	√	√
無生智															√	√

這裡說「與見道相同故不得世俗智」，而前面說「與見道相同故應具足世俗智」，這是不是前後矛盾呢？不矛盾，此處是指同類智，於法智時並不具足世俗智，而前面是指異類智，由類智可以產生殊勝世俗智，因此，在見道時有兩種情況，應該詳細分析。

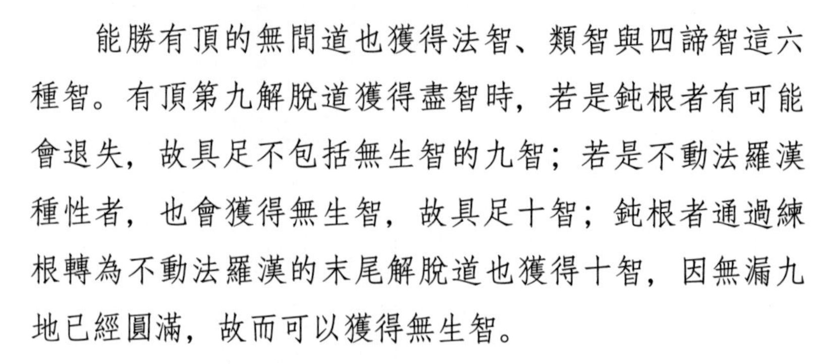

能勝有頂的無間道也獲得法智、類智與四諦智這六種智。有頂第九解脫道獲得盡智時，若是鈍根者有可能會退失，故具足不包括無生智的九智；若是不動法羅漢種性者，也會獲得無生智，故具足十智；鈍根者通過練根轉為不動法羅漢的末尾解脫道也獲得十智，因無漏九地已經圓滿，故而可以獲得無生智。

丙三、所說之餘道得幾智：

所說之餘得八智。

上述所說無間道之外，剩餘的欲界第九解脫道、七地的所有解脫道、修神通，以及輪番修的解脫道、轉為不動法羅漢的解脫道，還有不來果的加行道與勝進道均獲得不包括盡智與無生智在內的八種智。

乙二、何地得幾智：

於何離貪得彼時，亦得下地無漏法，

盡智亦得有漏德，諸地得前非得後。

依靠任一地離貪時也可獲得下地無漏法，獲得盡智時亦會得到有漏功德，一切地所得之功德只是以前的功德現前，而不是獲得未來之法。

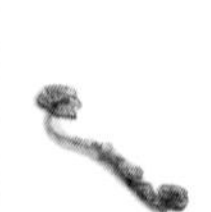

「道」有世間道與出世間道兩種，依此二者分別獲得幾智呢？於第一世間道中，若依未至定離欲貪而獲得一禪正行，那將於一禪末尾解脫道時獲得未至定和正禪所攝之世俗智，也即可以獲得自地與下地的世俗智；若依世間道獲得第二禪，則獲得二禪自地所攝之世俗智以及一禪的三個世俗智，如此類推，直到有頂未至定時，可以獲得有頂未至定所攝世俗智以及下地所攝之世俗智。

依出世間道會獲得幾智呢？依靠二禪離貪時，可以獲得二禪無漏法，也可以獲得一禪未至定、正禪、殊勝正禪所攝的世俗智，不僅如此，而且也會得到三禪解脫道所攝的無漏法。這裡講到獲得「無漏法」，《俱舍論大疏》中說：此處的無漏法應該指無漏智慧。那為什麼上地的無漏法也能獲得呢？因無漏法相續中的對治類增上之故。同樣，其他地的無漏法也可如此類推，比如獲得三禪正禪時，一禪和二禪的無漏法可以獲得，第四禪第九解脫道的無漏法也可以獲得。小乘認為，如果是獲得盡智，不僅得到無漏法，而且有漏功德、不淨觀、呼吸法、念住等等也可以得到。按照大乘觀點，有漏法的清淨功德以功德增上的方式存在，比如獲得無學道時，三十七道品以無緣的方式存在，《現觀莊嚴論》也是如此宣說的。那小乘為何會如此承認呢？就如同一位國王獲得王位時，各地的人們均會以禮相迎一樣，一位聖者獲得盡智時，由於已經遠離貪欲並且獲得了心之王位，許多有漏與無漏的功德都會出來迎接。

若以欲界身分獲得阿羅漢果位，則所得功德由三界所攝，若以色界身分獲得，則其功德由色界、無色界所攝，若以無色界身分獲得，則只具足無色界所攝之功德。並非一切功德全部獲得，以前於輪迴中串習後退失的功德只是現前，因為以前已經得過不必再得。世友論師認為，未來的功德也可以得到；另有論師則認為，未來的功德無法獲得。

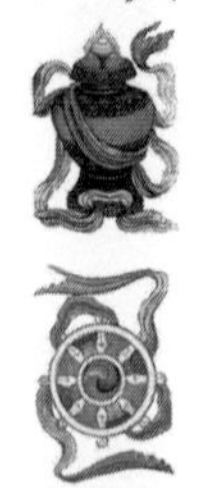

乙三、得之分類：

有為善法新習得，有漏則立治遣得。

依靠有為善法而得為新得與習得，從斷除有漏法的角度安立治得與遣得。

所謂的得也有四種，即新得、習得、治得與遣得。新得指前所未有之法重新獲得，比如一位補特伽羅的相續中從未得過見道，當其獲得時屬於新得。習得指反覆現前，如對於信心反覆串習而現前。此二者也有依靠無記法與不善法的情況，但大多數是依靠有為善法而得。治得也即修道，遣得即斷絕煩惱之得，比如修悲心，從修持角度來講是治得，從可以斷除害心的角度為遣得。這兩者並不是從有漏法的角度安立，而是從斷除有漏法的角度安立的。無漏法只具足前二種得，有漏善法具有四種得，其他有漏法則具足後二種得。

甲五（智所攝之功德）分二：一、不共功德；二、

共同功德。

乙一（不共功德）分二：一、略說；二、廣說。

丙一、略說：

佛陀之法不共同，即是力等十八種。

佛陀的不共功德，即是力等十八種。

與聲聞緣覺等不共而唯有佛陀具足的功德是哪些呢？共有十八種，即十力、四無畏、三念住以及大悲。其中十力是指知處非處智力㉝、知業報智力㉞、知靜慮解脫等持等至智力㉟、知根勝劣智力㊱、知種種信解智力㊲、知種種界智力㊳、知遍趣行智力㊴、知宿住隨念智力㊵、知死生智力㊶、知漏盡智力㊷。四無畏即正等覺無畏㊸、漏永盡無畏㊹、說法障無畏㊺、說出離道無畏㊻。三念住㊼，如

㉝知處非處智力：能知一切事物之道理和非道理。
㉞知業報智力：能知一切眾生三世因果業報。
㉟知靜慮解脫等持等至智力：能知各種禪定及解脫三昧等。
㊱知根勝劣智力：能知眾生根性的勝劣與得果大小。
㊲知種種信解智力：能普知眾生種種境界不同。
㊳知種種界智力：能普知眾生種種境界不同。
㊴知遍趣行智力：於六道有漏行所至處、涅槃無漏行所至處如實遍知。
㊵知宿住隨念智力：如實了知過去世種種事之力。
㊶知死生智力：如實了知眾生死生之時與未來生之善惡趣，乃至美醜貧富等善惡業緣。
㊷知漏盡智力：於一切妄惑餘氣，永斷不生，能如實知。
㊸正等覺無畏：佛作誠言：我是正等覺者。若有難言：於是法中不正等覺。我於此難正見無緣，是故無畏。
㊹漏永盡無畏：佛作誠言：我諸漏已盡。若有難言：如是如是諸漏未盡。我於此難正見無緣，是故無畏。
㊺說法障無畏：佛作誠言：我為弟子說障礙法染必為障。若有難言：染習此法不能為障。我於此難正見無緣，是故無畏。
㊻說出離道無畏：佛作誠言：我為弟子說出離道修定出離。若有難言：雖修此道，不能出離，不正盡苦及證苦邊。我於此難正見無緣，是故無畏。
㊼三念住：第一念住是眾生信佛佛也不生歡喜心，而恆常不變安住在正念與正智中；第二念住是眾生不信佛佛也不生憂惱心，而恆常不變安住在正念與正智之中；第三念住是同時有一類眾生信佛一類眾生不信佛，佛也不生歡喜與憂戚心，而恆常不變的安住在正念與正智之中。

來說法時，於恭敬聽受所說法者不以為喜之心念住，於不敬聽受所說法者不以為怒之心念住，於聽不聽二者不為喜怒之心念住。

對於十八不共法，大乘說法與小乘有所不同，《經莊嚴論釋》中說：「十八不共法者，以行所攝六法——身無失、語無失、心中念無失、心無不定、無種種想、無不擇捨；以證所攝六法——於欲、精進、正念、禪定、智慧、解脫中無有退失，有些論中不算禪定而算解脫知見，共計六法，是不同經之密意；又於過去世無貪無著之智慧，於現在未來亦如是對應，此三者是以智慧所攝之法；一切身事業以智慧為導且以智慧隨行，語意亦如是，即是以事業所攝三者。如是佛陀具有與他不共的十八不共法故，成為一切聲緣之上首。」

丙二（廣說）分四：一、宣說力；二、宣說無畏；三、宣說念住；四、宣說大悲。

丁一（宣說力）分二：一、意之力；二、身之力。

戊一、意之力：

知處非處十智攝，知業果力為八智，

定等根信解界九，知遍趣行九或十，

宿住死生世俗智，知漏盡力六或十。

知處非處智力以十智所攝，知業果智力為八智攝，知等至智力、知根勝劣智力、知信解智力以及知種種界性智力均以九智攝，知遍趣行智力有九智或十智，知宿

住隨念智力與知死生智力為世俗智攝，知漏盡智力有六智或十智。

《經莊嚴論釋》中說：「十力者，以知處非處智力了知因與非因故，能摧破於轉生善惡趣之因或方便欺誑之魔，即非善趣因之殺生供施等對獲得善趣之方便欺誑，對如是者摧破；以知業報智力，顯示除業力外以大自在天等不能自在救護故，能破於怙主欺誑之魔；以知染淨一切禪定智力，摧破以僅得四禪八定解脫輪迴而觀清淨、對清淨欺誑之魔；以其餘七種智力摧破對依大乘出離欺誑諸有情之魔，即以知一切界智力了知種性，以知種種淨信智力了知信心，以知種種根基智力了知所化信心等差別之根器差別，以知宿命智力及知死生智力了知道之依，以知遍行道智力了知道之自性，以知漏盡智力了知出離之果後於諸所化如是宣說故，摧破以大乘道出離外誤置他處欺誑魔。」本論並未宣說每一種力的法相，而是與十種智結合起來分析的。那每一個智力由多少個智所攝呢？知處非處智力了知一切有為法與無為法，故為十智所攝，麥彭仁波切在《智者入門》中說，所謂的處與非處是指所有學問的對境與非對境，可以包括一切萬法，而佛陀對於處與非處所攝的一切萬法全部通徹無礙。眾生的種種業報以及細微之業果，即使聲聞緣覺菩薩也無法了知，只有佛陀能夠知曉，故為知業報智力，它為八智所攝，因滅智與道智不屬於業果的範疇，故不包括在內。知靜慮解脫等持等至智力、知根勝劣智力、知種種信解智力以及知種種界智力為不包括滅智的九智所攝，因滅智唯一緣無為法，而此等均以有為法為所緣。知遍趣行智力若從道之本體來說，是不包括滅智的九智，因滅智不為地所攝；若從道果而言則為十智。知宿住隨念智力與知死生智力二者並非真諦之有境，而主要以眾生前世與後世作為自己的對境，因此不具足法智、類智、四諦智以及盡智和無生智，他心智也是四諦智的本體，故也無有，以此二種智力唯以世俗智所攝。若從了知漏盡自本體的角度來說，知漏盡智力為法智、類智、滅智、世俗智、盡智與無生智此六智所攝；若從佛相續中具有智這一角度來說，則為十智所攝。

宿住死生依四禪，餘者則依一切地。

何故唯佛稱為力？因彼具有無礙故。

知宿住隨念智力與知死生智力依四禪獲得，其餘八種力依靠除未至定以外的三界九地獲得。為什麼只有佛陀的智慧才稱為力呢？因唯有佛陀可以無礙照見萬法。

十種智力依靠何地獲得呢？知宿住隨念智力與知死生智力二者於四靜慮正禪中具有，因其需要從止觀雙運之等持中產生。按本論觀點，若欲了知前世後世必定要有四禪的境界，否則僅僅依靠有漏心無法了知。其餘八力在欲界、四靜慮、一禪未至定、中定、四無色界共十一地中具有。

此等智力於三界中何種身分具有呢？欲界身分可具有一切智力，色界身分僅具有色界所攝之智力，無色界身分具有無色地所攝的智力。這一點實際也是從色法的角度來講，上上界不會具足下界具有色法本性之功德，如果從功德角度而言，上界一定會具足下界功德，但有部宗認為很多功德都是有形相的，也就是說，有些功德是有表色，有些則是無表色，所以此處應該是以具色法形相之功德的角度來講。

上述的某些功德，比如知漏盡智與知宿住隨念智在聲聞緣覺等其他補特伽羅相續中也具有，那為什麼只將佛陀所具足的功德稱為力呢？佛陀是萬法的徹見者，他不需任何勤作即能無礙照見萬法，因此將佛陀所具足的智慧稱為力。

戊二、身之力：

身即無愛子之力，他師承許各骨節，

大象等七十倍增，彼之本體所觸處。

佛身具有無愛子之力，其他論師承許為各骨節皆具此力，所謂的無愛子之力是指凡象等七個以十倍遞增，其本體為果所觸。

佛陀既然具足無礙智力，那身體的力量如何呢？佛身具足無愛子之力，「無愛子」有兩種解釋：一是天子的稱呼，二是指力量的一種程度。此處是指第二種，因為具足無量功德而稱為無愛子之力，就如阿僧祇是因具有六十位數而如此稱呼一樣。另有其他論師認為，並不是整個身體具有無愛子力，而是身體的三百六十二個骨節中的每一骨節均具足此無愛子力。

何為無愛子力呢？它是凡象七十倍的力量，也即凡象、香象、大露力者神力、勝伏神力、妙支神力、妙力神力、無愛子之力，這七種力以十倍遞增。小乘認為佛陀的身體一定要具足如此巨大的力量，因為佛智是無邊無際的，若身體如同凡夫一樣不具足強大的力量，則智慧無法將其作為依處，就像獅子的乳汁不能倒進土器一般。大乘也認為佛陀的身力是無邊的，但說法上與小乘稍有不同。身力的本體是什麼呢？其本體屬於所觸，也即是果所觸。

丁二、宣說無畏：

無畏四種依次第，如初第十二七力。

四種無畏依次與第一、十、二、七智力相同，也為這些智所攝。

四無畏是指正等覺無畏、漏永盡無畏、說法障無畏、說出離道無畏。正等覺無畏，即佛陀已經獲得圓滿正等覺果位，在任何梵天、婆羅門、沙門面前可以無畏宣說「我已獲得正等覺果位」，無人能夠反駁。漏永盡無畏，即一切有漏障礙均已斷絕，佛陀對眾人可以無畏宣說，無人能夠反駁。說法障無畏，即佛陀所宣說的獲得解脫之障礙，無有一人能夠反駁。說出離道無畏，佛陀宣說出離輪迴之道，無有一人能夠反駁。《經莊嚴論釋》中也說：

「四無畏法者，自說於自利證德圓滿，具一切智無畏；自說於自利斷德圓滿斷二障及習氣無畏；為人說正道無畏者，能真實宣說從輪迴出離之道；為人說正道障礙無畏者，正道障礙或能障之我見、貪等諸煩惱從輪迴中解脫之能障，如是以具正量的真實語宣說。對彼等，以天魔、梵天、沙門、婆羅門、外道等以『非如是』之相應道理之反諍，何時亦不動搖。」

四無畏以何智所攝呢？依次分別與第一知處非處智力、第十知漏盡智力、第二知業報智力、第七知遍趣行智力相同，正等覺無畏為十智所攝，因佛陀已經能夠圓滿通曉一切萬法；漏永盡無畏為六智或十智所攝，即從窮盡漏法而言是六智，從相續中具有功德的角度則是十智；說法障無畏為八智所攝，因障礙之法多有漏，屬苦集攝，故是除滅智與道智以外的八智；說出離道無畏由九智或十智攝，也即從道本體而言是除滅智以外的九智，就出離道果而言則為十智。

一般來說，大乘認為，所謂的十力、四無畏等並未包括在十八不共法中，因此大小乘只是名稱上相同，其本質並不相同。

丁三、宣說念住：

所謂三種之念住，本體正知正念性。

所謂三念住的本體即是正知正念。

何為三念住？即如來說法時，於恭敬聽受所說法者不以為喜之心念住；於不敬聽受所說法者不以為怒之心念住；於聽及不聽二者不為喜怒之心念住。此三者均是正念正知的自性，只是觀待眷屬的差別而宣說了三種。

若是一般凡夫則對恭敬聽法者會非常歡喜，對不恭敬聽法者會心生不悅，而佛陀已經斷除貪嗔等習氣，所以不會出現上述現象。那聲聞緣覺已經斷除煩惱障，他們對恭敬聽者與不恭敬聽者是否具有喜怒之心呢？對此，滿增論師回答說：聲聞緣覺相續中無有煩惱，故不會生起喜怒之心，但其相續中仍存在無記心，故而並未安立為三念住。世親論師則回答說：聲聞緣覺雖無貪嗔之心，但有樂與不樂的心，於恭敬聽法者，會於心中出現樂的心態，於不恭敬聽法者則不樂，故此未安立為三念住。佛陀為什麼能夠做到呢？佛陀於此等煩惱，甚或習氣皆已斷盡，並已徹見萬法，其正知正念剎那也不曾離開，故不必任何勤作即可成就三念住。

丁四、宣說大悲：

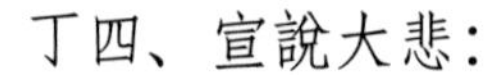

大悲乃為世俗智，資糧行相與行境，

及平等故上品故，與悲不同有八相。

大悲心為世俗智所攝，之所以稱為「大」，有五個原因，即資糧、行相、行境、平等、上品皆十分廣大，與悲心不同之處是具足八種相。

大悲之本體為世俗智，因佛陀以其盡所有智無礙觀照一切眾生之興衰成敗。為何稱為大呢？以五因而稱為

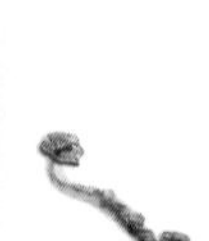

大，即因廣大，佛於三大阿僧祇劫中積累福慧二資而獲得成就；行相廣大，即佛陀慈愛三界一切眾生，願其皆得以遠離三苦；行境廣大，即對三界所有眾生皆無礙照見；趨入廣大，對三界群生遠離行苦之悲心平等而周遍；上品廣大，此大悲屬於極其敏銳的智慧自性。

悲心與大悲有何不同呢？不同之處有八種。一是本體差別，悲心之本體為無嗔，大悲不僅無有嗔心，而且也無癡心，因佛陀相續中一切煩惱相續均已斷絕。二是所緣差別，悲心僅緣欲界眾生，大悲以三界有情為所緣。三是行相差別，悲心僅以苦苦作為所離之行相，而大悲則願一切眾生遠離三苦行相，因佛陀了知諸有漏法皆如水月一般，無有絲毫可靠之處。四是所依差別，悲心以四靜慮作為所依，而大悲只依靠第四靜慮的無漏智慧。五是相續差別，聲聞緣覺相續中也具足悲心，而大悲唯佛陀具有。六是獲得差別，離欲貪即可獲得悲心，大悲則需離有頂貪。七是救濟差別，悲心非為救濟一切眾生，大悲則為普救所有眾生離苦得樂。八是趨入差別，以悲心不能平等趨入，而佛陀緣凡具生命之有情皆會生起大悲。

因地菩薩相續中以大乘菩提心所攝持的悲心，是屬於悲心還是大悲心呢？從本體來講，不能稱其為真正的大悲，因為只有佛陀才具足大悲；從種類來講，因地菩薩相續中的悲心，從所緣、行相等各方面均與普通悲心不同，故應該稱其為大悲。

諸佛資糧與法身，行利眾事平等性，

彼等身壽與種姓，以及身量非相同。

一切諸佛積累資糧、獲得法身、行利眾事業皆平等，而他們的身壽、種姓以及身量則不相同。

所有佛陀之間有哪些相同點與不同點呢？諸佛以三平等性相同，即均同等積累福慧二種資糧，故是因平等；均已獲得法身，故為果平等；所有佛均以利益眾生作為事業，故是事業平等。對於三身，小乘只承認其中的法身與色身，他們認為，報身僅是一種在家形象的裝飾而已，而且很多佛經中說報身常有，但不可能存在常有的佛陀，因為佛陀的身體也是無常法，所以小乘認為佛陀具足法身與色身，其中色身是指化身。為了度化不同的眾生，有些佛陀於人壽百歲時出世，有些佛陀於人壽二萬歲時出世，有些佛陀則於無量歲時出世，故於壽命上不同；有些佛陀是剎帝利種姓，有些是婆羅門種姓，故在種姓上也不相同；有些佛陀身量高大，有些佛陀身量矮小，所以身量也不相同。

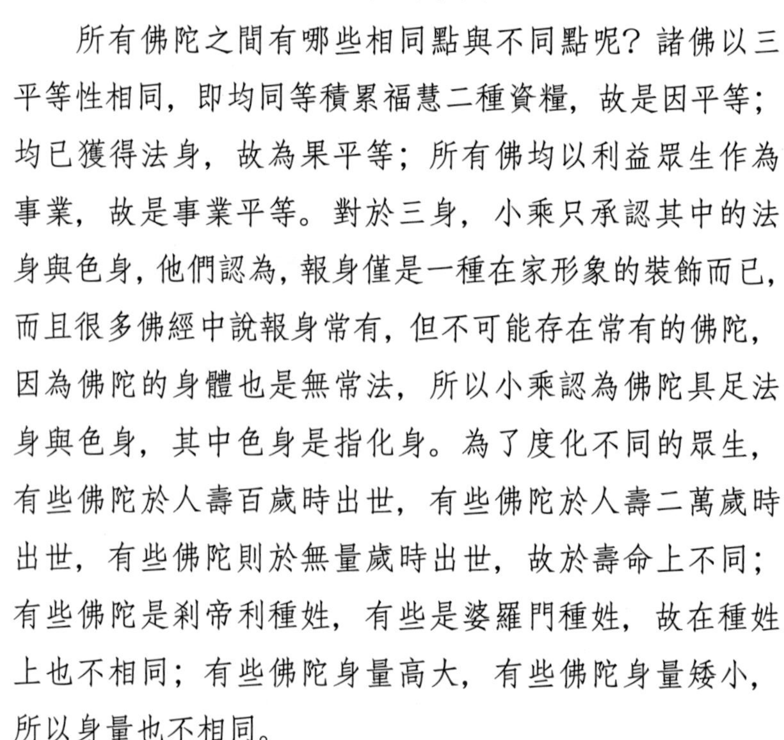

作為佛教徒，每天以佛陀作為對境做一些善事是很重要的。《俱舍論大疏》中引用《毗奈耶經》的教證說：「於導師佛陀，雖做微小事，轉種種善趣，後獲菩提果。」佛陀具有無邊無際的殊勝功德，若以其作為對境而積累資糧，比如供一支鮮花、一杯水、一盞燈，即使做一些

微不足道的善事，以此功德，暫時會轉生於善趣，最終必定會成就如甘露般的菩提妙果。當然，一切佛陀均無二無別，但麥彭仁波切在《釋迦牟尼佛廣傳》中說，釋迦牟尼佛以特別的悲心已經攝受我們這些處於五濁惡世的眾生，因此我們與釋迦牟尼佛有一種特殊的因緣，若能對他起信心並經常憶念、祈禱，一定會獲得不共的加持。

乙二、（共同功德）分二：一、略說；二、廣說。

丙一、略說：

他法則與有學共，有同異生即無染，

願智無礙解通等。

還有些與聲聞緣覺共有，以及與異生凡夫相同的一些其他法，如無染、願智、無礙解與神通等。

佛陀與聲聞緣覺等共同的功德有哪些呢？無染、願智、無礙解以及第六通，佛陀與諸聖者共有，前五神通、四靜慮、四無量、四無色、八解脫、八勝處、十遍處與凡聖二者同具。

佛陀相續中所具有的功德，有些與有學聲聞緣覺共同具有，有些則與凡夫相同。但麥彭仁波切在《智者入門》中說：這也只是名稱相同而已，實際意義上是完全不同的，因為佛陀所具之功德全部具足遠離煩惱、通曉一切萬法的特點，而凡夫、聲聞等畢竟仍未斷盡煩惱或習氣，所以他們相續中的功德並未究竟圓滿。

丙二（廣說）分二：一、與聖者共同功德；二、與凡聖二者共同功德。

丁一（與聖者共同功德）分四：一、無染；二、願智；三、宣說四無礙解；四、得法。

戊一、無染：

無染乃為世俗智，依第四禪不動法，

依人而生欲界惑，未生有事行境者。

無染屬於世俗智，依靠第四禪而獲得，其於不動法羅漢相續中具有。此功德是依人類身分獲得，所斷除的對境是欲界未生的煩惱，以有事修斷作為行境。

前面已經講到六種功德，那究竟什麼是無染呢？無染定也即世俗智，以他者是否會緣自己而生起煩惱的意願入定，後得時結合入定境界作為護持他心的方便。

無染於何地存在呢？僅於第四靜慮存在，因第四禪已遠離八種過患，依其容易生起。何種補特伽羅能夠現前此無染定呢？由於其他補特伽羅會再度生起煩惱，因此只於不動法阿羅漢相續中具有。依於何界之身分產生呢？依靠欲界人的身分產生，其所緣也是欲界煩惱。那所斷除的是已生煩惱還是未生煩惱呢？不能斷已生煩惱，其因以有事修斷之貪等作為行境，故而僅斷未生之煩惱。

戊二、願智：

願智亦爾緣諸法。

願智亦如此，但其所緣為一切諸法。

第二種功德也即願智，它是以「我當知此」的心願

入第四禪定的，比如，以願我了知萬法之本體而入定，之後如願了知此等對境，出定後的智慧與入定結合。願智的本體、地、補特伽羅以及所依與無染定全部相同，但願智的所緣是色等一切法，而不僅僅是煩惱。

有些論師說，若願智依靠第四靜慮則無法緣無色界，因為前面講過，以下界心不能緣上界。另有論師認為這種說法不合理，從意義上來講，佛陀對三界的一切萬法均可通徹無礙地照見，所以不會出現無法緣無色界的過失。

戊三、宣說四無礙解：

法義詞辯無礙解，初三次第無礙知，

名稱意義與詞句，第四無礙明宣說，

道自在性緣語道，本體九智依諸地，

義十或六一切地，餘者則為世俗智，

法於欲界四禪具，詞依欲界初靜慮。

法、義、詞、辯四無礙解中，前三者依次無礙了知名稱、意義與詞句。第四無礙解以與意義相聯或相違之詞句為他眾明確宣說，如是之智無礙了知道之自在性，故其所緣是語與道，其本體為九智，可依於一切地。義無礙解是十智或六智，於一切地存在，其餘二者為世俗智，法無礙解於欲界與四禪中具足，詞無礙解依於欲界與第一禪。

四無礙解即法無礙解、義無礙解、詞無礙解與辯無礙解，它們與無染定相同，僅以不動法補特伽羅具有，而且依靠三洲人身產生。所謂的法無礙解是指對世間及出世間的名稱及詞句皆無礙通達，比如以名稱宣說事物的本體如「瓶子」，以詞句宣說事物的特徵如「瓶子無常」，對此名稱與詞句無礙了知即是法無礙解；義無礙解即對一切萬法的總相、別相等所有意義通徹無礙；詞無礙解是指對能詮說的各種語言皆完全通達；辯無礙解即通過世間與出世間的道理進行分析，以這樣的智慧無礙了知一切道之自性，並以語言為他眾宣說。總的來說，所謂四無礙解即對一切能說與所說的意義全部通達。

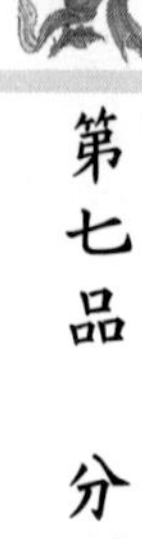

四無礙解在所緣、地、本體方面各有不同。其中前三者的所緣依次是對名稱、意義、詞句無礙了知，第四辯無礙解的所緣則是語言與道次第，即對世出世間的道理以不忘陀羅尼的方式無礙宣說。

它們分別依於何地存在呢？辯無礙解與義無礙解二者於欲界至有頂之間的一切地具有。法無礙解於欲界與四靜慮中具有，若從佛陀的角度，雖然所依不會於無色界存在，但從了知而言則可以於無色界存在。詞無礙解在欲界與一禪具有，佛經中說未經觀察不得言說，一禪以上無尋之故，不會引發言詞。

表五：

	法相（《自釋》）	本體	所緣	地	補特伽羅	所依界
無染	令他有情不緣己身生貪嗔等，此行能息諸有情類煩惱諍故得無諍名	世俗智	欲界煩惱	第四靜慮	不動法羅漢	欲界三洲人身
願智	以願為先引妙智起，如願而了故名願智	世俗智	色等一切法	第四靜慮	不動法羅漢	欲界三洲人身
法無礙解	謂無退智緣能詮法名句文身立為第一	世俗智	名稱	欲界四靜慮	不動法羅漢	欲界三洲人身
義無礙解	緣所詮義立為第二	從了達諸法而言為十智，從通達勝義而言為六智	意義	欲界至有頂一切地	不動法羅漢	欲界三洲人身
詞無礙解	緣方言詞立為第三	世俗智	詞句	欲界一禪	不動法羅漢	欲界三洲人身
辯無礙解	緣應正理無滯礙說及緣自在定慧二道立為第四	除滅智以外的九智	語與道	欲界至有頂一切地	不動法羅漢	欲界三洲人身

四無礙解的本體分別是何者呢？法無礙解與詞無礙解的本體是世俗智。義無礙解從了達諸法之義的角度來

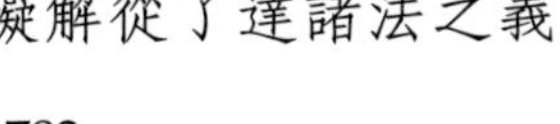

說是十智，從通達涅槃勝義而言則是滅智、法智、類智、世俗智、盡智與無生智六種智。辯無礙解是滅智以外的九智。

戊四、得法：

若不具全一不得，彼六德依邊際獲，

邊際有六靜慮邊，彼者隨順一切地，

依次增上至究竟，佛外他者加行生。

若一者不具則其他全都不得。六種功德依靠邊際而獲得，此邊際亦有六種。之所以稱為邊際，是因為第四靜慮隨順一切地，依次增上直到究竟。除佛陀外的他者均需依靠勤作而產生六種功德。

若僅獲得四無礙解中的一者時，其他無礙解可以獲得嗎？四者必定會同時獲得，因其屬於成住同質的關係，其他三者不具足而僅具其中之一的情況是沒有的。那四無礙解是如何獲得的呢？有論師認為此四者獲得之因並不相同，即法無礙解以學習曆算而得，義無礙解以學佛陀之教義而得，詞無礙解是以前學過聲明，辯無礙解以學習因明而獲得。有些論師則認為，四無礙解均以聞思佛語而獲得。

上述六種功德依於何地而得呢？無染、願智、四無礙解均以第四靜慮邊際之加行而得。所謂的邊際有幾種呢？有六種，即無染、願智、四無礙解六種或者不包括詞無礙解的五種功德以及第四靜慮邊際本身共六種。為

什麼不包括詞無礙解呢？雖然詞無礙解從意義上可以於第四靜慮中存在，但從所依來講，其必定依於欲界與一禪，因此不包括在內。為何將其稱為邊際呢？第四靜慮的邊際隨順從欲界至有頂，或從有頂至欲界的一切地，之後以下品、中品、上品的次第逐步增上直至究竟，故而稱為邊際。功德自在者之佛陀可以無需任何勤作而獲得六種功德，而其他補特伽羅則需通過加行勤作而產生。

丁二（與凡聖二者共同功德）分五：一、分類；二、本體；三、法之差別；四、神通所攝之功德；五、廣說第一神通。

戊一、分類：

神境天耳他心通，宿命生死漏盡通。

六種神通即神境通、天耳通、他心通、宿住隨念通、生死智證通、漏盡通。

所謂的神通有幾種呢？共有六種，即神境智證通、天眼智證通、天耳智證通、他心智證通、生死隨念智證通與漏盡智證通。在藏文版本中沒有天眼通，但是唐譯當中是有的，這可能是唐玄奘所得到的梵文本與藏文譯師所得到的梵文本不同所導致的。實際在很多佛經中經常說五眼六通，天眼是包括在五眼㊽當中的，一般《大乘阿毗達磨》中都沒有天眼通，而是在其他五通的基礎上加宿住隨念通，共有六種。

㊽五眼：天眼、肉眼、慧眼、智眼、法眼。

此六者總的來講由凡夫與聖者共同具有，若分別來講，前五通是凡聖共同的，第六漏盡智證通則唯於佛陀相續中存在，此處是從大多數而言的。

戊二、本體：

彼為解脫道慧攝，其中四通世俗智，

他心通則為五智，漏盡通如漏盡力。

六通皆為解脫道智慧所攝，其中四通的本體是世俗智，他心通的本體是五智，漏盡通則與知漏盡智力相同。

總的來說，六通均是解脫道智慧之本體。分別而言，神境智證通、天耳智證通、宿住智證通、生死隨念智證通四通的本體是世俗智，為什麼是世俗智呢？因四通各自通達各自對境之自相，故均屬世俗智。他心通之所緣若是無漏法，則由法智、類智與道智所攝，若所緣為有漏法，則在前三智的基礎上加世俗智與他心智本身。漏盡智的對境唯是抉擇滅，故不是世俗智的本體。那漏盡通以何智所攝呢？與漏盡智力相同，從滅盡漏法的角度是六智，從相續中具有的角度則為十智。

戊三、法之差別：

五通依於四靜慮，自與下地為對境，

所得由修熟離貪，他心通具三念住，

神境天耳眼唯身，眼耳無記餘皆善。

前五通於四靜慮正禪中具有，它們均以自地與下地作為對境。所得神通均以修習熟練遠離貪欲而得。他心

通具足三念住，神境通、天耳通、天眼通唯是身念住。天眼通與天耳通是無覆無記法，其餘神通皆為善法。

六通於何地存在呢？前五通在四靜慮正禪中具有，因四靜慮正行屬於易道，很容易生起神通，它們也僅是以自地與下地作為所緣境。為何不以無色界作為對境呢？因無色界不具足色相，而此五通均以色為所緣，故不緣無色界。第六漏盡通於無漏九地中具有，佛陀所具有的漏盡通可以緣一切地，因其可無礙了知所有萬法。

未曾由加行。

這句頌詞在藏文版本中無有，意思是說，這樣的神通依靠什麼獲得呢？有兩種獲得方式，即以前從未獲得過上述神通者，依靠加行勤作獲得，若前世曾熟練串習過，則由修習熟練遠離欲貪而獲得。實際上，獲得這樣的神通也很困難，麥彭仁波切在《大幻化網》中說：欲獲得神通必須成就欲界一心，也即欲界的分別念剎那間也不生起，此時已經獲得最究竟的寂止，但這一點，一般的凡夫人很難做到。

此等神通以何念住所攝呢？他心智證通具有受、心、法三念住，因其唯緣心心所法、受以及與心心所相應之法。神境智證通與天耳通、天眼通唯一是身念住，因為它們以色、聲為所緣，這也是從狹義來講，若從廣義角度，其實也可以緣法念住。

六通屬於三性中的何者呢？天眼通與天耳通依靠根

產生，故是無覆無記法，其餘神通均為善法。

戊四（神通所攝之功德）分二：一、宣說三明；二、宣說三神變。

己一、宣說三明：

最後三通即為明，遣前際等無明故。

無學漏盡初二者，彼相續生故謂明。

許有學具無明心，是故經中未稱明。

最後三神通也稱為三明，因其可遣除前際等之無明。無學漏盡通以及最初的二神通在無學聖者相續中產生，故稱為明。因有學者相續中具有無明之心，故而經中未將其稱為明。

阿羅漢相續中的最後三通分別安立為宿住智證明、死生智證明和漏盡智證明。以宿住智證明能憶念往昔之興衰變化，從而生起厭離，故可遣除前際無明，如《賢愚經》中華傑施主的前世是一條大魚，後來他即緣自己前世如山一般大的魚骨架生起了真實厭離心。死生智證明以隨念其他所化相續的未來興衰變化而心生厭離，故能遣除後際無明，之所以緣他相續，是因為阿羅漢已經證得無學果位，不會在流轉於輪迴之中。以漏盡智證明現量證悟現在一切萬法之實相，故以此可遣除中際無明。

為何只將無學位最後三通稱為明呢？漏盡智證明既是無學也是彼之明覺，故稱為明；前二明屬於有漏法，其本體既非有學也非無學，但可於無學位者相續中生起，

因此稱為明。離貪有學者相續中實際也存在宿住智證通以及死生智證通，為何不將它們稱為明呢？有學者相續中仍然存在無明，明不能與之共存，故未安立為明。

己二、宣說三神變：

神境他心漏盡通，即三神變教為勝，

此必毫無錯謬成，能引利樂之果故。

神境通、他心通以及漏盡通也即三種神變，其中教誡神變最為殊勝，因其必定無絲毫錯謬而形成，且能引生利益之果。

神境通、他心通、漏盡通三者，依次也可稱為神境神變、記說神變和教誡神變。為何如此稱呼呢？因以此三者能打動所化眾生之心，也即首先在不信佛教者面前示現種種神通變化，令其生信心而趨入佛教，此為神境神變；生起信心後，根據所化眾生的根基對其宣說佛法，此為記說神變；最後精進修持，獲得成就，為教誡神變。也就是說，對未趨入佛教者以神變打動其心，趨入佛教後以了知根基而打動其心，最後通過精進修持獲得成就而打動所化眾生的心。

三種神變中哪一種最殊勝呢？因教誡神變根據眾生根基宣說佛法，同時也依此如理修持並獲得真實成就，由於無有錯謬並引生暫時與究竟之果位，故教誡神變最為殊勝。

戊五（廣說第一神通）分三：一、宣說神境通；二、

宣說天眼耳通；三、遣疑說餘通。

己一（宣說神境通）分三：一、本體及對境；三、宣說化心；三、神境通之分類。

庚一、本體及對境：

神境乃為三摩地，從中幻化與運行，

佛陀唯有意勢行，餘者運身勝解行。

欲界化外四處二，色界所攝二幻化。

神境通之本體是禪定，其可分為幻化與運行兩種，佛陀唯有意勢行，其他具神通者具足運身行與勝解行。欲界幻化為外四處，色界幻化為外二處，它們各自有自身相聯與他身相聯兩種幻化。

神境通也就是指神變，究竟何為神境呢？所謂的神境是指依此可以產生、成就一切功德。產生何種功德呢？即自在幻化與行於種種對境。

所謂的行於對境是指什麼呢？這可分為三種，即運身行、勝解行、意勢行。其中運身行是指於空中飛行，如同飛禽一般，《自釋》中說：「謂乘空行猶如飛鳥。」以前布瑪莫扎在聽到西日桑哈的功德後，即在最快時間內飛往五台山，並於其前聽受了密法。勝解行，通過作意使遠的距離得以縮短，《自釋》中說：「謂極遠方作近思維便能速至。」意勢行，即不需經過時空的距離，以意緣取即可到達彼處，《自釋》云：「謂極遠方舉心緣時身即能至，此勢如意得意勢名。」在《百業經》中

有這樣的公案：有極醜陋者緣佛陀生起信心，但因距離遙遠無法前往而真心祈禱，以此因緣，佛陀立刻出現於其面前，經佛加持，其身體也變得十分莊嚴。因此，緣佛陀所生的功德也是不可思議的，麥彭仁波切在《中觀莊嚴論釋》中說：僅僅耽著法界的名稱，其功德也永遠不會耗盡。作為佛教徒首先應該對佛陀有一種不共的信心，若不具足則要通過種種方便使這種信心生起，否則，如果沒有這樣根深蒂固的見解，在末法時代很容易會被外緣所轉。

上述三種行由何者具足呢？意勢行唯佛陀具有，《自釋》中云：「謂我世尊神通迅速隨方遠近舉心即至，由此世尊作如是說諸佛境界不可思議，故意勢行唯世尊有。」勝解行與運身行於其餘聖者中具有。

幻化有幾種呢？有欲界攝幻化和色界攝幻化兩種。欲界化有色香味觸處四種，之所以不能幻化內六處，是由於眾生種類中前所未有者不能重新幻化之故，比如幻化一個眾生時，對其根卻不能作幻化，《俱舍論大疏》中說：若根亦重新幻化，則有重新產生眾生的過失。實際上，若是原有的眾生以及新的色香味觸可以化，新的眼等內六處以及新的聲音不能化，應該從這方面理解。那為什麼無有聲化呢？他們認為，聲音不存在同類相續，因此不能幻化。法處與意處也不能幻化，因其無有化心。色界不化香與味，故只有色化與觸化兩種幻化。欲界與色界所攝的幻化分別又可分為兩種，即與自身相聯幻化、與他身相聯幻化，因此共有八種幻化。

庚二、宣說化心：

能化之心有十四，定果次第二至五，

非化上界所生心，依於靜慮得化心。

能幻化的心也有十四種，即四禪之果依次為二、三、四、五種化心，下地不能化上界所生之化心，此化心依於靜慮正行可以獲得。

幻化是不是只要具足神通就可以了呢？神境通確實是必不可少的，但僅以此不能完成幻化之事，還需要現前化心才可以做幻化事。化心有十四種，即一禪自地與欲界的兩個化心，二禪自地與下面一禪、欲界的三個化心，三禪自地與一禪、二禪、欲界的四個化心，四禪自地與一、二、三禪及欲界五個化心，也就是四靜慮正禪中所生自地與所有下地的化心之果共十四個。因此，下地靜慮之果不會化現上地所生的化心，否則就有下地幻化上地的過失了，比如以一禪無法幻化二禪之心，它所幻化的只有欲界和一禪，不會超出這個範圍。

如何獲得化心呢？於靜慮正行中，以遠離下地之貪欲的方式獲得，比如欲獲得一禪化心，需要在一禪正行中遠離欲界貪欲，若是二禪化心則於二禪正行中遠離一禪與欲界的貪欲。

淨定自生彼生二，以自地心能幻化，

化語由下亦可言，非佛必具幻化者。

化心通過淨定產生，之後有化心本身產生，以自地化心才能起現自地幻化，化語由下界一禪與欲界的說心言談，除佛以外的他者必須由幻化者來言說。

應該如何入化心和出化心呢？入化心時，首先需要從淨定中起現，之後由化心本身中產生化心之相續，比如欲將自己幻化為大象，首先以神通了知需要此種幻化，之後便入於四靜慮中的任一清淨定，化心以此即可相續起現。同樣，出化心時亦需入於淨定而起，否則不能起化心。因此，所謂的入化心與出化心均必須依靠淨定起現，《自釋》說：「如從門入還從門出。」還有講義中說：如同飛禽依靠翅膀起飛後，仍需依靠翅膀降落一樣，依淨定入於化心後也必須以此淨定出化心。

那化心是以自地化心起現，還是以他地化心起現呢？以自地化心唯能起現自地化事，如欲界幻化之色香味觸四處，唯以欲界化心可以幻化；而色界之色觸二幻化亦唯是色界之化心幻化，以他地化心無法幻化。這裡雖然不能做他地幻化之事，但化心是可以的，比如二禪可以化欲界、一禪之心，但欲界與一禪幻化的事卻不能由二禪境的化心來做，只能由欲界與一禪自地的化心來做幻化事。使所幻化者言語的說心是否於一切處存在呢？二禪以上自地中無有說心，此時若欲令所幻化者言說需要現前一禪之尋伺，而欲界、一禪之化身以自地說心即可

言談。若欲使所幻化者言說，需要幻化者本身進行言說才可以，但人天導師佛陀的幻化身不必如此，所幻化之佛陀自己便可言說，《自釋》中說：「佛諸定力最自在故。」

加持令他言亡具，不穩固無餘許非。

以加持可令化身言說，死亡者也具加持，但不穩固的身肉等無有。其他論師承許死者不具加持。

《中觀莊嚴論釋》中，麥彭仁波切說：兩個同類的無分別心和兩個不同類的分別心不會在同一相續中產生，不同類的無分別心如五根識可以在一相續中產生，那麼前面所說的化心與說心實際是從分別念角度來講的，此二者既然無法於一相續中產生，又如何令所幻化者言說呢？沒有此種顧慮，因為願力之加持不可思議，若是一位聲聞阿羅漢，於加行時化心現化身後發願：「願我的這一幻化身長久存在，爾後願以說心而言。」通過如此加持後令化身言說，此後僅以說心便可言說。

是不是僅有活者才具足加持呢？克什米爾論師認為，死者也具有加持，如大迦葉尊者㊾加持自己的身體後，於雞足山一直留存，直到彌勒佛出世，但也僅是一副骨鎖，不穩固的身肉等不會保留。其他論師則認為：迦葉尊者的骨鎖是依靠清淨天人之威力而留存的，死者並不具足加持。

㊾迦葉尊者：按藏文直譯應為飲光尊者。《自釋》中，介紹克什米爾論師觀點時說為迦葉尊者，在宣講其他論師觀點時則說為飲光尊者。

關於迦葉尊者在雞足山的歷史，有許多觀點，按照《雜事律》中所說：釋迦牟尼佛涅槃後，將佛法交給迦葉尊者，而尊者將入滅時結集三藏交付予阿難，之後他在印度佛陀八大遺塔前頂禮，並且前往龍宮頂禮佛牙舍利，隨後即欲與未生怨王告別，但因其正在休息，故未打擾他。於是便前往雞足山，於三座山的中間開始發願：「願佛法長久住世，願彌勒佛出世時，依我的身體令其眷屬生起出離心，趨入佛道。若未生怨王到來，願山門打開。願我於真實入滅時，大地出現種種瑞兆。」如此發願後，即於山中身披佛陀所賜袈裟作吉祥臥式入滅。其時大地震動，未生怨王了知迦葉尊者已經入滅，便與阿難尊者前往雞足山，這時依尊者之願力，山門打開。未生怨王與阿難尊者對其頂禮，阿難痛哭㊿。這段歷史在《印度佛教史》、敦珠法王的《藏密佛教史》、無垢光尊者的《三休息總說》、漢傳佛教的《雞足山志》等中皆有宣說。

這樣，迦葉尊者的遺體一直不毀滅，直到彌勒佛出世[51]。屆時彌勒佛來雞足山三次，最後一次，山門自然打開，彌勒佛將迦葉尊者的遺體置於手中，對座下眾多眷屬說：「此為釋迦牟尼佛教下首座大弟子迦葉尊者的遺體，他身上披的就是釋迦牟尼佛賜給的法衣。」如此宣說後，眾眷屬皆以此生起出離心並獲證阿羅漢果位。有歷史說，

㊿現於山前有一水泉，即阿難尊者當時流淚所成。

[51]據《布敦佛教史》中說，彌勒佛出世距今還有七億六千多萬年。

迦葉尊者並未真正涅槃，只是入於滅盡定。《妙法蓮華經》中說：迦葉尊者已經趨入真正涅槃，並非入於滅盡定。實際上，迦葉尊者僅入滅盡定而未真實涅槃的說法並不合理，按照小乘觀點，阿羅漢入於滅盡定時，血肉等是不毀壞的，而迦葉尊者除骨鎖外，其他身肉等並未保留，因此，再次起定的說法值得觀察。

初時多心化一身，純熟之後則相反。

由修而生無記法，俱生而得有三種。

最初時以多化心化一化身，神通純熟後則與之相反。由修而得之化心為無記法，若是俱生得則有善、不善、無記三種。

那是多次現前化心才能化現一化身，還是僅一化心即可化現一化身呢？最初神通未熟練時，需要通過多次觀想與勤作，才可以化現一化身。神通純熟後，僅一化心即能化現多種化身。

化心的本體屬於三性當中的哪一種呢？一般無記化心是指修所生之化心。天人、羅刹以及轉生於龍宮時所現前之化心為生得化心，它有善、不善、無記三種，比如為幫助他人所現前之化心屬於善心；為使他人出現違緣、產生痛苦等現前之化心為惡心；為飲食、遊玩等所現之化心屬於無記化心。

庚三、神境通之分類：

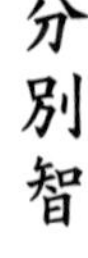

神境通由五種生，即由咒藥業所成。

神境通有五種，即由密咒、藥力和業力所生。

除修得與生得之外，還有其他方法可以獲得神境通嗎？有，以明咒、藥物與業力皆可成就神境通，因此神境通共有五種。所謂的咒成神境通是依靠甘達熱[52]等密咒而成；藥成神境通即依靠龜精、孔雀翎等妙藥所成；業成神境通，如我乳國王通過前世供養佛陀之業，生來即具足神境通，還有中有眾生以及餓鬼等皆具足以業力所成之神境通。

己二、宣說天眼耳通：

一切天眼與天耳，靜慮之地清淨色，

恆時有依無或缺，能取遠細等對境，

羅漢麟角喻佛陀，次見二三千無量。

所有天眼與天耳均是靜慮地之清淨色，此二者恆時為人依根，無有或缺，它們以遙遠、細微等作為對境。聲聞羅漢、麟角喻獨覺以及佛陀之天眼依次能見二千三千無量世界。

天眼通與天耳通是以何原因得名的呢？從根的角度來講，天眼與天耳是借助禪定力而於此二根群體中出現彼禪與彼地之清淨色法，如修天眼，依靠禪定力，在修行者眼根群體中出現其所屬靜慮之地的清淨色法，與天人眼根相似故得名天眼通。天眼通與天耳通恆時為有依根，無有盲聾等現象，其對境為色、聲二者，而且不會

[52]甘達熱：一種密咒的名稱。

受遙遠、細微以及受遮障等因素影響，皆可無礙見聞，而肉眼一般僅可現見一由旬之內的事物，因此，天眼與天耳遠遠超勝肉眼。

既然如此，天眼通一般能見多遠距離呢？聲聞阿羅漢、麟角喻獨覺以及佛陀的天眼所見不同，他們若極力作意則依次能照見二千世界、三千世界與無數世間界，若無有勤作則依次照見一千、二千與三千世界。實際佛陀任何時也是不需要加行勤作的，僅以其意願即可隨意現見無量世界。

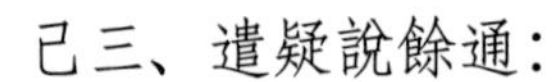

己三、遣疑說餘通：

俱生不能見中有，他心通則有三種，

尋思明咒成亦爾，獄初知人無生得，

俱生天眼不見中有，他心通有善、不善、無記三種，尋思和明咒所成他心通也是如此，初生地獄時可了知他心，人類之神通無有生得。

既然有生得之神境通，那其他通是否具足生得呢？天眼通、天耳通、他心通、宿住隨念通均具足生得，但中有是修得天眼之對境，故生得天眼不見中有身。生得之他心通若從意樂角度則有善、不善、無記法三種；學習因明與聲明之尋思者通過他人的身體和語言可了知他心，它也具足善、不善、無記法；明咒所成之他心通也是如此。修得之他心通唯是善法。地獄眾生以他心通互相之間可以了知他心，而且也具足了知自己前世所造之

業的宿住隨念通，但這也僅限於剛剛轉生地獄、無有苦受擾亂其心之前，之後因一直處於痛苦之中，無法憶念自他任何一者，所以再也無法了知前世和他心。天人、旁生、餓鬼等其他眾生所具有的生得他心通恆時可以了知他心，華智仁波切在《前行》中說：給餓鬼和亡人念經迴向時，一定要一心專注，因為他們都具足他心通，隨時可以了知念誦者心中所想。人類的神境通等於出生時無法具有，故僅具足修得、尋思成、明咒成、藥成與業成五種。

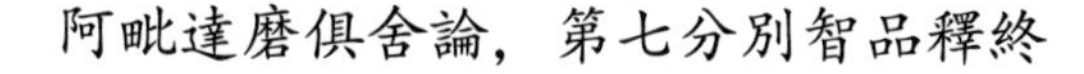
阿毗達磨俱舍論，第七分別智品釋終

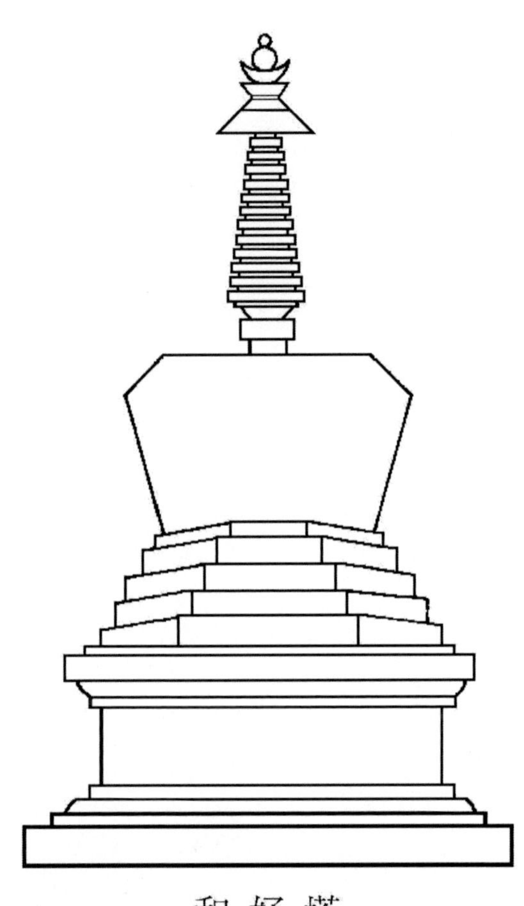

和好塔

第八品　分別定

第八分別定品分二：一、真實定；二、定所攝之功德。

甲一（真實定）分四：一、正行；二、未至定；三、殊勝定；四、等持之分類。

乙一（正行）分五：一、分類；二、靜慮之分支；三、得法；四、由何定生何定；五、法之差別。

丙一（分類）分二：一、廣分；二、攝義。

丁一（廣分）分二：一、靜慮之分類；二、無色定之分類。

戊一、靜慮之分類：

四種靜慮各有二，其中果生前已說。

定即一緣專注善，若具從屬五蘊性。

四種靜慮各有兩種，其中果靜慮前面已做過宣說。定是指一緣專注的善心，如果具足受等從屬則是五蘊的本性。

《入行論．靜慮品》中說：「心意渙散者，危陷惑牙間。」心意無法專注者，煩惱邪魔隨時會張開大口吞噬他，使其常時處於違緣與險地之中。因此，應該了知，禪定是世出世間一切功德之根本，作為修行人應遠離身心的一切散亂，精進努力使禪定境界生起。

色界有四種靜慮，每一種均可分為因靜慮與果靜慮兩種。因靜慮是一種入定狀態，且於下地欲界現前；唯一是善法，色界禪定之因必定是善法；屬於加行，是偶爾性的。果靜慮中雖然多數時間是入定狀態，但也有出定的情況；僅於自地現前；有善法和無記法兩種，因天人也具足威儀等；屬於正行，是相續性的。由於發心之因不同，故所得之果必定不同，因此，因靜慮和果靜慮各有四種。

所謂的果靜慮在前面世間品中已經宣說過，此處不再敘述。因靜慮即一緣專注的善心所。對此，經部認為，以心專注一緣即可安立靜慮之名，不必其他的心所法。有部駁斥他們，等持從心之從屬中產生無有過失，因為從心安住的角度可以如此宣說，以此力量亦可令心王一緣專注。而且，此安住之善心等持若具足禪定戒無表色與受等從屬，則是五蘊的自性。

平時我們在修習禪定時應該要注意，如果僅是一緣安住，以自己獲得解脫為目的而修持，也很有可能會轉生於四無色界，因此無論修習何種禪定，以空性智慧攝持十分重要。

初靜慮具伺喜樂，後禪漸離前前支。

初靜慮中具足伺、喜、樂，其後每一禪均逐漸遠離前前支。

若皆是靜慮的本體，那為何會有一禪、二禪、三禪、四禪之分呢？由具足尋、伺、喜、樂的不同而如此安立，即第一靜慮具足伺、喜、樂，實際尋也存在，但因伺存

在故必具足尋，所以未加以說明；第二靜慮僅具喜、樂二者，已經斷除尋伺；第三靜慮不僅斷除尋伺，而且也不具足喜，因此只有耽著禪境之樂；第四靜慮則是將前面四支全部斷除的一緣善心。由於遠離前前支而獲得後後的境界，故將這些均稱為出離分支。

戊二、無色定之分類：

如是無色四蘊性，遠離下地而出生，

以及三種未至定，稱為滅除色之想。

無色界中無有色，彼色乃由心中生。

無色定也與色界四靜慮相同，但其為四蘊之本性，以遠離下地而出生，四無色定以及最後三個未至定稱為滅除色想之定。無色界中無有色法，若轉生色界，其色法由心中產生。

與色界相同，無色定也同樣具足因定與果生兩種，每一種又可分為四種。無色定若具從屬則是四蘊的本性，真正的色法在無色界並不存在，雖然聖者相續中也具足戒律之無表色，但這只是色法的得繩。那空無邊處等無色定是如何產生的呢？以遠離下下地之所緣獲得，如空無邊處的未至定以超離第四靜慮而獲得、識無邊處之未至定由遠離空無邊處之正行而獲得，因此，上上未至定依靠下地禪定之正行獲得。

那何為去除色想之定呢？是指四無色定正行及後三無色未至定，因於此等地中，於自地無有色法，而且下地也無有可緣之色法，故而稱為去除色想之定。空無邊處未至定緣第四靜慮之色法而起色法之想，故未立名為去除色想之定。

既然立名為無色界，那是不是絲毫色法也不具足呢？

有部自宗認為，無色界無有絲毫色法，故此稱為無色。但《自釋》中以大眾部的觀點對其進行駁斥，他們認為無色界具有細微色法，因於此處可獲得無漏戒律故。

有部對此反駁：所獲之戒律需身語二者，而無色界並不存在身語，故不能以此成立無色界存在色法。大眾部辯答：無色界雖無粗大色法，但如同微塵般極細微的色法應該具足。

有部：若以細微色法存在而安立為無色界，則以天眼才能現見的欲界最細微的眾生也應成為無色界眾生，因彼宗以細微色法而稱為無色界之故。大眾部：無色界具有色法，因與色界相比極其細微，故稱為無色界。

有部：這種說法也不合理，若以比較而言，極細微的應屬有頂，如此一來，只可將有頂稱為無色界，因相比而言，有頂色法最極細微之故。大眾部：佛經所說的生命與暖熱結合應指無色界眾生，暖熱屬於色法，因此以佛經教證可證明無色界具足細微色法。

有部：所謂的生命與暖熱結合是指色界與欲界眾生，並非無色界。大眾部：無色界眾生的意識與色法之間有一種能依所依的關係，因此無色界有細微色法。

有部：所謂意識與色法之間的能依所依關係也是從欲界、色界而言的，非指無色界。

有部即以上述理由建立無色界無有絲毫色法，但大乘論典都認為，無色界應該具足細微色法。

有部既然不承認無色界具足色法，那從無色界轉生於下界時，色法於何處產生呢？此時色法仍可產生，即從未轉生無色界之前與色共用之心相續中可以產生，這一點無有任何相違之處。有部承許三時實有，因此有了上述觀點，那它的色法究竟是如何產生的呢？比如曾經是色界或欲界眾生，其轉生於無色界時雖然已經無有色法，但以前與實有色法共存之心仍然存在其相續，再次轉生色界或欲界時，曾與色法共用的心相續起作用，由此即可產生色法。

在此問題上也有很多不同觀點，隨教經部認為，心相續上有色法的種子，無色界的有情於彼處接近死亡時，此色法種子成熟而轉生色界或欲界。唯識宗認為，這是阿賴耶上的一種習氣，習氣成熟時色法即會產生。

有些人也許會提出這樣的疑問：唯識宗承許萬法唯心，怎麼會承認色法呢？實際上，唯識宗於名言時也承認五根以及色法等，若於名言中也僅承許為心，則應該無有所緣緣了，因此，唯識宗在暫時抉擇名言時必定是承認外境的，但究竟的角度而言，則承認為萬法皆為自心的幻變。

那對於無色界眾生轉生色界時色法如何產生的問題，

隨理經部是怎樣認為的呢？他們承許心並非色法之近取因，因此，無色界應該具足細微色法，以此作為自己的近取因。薩迦班智達在《量理寶藏論》中說：《俱舍論》中，無色界以心產生色法的說法應以隨理經部的觀點來解釋，也即無色界存在細微色法。

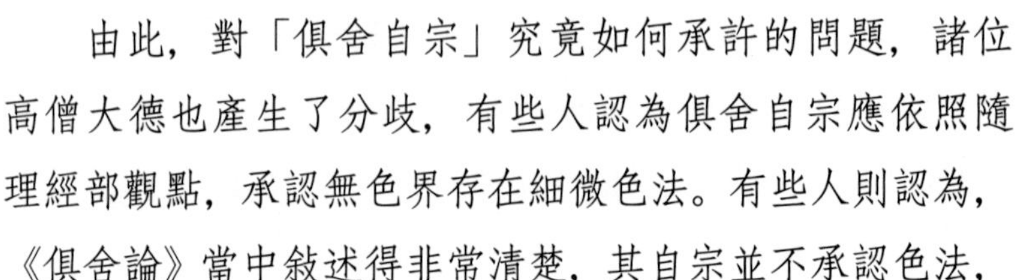

由此，對「俱舍自宗」究竟如何承許的問題，諸位高僧大德也產生了分歧，有些人認為俱舍自宗應依照隨理經部觀點，承認無色界存在細微色法。有些人則認為，《俱舍論》當中敘述得非常清楚，其自宗並不承認色法，所謂的色法也是來源於心。

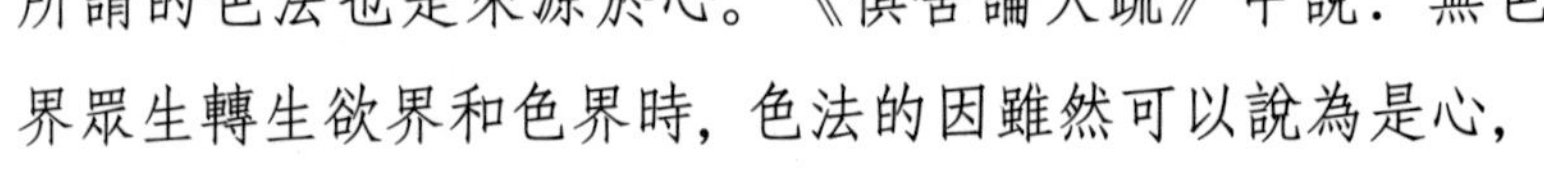

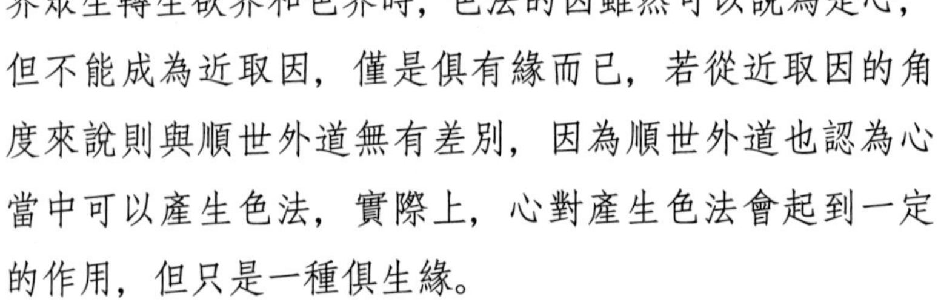

《俱舍論大疏》中說：無色界眾生轉生欲界和色界時，色法的因雖然可以說為是心，但不能成為近取因，僅是俱有緣而已，若從近取因的角度來說則與順世外道無有差別，因為順世外道也認為心當中可以產生色法，實際上，心對產生色法會起到一定的作用，但只是一種俱生緣。

所謂識與空無邊，無所有名加行立，

低微之故稱無想，其實亦非無有想。

空無邊處、識無邊處、無所有處的名稱通過加行而安立，有頂的色法低劣而細微故稱為無想，實際也非無有想故為非非想。

空無邊等處是如何得名的呢？前三處由於在加行時就已經修行所謂的空無邊、識無邊、無所有，由此而將前三無色定稱為空無邊處、識無邊處、無所有處；有頂

稱為非想非非想處，因其心識極不明顯，以低劣加否定而稱為非想，也並非完全沒有想，所以稱為非非想。

丁二、攝義：

如是定正行實體，八種前七各有三，

著味相應淨無漏，第八唯具味淨二。

上述四禪、四無色定之正行的實體共有八種，不包括有頂在內的七種定從本體來分則各有三種，即與著味相應之染污定、淨定以及無漏定。第八有頂只具足著味定與淨定兩種，因此處之想不明顯且不依靠無漏定，故不包括無漏定。

著味則具相應愛，世間之善稱謂淨，

彼者亦為所著味，無漏乃是出世間。

著味定指具有相應之愛。世間一緣專注之善心稱謂淨定，其為著味定之所緣。無漏定即斷除所斷而獲得之出世間禪定。

著味定也即染污定，即對自己的禪定境界生起貪愛，認為此種禪定非常寂靜，唯自己具有，由此生起傲慢心。淨定是指世間等至的一緣專注之善心，其與無貪等相應且成為著味定所緣之境。有些清淨禪定後來會變成染污定，也有一些染污定在了知耽著禪味的過患後會變成清淨禪定。無漏定具有出世間真諦之行相。

丙二（靜慮之分支）分二：一、因定之分支；二、觀察果生具幾受。

丁一（因定之分支）分三：一、善（指淨定）之分支；二、染污性之分支；三、四禪立為不動之原因。

戊一（善之分支）分二：一、以名而分類；二、以實體而分類。

己一、以名而分類：

第一靜慮具五支，尋伺喜樂與等持，

二禪四支淨喜等，三五捨念慧樂住，

末禪具四正念捨，非苦非樂及等持。

第一靜慮具有尋、伺、喜、樂、等持五支；第二靜慮具四支，即內等淨、喜、樂、等持；第三靜慮具足捨、念、慧、樂、等持五支；第四靜慮具四支，即正念、捨、非苦非樂、等持。

前面已經提到，後面的禪定漸漸遠離前前支，那一切靜慮各具足多少支呢？第一靜慮具有五支，即尋、伺、喜、樂與等持支。其中尋伺二支屬於對治支，因依此二者可斷除欲界的害心與損惱心，但這裡的「對治」也僅是遠分對治，並非真正斷除。比如欲界的害心與惱心實際在一禪未至定時即已斷除，否則無法獲得第一禪，正禪中所具足的尋伺二者只起到遠分對治的作用，真正的能斷與所斷無法以正行來對治，從這個角度安立為對治支。喜及樂二者為功德支，此處的喜、樂與世間中的歡喜快樂並不相同。第五支屬於等持支，因心得以安住而如此安立。

此處每一個禪定當中所具足的支分又分別包括在對治支、功德支、等持支三者當中，這是世親論師根據大乘觀點進行分析的，小乘《阿毗達磨》當中並未如此區分。

第二靜慮具足四支，即內等淨支、喜支、樂支、等持支。喜與樂二者為功德支；內等淨支屬於信根，是一種特別清淨的信心，依此可斷除一禪之尋伺，故為對治支。第三靜慮具足行捨支[53]、正念支、正慧支、意樂受支、等持支，共五支，依靠前三支可斷除二禪之喜，故為對治支；第四樂受為功德支。第四靜慮具足四支，即行捨清淨支、念清淨支、非苦非樂受支與等持支。依靠念清淨與行捨清淨能夠斷除三禪之樂，故此二者為對治支；第三非苦非樂受支為功德支。

己二、以實體而分類：

實體則有十一種，初二禪樂即輕安，
內等淨支乃信根，違二教故喜意樂。

以實體分共有十一種，初禪與二禪之樂即是輕安，內等淨支屬於信根。若喜與樂受非一體則與二經教相違，故喜即為意樂受。

靜慮之分支從名稱來說共有十八種，若歸納而言，則實體上共有十一種，即初禪當中的尋、伺、喜、樂、等持，二禪的內等淨支，三禪的行捨支、正念支、正慧支、樂受支，四禪的行捨清淨支。

[53]行捨支：指大善地法之心所中的捨。

既然一、二、三禪中均有樂，那三禪之樂與一、二禪之樂有何差別而單獨安立為一實體呢？有部說：初二禪中雖有樂支，但這只是輕安，並非指受，而身樂屬於外觀之法，不能作為靜慮支，而三禪的樂支屬於心樂受，故單獨安立為支。還有一個原因，初二禪中已經將喜支單獨安立，可見此二處的樂支並非意樂，應該是指輕安。

經部宗有不同觀點，按照《大乘阿毗達磨》來講，上二界雖然不具足眼根與鼻根，但其他根均有接觸外境的能力，身樂受同樣可以得到，並且它也不會散於他處，而是安住於等持中，不會出定。也就是說，他們認為身樂可以安立為靜慮支，因其與等持相應時心不外散，而且依靠等持力，以欲界身根也可以產生執著享受色界所觸之心識及從屬，因此，與等持相應之身樂受可以具足。

二禪的內等淨是斷除第一禪之尋伺，而對第二禪生起誠信，因此，有部認為它屬於信根當中。

有些論師認為三禪的樂受支實際就是意樂受，喜與其並不相同，應是其他受。但《宣說遍轉經》和《宣說靜慮支》中說：「第三靜慮中滅盡一切意樂。」經中已經明顯宣說三禪境無有意樂受，故三禪境所屬之樂受支並非意樂受，而此時喜也應斷除，所以喜與意樂受不應分開來講。

戊二、染污性之分支：

染污初禪無喜樂，二無內淨三知念，

四禪無有捨念淨，有謂無有輕安捨。

染污定之初禪無有喜樂支，二禪無有內淨支，三禪無有念支與慧支，四禪無有行捨清淨與念清淨。有論師認為，染污性初二禪無輕安，上二禪無有行捨。

染污定中是否存在上述善妙支分呢？染污性第一靜慮中無有喜、樂，此二者緣清淨禪定而有，但現在其相續中具足煩惱，故而不會出現喜、樂；染污性第二靜慮中無有內等淨，因為它是對二禪生起的一種清淨信心，但此時以煩惱已經令心染污，不再具足信心；染污性第三靜慮無有正念與正慧；染污性第四靜慮無有行捨清淨與正念清淨。

另有論師認為：輕安與行捨屬於大善地法的緣故，染污性的初二禪無輕安，上二禪無有行捨。

戊三、四禪立為不動之原因：

解脫八種過患故，第四靜慮名不動，

八過尋伺出入息，以及樂受等四受。

因為解脫八種過患之故，將第四靜慮稱為不動禪。所謂的八種過患即尋、伺、呼氣、吸氣、樂受、苦受、意樂受、意苦受，也就是說，於第四禪只有捨受，三禪以下在不同程度上均為八種過患所染污。

丁二、觀察果生具幾受：

生之靜慮依次第，初具意樂樂捨受，

二捨意樂三樂捨，四禪唯一有捨受。

果生之定依照次第，初禪具足身樂受、意樂受和捨受，二禪具有意樂受以及捨受，三禪具有樂受和捨受，四禪唯具捨受。

果靜慮所具之受與因靜慮之受是否相同呢？只有第四靜慮相同，因靜慮與果靜慮皆為捨受，除此以外皆不相同，果生之第一靜慮中具足身樂受、意樂受以及捨受；第二靜慮有意捨受與意樂受，有部認為二禪以上不能安立身樂受，實際按大乘觀點，雖然二禪以上不具足眼根與鼻根，但其他的身根群體中具足身樂受也並不相違；第三靜慮具足心樂受與捨受。

第二禪等生身眼，耳識有表之等起，

皆為第一靜慮攝，彼乃無記非煩惱。

第二禪等產生身識、眼識、耳識以及身語有表色之等起皆為第一禪所攝，並且均屬無記法而不是煩惱性。

二禪以上既然沒有眼識、耳識，那它如何取色聲等呢？而且，身體做任何事以及口中要做言說時，首先均需要尋伺觀察，如果二禪以上無有尋伺，那是不是身語有表色也不存在呢？二、三、四禪於自地中確實無有眼、耳與身識，而且也不具有身語有表色之等起，但在有必要時，他們通過現前下地的眼根、耳根以及尋伺等亦可使所依中具足，這樣即可取色聲以及現前身語有表色，因此，二禪以上之眼、耳、身識均屬一禪所攝。

既然二禪以上的眼耳等識為一禪所攝，那是否屬於

煩惱性呢？因為是從下地離貪而獲得上地的境界，所以並非煩惱性，而應該是無覆無記法。也不是善法，因獲得上地比較勝妙之善法而捨棄了下地較低劣之善法的緣故。

丙三、得法：

前所未有之淨定，由離貪及轉生得，

無漏唯以離貪獲，染定由退轉生得。

前所未得之淨定以離貪與轉生獲得，無漏定唯以離貪獲得，染污定則由退失以及轉生獲得。

上述所說的淨定、染定以及無漏定是如何獲得的呢？以前從未得過的正行淨定通過兩種方式獲得，即離貪得和轉生得，其中離貪而得是指遠離下地之貪，比如一禪的境界由遠離欲界貪欲而獲得。轉生而得是指從上地轉生下地時獲得，比如一禪的境界，二禪天人轉生到一禪時即獲得，有頂的境界不會由轉生而得，因有頂以上再無有更高之處，因此不會由上地轉生於有頂。無漏定也是如此，若以前不具足即唯由離貪而得，比如一禪之無漏定，以前從未獲得過，首先即要以遠離欲界貪欲而獲得；雖然以無漏身分可以轉生，但於轉生時獲得無漏定的情況是沒有的。染定也可以通過兩種方式獲得，即退失得，比如三禪天人生起二禪煩惱，此時即獲得二禪靜慮，此靜慮帶有染污性，因此並非清淨定；轉生得，比如二禪轉生到一禪，此時的轉生也帶有染污性，故屬於染污性

禪定，這也不包括有頂，而且由下地轉生於上地時也不會獲得染污定，因轉生上地時必定已經遠離下地之貪，相續中所生之定屬於清淨禪定，而並非染污定。

丙四（由何定生何定）分三：一、三定由何生何；二、別說淨定；三、別說超越定。

丁一（三定由何生何）分二：一、就定而言；二、就其他而言。

戊一、就定而言：

無漏無間則生善，上下至第三地間，

淨定無間生亦爾，兼起自地煩惱性，

染定生自地淨染，亦起下地一淨定。

無漏定無間可以生起上地至下地三地之間的淨定與無漏定；淨定亦是如此，同時也生起自地之染污定；染污定可生起自地淨定與相續時的染定，也可生起下地之淨定。

三種定於末尾所產生之定的範圍有所不同，有些是超越定，有些是輪番定，有些是無漏定，有些是出定時的定，有些是相續時的定，那每一種定無間可以生起幾種定呢？

無漏定無間可以產生上地至下地之間的淨定與無漏定，比如無漏三禪，其無間可生起相續時自己後面的同類即無漏三禪之定，無漏三禪出定時生三禪淨定。若具有上地與下地之定，於三禪末尾相續可生起四禪之淨定、

無漏定，若超越則可直接生起空無邊處之淨定、無漏定，不經過四禪；向下也是如此，於三禪末尾可生起二禪與一禪的淨定與無漏定。也就是說，於三禪無漏定之末尾時可生十定。

有哪十個定呢？於相續時產生自己同類之定；出定時產生自地淨定；超越遠加行順式產生四禪無漏定；不同類修法當中，輪番入定時的有漏淨定；三禪天人死亡後，結生時產生空無邊處之無漏定；純熟之正行當中的淨定或無漏定任一者；超越加行逆式時二禪的有漏淨定與無漏定二者；正行時一禪的有漏淨定與無漏定二者。同樣類推，第四禪與空無邊處亦無間生起十定；第一禪末尾可無間生起六種定，即自地、二禪、三禪各有淨定與無漏定兩種；第二禪無間生起八種定，即自地、三禪、四禪各有淨定與無漏定兩種，以及一禪的淨定與無漏定，共八種；識無邊處不生有頂之無漏定，故於末尾無間生起九定，即自地、四禪、空無邊處、無所有處各有淨定與無漏定兩種，以及有頂之淨定；無所有處的無漏定可無間產生七定，即自地有漏淨定與無漏定、有頂一個有漏淨定、識無邊處有漏淨定與無漏定、空無邊處有漏淨定與無漏定；有頂本身不具足無漏定。類智無間可生起無色界之淨定與無漏定；法智因所緣不同，且屬於欲界之對治，故不能產生其他定。

淨定與無漏定相同，於其末尾無間可生上地至下地三地之間的淨定與無漏定，不同之處，淨定不僅可無間產生淨定與無漏定，而且也會生起各自地之染污定，即一禪之淨定無間可生七定，在前面無漏定基礎上加自地所生之染定，以下皆如此類推；二禪淨定無間生九定；識無邊處淨定無間生十；無所有處淨定無間生八定；第三禪、四禪、空無邊處之淨定各自無間生十一定；有頂之淨定末尾無間可生起六定，即有頂自之淨定與染定二者、無所有處與識無邊處各有淨定與無漏定二者，共六定。

染定無間會生起相續時之染定；雖於入定時已被染污，但出定時若以正知正念攝持，則出定時會生起自地之淨定；此染污定出定時，若因喜愛下地淨定而從出定狀態再度入定，即可產生下地之淨定，因此染污定可無間產生三定。

戊二、就其他而言：

死時淨定生煩惱，染定之中非生上。

命終時，以淨定㊹作為死心，轉生於自地、下地、上地之生心為煩惱心；以染定作為死心，因未斷下地煩惱，故僅轉生自地與下地而不會生於上地。

丁二、別說淨定：

淨定有四順退等，依次隨順於煩惱，

自地上地與無漏，漸次生二三三一。

淨定有四種，即順退分、順住分、順勝分與順抉擇分，

㊹此淨定是從心專注的角度來說的，並非指真正的淨定。

它們依次隨順於煩惱、自地、上地以及無漏，漸次產生二、三、三、一種定。

每一種定無間可以產生如上所述之定，但這裡僅僅是「可以生」，而並非是「必定生」，因明當中，「可以生」與「必定生」有很大區別，大家應善加分析。

那淨定是不是一定會產生上地、下地等三地之間的一切善呢？不一定。所謂的淨定可以分四種，即順退分、順住分、順勝分、順抉擇分淨定。順退分淨定是指隨順自地之煩惱而生起的染定，如三禪之淨定，生起煩惱後生起三禪之染污定；順住分淨定指隨順自地淨定而相續產生後面的淨定，如三禪淨定相續產生自地後後之淨定；順勝分淨定指隨順生起上地淨定，如三禪之淨定所生起的四禪淨定，因其比較殊勝，故稱為順勝分淨定；順抉擇分淨定指隨順產生無漏定，如由三禪之淨定產生有學道或無學道之無漏定。上述四種淨定中，每一種無間生起之定並不相同，即順退分淨定無間產生染污定其本身，也可生起順住分淨定；順住分淨定不會無間生起無漏定，因此是不包括順抉擇分的三種；順勝分淨定是指生起殊勝定，故不會生起順退分淨定，其他三種均可無間生起；順抉擇分淨定無間生無漏定，若產生其他定則不稱為順抉擇分淨定。

丁三、別說超越定：

與八地二相關聯，超越一者順逆式，

以不同類至第三，即是超越之等至。

與有漏八地及無漏七地相聯，超越一者順行與逆行的方式為同類修法；以不同類的三種隨意而行，即是超越定之正行。

前面所提到的超越定如何生起呢？一切定的基礎應與有漏八地與無漏七地相聯。所謂的遠加行，指首先從有漏一禪、二禪、三禪、四禪直到有頂之間順行，之後從有頂、無所有處、識無邊處、空無邊處至有漏一禪之間逆行；無漏定也是如此，從無漏一禪、二禪、三禪、四禪至無所有處之間上行，因有頂沒有無漏定，故不會到達有頂，之後從無所有處、識無邊處、空無邊處下至無漏一禪逆行，這樣順行、逆行的方式以入定方式得以清淨，因距離正行較遠而稱為遠加行。從有漏一禪起超越二禪而直接去往三禪，這樣以超越一者的方式直至有頂之間上行，向下也是如此，中間跳躍一者而至一禪；同樣，無漏一禪超越一個至無漏三禪，如是每超越一個而至無所有處之間上行，再下至無漏一禪，此修法純熟即為近加行。上述近加行時有漏與無漏並未混雜而修，修持超越定正行時即將有漏與無漏混雜，並如近加行般超越一者而順行逆行，也就是說，首先從有漏一禪至無漏三禪，再從無漏三禪到有漏空無邊處，然後是有漏空無邊處至無漏無所有處，此為順式上行；之後從有漏無所有處至無漏空無邊處、由無漏空無邊處到有漏三禪、

從有漏三禪至無漏一禪之間，即為逆式下行，無論何時，若不同類的三種可隨意而行即已成就超越定之正行。如此入定之所依身分唯是智慧敏銳者，補特伽羅唯是無煩惱、自在等持的不動法羅漢。

《現觀莊嚴論》中也講到了超越定，但因其所講主要是菩薩的超越定，因此更加複雜。

丙五、法之差別：

靜慮無色依自下，非上下者無必要，

唯生有頂之聖者，現前無所有盡漏。

靜慮與無色定以自地與下地所依現前，非以上地現前下者，因為沒有此種必要，唯有轉生有頂的聖者需要現前無所有處之無漏道方可滅盡漏法。

四靜慮與四無色定之正行即稱為淨定，若以無漏智慧攝持則稱為無漏定，若對正行生起貪執則為染污定。不論哪一種定，均為四禪四無色所攝，那此等定必然是以上地所依現前嗎？靜慮與無色定依靠自地現前，比如於因地已經修成一禪，此一禪自地之功德依靠以前的修行與發願力即可現前；也可依下地現前，比如依靠欲界的禪定力現前一禪境界。由於上地具足殊勝之禪定，因此沒有必要以下地現前上地。此處僅是從禪定角度來講，若從根識角度，如二禪以上雖然無有耳鼻等根，但依靠一禪的根也可以現前，不過此處不是從這個角度講的。

以上是從一般角度來講，上地不必依靠下地之道，但就特殊情況而言，轉生有頂的不來聖者從有頂涅槃時，需要現前無所有處的無漏道才能滅盡漏法，因有頂自地無有無漏道，而且無所有處之無漏定具有這樣的能力，當它現前之後即可以斷除有頂之所斷。

有愛緣於自地蘊，淨無漏定緣一切，

無色正行善行境，非為有漏之下地，

以無漏斷諸煩惱，未至淨定亦復然。

與味著相應之定緣各自地的有漏之蘊，淨定與無漏定緣一切有為與無為法。無色正行之善的行境並非有漏下地。以無漏定可斷除一切煩惱，未至淨定也是如此。

上述三種定的所緣對境是什麼呢？「有愛」也即染污定，它的所緣是各自地之有漏諸蘊，由於已經遠離下地之貪，故不緣下地；也不緣上地，比如一禪，它不會緣二禪生起貪染，因為已經中斷了異地之愛，就像人在生起傲慢、嫉妒之心時，針對的僅僅是與自己同類的人，而不會緣犛牛、天人等生起煩惱；無漏也不能成為所緣，否則就已經成為善法了。

善妙淨定與無漏定的所緣境可以是一切有為與無為法，蔣陽洛德旺波尊者的講義中說「如應」，是指不同程度的可以緣，並非始終去緣一切萬法。無色界之淨定與無漏定不以有漏下地作為所緣，因為有漏下地是未至定之所緣，如一禪正行不會緣欲界，但一禪未至定可以緣欲界煩惱之粗相，並斷除欲界煩惱；根據不同的情況，

自地可以緣；上地也可以作為所緣；雖然可以緣下地無漏，但也僅以類智所攝的一切道為所緣，而不會緣法智。

三種定在斷除煩惱方面有何差別呢？以正行無漏定可以斷除所有煩惱，但也並非必定斷除。以正行淨定無法斷除煩惱，因其已經遠離下地之貪，若未離貪則無法獲得正行；增上自地之愛，如一禪之尋伺需要以二禪未至定斷除，而一禪自地除增上外無法斷除；上地更為超勝，故無法斷除，如以一禪無法斷除二禪煩惱，因為二禪之定比一禪境殊勝。染定也無法斷除煩惱，因其本身即具足煩惱。以未至淨定可遠離下地之貪，故它也能斷除煩惱。

乙二、未至定：

彼等八種未至定，體淨非樂非苦受。

初未至定亦有聖，有者說為具三種。

彼等正行之未至定有八種，其本體為淨定，與非苦非樂之捨受相應。一禪未至定也具有聖者無漏定，但有些論師說它應具有三種定。

未至定，唐玄奘翻譯為「近分定」，其含義無有差別。那所謂的未至定共有幾種呢？因為是入於八種正行之方便，故此未至定也有八種，其本體從斷除煩惱以及為正行所攝的角度來講，可以稱其為淨定。若是染定則無法斷除煩惱，但以未至定可遠離下地煩惱，故非染定。

未至定與非苦非樂之捨受相應，因為需要以精進功用，而且未遠離下地煩惱，心中尚且具足恐怖之心，所以不與喜樂相應。

一禪未至定也具有聖者無漏定，也即它有斷除上地煩惱的能力，與其他正行之未至定相比，一禪未至定更為殊勝。有些講義中說：欲賢論師認為初禪未至定不但具足淨定與無漏定，而且也應該具有染定，因其還未獲得正行禪定，仍然會生起貪愛。

乙三、殊勝定：

無尋殊勝之靜慮，具三捨果大梵天。

無尋唯伺的殊勝正禪具有三種定，與捨受相應，其果為大梵天。

一禪可分為一禪未至定、一禪粗分正禪、一禪殊勝正禪。那一禪的殊勝正禪是指什麼呢？也即無尋唯伺之靜慮正行，它有無漏定、淨定與染定三種，與非樂非苦之捨受相應，因為是勤修之道。

殊勝禪之果是十七色界天中的第一處——大梵天。前面已經講到，以四無量心與四梵住的功德方可轉生大梵天，此處為何說殊勝禪之果也是大梵天呢？有些注釋中說：前面是從滿業角度講的，而此處則是從引業角度來講。

乙四（等持之分類）分四：一、以界而分類；二、以道而分類；三、以出離道而分類；四、以作用而分類。

丙一、以界而分類：

勝禪以下有尋伺，中定唯伺上無二。

殊勝禪以下為有尋有伺之等持，中間靜慮是無尋唯伺之等持，殊勝禪以上是無尋無伺之等持。

佛經中既然已經宣說了「有尋有伺、無尋唯伺、無尋無伺」三種等持，那它們各自是指什麼呢？有尋有伺之等持即殊勝禪以下的一禪未至定與粗禪；無尋唯伺之等持是指殊勝禪；無尋無伺之等持也即殊勝禪以上的二禪等。

丙二、以道而分類：

無相等持滅諦四，空性無我入空性，

無願彼外餘諦相，善中無漏三脫門。

無相等持即滅諦四行相，空性等持指無我與空性二行相，無願為前六行相以外的其餘十行相。此三種等持中以無漏所攝者即為三解脫門。

何為空性、無相、無願三解脫門呢？無相是指與滅諦四行相相應之等持，因滅除十種相，故而稱為無相。是哪十種相呢？即色聲香味觸五境，男、女，有為法之法相——生、住、滅，若不緣此十相而以滅諦本體來了知，則稱為無相。既然色聲香味觸五境可以稱為相，那五根為什麼不是相呢？五根為相續所攝，不能成為眾生之對境，因此不稱為相。空性即是與無我、空性二行相相應之等持。無願是與前六行相以外的其餘十行相相應之等持，不與前六行相相應，因其不是可厭離的對境，而無常、苦以及集諦四行相是可厭離的對境，此六者為三有之果以及因，不願成就此等法，故名為無願；證得無餘涅槃時，所修持之道也應捨棄，非為所願，故名為無願，緣於上述非所願之等持即為無願等持。

以上三種等持，若以世間道所攝即為淨定，其依於靜慮六地、四無色與欲界共十一地；若以出世間道所攝則為無漏定，其依於無漏九地。此三解脫門從基道果三個方面來講，即基無相、道空性、果無願。其中，以無漏所攝者即為解脫之因、是趨入解脫之門，因而經中稱之為三解脫門。

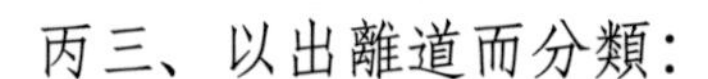

丙三、以出離道而分類：

所謂空性空性等，餘外復說三等持，

二緣無學空無常，末緣靜相非擇滅，

有漏人中不動者，不攝七種未至定。

經中除上述三等持外，又宣說了空性空性等三種等持，其中前二者緣取無學者相續中的空性與無常之行相，最後的無相無相等持緣取非抉擇滅之寂靜相。此三等持之本體均為有漏法，於人中不動阿羅漢者方可生起，在不包括七種未至定在內的十一地中具有。

佛在經中宣講了空性空性等持、無願無願等持、無相無相等持三種出離等持，那這三種等持究竟是指什麼呢？此三者因分別緣空性、無願、無相三等持而得名，也就是說，空性空性等持、無願無願等持、無相無相等持作為有境去緣取無學道者相續中的功德，並非其他補

特伽羅之功德。

是如何緣取的呢？空性空性等持以緣無學道者相續中的空性等持作為所緣，認為「這並非我所、非我當取」，然後取其空性行相。無願無願等持緣無學道者相續中的無願等持，然後得出「此亦為無常，非我所願」的結論，取其無常之行相。因地時發願很重要，但到果地後，所謂的發願也無有必要，因其同樣不離開行苦，所以，對此種願力也是無願的，如同在大海中雖然需要船隻，但到岸後則不再需要船隻一樣。無相無相等持的所緣是非抉擇滅，也就是說，無學者於無相等持中出定後，生起有漏或者無漏的其他識的時候，因生起無相等持之相續的外緣不齊全，從而獲得非抉擇滅，使原先的無相等持無法相續下去而中斷，這就是無相無相等持。

第三種無相無相等持與前二種等持有一點差別，前二等持直接緣無學道的空性等持與無願等持，因此是緣解脫本身；第三等持則緣解脫的滅法，因為原先的寂靜相無法再相續下去而出現了一種滅法，緣此滅法的等持，生起出離心，因此，所謂的出離等持主要是從無相無相等持安立的，故而也稱為出相。

此三種等持的本體是有漏法，這是什麼原因呢？有部認為，前三等持是無學道者相續中的等持，緣它們生起無常、無我、空性、無相之滅法的心，因而是背離它們的。實際上，若按大乘觀點，將此三等持的本體說為有漏也有些牽強，因為不動阿羅漢相續中存在的這種智慧或等持，它的所緣是無學道的功德，如果緣這些無漏法而生起之有境為有漏法，恐怕有點說不通。

三種等持的所依身分一般是智慧敏銳的三洲人類，還有注疏中說：阿羅漢要接近趨入涅槃時才會現前此種等持。

具足此種等持的補特伽羅，唯是不動法阿羅漢，其他阿羅漢不能生起，因此等持直接緣無學道者的相續，鈍根阿羅漢不具有這樣的力量。此三種等持位於何地呢？二禪以上的七種未至定不能生起無漏法，因此它們只在六靜慮、四無色以及欲界當中才有。

一般來講，等持是指一緣安住，但此處所說的等持與智慧無有差別，因其可以緣對境。所以，智慧與等持相應並互相起作用時，智慧也可稱為等持，等持也叫做智慧，此二者有互相依靠的關係，比如空性空性等持、無願無願等持、無相無相等持，它們均是作為有境去緣有學道相續中的等持，並非僅僅是一緣安住。由於是相應智慧而存在，所以，從這個角度取名為等持。

丙四、以作用而分類：

為成現法樂住者，即修第一善靜慮，
欲得殊勝知見者，則修清淨天眼通，
為得分別智慧者，則修加行所生善，
為得一切漏盡者，當修金剛喻定也。

為成就現法樂住，即於第一靜慮入定修習；欲獲得殊勝知見等持則需修持清淨天眼通；為獲得分別智慧等持，則要修習加行所生之善法功德；為獲得一切漏盡等持，應當修持金剛喻定。

佛經中講到了現法樂住等持、知見等持、分別慧等持、漏盡等持，那這四種等持分別是指什麼呢？

於第一禪當中入定而修持，即會獲得現法樂住等持。為何稱為現法樂住呢？因其遠離欲界煩惱，獲得了色界的禪定，此時，在聖者相續中有一種無法言說的快樂，故而得名為現法樂住。滿增論師說：雖然第一禪與其他的二、三、四禪相比並不寂靜，但因剛剛從欲界的苦惱中解脫，此時的樂受非常強烈，所以稱為現法樂等持。雖然說第一靜慮為現法樂住等持，但這只是從主要角度而言，實際四靜慮中都是具有的，但後三靜慮存在退失、從中轉生上地、趨入涅槃的可能性，所以不稱為現法樂住。第二種是知見等持，其中見是以眼根見到，知則是以心來了知，也就是說，首先以天眼通了知，然後與意識相應，此二者合而為一即為修成知見之等持。第三個分別智慧等持，即通過加行勤作修持不淨觀、無願、無染定以及三解脫門和四無礙解等，由於智慧越來越高而使等持的境界逐漸提高。為什麼稱為分別智慧等持呢？因其所獲得的功德越多，與他相應的等持境界也越高，所以稱為分別智等持。第四個稱為金剛喻等持，由於獲得三界中遠離一切障礙的如金剛般的等持而得名，此金剛喻定依靠遠離八種過患的第四禪末而生起，彼即稱為修成無餘滅盡彼相續之漏法的等持。

上述四種等持為何依照此上順序安立呢？釋迦牟尼佛於因地時次第獲得這四種等持，也即於第一靜慮時獲得現法樂等持，然後依次獲得知見等持、分別智慧等持，最後於印度金剛座一切有學道圓滿時獲得漏盡等持，從而圓滿獲得無學果位。雖然根據諸佛境界的不同，也存在其他的安立方式，但有部認為此處是根據吾等本師釋迦牟尼佛獲得無學道的次第來安立的。

甲二（定所攝之功德）分五：一、宣說無量；二、宣說解脫；三、宣說勝處；四、宣說遍處；五、宣說彼等之理。

乙一、宣說無量：

無量四治害心等，慈悲無量無嗔性，

喜為意樂捨無貪，相次願樂離苦悅，

眾平等緣欲有情，喜初二禪餘六地，

有許為五不斷惑，人中方生必具三。

四無量心分別對治害心等；慈、悲無量心之本體為無嗔，喜為意樂，捨為無貪；它們的行相分別是願具樂、願離苦、願愉悅、願平等；所緣對境是欲界眾生；喜所依之地為初二禪，其他三者則依靜慮六地。有論師認為，以四無量心不能斷惑。於人中可產生四無量心，除喜無

量心的三者中，若具其中一者，其他二者必定具足。

四無量心是指慈無量心、悲無量心、喜無量心、捨無量心。不論大乘還是小乘，修四無量心非常重要，因其能緣、福德與所緣眾生皆無量的緣故，所獲得之福德也無量無邊。所謂的生起次第、圓滿次第確實很難修，但四無量心的修法很簡單㊺，只要隨時觀想「願所有眾生遠離一切苦及苦因，獲得快樂並住於清淨的等捨狀態中」，這樣思維就可以了，這一點每一個人都可以生起。對於一些有危險性且不易修持的法，最好是在有了一定基礎之後再修，而這些簡單又容易獲得成就的修法應該提起重視。

為什麼無量心的定數為四呢？以慈無量心可對治害心，以悲無量心可對治損惱心，以喜無量心可對治不喜他樂之心，以捨無量心可對治貪嗔之心，故而數量確定為四。

慈無量心與悲無量心的本體是無嗔之善，喜無量心的本體是了知他眾具樂而悅意，捨無量心的本體則是無貪之自性善。

四無量心的行相是何者呢？慈無量心是願一切眾生具足快樂，悲無量心則願一切眾生遠離痛苦，慈、悲者從本體來講，雖然都是無嗔的自性，但從行相來講，一者是願離苦一者是願得樂，此二者實際並不相同，因此不能合在一起講。喜無量心是願一切眾生具足無苦之樂。

㊺四無量心的具體修法，在無垢光尊者的《心性休息實修法》以及華智仁波切的《大圓滿前行引導文》中均有廣述。

捨無量心則是作意一切眾生遠離貪嗔、住於清淨等捨之心，噶當派的教言中說：捨心有兩種，即四無量心中的捨心與愚癡無記的捨心。愚癡無記的捨心是指什麼呢？有些人無有辨別的智慧，對敵人與親友都無所謂，不知取捨。而四無量中的捨心則不相同，這是將一切眾生都看作自己的父母，對其既不生貪心也不生嗔心，一直住於一種清淨的心態當中，因此，我們應當修持四無量心當中的捨心，而對於不知利害取捨的人，麥彭仁波切也呵斥他為無慚無愧者。

有部觀點認為，四無量心的所緣為欲界一切眾生。大乘則認為，四無量心的對境為三界一切眾生，有教證也說：所緣對境無邊之故，所獲得之果也無量無邊。那本論中為何說四無量心的所緣為欲界眾生呢？此處是從修行次第來講，也就是說，我們首先應該觀欲界眾生，因其相續中的貪心、害心等煩惱特別深重，比較容易觀想，之後再觀色界、無色界眾生相續中細微的心，而且欲界眾生中，也是先從與自己關係較近的人開始，這樣觀想很容易成功。

四無量心於何地具有呢？本論認為四無量心於四禪中具有，是從禪定之正行來講的。戒律中說，若說妄語「我已經獲得了四無量心的境界」則犯比丘戒，這是為什麼呢？因為若已經獲得四無量心，則按本論觀點，此人已經獲得四禪的境界，這屬於大妄語。那四無量心於四禪中如何具足呢？喜無量為意樂受，所以只在初二禪具有，其餘三者於靜慮六地中具有。有些論師認為應從正行來講，因此不應該包括未至定。

以四無量能夠直接斷除煩惱嗎？不能。直接斷除煩惱的是未至定而非正行，《釋量論》中說：慈悲等與愚癡不相違，故不能直接斷除。那為什麼可以作為對治呢？這是從遠分對治的角度來講，並非直接斷除的角度來講的。

四無量心的所依是智慧敏銳、貪欲過患眾多的人類，依靠其他眾生無法生起。

四種無量是否同時具足呢？因喜無量只於初二禪具有，故對於轉生三禪、四禪者來說不一定具有，而慈、悲、捨三者，若具足一者則其餘二者必定具足。

乙二、宣說解脫：

所謂解脫有八種，初二不淨二禪具，

第三末有體無貪，無色定善滅盡定，

微微心末無間入，由自淨下聖心出。

初三緣欲攝見色，無色行境上自地，

苦諦等及類智品。

所謂的解脫有八種，前二解脫是不淨觀，於初二禪中具有；第一淨解脫於第四禪中具有，本體為無貪；無色解脫指無色界之淨定與無漏定；滅盡解脫即滅盡定，其於較有頂更細微之心的末尾無間而入，於有頂自地之淨定以及下地之聖無漏心出。前三解脫緣欲界可見之色

法，無色解脫之行境為自地與上地之苦諦等以及類智品。

八解脫，即內有色觀外色解脫、內無色觀外色解脫、淨色解脫、四無色解脫和滅盡解脫。此八者均是與等持相關的一種修煉，屬於背離煩惱或者說從煩惱中獲得解脫的一種等持。其中內有色觀外色解脫，即修行人對自己身體內有色法之想，然後觀外器世界之色法為空性；內無色觀外色解脫，將自己身內之諸色觀想為空性為內無色想，而外器世界之色也觀想為空，為何如此修持呢？幻化有有顯現與無顯現兩種，為了幻化出這兩種化身而作如此修持。前二種解脫均是觀欲界色法為不淨；此二者分別為貪執欲界色法與一禪色法之對治，故而依次於一禪與二禪中具有，並且均屬於無貪之自性。為何三禪中無有呢？此二解脫均為貪執色法之對治，而三禪無有根識，不會對色法產生貪執，所以三禪無有。

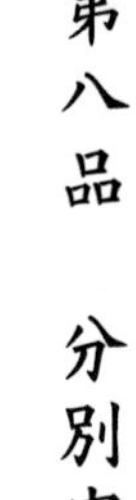

第三淨色解脫緣悅意對境而視為清淨之相，其本體也是無貪，但與前二解脫的觀想方法不同，前二者觀為不淨，第三解脫則觀為清淨，比如幻化一十分悅意可愛的欲界色法，對此作意觀想；此種禪定於第四禪中具有，因其已遠離八種過患，而且處於一種捨心狀態，很容易作幻化，依靠所幻化的悅意可愛的事物，然後觀察自己是否會生起貪心。

那他為何如此觀察呢？一個原因是在不淨觀時非常疲勞，為淨除這種勞累的心而作此觀察。另一個原因是，通過這樣的觀察來檢驗前面的不淨觀是否成功，也就是說，如果對所幻化的悅意之物生起貪心，則需要繼續觀修不淨觀，若未生貪心則表明不淨觀的修持已經成功。

這樣一來，有人提出疑問：四禪怎麼能安立為解脫呢？既然三禪不存在貪二禪之色的緣故，而不能安立為解脫，同樣，四禪也無有貪三禪之色的對治，四禪為什麼安立為解脫呢？淨色解脫並非貪欲之對治，為了使疲憊不堪的心力得以提高，以及為觀察前二解脫是否修持成功而如此修持，因此四禪可以安立為解脫。

四無色解脫，即空無邊處解脫、識無邊處解脫、無所有處解脫和非想非非想處解脫。無色解脫是指無色界善妙的淨定與無漏定。

滅盡解脫與滅盡定無有差別，也即一切受想全部滅盡，使三界煩惱全部獲得解脫的一種等持。那此滅盡定如何入定與出定呢？三界中最細微的心即有頂之心，如同特別特別細的線很容易斷一樣，如果有頂之心再細微下去時，一切受想都會中斷，此時即入於滅盡定。起定時，於自地淨定以及下地無所有處之聖無漏心中均可出定。

麥彭仁波切在《智者入門》中說：凡夫也可以具足前七種解脫，但第八種解脫只有聲聞聖者具有，而所有這些功德於佛地時，全部以不可思議的方式存在。

八解脫的所緣是什麼呢？前二解脫的所緣為欲界所見的不悅意色法，第三解脫則為欲界的悅意色法；四無

色解脫之行境為上地與自地的苦諦、集諦、滅諦以及類忍的上下道與自地，無色界不能直接緣欲界，因此不能緣法智與法忍。

上述幾種功德於許多大乘論典中都有所提及，只是所講到的行相、本體、所緣不同而已，很多名詞基本相同。

乙三、宣說勝處：

所謂勝處有八種，前二相同初解脫，二同第二餘如淨。

所謂的勝處也有八種，其中前二勝處與第一解脫相同，第三、四勝處與第二解脫相同，其餘則均與第三淨解脫相同。

八勝處是指內有色想觀外色少、內有色想觀外色多、內無色想觀外色少、內無色想觀外色多以及內無色想觀外色青黃赤白四者，其中形色和顯色各有四個，為了斷除對形色與顯色的貪執而修持。觀勝處有兩種，一是聖者之勝處，一是凡夫之勝處，聖者之勝處是指聖者將萬法觀為無常、無我等，此觀法勝過一切，以此方法觀修時，不會生起任何貪欲。凡夫觀勝處的方法有三種，即觀待、相聯、愛一味，以金瓶、銀瓶、銅瓶為例，所謂的銀瓶觀待銅瓶來講，非常可愛，但觀待金瓶來說卻並不可愛，也不值得貪著，這是觀待的方法來觀想；以相聯的方式來觀，如金瓶、銀瓶、銅瓶都是有聯繫的，銀瓶與銅瓶相聯時很可愛，而與金瓶相聯時則不可愛，由此了知外境萬法並非真正存在可愛或者不可愛，只是與他法相聯

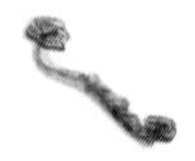

時而出現了不同；愛一味，所愛是一味一體的。上述這些修法均是為了斷除對色法的貪執，若無有貪執則可以隨意幻化各種各樣的形象。

為何稱為勝處呢？不論是觀顯色還是形色，斷除對它們的貪執，由此可獲得自由自在的幻變，而且從觀待的角度可以勝伏它的境界。

前二勝處的本體、地、是何者的對治與所緣均與第一內有色觀色解脫相同。第三與第四勝處的本體等與第二無色觀色解脫相同。除此之外其餘四色勝處的地與本體等與淨色解脫相同。既然與解脫相同，那為何於解脫之外另行宣說呢？解脫只是斷除煩惱，並未勝伏它，而勝處不但斷除而且已經勝伏，可以隨心所欲地信解所緣。

乙四、宣說遍處：

遍處十種八無貪，第四禪有緣欲界，

二遍處為無色淨，行境自地之四蘊。

遍處有十種，前八遍處的本體為無貪，所依地為第四禪，其所緣為欲界色處；後二遍處為無色界淨定，其行境為自地四蘊。

十種遍處是指地大遍處、水大遍處、火大遍處、風大遍處、青遍處、黃遍處、赤遍處、白遍處、空無邊遍處與識無邊遍處。前八遍處的本體為無貪，所依地是第四靜慮，其所緣為欲界之顯色與形色；空無邊遍處與識無邊遍處二者的本體為前二無色界之淨定，所緣為自地四蘊。

為何稱為遍處呢？每一種形相通過觀想之後，使之均可周遍於一切處所，比如觀地大遍處，首先於自己前方放一小塊地，看著它，之後閉眼觀想，使這塊地逐漸擴大而遍於三千大千世界，然後再收回來。其他的風等也是如此，這樣修持到一定程度，可以將所觀想之形相周遍於每一處。

那八解脫、八勝處、十遍入之間有何差別呢？解脫是指從煩惱中解脫，勝處則已完全超勝產生貪欲之對境，遍處則不論顯色還是形色均可周遍整個世界。其中，八種解脫屬於因等持；而八勝處觀待十遍入來講屬於因等持，觀待八解脫來講則為果等持；遍處完全屬於果等持。

乙五、宣說彼等之理：

滅盡前品已宣說，餘皆離貪加行得，

所謂無色依三界，剩餘唯有人中生。

上二界由因業力，生起無色之等至，

色界所有諸靜慮，亦由法爾力量起。

滅盡解脫在第二品中已做過宣說，其餘功德以離貪和加行可以獲得，四無色解脫與二無色遍入依於三界身分獲得，其餘功德唯以人類身分獲得。上二界以因力、業力生起無色定，色界禪定亦可依法性力獲得。

上面已經講了八解脫、八勝處、十遍處共二十六種功德，那它們是如何獲得的呢？滅盡解脫在前面第二品中已經詳細解釋過，這裡不再繁述。其餘二十五種功德以兩種方式獲得，即以前曾屢屢修持者以離貪方式獲得，若未曾熟練修習則通過加行獲得。

依於三界的所依身分可以生起四無色解脫與二無色遍處之等持，其餘的十九種則唯在人中生起，為什麼唯於人中生起呢？因其必須依靠善知識傳講教言，之後通過自己的精進修持才能於自相續中生起功德。上二界既然無有傳教，那他們依靠什麼生起上述功德呢？上二界之無色定以兩種方式產生，一、因力生，比如曾經依靠人的身分現前無色界等持，後來此等持退失且即生未能恢復，後來轉生於色界某一處時，以先前串修的同類因而生起有頂等持。此處的同類因，大乘認為應該是習氣，由於曾經在阿賴耶上種下這種習氣，後來習氣成熟，在色界中可以再次生起有頂禪定，但本論認為並非習氣而是同類因。二、業力生，首先以人類身分獲得無色界等持，後來雖然退失，但此業已經成為順後生受業，當其下一世轉生時並未現前，再下一世時則依靠種種因緣獲得無色界等持。從某個角度來講，業力生與因力生相同，但此處以業力來講，以前所造之業成為順後受業，後於色界現前無色界等持也是由業力感召。其他注疏中說：因力生與業力生並不相違，從同類因的角度是因力生，從修持禪定而造此種業力而言是業力生，此二者只是從不同的角度進行了宣說而已。

無色界是否具足傳教而生之禪定呢？雖然最初的因

中具有傳教的成分，但現在獲得時並非以此為因。

色界的下下靜慮不僅通過因力與業力可以生起上上靜慮，而且以法性力也可以生起，比如一禪、二禪毀滅時，此處天人依靠法性力可以自然而然生起上上禪定。有些注疏中說：這也屬於因力與業力，因為他們雖然即生中未修持過二禪、三禪之禪定，但以前必定修過，否則不會無緣無故產生上上禪定。一般來講，本論認為空無邊處和識無邊處之等持屬於生得，也即轉生於彼處時即會獲得此種等持，但《大乘阿毗達磨》中說是以十一作意和九種住心獲得的。

因此，生起上述等持功德的因有四種，即傳教力、因力、業力、法爾力。那是不是所有補特伽羅均以此四種因來產生上述功德呢？欲界人類以四種方式均可生起，而欲界天人不具足傳教力；色界依靠除傳教力以外的三種可以獲得上述功德；無色界以因力與業力產生。那傳教力所生之功德可否說為是因力與業力產生的呢？可以說是因力，因其通過聞思修行於相續中可以獲得，既是傳教力也是因力；此傳教力屬於善業，因此也是業力。法爾力是不是因力和業力呢？可以稱為因力，由於曾經有同類因之故，才會於相續中生起此法爾力；若以前未曾造過此種業則不會於上界中轉生，故而也可稱為業力。

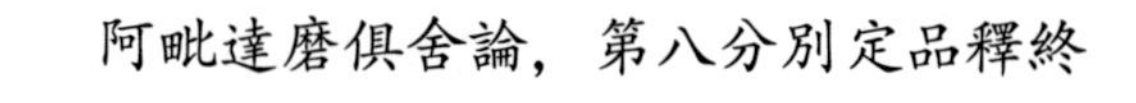
阿毗達磨俱舍論，第八分別定品釋終

甲四（末義）分三：一、佛法住世期；二、非為臆造且謙虛；三、教誡後代不放逸。

乙一、佛法住世期：

佛之妙法有二種，教法證法之體性，

持教法者唯講經，持證法者唯修行。

佛陀之妙法有兩種，即教法與證法，其中受持教法者唯是講經說法，受持證法者唯一是修行。

如果想要受持、弘揚佛法，首先應該認定何為佛法？如何弘揚佛法？世親論師告訴我們，所謂的佛法有兩種，即教法與證法，教法即經律論三藏，證法即戒定慧三學或三十七菩提分法。受持教法者唯一是講經說法，其他注釋中說聽受者也是受持教法者；持證法者即將佛陀之教法於相續中數數修習。華智仁波切在一個教言中說：若通達四句偈頌的意義即是受持教法，一剎那間生起信心即屬於證法。那發放布施等是否屬於弘揚佛法呢？雖然從某一角度來說是弘揚佛法，但真正的弘揚佛法並非如此，如果將釋迦牟尼佛的精神真正傳遞到其他眾生的相續中，這才是真正的續佛慧命。有些注釋中說：布施、隨喜、造順緣均屬於教法與證法的範疇，但並非真正的佛法。一般來說，蓋經堂等屬於一種善舉，可以說是弘揚佛法的順緣，但並非真正的弘揚佛法。

頌詞中有兩個「唯」字，格魯派有些論師以及《俱舍論大疏》中說：以唯字代表一種肯定的語言，也就是說只有講經說法和真實修行才是真正弘揚佛法者，其他人並非是真正弘揚佛法。

教法與證法是否住世，以什麼標準來衡量呢？世親論師說，若任何一個道場具足聞思佛法與實地修行者，則說明持教大德已經住世，否則，釋迦牟尼佛的佛法並未真正住世。《自釋》中說：「有能受持及正說者，佛正教法便住世間。有能依教正修行者，佛正證法便住世間，故隨三人住世時量。」這一教證非常重要，不論何時何地，只要有聽受佛法者、講說經教者以及依教修行者住世，就說明佛法已經住世。

對於教法住世的時間，有種種不同說法，《賢劫經》中說是一千五百年，其他經典中說五百年，還有些經典中說是兩千五百年，世親論師在《般若經》注釋中說是五千年，還有些經中說比五千年的時間還長。一般來講，藏地很多高僧大德認為，前面不滿五百年的說法是不了義的，因為這樣會有很多教理的違害，若釋迦牟尼佛的教法是五百年，則釋迦牟尼佛授記無著菩薩於佛涅槃後九百年出世，並以了義不了義的方式來弘揚佛法的授記不合理。而且《無垢天女經》中說，藏地在二千五百年後，佛法才會興盛的說法也不合理了。

一般來講，大家比較公認的是五千年，即第一個一千五百年為果期，此時得果特別快；第二個一千五百年為修期，麥彭仁波切以及普巴派的曆算學者認為，我

們現在正處於修期當中的戒學階段，再過一百多年，戒學期即會結束，這一點根據《時輪金剛》的曆算也是非常可靠的；第三個一千五百年屬於教期；最後的五百年是唯持形象期。根據世界佛教聯合會安立的佛曆，現在公認的是佛曆2547年，這是依靠上座部的曆算來計算的。因此，現在不論藏傳佛教還是漢傳佛教，中間雖然經歷了許多風風雨雨，但實際上，真正的教法與證法並未隱沒於世間。

此偈頌非常重要，現在有很多人不了知何為佛法，也不了知何為弘揚佛法與行持佛法，這一方面是由於某些歷史原因造成的，一方面佛教在某種特定的歷史環境下遭受到了一些損害，這樣一來，諸位高僧大德，有的已經離境，有的已經離開人世，由於沒有對佛法的講聞，致使現在的很多年輕人根本不了知何為佛法。現在有很多人整天都是念經、為別人超度、敲鑼打鼓，修寺院、燒香、拜菩薩、接待遊客、賣門票，但這些究竟是不是真正的佛法，大家應該以智慧分析。

上師法王如意寶一生中唯一重視的就是講經說法，他從十幾歲到最後圓寂，除講經說法以外再沒有重視過其他任何事情，這充分說明了法王如意寶對佛法的重視以及巨大貢獻。作為後學者，我們也應該從內心發願：生生世世弘揚、受持佛法。如果有機會、有能力的話，應該弘揚佛法、講經說法，這個相當重要。如果沒有講經說法的機會和能力，那最好在具足法相的善知識面前終身聽受佛法，這也屬於弘揚佛法，而且這樣做的利益非常大，為什麼呢？即使世間的學問也需要老師傳授，需要有人來聽聞，否則不會通達很多道理。佛法的教義是博大精深的，若沒有在善知識面前聽聞，很難在相續中生起真正的定解，這樣一來，就更不要說弘揚佛法了。現在有些佛學院沒有老師，於是將自己學院裡培養出來的學生作為老師，但實際上他自己仍然對佛法半信半疑，這樣的一個人能不能真正地弘揚佛法！現在佛法處於非常衰敗的時期，雖然有些寺院名相上也在講經說法，但很多高僧大德都忙於世間八法，根本沒有學習和弘揚佛法的機會。年輕僧人們能學習佛法的機會更是少之又少，即使有機會在佛學院中學習，但世間各種各樣學問的風氣卻相當濃厚，而真正佛法的教義，如中觀、俱舍等已經成為了輔助課程。在這樣的狀況下，我們確實應該發起猛厲精進，遣除一切傲慢心而努力聞思修行，使自相續生起佛法的智慧，對佛法生起堅定不移的信心。

那學習佛法的目的到底是什麼呢？很多人說：學習佛法就是為了成佛。實際上，作為大乘佛教徒來講，成佛也只是一種手段，真正的目的是為了利益眾生，這才是最究竟的目的，由於成佛之後可以於無勤之中最究竟的利益眾生，因此很多修行人先希求成佛，但這也僅僅是利益眾生的一種途徑。

乙二、非為臆造且謙虛：

說此對法我多依，克什米爾有部理，

若有錯誤均我過，正法理量唯諸佛。

此對法論多數依靠克什米爾有部論師的觀點進行宣說，如果出現過錯，那全部是我（世親論師）的過失而非佛法之過，因為能夠真正衡量正法之理量的唯有佛陀。

這裡世親論師說：此對法論並非是我隨隨便便憑空臆造的，其中所宣說的道理大多數是依靠克什米爾有部宗的諸位智者所建立的觀點而進行的宣說。為何說是大多數呢？因為有些頌詞是站在經部觀點，對有部的一種駁斥。雖然是依據諸位智者的觀點進行宣說，但世親論師說，由於能夠真正講說教法與證法之理的唯有諸佛菩薩，所以，若發現此論中有句義方面的錯誤全部都歸咎於世親論師我，並請諸位智士寬恕。

頌詞中說能夠如理如法宣說佛法的只有佛陀，但甲智論師和滿增論師在講義中都是說諸佛菩薩，因為得地菩薩也會如理如法宣講佛法，除此之外，其他人的相續中具有煩惱障和所知障，而且具有身語意三門的障礙，傳講佛法不一定如理如法。那這樣一來，是不是只有登地菩薩才可以講經說法呢？這不一定。善知識的法相中並沒有說一定要斷掉自相續中的煩惱習氣，雖然所謂的講辯著對於一個凡夫人來講非常困難，但只要以一顆清淨的心來行持也不會有過失。

乙三、教誡後代不放逸：

本師世目今已閉，堪作證者多入滅，

未見真諦放肆者，以邪分別亂佛教。

如世間明目般的本師釋迦牟尼佛已經趨入涅槃，堪為正法見證的諸智者也多已入滅，未現見真諦而肆意妄為者現在正以邪念分別擾亂佛教。

世親論師住世時，印度佛教中各宗派之間的分歧相當嚴重，當時，廣嚴城的諸比丘大肆宣揚不作為犯戒處理的十種非事[56]，根本四部分裂為聲聞十八部，整個佛教一片混亂。

法王如意寶經常引用這些教證說，就連世親論師都認為他住世時的佛法非常混亂，何況說末法時代，佛法沒有一點染污是不可能的。以前五世達賴喇嘛也說：世親論師在世時也有許多尋思分別者故意擾亂佛教，現在以自己的邪分別擾亂佛教的現象更是日益嚴重。

佛陀已趣勝涅槃，持彼教者多隨滅，

無怙無教滅德眾，當今此世任意行。

既知如來正法壽，漸衰亡如命至喉，

一切污垢具力時，求解脫者莫放逸。

[56]十種非事：一、做非法事，口呼「負負」，即可聽許；二、作犯僧殘，得人隨喜，即可聽許；三、病中飲酒，狀如水蛭吮吸，即可聽許；四、土為共用，不傷生命，兩手耕種，即可聽許；五、調鹽變味，非時而食，即可聽許；六、用齋之後，行程逾越半俱盧舍，再次用餐，即可聽許；七、用齋之後，食物未作餘食法者，兩指拾食，即可聽許；八、攙和定時及不定時食品，非時食用，即可聽許；九、臥具補某，不必如來一卡，即可聽許；十、沙彌頭上，頂戴小龕，內置鉢盂，花鬘為飾，若得設進金銀，便自接觸，即可聽許。

佛陀已經趣入殊勝涅槃，持彼教法者也多數已經隨之入滅，無依無怙的眾生在摧毀功德之惡見的驅使下，任意妄行。既已了知如來教法漸漸衰亡，如同垂死之際命已到了喉間一般，在這具有垢染的末法時代，希求解脫者切切不可放逸而行。

世親論師殷切教誡諸位後學者：末法時代，真正的佛法已經處於毀滅狀態，人們的煩惱分別念相當嚴重，此時，希求解脫者切莫隨境而轉，一定要以正知正念守護自己的相續，切莫放逸！

「莫放逸」並非指任何事都不做，實際上，首先應該於自相續中獲得佛法的智慧，其後以這樣的智慧盡心盡力地利益眾生。「如命至喉」是一種比喻，以此來描述佛法當時在印度的一種狀態。很多高僧大德說：世親論師住世的時代，佛法並不是很衰敗，但現在住持佛法的高僧大德多數已經圓寂了，真正一心一意弘揚佛法的人才是少之又少。在這樣五濁興盛、染污的惡法力量十分強大的時候，大家一定要謹慎守護根門，盡心盡力地弘揚佛法。

此《俱舍論頌》，乃佛陀親口授記之大德、能背誦九十九萬部經典、具有不退智慧自在者共稱為第二遍知的大阿闍黎世親撰著圓滿。印度堪布則那莫札即佛友與大譯師華哲僧侶翻譯、校正，並以講聞方式而抉擇。

這部《俱舍論頌》是第二大佛陀世親論師所撰著，由印度譯師則那莫札——佛友論師，以及國王赤松德贊時的三大譯師[160]之一的嘎瓦華扎翻譯。

藏地的譯師非常嚴格，當時國王赤松德贊也是先培養譯師，然後迎請印度班智達，他們根據印度版本譯成藏文，之後由印度班智達傳講，並對照梵文一一校對。這樣翻譯出來的藏文本非常準確，所以這次也是依靠藏文版本翻譯為漢文的，希望大家如果以後有因緣，也能夠將這部殊勝法要傳授給其他眾生。

願以此功德迴向一切有情獲得勝妙佛果，教法與證法以講聞修習的方式久住世間！

願吉祥！

[160]三大譯師：指嘎瓦華扎、龍幢、智慧軍。

尊勝塔